ストーリー・ガール

モンゴメリ
木村由利子＝訳

角川文庫
16106

The Story Girl
1911 by Lucy Maud Montgomery

目次

〈主な登場人物〉

ベバリー（ベブ）・キング　ぼく。本書の語り手。十三歳の少年。父親の仕事の都合でプリンス・エドワード島へ預けられる。
フェリックス・キング　ベブの弟。ぽっちゃりした十一歳の少年。
ストーリー・ガール（セーラ・スタンリー）　お話の上手な十四歳。背の高い、すらりとした少女。
アレックおじ　ベブたちのおじ。ふたりを預かる。
ジャネットおば　アレックおじの妻。
ダン・キング　アレックおじの長男。やせっぽちで口の大きな十三歳の少年。
フェリシティー・キング　アレックおじの長女。料理上手な十二歳の美少女。
セシリー・キング　アレックおじの次女。やさしく慎ましやかな十一歳の少女。
ピーター・クレイグ　ストーリー・ガールの住む、ロジャーおじの家に雇われている利発な少年。
セーラ・レイ　丘の下に住む十一歳の少女。セシリーの親友。
フェリシティーおば　ストーリー・ガールの母。早くに亡くなる。
ブレアおじ　ストーリー・ガールの父。放浪の芸術家。
ロジャーおじ　ストーリー・ガールとともに暮らす。
オリビアおば　ロジャーおじの妹。ストーリー・ガールとロジャーおじの面倒を見る。
ジャスパー・デイル　ぶきっちょさんと呼ばれる黄金の一里塚の持ち主。
ペッグ・ボウエン　魔女と呼ばれる変わりものの老女。

第1章　ふるさとの家

「ほんとに道って好きよ。だって、行きつく先はどこなのかしらって、夢見ることができるじゃない」

いつだったか、そうストーリー・ガールは言った。フェリックスとぼくがトロントからプリンス・エドワード島に向かった五月の朝、ぼくたちはまだ、彼女がそう言うのを聞いたわけではなかったし、実のところ、ストーリー・ガールなる人物の存在さえ、知っていたかどうか。まして彼女がそういう名前で呼ばれているとは、つゆ知らなかった。ぼくたちが知っていたのは、今は亡いフェリシティーおばの娘、セーラ・スタンリーが、カーライルにある祖父キングの農場と隣りあった農場で、おじのロジャー・キング、おばのオリビア・キングと共に暮らしているということだけだった。農場に着けば、その女の子と知りあいになれるはずだ。オリビアおばから父に届いた手紙から察するに、彼女はなかなかゆかいな子らしい。が、考えていたのはその程度で、それよりもっぱら興味は、フェリシティー、セシリー、ダンに向いていた。三人は祖父の農場に住んでいて、つまり、ここしばらく一つ屋根の下に暮らす仲間になるはずだったからだ。

だが列車がトロントを出発した朝、ストーリー・ガールの口からまだ言葉として出てはいなかったけれど、ストーリー・ガール魂がぼくたちの心を騒がしたのだろう。ぼくたちは、長い道のりをひた走っていた。行きつく先に何があるか多少は知っていたけれど、想像のつばさをはばたかせるほどには、未知の魅力が備わっていた。

ぼくたちは、父のふるさとを見るのだとの想い、父の少年時代の思い出の場所に囲まれて暮らすのだとの想いに胸をはずませていた。ふるさとの話を何度も語ってくれた父、その情景をすみずみに至るまで描きだしてくれた父は、自らの心に深く根ざす愛情――どんなに長く離れても消えることのない愛情を、ぼくたちの心に注ぎこんでしまっていた。一度も目にしたことがないのに、ぼくたちは何となく、その場所に、一族の発祥地にいるような気持ちになった。父にいつか「ふるさと」へ、えぞ松の林を後ろにひかえ、名高い〝キング果樹園〟を前に置く、古びた家へ連れていってもらえる未来の約束の日を、それは心待ちにしていた。その日が来れば〝スティーブンおじの散歩道〟をそぞろ歩き、中国風の屋根におおわれた井戸から水を飲み、〝説教石〟の上に立ち、自分たちの〝誕生記念木〟に実るりんごを食べることができる。

その日は、ぼくたちが予想していたより遥《はる》かに早くやって来た。ただし、父がぼくたちを連れていくことはできなかった。勤め先の会社がリオ・デ・ジャネイロに春から支店を開く予定なのだが行ってみないかと打診があったのだ。この機会を逃す手はなかった。父は貧乏だったし、この話は昇進と昇給を約束していた。しかしこれは同時に、一時的な一家離散をも意味した。母はぼくたち兄弟が物心つく前に亡くなっている。そして父は、とてもぼくたちをリオまで連れていけない。——結局父はぼくたちを、ふるさとの町のアレックおじとジャネットおばに預けることに決めた。そして、同じ島の出身でこの度里帰りすることになったうちの家政婦が、旅行中、ぼくたち二人の世話を引き受けてくれた。気の毒なおばさん。さぞ気をもむ旅だったろう。ぼくたちが迷子になりやしないか、命を落としやしないかとの、起こりかねない恐怖にさらされっ放しだった。シャーロットタウンに着いて、アレックおじの手にぼくたちを委《ゆだ》ねた時は、心底ほっとしたにちがいない。その証拠におばさんはこう言ったものだ。

「おでぶさんのほうは、まだましです。こっちのおやせさんにうっかり目を移したすきにきれいさっぱり消え失せる、なんてほど、はしっこくはありませんからね。この坊やたちと旅をする安全な方法はたった一つ、短い綱で二人をしっかり自分の体につないでおくことです。丈夫な短い綱でね」

「おでぶさん」とはフェリックスのことで、自分のふくよかさをとても気に病んでいた。やせる方法なら何でも試してみるが、いつでもかえって太ってしまうという、惨憺《さんたん》たる結果に終わってしまうのだった。口では気にしていないと言ってみせたが、なに、実のところはおそろしく気にしていたから、フェリックスはマクラレンおばさんを、うらめしそうに睨《にら》みつけた。その内に幅と丈が同じになってしまうわ、と言われたその日から、弟はおばさんを好いたためしがなかった。

ぼくからすれば、おばさんとの別れは少し辛《つら》かった。別れの涙を流し、つつがなくと祈ってもくれたからである。ところがさて、一目会ったとたん好きになったアレックおじの両側に座り、広々とした野に馬車を走らせるころになると、おばさんのことなどけろりと忘れてしまった。おじは小柄だった。ほっそりと繊細な面立ち、短く刈りこんだ灰色の顎《あご》ひげ、大きい物憂げな青い目——父そっくりの目だ。アレックおじが子供好きで「アランの坊主ども」を心から歓迎してくれていることがわかった。おじのそばでは寛《くつろ》いでいられたし、心に浮かぶどんな疑問も遠慮なくたずねることができた。二十四マイルのドライブの間に、ぼくたちはすっかり仲良くなった。

カーライルに到着した時は、既に暗くなっていたのでがっかりだった。闇がおり、キング農場の丘に続く道を登る間も、何もはっきりと見えなかった。ぼくたちの後方、春の平和に満たされた南西の野には若い月がかかっていて、あたりを取り巻くのは、いずれも五月の夜の、淡いしっとりとした陰影《かげ》ばかりだった。ぼくたちは薄闇に、熱心に目をこらした。

「ベブ、あれが大柳だ」門の前で向きを変えた時、フェリックスが興奮してささやいた。

本当だった。祖父のキングが植えた木だ。祖父がある夕方、小川の岸辺を耕作し終えて帰って来た時、その日一日使った柳の小枝を、門わきの柔らかい土に突き刺したものなのだ。

小枝は根を出し、生長した。父やおじ、おばたちは、その木蔭《こかげ》で遊んだという。今やその木は巨大な代物だった。幹はあくまでどっしりと太く、木の丈ほども長い大枝を四方に広げている。

「明日になったら登るぞ」ぼくは嬉《うれ》しくなって言った。

右手に枝の茂る場所がぼんやり見えた。果樹園にちがいない。左手に風さわぐえぞ松と樅《もみ》に囲まれて、古い、しっくいの家があった。今しも開け放たれた扉から光が輝きだし、背が高く、丸ぽちゃで、せわしげで、満開の芍薬《しゃくやく》のような頰をしたジャネットおばが、ぼくたちを迎えに現れた。

間もなくぼくたちは、台所で夕食をとっていた。天井は低く暗く、たる木から丸々したハムやベーコンの塊《かたまり》がぶら下がっていた。何もかも父の話してくれたそのままだ。ぼくたちは、長い流浪の旅からやっと故郷に帰って来たような気分になった。

フェリシティー、セシリー、ダンは向かい側に座り、ぼくたちが、食べるのに夢中でとても相手を見る暇などないだろうと思う度、こちらを見つめる。こちらはこちらで、相手が食べているすきに見てやろうとする。その結果、いつもぱったり目が合ってしまい、ばつが悪く恥ずかしい気分になるのだった。

ダンが一番年嵩《としかさ》だった。ぼくと同い年の十三歳だ。やせっぽちでそばかすのある奴で、長めの真っ直ぐな茶色の髪をしていた。形のいいキング家の鼻は、見たとたんにわかった。ただし口は、独特だった。キング家側にもウォード家側にも、そんな口は見当たらなかったからだ。見当たらないからといってほしがる人間は、誰もいないだろう。疑いもなく、非常に醜い口だった。大きくて薄くて、ひん曲がっていた。それでもとても親しげに笑える口だから、フェリックスもぼくも、ダンを好きになりそうだと感じた。

フェリシティーは十二歳だ。この子はフェリックスおじとふたごの、フェリシティーおばの名をもらっていた。フェリックスおじとフェリシティーおばは、父が何度となく話してくれたように、遠く離れた場所で同じ日に亡くなった。そして、カーライルの古い墓地に、隣り合わせに埋葬された。

オリビアおばの手紙で、フェリシティーは絵に描いたような美少女だと聞いていたので、それが本当なら一目彼女を見たいもの、とずっと思っていた。彼女はその期待に完全に応《こた》えてくれた。ぽっちゃりしてえくぼがある。大きいダークブルーの瞳《ひとみ》、濃く長いまつ毛、羽毛のように軽やかな黄金の巻き毛、うす桃色の肌――「キング家の肌」だ。キング家の特徴は、なんといってもその鼻と肌だ。フェリシティーの手と手首も、目を見張るものだった。これなら肘《ひじ》はさだめし、と思うだけでも楽しかった。

フェリシティーはピンクのプリント地の服に、モスリンのフリルつきエプロンをかけて、それはきれいに装っていた。ダンの言葉の端から察するに、彼女は、ぼくたちが来るために、特別のおしゃれをしてくれたらしい。これを聞いてぼくたちは、とても偉くなったような気分になった。これまでどんな女性も、ぼくたちのためにわざわざおしゃれをしてくれたためしなどなかったのだから。

十一歳のセシリーもきれいだった――というより、フェリシティーが居合わせなければそう思ったにちがいない。フェリシティーは、ほかの女の子をかすませてしまうようだ。フェリシティーのそばだとセシリーは、蒼白《あおじろ》く貧弱に見えた。けれどもかわいい上品な顔だちで、サテンの艶《つや》をしたさらさらの茶色の髪、時に生真面目さがかすめるおだやかな茶の瞳をしていた。ぼくたちは、オリビアおばが父に書いてきたこと——セシリーは根っからのウォードで、ユーモアのセンスがかけらもないこと——を思い出した。その意味がはっきり理解できなくても、賞め言葉でないらしいぐらいはぼくたちにもわかった。

そうだとしても、ぼくたち二人の気持ちは、フェリシティーよりセシリーに傾いていくようだった。確かにフェリシティーは、息をのむほどの美人だ。しかし、大人だと気づくまでに時間がかかることも一瞬でわかってしまう、子供特有の確かな直感から、ぼくたちは、フェリシティーが自分の美貌《びぼう》を意識しすぎているのに気づいた。要するに、フェリシティーは自惚《うぬぼ》れ娘というわけだ。

「ストーリー・ガールがお前たちを見に来ないとは不思議だな」とアレックおじが言った。

「お前たちが来るのを、それは楽しみにしていたのに」

「今日は一日中具合が悪かったの」セシリーが説明した。「だからオリビアおばさんが、夜の風にあてないようにって、外へ出さずに寝かせちゃったの。ストーリー・ガールはすごくがっかりしてたわ」

「ストーリー・ガールってだれ？」フェリックスがたずねた。

「ああ、セーラさ。セーラ・スタンリーのこと。ぼくたち、あの子をストーリー・ガール、って呼んでいるんだ。だってその一、話をさせたらうまいのなんのって、んー、とても言葉じゃ言えないよ。理由その二、丘のふもとに住んでるセーラ・レイが、よくうちまで遊びに来るんだ。仲間うちに同じ名前の女の子が二人いるのって、具合が悪いだろう。それに、セーラ・スタンリーは自分の名前が好きじゃないから、ストーリー・ガールって呼んでもらうほうがうれしいのさ」

初めて口を開いたダンは、ピーターも来たがっていたが、母親に小麦粉を届けるため帰らなくてはならなかったことを、ぼそりとつけ加えた。

「ピーターって?」ぼくはたずねた。ピーターなんて名は、耳にしたこともなかったからだ。

「ロジャーおじさんちで雇ってる男の子さ」とアレックおじは言った。「名前はピーター・クレイグ。頭のいい若い衆だ。いたずらも人後に落ちないがね、あの坊やは」

「あいつはフェリシティーの恋人になりたがってるんだ」ダンが意地悪く言った。

「ばかな事を言うのはおよし、ダン」ジャネットおばがきびしく言った。

フェリシティーは金髪をゆすると、いたって妹らしからぬ一べつをダンにくれ、ぴしゃりと言った。

「あたし、雇い人さんなんか恋人にする気は、ちっともなくてよ」

その怒りが照れかくしなどではなく、本物なのがわかった。明らかにピーターは、フェリシティーが誇るに足る崇拝者ではないのだ。

ぼくたちはとても腹ぺこだった。そして食べられるだけ食べてしまうと――そして、ああ、ジャネットおばのすばらしい夕食を今も思い出す――今度は自分たちがくたびれていること、くたびれすぎて、闇をものともせずに決行するつもりだった先祖代々の地の探険など、とても無理なことに気がついた。

ぼくたちは自発的に寝室に行った。連れていかれたのは、東にえぞ松林を望む、父が昔使っていたまさにその部屋だった。ダンがぼくたちと部屋を分けあい、向かい側の隅に自分のベッドを置いて眠ることになっていた。シーツと枕カバーからラベンダーが香り、祖母キング伝来の、パッチワークの掛け布団がかかっていた。窓は開いていて、小川のほとりの湿地で歌うカエルの声が聞こえてきた。もちろんオンタリオでも、カエルの歌ぐらい聞いたことがある。けれどもプリンス・エドワード島のカエルのほうが、はるかに音色豊かで甘やかだった。それとも、古い家族の栄えある伝統とこれまで聞かされてきた物語が、あたりを取り巻く光景と音のすべてに、魔法をかけたためだろうか。ここはふるさとだった。父のふるさとであり、ぼくたちのふるさとだった。今までぼくたちは、家への愛情を育むほど長く、一つの家に住んだことがなかった。ところが曾祖父《そうそふ》が九十年前に組んだ屋根板の下にいると、その愛情は生き生きした甘美さと優しさの流れとなって、ぼくたち少年の心と魂に流れこんでくるのだった。

「ねえ考えてもごらんよ。あいつたち、お父さんが子供のころ聞いたのと同じカエルなんだよ」フェリックスがささやいた。

「まさか同じカエルのはずがないだろう」カエルの寿命がどのぐらいか確信はなかったものの、ぼくは疑わしげに言い返した。「お父さんが家を出てから、二十年になるんだぜ」

「とにかく、お父さんの聞いたカエルの子孫だろ。それに同じ沼地で歌ってるんだしさ。似たようなものだよ」

部屋の戸は開いていた。狭い廊下を隔てた向かいの部屋で、女の子たちがベッド作りをしながら、自分たちの甘く甲高い声がどんなに良く通るか知らないらしく、かなり声高に話していた。

「男の子たちのこと、どう思う？」と、セシリーがたずねた。

「ベバリーはハンサムね。でもフェリックスは太りすぎ」フェリシティーが即答した。

フェリックスは掛け布団をぐいと邪険にひきあげ、鼻を鳴らした。だがぼくは、フェリシティーに好意を抱きはじめた。自惚れ屋なのが彼女のあやまちとは決めつけられないだろう。だって鏡をのぞけば、あの顔がうつるのだから。

「あたし、二人ともすてきでいい顔をしてると思うわ」と、セシリーが言った。

なんていい子だろう！

「ストーリー・ガールがどう思うかしらね」フェリシティーは、結局それが肝心要《かなめ》だと言いたげだった。ぼくたちも、ぼんやりとそのように思っていた。ストーリー・ガールに気に入られないなら、ほかの誰に好かれようが好かれまいが大したことではないという気がした。

「ストーリー・ガールって美人かなあ」フェリックスが思わず声に出した。

「美人じゃないよ」ダンが部屋の向かい側から即座に答えた。「でもあの子が話してる間は、美人だと思ってしまうんだよね。みんなそうさ。離れてみて初めて、ちっとも美人なんかじゃなかったと気づくんだ」

女の子の部屋の戸が、バタンと閉まった。家に静寂が降りた。ぼくたちは、ストーリー・ガールに気に入ってもらえるだろうかと考えながら、眠りの国に漂い降りていった。

第2章　ハートの女王

日の出後間もなく、ぼくは目覚めた。五月の弱い陽射しがえぞ松の葉越しに射しこみ、ひんやりさわやかな風が枝を揺すっていた。

「フェリックス、起きろよ」揺さぶりながらぼくはささやいた。

「どうしたの？」気の進まぬむにゃむにゃ声。

「朝だよ。外に出ていこう。お父さんが話してくれたところを見るんだ。もう一分だって待てやしない」

ぼくたちはベッドを抜け出し、まだぐっすり眠っているダンを起こさないようにして、服を着がえた。ダンは口をぽかんと開け、掛け布団を床にけり落としていた。さそうような口の中にフェリックスがビー玉を投げこみたがるのを、ぼくはやっとのことで止めさせた。そんなことをしたらダンは目を覚まして、一緒について来たがるよ、初めての時はぼくたちだけで行くほうが、楽しいに決まっているじゃないか、とぼくは説きつけた。

階下に忍び降りると、何もかも静まりかえっていた。台所では、多分アレックおじだろう、火を燃やしつける音が聞こえた。けれども家の心臓部は、まだ一日の鼓動を始めていなかった。

ぼくたちは玄関で少し足を止め、大きな〝おじいさんの時計〟を見た。時計は動いていなかったけれども、三本の角にのった金色の珠《たま》、月の満ち欠けを示す小さな文字盤と針、父が子供の頃腹立ちまぎれにけって作った木の扉の凹《へこ》みなどを見て、まるでなつかしい昔《むかし》馴《な》染《じ》みに会ったような気持ちになった。

それから玄関の戸を開け、外に踏みだした。とたんに胸に喜びがこみあげた。南から心地よいそよ風が吹いていて、ぼくたちを迎えた。えぞ松の影は長く鮮やかで、風わたる、早朝の澄明な青空が頭上に広がっている。はるか西、小川の流れる野には谷が長くのび、樅《もみ》や芽吹く前の白樺《しらかば》や楓《かえで》で、紫に煙る丘がある。

家の裏手は樅とえぞ松の木立で、ほの暗く涼しいこの場所では、風が好んでうなり、いつもりんとした樹脂の香りが漂っている。木立を奥に進むと、ほっそりした銀色の樺と風にささやくポプラの生い茂る林になり、そのまた向こうにロジャーおじの家があった。

ぼくらのまさに目の前に、刈りこまれたえぞ松の生け垣に囲まれて、名高いキング果樹園があった。果樹園の歴史は、ぼくたちの記憶のもっともさかのぼった部分に織りこまれていた。父の話してくれた言葉から、ぼくたちはそこを隅から隅まで知りつくしていて、想像の国では、何度となく中をさ迷ったものだった。

そもそもの始まりは、六十年近く前、祖父のキングが花嫁を家に連れてきた時のことになる。婚礼に先がけて祖父は、日当たりのいい南の斜面を切り開いた。そこは農場中もっとも土質の良い肥沃《ひよく》な土地で、近所の人々は若きエイブラハム・キングに、ここなら良質の小麦がうんととれますねと言った。エイブラハム・キングはにこりとしただけで、もともと無口な男だったから何も言わなかった。だが心の中で祖父はきたるべき年月を夢みていた。彼が描いた夢とは、黄金色に波うつ何エーカーもの土地ではなく、枝葉を茂らせ、まだ生まれない子や孫の目を楽しませる果実をたわわにつける並木路《なみきみち》だった。

　夢はゆっくりと実現に近づいた。祖父キングは少しも急がなかった。彼は一度に果樹園を作りあげたのではなかった。自分の人生と歴史を注いで育てあげ、家に訪れる幸せと楽しみのすべてに結びつけたいというのが、彼の望みだった。だから若妻を新居に迎えた翌朝、二人は共に南の原に行き、結婚記念の苗木を植えたのだった。その木々はとうに枯れて今はない。だが父の少年時代にはまだあって、春ごとに花に包まれたという。花々は、人生と愛の夜明けの日、南の野を歩いたエリザベス・キングの頰のように、ほのかにうす紅がさしていたという。

　エイブラハムとエリザベスに息子が生まれると、その子のために果樹園に木が一本植えられた。二人は全部で十四人の子に恵まれ、そのひとりひとりが自分だけの〝誕生記念木〟をもらった。家族の祝い事の度にもきまって記念の木がふえ、一夜の宿を借りた大切な客たちはみな、果樹園に一本木を植えるようたのまれた。だから果樹園に茂る一本一本は、愛や過ぎた年月の喜びを伝える美しい緑の記念碑というわけだった。孫たちまで、そこに自分の木を持っていた。誕生の知らせが届く度、祖父が植えつけるのだった。りんごだけでなく、プラムやサクランボや梨のこともあった。ただ木々はどれも、植えつけた、または植えられた記念にちなむ人の名で呼ばれた。だからフェリックスもぼくも〝フェリシティーおばさんの梨〟〝ジュリアおばさんのサクランボ〟〝アレックおじさんのりんご〟〝スコット尊師のプラム〟などを、この土地に生まれ育った者のようによく知っていた。

ついに今、ぼくたちは果樹園に到着した。それは目の前にあった。生け垣の白い扉を開けばすぐに、伝説の地に踏みこめるのだ。けれども門にたどりつく前に、ぼくたちはふと左手を見た。そこはロジャーおじの家に通じる小径《こみち》で、えぞ松にはさまれ、草が生い茂っていた。小径の入り口に少女が一人、足もとに灰色の猫を従えて立っているのが見えた。少女は片手をあげ、楽しげに手招きした。とたんに果樹園は忘れ去られ、その手招きにぼくたちはひきよせられた。これこそストーリー・ガールその人だ、とぼくたちはさとった。優美で華やかな身ぶりの中に、さからいようも逃げようもない魅力があった。

ぼくたちは、はにかむことも忘れるほどの興味にひかれ、近づいていきながら少女を見つめた。たしかに美人ではない。十四歳にしては背が高く、すらりと真っ直ぐな体つきだ。色白で面長の顔――少し白すぎ、少し長すぎたが――には、なめらかな濃褐色の巻き毛がおちかかり、その髪は朱色の飾りリボンで耳の後ろにたばねてあった。大きく弧を描く唇は芥子《けし》のように紅《あか》く、少しつり気味の輝くヘイゼルの瞳《ひとみ》をしていた。それでも美しいとは思わなかった。

その時少女は、口を開いた。少女は言った。

「おはよう」

こんな声は聞いたことがなかった。以来今に至るも聞いたことがない。言葉では表せない。澄んだ、と言うべきか。甘やかな、とも言うべきか。力強いとも、よく通るとも、鈴をふったような、とも言えるだろう。今言ったすべてが真実なのだが、それでいて、ストーリー・ガールの声そのものを説明しきることはできない。

声に色がついているなら、その声は虹《にじ》のようだと言える。その声が言葉に生命を与えた。

彼女が言うとすべてが息づき、言葉と音声だけでできたものではなくなる。フェリックスもぼくも、自分の印象を理解したり分析したりするには幼すぎたが、彼女のあいさつを聞いた時、本当に良い朝《グッドモーニング》だと感じたのだった。際だって良い朝、選《よ》りすぐりの世界に訪れた中でも最良の朝。

「フェリックスとベバリーでしょう」彼女は歩み寄り、率直な仲間意識を見せてぼくたちの手を握った。フェリシティーやセシリーの内気で女らしい近づき方とは、まるで違ったものだった。その瞬間からぼくたちは、まるで百年の知己のように心を開きあった。「会えて嬉《うれ》しいわ。昨夜は訪ねていけなくて、本当にがっかりだったの。でも今朝は早起きしたのよ。だって、あなたたちもきっと早起きして、私にいろんな話をさせてくれるにちがいないと思えたんですもの。私、フェリシティーやセシリーより、ずっとうまくお話ができてよ。フェリシティーって、とってもきれいだと思う?」

「今まで見たうちで、最高の美人だよ」ハンサムだと言ってくれたことを思い出し、ぼくはいきおいこんで答えた。

「男の子って、みんなそう思うのね」とストーリー・ガールは、あまり嬉しそうでもない口ぶりで言った。「私だってそう思うけど。それに、たった十二なのにすばらしいコックなの。私はお料理全然だめ。覚えようとはしてるんだけど、ちっともうまくならないの。オリビアおばさんが言うには、私にはコックになる才能が不足してるんですって。私だって、フェリシティーが作るみたいなおいしいパイやケーキを作ってみたいわ。でもいいこと。フェリシティーは、おばかさんなの。意地悪で言ってるんじゃないのよ。本当に本当のことだし、あなたたちにもすぐわかるわ。私、フェリシティーは好き。でも、おばかさんはおばかさん。セシリーのほうがずっと賢いわ。セシリーは、かわいい娘《こ》よ。アレックおじさんもいい人。ジャネットおばさんもとてもすてき、でしょ」

「オリビアおばさんて、どんな人？」と、フェリックスがたずねた。

「オリビアおばさんて、とてもきれいよ。パンジーみたい。ビロードみたいにすべすべして、紫がかって、金色なの」

フェリックスとぼくは、頭の中のどこかで、ストーリー・ガールのことばそのままの、ビロードで紫で金色のパンジー婦人を、まざまざと見た。

「だけど、いい人？」とぼくはたずねた。大人については、一番肝心な質問だった。外見は大して問題にならない。

「すてきよ。でもほら、もう二十八でしょう。けっこうお年なの。おばさんは、あまりうるさく言わないわ。だからジャネットおばさんは、もしも自分がいなかったら、あんたはろくな躾《しつけ》をされなかったよ、って私に言うの。オリビアおばさんは、子供はなるようになるものだって、生まれる前にもう何もかもお膳立《ぜんだ》てされてるんだっていう意見なの。私にはさっぱりわからないけど、わかる？」

いや、ぼくたちにもわからなかった。けれども大人は訳のわからないことを言うものだと、ぼくたちは経験から知っていた。

「ロジャーおじさんて、どんな人？」というのが、ぼくたちの次の質問だった。

ストーリー・ガールは、少し考えこんだ。

「そうねえ。ロジャーおじさん、好きよ、私は。大きくって面白いわ。でも人を茶化しすぎるのね。真面目に物を聞いても、ふざけた返事がかえってくるの。だけどめったに怒ったり、機嫌悪くなったりしないし、それはなかなかのものよ。おじさんは中年独身貴族なの」

「今まで結婚しようと思ったこと、ないのかなあ」と、フェリックスがたずねた。

「知らない。オリビアおばさんは、おじさんが結婚してくれりゃいいのにと思ってるわ。もう家政婦代わりにおじさんの世話をするのには、飽き飽きしたし、カリフォルニアのジュリアおばさんのところへ行きたがっているの。でもおじさんは、絶対結婚しないだろうって。完全な理想の人をさがしてるからですって。でも万が一そんな人が見つかっても、向こうが断るだろうって、おばさん言ってるわ」

ぼくたちはそろって、ねじれたえぞ松の根っ子に腰をかけていた。灰色の大猫はぼくたちと仲良しになった。濃い縞《しま》の美しい銀灰色の毛皮をつけた、威風堂々としたけものだった。この手の色合いの猫はたいてい足先が白か銀白色だが、この猫のは黒く、鼻も黒だった。黒いしるしはこの猫に独特の風格を与え、そんじょそこらの家猫とはまるで違うふうに見えた。相当大した見識の持ち主らしく、ぼくたちへの応対も、やや恩着せがましかった。

「これはトプシーじゃない、よね？」ぼくはたずね、すぐに馬鹿な質問をしたと悔やんだ。父の話した猫が元気だったのは三十年も前の話で、たとえ九度生まれかわったとしても、そう長生きするはずがなかったから。

「ちがうわ。でも、トプシーのひいひいひいひいまごよ」と、ストーリー・ガールは真面目な顔で答えた。「名前はパットで、愛称はパディー。私つきの特別な猫。納屋にも猫が何びきもいるけど、パディーは絶対つきあわないの。私、猫とはとても仲良くなれるの。だってとても身ぎれいで落ちついてて品があるんですもの。それに猫を嬉しがらせるのは、そりゃあ簡単なのよ。ねえ、あなたたちがここに来てくれて、とても嬉しいわ。何か起こることってめったにないんですもの。いつも自分たちで楽しみをひねりださなきゃならないの。今までは男の子が足りなくって……。女の子四人にダンとピーターだけだったしね」

「四人？　あ、セーラ・レイのことか。フェリシティーに聞いたよ。どんな子？　どこに住んでいるの？」

「丘のすぐ下。家はえぞ松にかくれて見えないけど。セーラはすてきな女の子よ。まだたった十一歳なの。それにお母さんがおっそろしく厳しいんだから。セーラに作り話なんか読んじゃいけないって言うの。考えてもみて！　きっとお母さんの気に入らないとわかってることをする羽目になると、いつもセーラの良心は痛むんだけど、それでもしないではいられないの。楽しみがすっかりそがれちゃうだけ。何もさせてくれないお母さんと何も楽しませてくれない良心なんてひどい組み合わせだって、ロジャーおじさんは言ってるわ。だからセーラが青白い顔をしてやせっぽちでおどおどしてるのも、不思議じゃないって。だけどね、ここだけの話だけど、その本当の理由は、お母さんがセーラに、ほしいだけの半分しか食べさせてくれないせいだと思うの。性悪ってわけじゃないのよ。でもあのおばさんは、子供におなかいっぱい食べさせたり、必要以外のものを食べさせたりするのは、体に良くないと思いこんでいるの。私たち、そういう家に生まれなくって、運が良かったと思わない？」

「ぼくたちみんな親類でいられて、すごく運がいいと思うよ」フェリックスがうけあった。

「そうでしょう？　私もよくそう思うの。それからこうも思うのよ。おじいさんとおばあさんが結婚しなかったら、どんなに恐ろしいことになってたかしらって。そしたら私たち子供仲間のだれひとり生まれてなかっただろうし、生まれてたとしても、別の人の子孫になるわけでしょ。そんなのごめんだわ。そんなことを考えてみると、世の中にほかの相手もたくさんいたろうに、たまたまおじいさんとおばあさんが結婚してくれたなんて、いくら感謝してもしきれないぐらいよ」

フェリックスとぼくは、身震いした。突然自分たちが、ちがう人間として生まれたかもしれないという、身の毛もよだつ危険から逃れたことに気づいたからだ。ぼくたちが、いやぼくたちの両親さえもがこの世に生まれる何年も前に身に負っていた恐怖と大きな危険に、ストーリー・ガールは気づかせてくれたのだった。

「あそこにはだれが住んでいるの？」畑の向こうにある家を指しながら、ぼくはたずねた。

「ああ、あれはぶきっちょさんの家よ。本当の名前はジャスパー・デイルっていうんだけど、みんな、ぶきっちょさんって呼んでる。詩を書くってうわさよ。自分ではあの家を黄金《ゴールデン》の一里塚《マイルストーン》って呼んでいるの。なぜだか知ってるわ。私、ロングフェローの詩を読んだもの。あの人はとてもぶきっちょなので、世間とつきあわないの。女の子たちに笑い物にされるのが、いやなのね。あの人にまつわる話を知ってるから、いつか話してあげる」

「あっちの家には、誰が住んでいるの？」フェリックスがたずねた。西方の谷間《たにあい》の、木の間がくれに、小さな灰色の屋根が見えた。

「ペッグ・ボウエンばあさん。すごい変人よ。冬は動物をたくさん飼ってあの家に住んでいるんだけど、夏になるとあちこち歩きまわっては食べ物をねだるの。頭がおかしいってうわさ。大人が私たち子供をこわがらせていい子にさせたい時はね、いつも、言うことを聞かないとペッグ・ボウエンがつかまえにくるぞ、って言うの。昔はこわかったけど、今じゃそれほどでもないわ。つかまりたいとは思わないけど。ピーター・クレイグは、あのおばあさんは魔女で、バターができない時はペッグ・ボウエンが一枚かんでいるんだって、言うの。でも、それは信じないわ。魔女なんて、今じゃめったにいないもの。そりゃ世界のどこかには、いるでしょうけど、プリンス・エドワード島に限っては、いないと思うの。昔はそこら中にいたのよ。面白い魔女の話も知ってるから、いつか話してあげるね。血管の血が凍りつくわよ」

それには疑いの余地がなかった。血を凍りつかせる力をもつ人間がいるとしたら、このすばらしい声の少女にちがいない。しかし今は五月の朝だったし、ぼくたちの若い血は、脈々と血管を流れていた。それより果樹園に入るほうを先にしようよと、ぼくたちはもちかけた。

「わかったわ。ここのお話もたくさん知っているから」ストーリー・ガールは言い、ぼくたちは尻尾《しっぽ》をふりたてるパットに付き添われ、歩いていった。

「ねえ、今が春で嬉《うれ》しくない？　冬のいいところは、春の値打ちをわからせてくれることね」

ストーリー・ガールの手の下で門のかんぬきが音をたて、次の瞬間、ぼくたちはキング果樹園にいた。

第3章　果樹園の伝説

果樹園の外では、草は緑の芽をのばし始めたところだ。なのにここでは、えぞ松の生け垣と陽あたりの良い南斜面のおかげで気まぐれ風から護《まも》られ、すでにふかふかしたビロードの絨緞《じゅうたん》のようだった。木々の葉は、生毛《うぶげ》に包まれたねずみ色っぽいかたまりとなって芽吹き始め、説教石の根方には、紫の条《すじ》が入った白すみれが咲いていた。

「お父さんが話してくれた通りだ」フェリックスが、至福のため息をもらした。「ほら、中国屋根の井戸もある」

ぼくたちはあせってかけ寄り、はずみにのびかけたばかりのミントの若芽を踏みつけてしまった。それはとても深い井戸で、井筒は切り出したままのざらざらの石だった。奇妙なパゴダ風の屋根は、スティーブンおじが中国旅行から帰った時に造ったもので、まだ芽を吹かないつたに一面おおわれていた。

「つたが葉を出してつなのように長く垂れると、そりゃあきれいなのよ。小鳥たちが中に巣をかけるの。夏になると、毎年野生のカナリアの番《つがい》が来るわ。それから井戸石のすき間から羊歯《しだ》がのびてきて、一面おおいつくすわ。水もおいしいの。エドワードおじさんは初めてのお説教で、ダビデ王の兵士たちが王のために水を汲《く》みに行ったベツレヘムの井戸のことを話したのだけど、そのとき、ふるさとの古い井戸——この井戸よ——の様子を語ってみせて、外国にいた時、どんなにこのきらきら澄んだ水を恋しく思ったか話して聞かせたの。だから、この井戸はとても有名なの」

「お父さんのいたころ置いてあったのと、そっくりなカップがあるよ」フェリックスは言って、井筒をくりぬいた小さな棚台に、青いぼかし模様の浅い古びた瀬戸物茶碗《ちゃわん》があるのを指さした。

「まさにそのカップなの」ストーリー・ガールは感動的に言った。「びっくりしちゃうじゃない？　そのカップはここに四十年も置いてあって、何百人もの人が水を飲んだというのに割れなかったんだわ。ジュリアおばさんが一度井戸の中に落っことしたんだけど、引き上げたら、ふちが少し欠けただけで、あとはなんともなかったのよ。私思うんだけど、これはキング家の運命とつながりがあるの。ロングフェローの詩にある『イーデンホールの幸運』と同じよ。これはおばさんの二番目にいいセットの、最後に残ったカップなの。一番いいセットは、まだ全部そろっているわ。オリビアおばさんが持っているの。頼んで見せてもらいなさい。きれいよ。赤い草の実が一面に散っていて、おなかのへんがぽこんとふくらんだおかしなクリーム入れが付いているの。オリビアおばさんは、家にお祝い事でもない限り、そのセットを使わないわ」

青いカップから一口飲んでから、ぼくたちは、誕生木を見に行った。実際に見るとごつごつして大きな木だったので、ちょっとがっかりだった。まだ自分たちの幼さに合った若木だとばかり思っていたものだから。

「あなたのりんごは、生で食べてもおいしいわ」ストーリー・ガールはぼくに言った。

「でもフェリックスのは、パイにしか使えないの。後ろにある大きな木二本は、ふたごの木。私のお母さんとフェリックスおじさんのよ。このりんごは甘ったるすぎて、子供とフランス人の雇い人たちしか食べないわ。向こうにある、あのひょろっと背の高い木、枝がみんな真っ直ぐに突っ立っている木だけど、あれは自然に生えてきたの。あの実は、どんな人間だって食べられないのよ。すごくすっぱくて苦いの。豚だって食べないんだから。ジャネットおばさんは一度、あのりんごでパイを作ろうとしたことがあるの。みすみす無駄になるのを見てるなんて腹が立つからって。でも、もう二度としないわ。りんごだけ無駄にするほうが、りんごも砂糖も無駄にするよりはましだって、おばさんは言ってる。そのあとフランス人の出かせぎの人たちに分けようとしたこともあったけど、だれも持っていこうともしなかったの」

ストーリー・ガールの声はさながら真珠かダイヤモンドのように、朝の空気にこぼれ落ちた。言葉ともいえないてにをはさえ、その語り口に潜む謎や笑いや魔法を仄《ほの》めかし、秘められた魅惑にあふれていた。アップルパイとすっぱい野生のりんごと豚が、直ちにロマンスの輝きを帯びてくるのだった。

「ぼく、君がしゃべるのを聞いてるのって好きだな」フェリックスが、いつもの冴《さ》えない生真面目な調子で言った。

「みんな好きよ」ストーリー・ガールはてれもせず言った。「私のしゃべり方、気に入ってくれて嬉しいわ。でも私そのものも好きになってほしい。フェリシティーやセシリーを好きなのと同じぐらいに、ね。それ以上でなくていいわ。昔はそうしてほしかったけど、もう卒業しちゃった。日曜学校で牧師様が、そんなのは利己主義だとお話ししてくださった時に、目が覚めたの。でもやっぱり好きになってほしいな。同じぐらいでいいから」

「うん、とにかく、ぼくは、好きだ！」フェリックスは勢いこんで言った。フェリシティーに太っていると言われたことを思い出したにちがいない。

そこへセシリーが仲間に加わった。どうやら今朝は朝食の手伝いをする番らしく、フェリシティーは来られなかった。ぼくたちはそろって、スティーブンおじの散歩道に出た。

それは果樹園の西側をずっと下っていくりんご並木だった。スティーブンおじは、エイブラハムとエリザベスの最初の子だ。彼は、森や牧草地や温かい赤土の恵みに対する祖父のたゆまぬ愛情を、少しも受けつがなかった。祖母はウォード家の出身なので、スティーブンおじには、そちらの海員魂の血が騒いだのだろう。嘆く母の涙も懇願も振り切ってまで、海に出ていかずにいられなかった。そして再び海の彼方《かなた》から帰ると、異国から持ち帰った苗木で、果樹園に並木を作りあげたのだった。

おじは再び船出した。船のうわさが二度と聞かれることはなかった。待つばかりの数か月の間に、祖母の茶色の髪に初めて白いものがまじった。その後果樹園は初めて泣き声を聞き、悲しみの洗礼を受けたのだ。

「花時《どき》にここを歩くとすばらしいわ」ストーリー・ガールは言った。「妖精《ようせい》の国の夢のようよ。宮殿を歩いていくみたい。りんごの実はおいしいし、冬にはそり遊びにぴったりなの」

散歩道から説教石に向かう。南西の隅に位置した灰色の巨大な玉石で、大人の背たけぐらいあった。前面は真っ直ぐで滑らかだが、後ろはなだらかな斜面になり、天然の階段がついていた。その中段あたりの棚には、人一人が立てた。説教石は、おじやおばたちの遊びに重要な役割を果たした。場合に応じて、城塞《じょうさい》、敵の砦《とりで》、玉座、コンサートの指揮台、と様々に変化した。エドワードおじは八歳の時、この灰色の大岩で最初の説教をした。何千もの聴衆を魅惑する声を約束されたジュリアおばは、初めてのマドリガルをここで歌った。

ストーリー・ガールは棚までのぼり、縁に腰かけてぼくたちを見おろした。パットはうやうやしく岩の下に座り込み、先の黒い前足で、優美に顔を洗っていた。

「さあ、果樹園の物語を聞かせてよ」ぼくは言った。

「有名なのは二つあるわ。キスされた詩人の話と、ご先祖の幽霊の話。どっちがいい？」

「どっちも」と、フェリックスが欲張って言った。「でも初めに、幽霊のを聞かせて」

「そうねえ」ストーリー・ガールは、迷っているようだった。「そういう話は、影の深くなる黄昏時《たそがれどき》向きだと思うなあ。そんなほうが肝っ玉が縮みあがるんだけど」

ぼくたちは、肝っ玉は縮みあがらせないほうがいいと判断し、ご先祖の幽霊の話に賛成した。

「幽霊話は明るいほうが面白いんだよ」と、フェリックスが言った。

ストーリー・ガールが始めると、ぼくたちはむさぼるように耳を傾けた。何度も聞いたことがあるセシリーまで、ぼくたちと同じぐらい熱心に聞いていた。ストーリー・ガールが話すと、何度聞いてもいつも初めてのように新鮮で、心が震える思いがすると、後にセシリーは打ち明けた。

「昔、ずっと昔」と、ストーリー・ガールは始めた。その声は、遥《はる》か遠い昔の息吹きを伝えてきた。「キングおじいさんが生まれるまだずっと前のこと、おじいさんのいとこで両親をなくした娘さんが、おじいさんの両親と一緒に住んでいました。その人の名前は、エミリー・キングといいました。とても小さくてとても可愛い人でした。おとなしい茶色の目は、恥ずかしがり屋で、人の目を真っ直ぐに見つめることもできません。セシリーと同じようにね。そしてその髪は、長くてつややかな茶の巻き毛でした。私のみたい、ね。娘さんの片頬には、ピンクの蝶《ちょう》に似た、小さなあざがありました――このあたりよ。

もちろんそのころ、ここには果樹園なんてありませんでした。ただの野原でした。だけど中に白樺《しらかば》の木立が一つあって、アレックおじさんのあの大きな木が立っているあたりなんだけど、エミリーはその白樺の下で羊歯に埋まって座り、本を読んだり縫い物をしたりするのが大好きでした。エミリーには恋人がいました。名前はマーカム・ウォードといって、王子様みたいにハンサムでした。エミリーはマーカムに夢中、マーカムもエミリーに夢中でした。でも二人とも、そんな事は口にも出しません。いつも二人は白樺の下でおちあって、恋のコの字も出さないで、そのほかのことばっかりおしゃべりするのでした。ある日のこと、マーカムはエミリーに、明日になったらとても重大なあることを聞きたいんだけど、と言いました。そして、自分が来るまで白樺の下で待っていてもらいたい、とも言いました。エミリーは、待っています、とマーカムに約束しました。きっとその晩エミリーは、そのことで頭がいっぱいで眠れなかったでしょうね。そして本当は、どういう話かよくわかっていたのだけれど、重大なあることって何だろう、と考えていたのでしょう。私ならそうだわ。さて次の日、エミリーは一番いい水色のモスリンの服を着ておしゃれをし、巻き毛がつやつやするまで髪をとき、にこにこしながら白樺の木立まで歩いていきました。そして、甘い想いにふけって待っていると、近所の男の子が——エミリーのロマンスなど露知らない男の子が走ってきて、マーカム・ウォードが、鉄砲の暴発事故で死んでしまった、と大声で知らせたのです。するとエミリーは、心臓の真上に手をあて、そして真っ青になって、羊歯《しだ》の中に気絶して倒れました。気がついた後エミリーは、嘆きも悲しみもしませんでした。エミリーは変わってしまったのです。そして、二度と、二度と元通りになりませんでした。水色のあのモスリンを着て白樺の下で待っている時だけ、エミリーは、楽しそうな顔つきになるのでした。エミリーは日ましに顔色が悪くなっていきました。けれどピンクの蝶だけは、どんどん赤みがましていって、しまいには白い頬についた血のしみのようになってしまいました。冬の訪れと共に、エミリーは死にました。ところが次の春が来ると」――ストーリー・ガールは、とたんに声をささやき声にまでおとしたが、それでも今までの声と同じようにはっきり聞こえ、ぞくぞくするような響きがあった。――「エミリーが今でも白樺の下で待っている姿が時々見える、といううわさが広がり始めました。うわさの出所がどこなのか、誰にもわかりませんでした。けれどその姿を見た人は、一人ならずいたのです。おじいさんも子供の時、エミリーを見たって言ってるわ。うちのお母さんも、一度見たことがあるんですって」

「で、君は見たことがあるの？」フェリックスが疑わしげにたずねた。

「いいえ、でもいつか見るでしょう、そのことを信じていれば」ストーリー・ガールは、自信たっぷりに言った。

「あたし、見たくなんかない。怖いんだもの」震え声でセシリーが言った。

「何も怖がること、ないわ」ストーリー・ガールは元気づけた。「だって、よそから来た幽霊じゃないでしょう。血のつながった幽霊ですもの。悪いことなんかしやしないわ」

それはどうも信用できなかった。幽霊なんて、たとえ血がつながっていたって、うろんなものだ。ストーリー・ガールが語ると、物語は真に迫った。聞いたのが夕方でなかったことを、ぼくたちは喜んだ。暗くなった果樹園の、物蔭《ものかげ》や、揺れる枝々の間を抜けて、家に帰るなんて無理なことだ。水色の服を着て人を待つエミリーが、アレックおじの木の下に見えやしないかと恐ろしくて、目もあげられないに違いない。だがぼくたちの目に入ったのは、緑の芝草を踏みつけながら来るフェリシティーだけだった。巻き毛が金色の雲のように、後ろになびいていた。

「フェリシティーは何か聞き逃したんじゃないかと、気をもんでいるのよ」ストーリー・ガールは秘めた楽しみを言葉の中にただよわせて言った。「朝ごはんはできたの、フェリシティー。それともこの子たちに、キスされた詩人の話をするひまが、まだあるかしら」

「朝ごはんの用意はできたわ。でもお父さんが病気の牛の手当てをすますまでは食べられないから、ひまはあると思うわよ」

　フェリックスとぼくは、彼女から目をそらすことができなかった。急いだため紅のさした頬、きらきら光る瞳《ひとみ》、その顔はまるでバラのつぼみだった。けれどもストーリー・ガールが口を開くと、ぼくたちはフェリシティーの顔を見ることを忘れた。

「おじいさんとおばあさんが結婚して十年ほどたったころのことです。ある日、若い男の人が二人をたずねて来ました。その人はおばあさんの遠い親戚《しんせき》で、詩人でした。そのころちょうど、名前が売れかけたところでした。後にはとても有名になった人なの。詩人は詩を書こうと思って果樹園に入ったのですが、おじいさんの木の下にいつもあったベンチに頭をのせ、眠ってしまいました。その時エディス大おばさんが、果樹園に入って来ました。もちろんそのころは、まだ大おばさんなんかじゃなかったのよ。大おばさんはまだほんの十八で、唇は赤く、目と髪はぬばたまの黒でした。聞くところでは、いつもとてもいたずら好きな人だったそうです。さてエディスはしばらく家を留守にしていて帰って来たところだったので、詩人のことなど全然知りませんでした。でも眠りこんでいるその人を見ると、これはきっとスコットランドから来る予定のいとこにちがいない、と思いこんでしまいました。エディスは、ぬき足さし足で忍び寄り、ねっ、それから、こう、体を傾けて、ねっ、その人の頰にキスしたのです。すると男の人は、大きな青い目をぱっちり開けて、じっとエディスの顔を見上げました。エディスは、さっとバラみたいに真っ赤になりました。とんでもないことをしてしまったものです。この人がスコットランドから来るいとこのはずがありません。だっていとこは、手紙に、自分の目の色は、エディスと同じ黒だって書いてきていたのですから。エディスはとんで逃げて、かくれてしまいました。そしてその人が有名な詩人だとわかった時は、もっと間の悪い思いをしたにちがいありません。でも詩人はしばらくしてから、その想い出をそれはそれは美しい詩にして送ってくれました。その詩は印刷されて、本に入っているんですって」

ぼくたちはその情景をありありと見た。眠りこむ天才、お茶目な赤い唇の少女、陽に焼けた頰に、バラの花びらのように軽く押しつけられたくちづけ。

「結婚すれば良かったのに」と、フェリックスが言った。

「そうね、お話の中でなら二人は結婚したでしょうけど、これは本当にあったことですもの」と、ストーリー・ガールは言った。「私たち、たまにこのお話をお芝居にして遊ぶの。ピーターが詩人の役をするのは好き。でもダンは詩人役には向いてないわ。だってそばかすだらけだし、目を変な風にしかめるんですもの。でも、ピーターをおだてて詩人役にさせるのが、一苦労なの。フェリシティーがエディス役をする時は別としてね。――そしてダンはそうさせたがって、がぜん張り切っちゃうの」

「ピーターって、どんなやつ？」と、ぼくはたずねた。

「ピーターって最高よ。あの子のお母さんはマークデイル街道に住んでて、生活のために洗濯の仕事をしているの。ピーターのお父さんは、ピーターがたった三つの時に家を出て、二人を捨てていったのよ。お父さんは二度と戻ってこなかったし、生きているのか死んでいるのかさえわからない。まったくすてきな家族への仕打ちじゃない？　ピーターは食べるために、六つの時から働いているの。ロジャーおじさんは、ピーターを学校にやって、夏には給料を払っているのよ。私たちは、ピーターが好き。フェリシティーの他はみんなね」

「あたしだって、ピーターが分相応にしてくれれば好きよ」フェリシティーは、つんとした。「だのに、そちらの家じゃみんなして、あの子を甘やかしすぎるって、お母さんは言ってるわ。家族でもないのにさ。ろくな躾《しつけ》もされてないし、学校だってあんまり行ってないし、あたしたちと同じように扱うなんて、いけないと思うわ」

風が一吹きすると、熟れた小麦畑を影の波が渡るように、ストーリー・ガールの顔に笑みがさざめき渡った。

「ピーターは根っからの紳士よ。それに、あなたが百年躾をうけて学校に行ったとしたって、かなわないわ。今のピーターのほうがずっと面白い人よ」

「字だってろくすっぽ書けないじゃない」

「ウィリアム征服王は、字なんか全然書けなかったの」ストーリー・ガールが追撃した。

「教会へも行かないし、お祈りだってしないのに」びくともせずに、フェリシティーは言い返した。

「するよ、おれだって」突然生け垣のすき間から、ピーターその人が現れて言った。

「時々お祈りくらいしてるさ」

そのピーターはすらりと姿の良い少年で、笑いを帯びた黒い目と、濃い黒髪の持ち主だった。まだ春浅いというのに、はだしだった。身につけているのは、色褪《いろあ》せたギンガムのシャツと、貧弱なコール天の膝丈《ひざたけ》ズボンだ。しかし彼はそれを、どうしてかわからないが、高雅で上質な布地でできたもののように着こなしていた。だから、実際よりずっと良い身なりをしているように見えた。

「そう何度もお祈りするわけないじゃない」フェリシティーはひきさがらなかった。

「だって神様は、しょっちゅう無理を言わないほうが、かえって言うことを聞いてくれるだろう」とピーターはふっかけた。

この言葉は、フェリシティーにとっては異教的そのものだったが、ストーリー・ガールは一理あると感じたようだ。

「ぜんぜん教会には行かないじゃないの、とにかく」負けるものかと、フェリシティーは追い打ちをかけた。

「メソジスト派になるか長老派になるかを決心するまで、おれ、教会に行くつもりはないさ。ジェーンおばさんはメソジストなんだ。うちの母さんは、どっちでも、どうでもいいらしいけど、おれはどれかになるんだ。何でもないより、メソジスト派でも長老派でもなんでもいいから、何かになるほうがずっと値打ちがあるだろう。何になるか決めてから、みんなみたいに教会に行くよ」

「でもそれは、生まれつき何かなのとはまた違うわ」フェリシティーは傲慢《ごうまん》に言った。「周りの人がそうだから自分もそうするなんてのより、自分で宗派を選ぶほうが、ずっといいと思うよ」ピーターがやり返した。

「さあ、もうけんかはよしなさいよ」セシリーが言った。「フェリシティーもピーターをかまっちゃだめ。ピーター、こちらはベバリー・キング、こちらはフェリックス。あたしたちみんな仲良くして、すてきな夏を過ごすのよ。ね、いっしょにどんな遊びができるか、考えてもみて！　だのに二人がけんかばかりしたら、すっかり台無しよ。ピーターは、今日何をするの？」

「森の畑に木鍬《きぐわ》をかけて、オリビアさんの花壇を掘り返すんだ」

「オリビアおばさんと私で、昨日スイートピーをまいたの」と、ストーリー・ガールは言った。「私だけの小さな花壇にも種まきをしたのよ。今年こそ芽が出たか見ようと、掘り返したりしないつもり。だって種をいためるでしょう。芽が出るのにどんなに長くかかっても、忍耐心を養うつもりよ」

「あたしは今日、お母さんの菜園の種まきを手伝うの」と、フェリシティーが言った。

「あーあ、私、どうしても菜園は好きになれないわ」ストーリー・ガールが言った。「おなかがすいている時は別だけど。そういう時なら喜んで、玉葱《たまねぎ》や赤カブのかわいい列を見に行くわ。でも花壇はだあい好き。ずうっと花園に住んでいられたら、いつでもいい子になっていられるでしょうね」

「アダムとイブだってずうっと花園に住んでいたけど、いつもいい子どころじゃなかったわ」とフェリシティーが言った。

「もしも花園に住んでいなかったら、あんなに長いこといい子でいられなかったにちがいないわよ」と、ストーリー・ガールが言った。

ようやく朝食の呼び出しが来た。ピーターとストーリー・ガールは生け垣のすき間からパットと共に抜け出していき、残りの四人は果樹園から家へと上っていった。

「ねえ、ストーリー・ガールのこと、どう思う?」と、フェリシティーがたずねた。

「とにかくすてきだよ」フェリックスは意気ごんで言った。「あんなに話のうまい人がいるって聞いたこともないな」

「お料理はできないのよ。肌だってきれいじゃないわ。知ってる? あの人大人になったら、女優になるんだって。恐ろしいでしょ?」

ぼくたちには何故なのか、はっきりのみこめなかった。

「あら。だって女優なんて、ろくでもない人間ぞろいでしょう」フェリシティーは、ショックを受けた風で言った。「でも言っとくけど、ストーリー・ガールなら、さっさと女優になってしまうわ。お父さんが力を貸してくれるでしょうしね。何せ芸術家なんだもの」

あきらかにフェリシティーは、芸術家や女優や、その手のやくざな連中を、十把《じっぱ》一からげに考えているのだった。

「オリビアおばさんが、ストーリー・ガールには魔力があるって言ってるわ」セシリーが言った。

まさにぴったりの形容！　フェリックスにもぼくにも、すぐにその言葉のぴったりさ加減がわかった。そうだ。ストーリー・ガールには、本当に魔力があった。それこそ、極めつきの言葉だった。

ダンは朝食が半ば終わるころ、ようやく下りてきた。ジャネットおばが、がみがみ説教した。言うことをきく方が得だとぼくたちにも思わせる調子で、きびきびしたいなか訛《なま》りの荒い言葉でまくしたてて行くのだった。しかしさて、これですべてのお膳立《ぜんだ》ては整い、来る夏の予想は期待に足りるものだった。ながめて楽しいフェリシティー、不思議な物語を語ってくれるストーリー・ガール、ぼくたちに感嘆の目をみはってくれるセシリー、遊び仲間のダンとピーター……こんな理想的な仲間に、これ以上何を望めよう？

第4章　高慢ちき姫のウェディング・ベール

カーライルの住人になって二週間もすると、ぼくたちも溶けこみ、この地の子供たちの生活はぼくたちのものとなった。ピーターとダン、フェリシティーとセシリーとストーリー・ガール、それに、青白い顔に灰色の瞳《ひとみ》のセーラ・レイ、彼等とぼくたちとは仲良しだった。ぼくたちは、もちろん学校にも行った。それからひとりひとりが責任をもってまかされた家の雑用も、あるにはあった。それでもなお、遊ぶ時間には恵まれていた。植え付けが終わったので、ピーターさえも暇な時間がたくさんとれた。

些細《ささい》な意見の違いは別として、大体のところ、ぼくたちはとても気が合っていた。まわりを取り巻く小世界の大人の住民について言えば、彼等ともうまくいっていた。

オリビアおばには、二人とも憧《あこが》れた。彼女は美人で快活で親切だった。その上子供たちを放任するという素晴らしい技術にかけては練達の士だった。ぼくたちが、我慢できるほどには身ぎれいで、けんかをしたり流行《はや》り言葉を使わない限り、オリビアおばは口出しをしなかった。ジャネットおばはこれとまったく対照的で、しょっちゅう世話をやき、ひっきりなしにあれをしろのこれをするなのと言うものだから、言われたことの半分も頭に残らず、だから何にもならなかった。

ロジャーおじは前もって聞かされたように、底抜けに陽気で、人をからかうのが好きだった。彼を好きではあったが、そのほのめかしがいつも耳に快いものとは限らないという落ちつかない感じがどこかしらあった。おじにばかにされているのではないかと思える時があり、ぼくたちの融通のきかない青い生真面目さは、それに耐えられなかった。

アレックおじに、ぼくたちはだれよりもあたたかい愛情を注いだ。アレックおじの宮廷では、ぼくたちが何をしようと、また残そうと、いつも友達がいてくれるという気分になれた。そして彼のしゃべることの、裏の意味をさぐる必要もなかった。

カーライルの子供世界の社交生活は、昼間と日曜学校が中心だった。ぼくたちは特に日曜学校にひかれた。幸いなことに楽しく学課を進めてくれる女の先生に出会ったものだから、もう日曜学校の出席を、毎週のいやな義務だと思わずにすんだからだ。それどころか楽しんで待つようになり、先生の優しい教えを実際に——少なくとも月曜日と火曜日には——実行してみようとさえした。水曜日から後になると、どうも記憶がだんだんあやしくなるようだったが。

先生はまた、伝道にも深い関心を抱いていた。ストーリー・ガールは一度その話をきいて、自分の手で内輪の伝道事業を行おうと思いたった。とすれば頭に浮かんだのはたった一つ。ピーターを説きつけて教会に行かせるのだ。

フェリシティーはこの計画に乗り気でなく、そっけなくこう言っただけだった。

「教会での礼儀も知らないんじゃないかしら。だってピーターって、生まれてから一度も教会の中に入ったことがないのよ。前もって言っとくけど何かとんでもないことをし出かしそう。そしたらあんたは恥ずかしくって、行けなんて言わなきゃ良かったと思うわ。あたしたちだって、みんな面目をなくすのよ。外国人のために募金箱を作って、伝道地に送るというならいいけど。そんな人たちはずっと遠くにいるんだから、かかわらなくってすみますものね。だけど雇い人の男の子と一緒に教会の席につくなんて、あたしはごめんよ」

それでもストーリー・ガールは屈することなく、しぶるピーターを誘い続けた。それは楽なことではなかった。ピーターは教会に足しげく通う家の出ではなかった上に、まだメソジスト派になるか長老派になるか、心をきめていないとがんこに言いはったのだ。

「どっちにしたって変わりはないのよ」ストーリー・ガールは説得した。「どっちも天国に行くんだもの」

「だけど、どっちかがどっちかより楽に行けるに違いないよ。でなきゃみんな一つにまとまるはずだ」と、ピーターは言いはった。「おれは一番楽な道を見つけたいんだ。それに、おれ、メソジストになりたいと思ってるんだよ。ジェーンおばさんはメソジストだもん」

「今もそうなの？」フェリシティーは生意気な口つきでたずねた。

「ええと、よく知らないよ。もう死んじゃったから」ピーターはむっとして言った。「人間て死んでからも、やっぱり同じ生き方するんだろ？」

「いいえ、違います。死んだら天使になるんです。メソジストとかなんとかじゃなくって、とにかく天使になるの。天国に行ったらそうなるの！」

「もう一つの場所に行ったら？」

フェリシティーの神学は、ここで崩れた。彼女はピーターにくるりと背を向けると、軽《けい》蔑《べつ》もあらわに歩み去った。

ストーリー・ガールは本筋に戻そうと、話をかえた。

「私たちの牧師さまってすてきなのよ、ピーター。お父さんが送ってくれた聖ヨハネの絵にそっくりなの。もっとお年寄りで髪が白いだけ。好きになるにきまってるわ。それにこれから先メソジストになるにしても、長老派の教会に行ったってちっとも悪くないでしょ。メソジスト教会は、一番近いのでも、ここから六マイル先のマークデイルよ。今だとそこに出るのは無理だわ。馬を買えるほど大人になるまでは、長老教会に通いなさい」

「だけど、長老教会がとても気に入っちまって、変えたい時に変えられなくなったら？」

ピーターが言い返した。

万事この調子で、ストーリー・ガールはつらい時を過ごした。それでもめげなかった。とうとうある日、彼女は、ピーターが降参したという知らせを持って、ぼくたちのところにやって来た。

「明日、私たちと一緒に教会に行くのよ」と、彼女は誇らしげに言った。

ぼくたちはロジャーおじの丘の放牧地で、白樺《しらかば》の木立のかげにある、すべすべした丸石に座っていた。後ろには灰色のへいがあり、その隅にはすみれとタンポポがかたまって咲いていた。見下ろせばカーライル谷が広がり、そこには果樹園に囲まれた農場と、豊かな牧草地が見えた。上手は、淡い春霞《はるがすみ》の中に消えている。風が野から吹きあげ、寄せる波のように甘い香り――わらびとバルサム樅《もみ》の香気――を送ってくる。

ぼくたちは、フェリシティーの作ってくれた小さなジャムの折りパイを、食べていた。フェリシティーの折りパイは絶品だった。ぼくは彼女を見ながら、こんなにきれいで、これほどおいしいパイが焼けるのに、それでも十分でないとはどういうことか、と考えていた。せめてもう少し面白みのある女の子だったら！　名状しがたい魔力、ストーリー・ガールのどんな仕草にもただよい、ちょっとした言葉にも無雑作な視線にも、はっきりと現れる魅力、そんなものをフェリシティーは、かけらも持ち合わせなかった。ああ、もちろん、天は二物を与えず、だ。ストーリー・ガールの細い、陽に焼けた手首には、えくぼは一つもなかった。

セーラ・レイ以外は、みんな折りパイをおいしく味わっていた。セーラは、パイを食べてはいたが、いけないことだと知っていた。間食やジャムの折りパイを、セーラの母親はどんな時にも許さなかった。一度、セーラがぼんやりとしていた時、何を考えているのか聞いてみたことがある。

「母さまがいけないって言わなかったことを、思い出そうとしているの」ため息をついて、彼女はそう答えたのだった。

ピーターが教会に行くと聞いて、フェリシティー以外の全員が喜んだ。フェリシティーはあらゆる不吉な予言と忠告にあふれていた。

「あきれるじゃないの、フェリシティー・キング」セシリーが厳しく言った。「かわいそうな子がまともな道を歩きだそうとしているのを、喜んであげなくっちゃ」

「ピーターの一番よそ行きのズボンには、大きなつぎあてがあるのよ」フェリシティーは、じたばたした。

「あら、穴よりはましよ」パイに上品に手をのばしながら、ストーリー・ガールは言った。「神様は、つぎあてなんか気になさらないわ」

「でも、カーライルの人たちは、するわ」カーライルの住民の思惑のほうがずっと大切だと言わんばかりに、フェリシティーは言い返した。「それにピーターは、見て恥ずかしくない靴下を持ってるかしら。ピーターが穴から足の地肌を見せて教会に出かけたら、どんな感じでしょうかしら、ストーリー・ガールさま？」

「どうってことないわよ」ストーリー・ガールは、びくともしなかった。「ピーターは、道理がわかっていますもの」

「そうね。せめてピーターが、耳の後ろを洗って来てくれることを、願ってるわ」フェリシティーは、あきらめ顔に言った。

「今日は、パットの具合はどう？」セシリーが話題を変えようとした。

「少しも良くならないの。台所でふさぎこんでるわ」ストーリー・ガールは、案じ顔だった。「納屋に出かけたら、ねずみがいたの。手に棒を持ってたので、こう、思いっきりなぐりつけたの。完ぺきに殺しちゃった。それからそのねずみを、パディーに持って行ってやったの。信じられる？　あの子ったら、見ようともしないの。とても心配。ロジャーおじさんは、薬を飲ませなきゃいけないって言うけど、どうやって飲ませるか、それが問題よ。粉薬をミルクに混ぜて、ピーターにあの子を押さえてもらってる間に、のどに流しこもうとしたの。そしたら見て、このひっかき傷！　そしてミルクはっていうと、パディーののどの奥以外に、残らずとび散ったわ」

「大変ね、もしも――もしもパットがどうかなったら」と、セシリーがささやいた。

「いいさ。楽しい葬式ができるよ、なあ」とダンが言った。

一同がいかにもおそろしげにダンを見たので、ダンはあわてて弁明した。

「パットが死んだら、ぼくだってすごく悲しいさ。だけどそうなるとしたらだよ、ちゃんとした葬式をしてやらなくちゃ、いけないだろう、ねっ。だってパディーは家族同然なんだもの」

ストーリー・ガールは折りパイを食べ終え、草の上に体をのばした。両手にあごをのせ、空をながめた。いつものように、頭には何もかぶっておらず、真紅のリボンをぐるりと頭に巻いていた。摘んだばかりのタンポポをリボンに編みこんでいたので、つややかな茶色の巻き毛に、輝く黄金の冠をかぶっているようだった。

「あの長い、薄い、レースのような雲をごらんなさいよ」ストーリー・ガールは言った。

「女の子だったら、何を思い浮かべるかしら」

「ウェディング・ベール」セシリーが言った。

「そう、その通り。高慢ちき姫のウェディング・ベールよ。私、そのお話知ってる。本で読んだの。むかし、むかし」――ストーリー・ガールの瞳《ひとみ》は夢見心地になり、言葉は風に舞うバラの花びらのように夏の風にのって、飛んで行った。――「この世で一番美しいお姫様がおりました。あらゆる国から王様たちが訪れて、ぜひ花嫁にと望みました。けれども姫は、美しい分高慢でした。姫は求婚者たちのだれもを、あざ笑いました。そして父君の王様が、だれか一人を花婿に選ぶようにとせかすと、姫は傲慢《ごうまん》につんとあごをあげました――こう」

ストーリー・ガールは、はね起きた。そしてしばしの間ぼくたちは、昔話の高慢な姫君の、蔑《さげす》みに満ちた美しい姿を、目の前に見たのだった。

「そして、姫は言いました。

『わたくし、王という王を従える王様がいらっしゃるまでは、結婚いたしませんわ。そうすれば、わたくし、世界を従える王様の花嫁ですから、どんな女も、わたくし以上のものになれませんもの』

そこでどの王様も、他の王様をすべて従えられるところを見せようと、戦争に出ました。多くの血が流され、悲しみが生まれました。けれども高慢ちきな姫は、ただ笑って歌っただけでした。姫と侍女たちは、すばらしいレースのベールを作っていました。王の中の王が現れた時、姫はそれを身にまとうつもりでした。それは本当に美しいベールでした。けれどそのベールを縫う一針ごとに、一人の殿方が死に、御婦人の心が一つ張り裂ける、と侍女たちは噂しあいました。

さて、一人の王様が自分こそみんなを従えたと思うと、とたんに別の王様が来て、その王様を従えてしまいます。何度もそういうことが続いて、とうとう高慢な姫君の花婿はもうずっと出てこないように思われました。それでも姫はまだ誇り高く、姫と結婚したいと考えた王様以外の人たちがみんな、姫がもとで起こった災いのせいで姫を憎み嫌っても、まだ気持ちを変えようとしませんでした。ある日のこと、お城の門に角笛が高く吹きならされました。そして、よろいに固く身を包み、かぶとの面頬《めんぼう》も下ろしたまま、白馬に乗った背の高い男が一人現れました。男が姫と結婚するために来たと言いますと、誰もが笑いました。男には家来一人ついておらず、きらびやかな衣装もなく、黄金の冠もなかったからです。

『だが私は、すべての王を従える王だ』と、男は言いました。

『わたくしと結婚する前に、そのことを証明してくださいまし』と、高慢な姫君は言いました。けれど姫は身を震わせ、顔は蒼《あお》ざめていました。男の声の中に姫を恐れさせる何かがあったからです。男が笑うと、その笑い声はさらに身の毛をよだたせるようなものでした。

『そんなことは簡単に証明してみせよう、美しい姫君』と、男は言いました。『だがそのために、そなたは私の国まで来なければならない。私と今すぐ結婚してくれ。そなたと私のほかに、父君と宮廷の方がたもみな、馬に乗って私の王国まで来てほしい。もしそなたが、すべての王を従える私が治める国を気に入らないなら、指輪を返しておくれ。そして、永遠《とわ》に私にわずらわされることなく、そなたの城に帰れば良い』

それは奇妙なプロポーズでしたので、姫の友達はみな、どうか断ってくださいと頼みました。ところが姫のうぬぼれ心が、世界の王の妃になれるなんてすばらしいことだ、とささやきかけたのです。姫はうなずきました。侍女たちは姫を装わせ、でき上がるのに何年もかかった長いレースのベールをかぶせました。二人はすぐに結婚しましたが、花婿は決して面頬をあげようとせず、顔は、誰にも見えませんでした。高慢ちき姫は、今までにもまして高慢ちきにふるまっていましたが、その顔はベールのように真っ白でした。そして、本当ならば結婚式につきものの、笑い声もお祭り騒ぎもなく、みながみな目におびえをひそませて、顔を見合わせているのでした。

式が済むと、花婿は花嫁を抱きかかえ、白馬に乗せました。姫の父君も宮廷の人々もうちそろって馬にまたがり、後をついていきました。遠く遠くみんなは進みました。やがて空は暗くなり、風がむせび泣きました。そして夕闇がおりて来ました。黄昏《たそがれ》の光の中を、人々は小暗い谷間に下りて行きました。そこは、墓石でいっぱいでした。

『どうしてわたくしを、こんなところへ連れて来たのです？』高慢ちき姫は怒って叫びました。

『これが私の国だ』と、男は答えました。『ここにあるのは、皆、私が従えた王たちの墓だ。抱いておくれ、美しい姫君。私は死だ！』男は面頬をあげました。人々はみな、その恐ろしい顔を見ました。高慢な姫は、悲鳴をあげました。

『私の腕においで、花嫁』と、男は大声で言いました。『私はそなたを堂々と勝ちとった。私こそすべての王を従える王だ！』

死に神は気絶した姫を胸に抱きしめ、白馬に拍車をあてると、墓石の立ち並ぶ中へ駆けて行きました。篠突《しのつ》く雨が谷間をおそい、視界をさえぎりました。年老いた王様とお城の人たちは、すごすご帰って行きました。そしてそれから姫は、二度とこの世に現れることはありませんでした。ただ、あの空にかかっているような長い白い雲が空に浮かぶと、姫のいた国の人たちは、『ほらごらん。高慢ちき姫さまのウェディング・ベールだよ』と言うのでした」

ストーリー・ガールが話し終えてもしばらくは、お話の恐ろしい呪文《じゅもん》がぼくたちにかかったままだった。ぼくたちは、姫と共に死の国を歩き、あわれな姫の心臓を凍りつかせた恐怖に肝を冷やした。その時、ダンが呪文をといた。

「あんまり自惚《うぬぼ》れるのはよくないぜ、フェリシティー」ダンは言って、フェリシティーをつついた。「ピーターのつぎあてのことなんかで、そうとやかく言うもんじゃないよ」

第5章　ピーター教会に行く

主教と先生たちがマークデイルでの聖体拝領に出席することになったので、翌日の午後は日曜学校がなかった。カーライルの礼拝は夕刻なので、日が沈むころぼくたちは、アレックおじの家の玄関で、ピーターとストーリー・ガールを待っていた。大人はひとりもいなかった。オリビアおばがひどい頭痛に悩まされ、ロジャーおじが看病で家に残ることになったのだ。アレックおじとジャネットおばはマークデイルの聖体拝領に出向き、まだ戻っていなかった。

フェリシティーとセシリーは、この日おろしたての夏物モスリンを着ていて、そのことを痛いほど意識していた。忘れな草の花輪を巻いた麦わら帽がうす桃色の顔にかげを落とすフェリシティーは、いつものように美しかった。ところがセシリーのほうは、一晩中カール紙の責め苦に耐えたあげく、頭を大げさなカールのかたまりに変えてしまい、上品な面だちの、可愛い尼僧じみた表情を台無しにしていた。セシリーは、他の二人の少女のように天然カールに恵まれなかった運命を恨んだ。ただ少なくとも日曜日には心の願いを満たせるので、相当満足していた。普段の髪型のなめらかなしゅすの輝きのほうが、ずっと似合っていると説きつけようとしても、無駄だった。

ようやくピーターとストーリー・ガールが現れた。ぼくたちは、どうしようもないズボンのつぎあてに目をつぶれば、ピーターがなかなかきちんとした身なりなのを見て、多少なりとも胸をなでおろした。その顔は紅潮し、濃い黒い巻き毛にはきれいに櫛目《くしめ》が通り、ネクタイもきちんと結んであった。しかしぼくたちが一番気をもんで仔細《しさい》にながめたのは、足だ。一見合格に見えるが、よくよく観察すると、必ずしも世間なみと言えないところが見つかった。

「そのくつ下は、どうしたんだい、ピーター？」ダンが無遠慮にたずねた。

「ああ、穴のあいてないやつがひとつもないんだ」ピーターはあっけらかんと答えた。

「母さんは、今週つくろってる暇がなかったんだよ。だから二枚重ねてはいて来た。穴ってやつは同じ場所にあかないから、よくよく見なきゃわかんないだろ」

「献金の一セントは持って来た？」フェリシティーが聞いた。

「合衆国の一セントなら持ってる。使えると思うんだけど、だめ？」

フェリシティーは激しくかぶりを振った。

「だめ、だめ、だめよ。お店屋さんや卵売りになら使えるかも知れないわ。でも、教会では絶対にだめ！」

「じゃ、なしで行くよ。ほかに一セントも持ってないもん。おれ週に五十セントぽっちしかもらわないし、そいつはゆうべ母さんにみんなわたしちまった」

しかし、ピーターには一セント持たせなければならない。フェリシティーはピーターを一文無しで行かせるぐらいなら、自分から渡すと言いだした。自分の金に関しては気前良いと言えない彼女が、である。しかしダンが、来週返してもらうというはっきりした約束をとりつけて、一枚貸した。

ロジャーおじがこの時ふらりと出て来て、ピーターを不審げに見た。

「何が心変わりの原因なんだ、ピーター？　オリビアが心優しくかきくどいても少しも効を奏さなかったのに、何が動機で教会人種になったんだ？　大昔のことわざにある通りか？　美は髪一筋で我等を誘う、というやつか」

ロジャーおじは、からかい顔にフェリシティーを見た。引用の意味はわからなかったが、ピーターが教会に行くのはフェリシティーのためだとおじが考えていることは、わかった。フェリシティーは頭をふりあげた。

「ピーターが教会に行くのはあたしのせいじゃないわ。ストーリー・ガールのお手柄ですからね」

かみつくように、彼女は言った。

ロジャーおじは玄関の段に腰をおろし、声に出さない、内なる笑いの発作に身を委《ゆだ》ねた。ぼくたちがそろって、まったくやり切れないと感じる発作だ。おじは大きなブロンド頭を振り、目を閉じたままぼそぼそつぶやいた。

「あたしのせいじゃないわ、か。やれやれ、フェリシティー、フェリシティー。気をつけないと、お前はいつか愛《いと》しのおじさんを死なせてしまうぞ」

フェリシティーは憤慨して立ちあがり、ぼくたちもそれに続いた。丘のふもとで、セーラ・レイをさそって行った。

カーライル教会は、つたのからまる角ばった塔のついた、古びた建物だった。背の高いにれの木立が影を落とし、墓地が完全にまわりを取り巻いているので、窓の真下にも墓碑がたくさんあった。ぼくたちはいつも隅の小径《こみち》をとり、一族が四代にわたって光と影ゆらめく緑の孤独の中に眠る、キング家の区画を通って行った。

そこには、島の荒い砂岩でできた、キング家の曾祖父《そうそふ》の平らな墓石があった。つたにびっしりおおわれているため、その生涯をまとめて記録した長ったらしい墓碑銘は、ほとんど見えなかった。墓碑銘は、未亡人の自作である八行詩でしめくくってあった。詩作が曾祖母の十八番《おはこ》だったとは思えない。カーライルでの最初の日曜日にそれを読んだフェリックスは、それが、詩のような顔をしているけど、詩とは思えない、とあいまいな言い方をしたものだ。

そこには、一途な魂がいまだに果樹園をさ迷いつづけているらしいエミリーも、眠っていた。しかし詩人にキスしたエディスは、一族と共にいなかった。彼女は遠い外国で亡くなり、異国の潮騒《しおさい》がその墓にこだましている。

枝垂《しだ》れ柳に飾られた白大理石の平石は、キング家の祖父母が埋葬された場所を示し、赤いスコットランド御影石《みかげいし》の柱がフェリシティーおばとフェリックスおじの墓の間に立っていた。ストーリー・ガールは道をはなれ、煙るような青色《ブルー》と微《かす》かな甘い香りの野すみれの花束を、母の墓に供えに行った。それから石に刻まれた言葉を、声高に読みあげた。

「生けし時は愛しく楽しく、死せるのちも離るることなく」

その声が、胸うずかせる不滅の美と、かつて起こったこの不可思議な悲劇への哀愁を伝えた。少女たちは目をぬぐい、ぼくたち男の子も誰も見ていなかったらそうしたかもしれない気分になった。生けし時は愛しく楽しく。この言葉以上の墓碑銘を誰が望めよう。ストーリー・ガールの読みあげる声を聞いた時、ぼくは、自分もこのような墓碑銘に値する人間になろうと、心秘《ひそ》かに決めたのだった。

「おれにも家族墓地があればなあ」ピーターが羨《うらや》ましそうに言った。「あんたらと同じものって、おれ、全然持ってないんだもんな。クレイグの家のものは、死んだ土地に埋められるだけだ」

「ぼくも死んだら、ここに埋めてもらいたい」フェリックスが言った。「でも、まだしばらくはそうならないでいたいけど」教会に向かうためさらに進みかけた時、少し元気な声でそうつけ加えた。

教会の内部は外部に劣らず時代がかっていた。四角いボックス席が備えられ、説教壇はワイングラス型で、傾斜の険しい狭い階段が真っ直ぐ続いていた。アレックおじの家族席は、教会の最上部、説教壇のすぐそばだった。

ピーターの登場は、ぼくたちが期待した程の注意をひかなかった。実のところ、誰も彼のことなど気づいてもいないようだ。灯《あか》りはまだ点《とも》されておらず、教会は柔らかな黄昏《たそがれ》の光と静けさに満ちていた。外の空は紫と金色と銀ねずみがかった緑色で、にれの上にバラ色の雲が優しくからみ合っていた。

「この中は、すっごく立派で神々《こうごう》しいんだなあ」ピーターがうやうやしくささやいた。

「教会がこんなとは思わなかった。気持ちいい」

フェリシティーは眉《まゆ》をひそめ、ストーリー・ガールは上ばきの足でピーターに触れて、教会で話をしてはいけないことを思い出させた。ピーターは緊張し、礼拝の間中注意力を集中させていた。だれにも劣らない立派な行儀だった。ところが説教がすんで献金が始まると、ピーターは入場の際まったくなかったセンセーションをひき起こしたのである。

エルダー・フルーエン。長い砂色の頬ひげをのばした顔色の悪い男だ。彼が、ぼくたちのボックス席に献金皿を持って現れた。ぼくたちはエルダー・フルーエンと親しく、彼を好いていた。ジャネットおばのいとこで、よく家に遊びに来た。普段の日の陽気さと、日曜日の俗離れしたしかつめらしさ、その態度の違いは、いつもショックなほどにおかしかった。ピーターにもショックだったのだろう。というのもピーターは、献金皿に一セント入れたとたん、大声で笑ったのだ！

教会中がうちの座席を見た。何故フェリシティーがこの瞬間屈辱のあまり死ななかったのか、今となっても謎だ。ストーリー・ガールは真っ青に、セシリーは真っ赤になった。あわれな、そして不幸なピーターはというと、その恥ずかしさいっぱいの表情は、正視できないほどだった。残る礼拝の間中、彼は一度も顔をあげなかった。ぼくたちの後を側廊から墓地へと進む姿は、打ちすえられた犬のようだった。五月の夜の白々とした月光が落ちる街道に出るまで、だれも一言もいわなかった。それからフェリシティーがぴりぴりした沈黙を破り、ストーリー・ガールにかみついた。

「だから言ったでしょう！」

ストーリー・ガールは答えなかった。ピーターは、こそこそにじり寄った。

「ほんとにごめん。笑うつもりはなかったんだ。止めらんなかったんだよ。だってさ――」

「二度と私に話しかけないで」ストーリー・ガールは、冷ややかで、激しい怒りにあふれて言った。「メソジストでも、モハメット教でも、なんにでもなるといいわ。何になったって知ったことじゃない！　あなたったら、私に恥をかかせたのよ！」

そう言うとセーラ・レイと一緒にさっさと離れて行き、ピーターはおどおどしてぼくたちの方に戻ってきた。そしてささやいた。

「おれ、何をやっちまったのかな。何であそこまで言うのかな」

「ああ、気にすんなよ」ぼくは、ぶっきらぼうに言った。ピーターがぼくたちの顔に泥をぬったと、感じていたからだ。「今はかっとなってるだけさ。それも当たり前だ。またよりによって、どうしてあんなとんでもないことをしたんだい、ピーター？」

「うん、そんなつもりじゃなかった。大体あの前に二度笑いたくなって、じっと我慢したんだよ。笑いたくなったもとは、ストーリー・ガールの話なんだ。だからあんなに怒るのは、不公平だと思うな。人の顔を見て笑わせたくないんなら、あんな話はしちゃいけなかったんさ。サミュエル・ウォードの顔を見たら、あの人が会合で立ちあがって、けんかの時もぶっ倒れた時もお導きください、って言ったのを思いだしたんだ。ストーリー・ガールがその真似をした顔を思い出してもう少しで吹きだすとこだったんだよ。その次に説教壇を見たら、スコットランド人のおじいさんの牧師さんの話を思い出しちゃったんさ。その人はあんまり太りすぎてあの入り口から入れなかったもんだから、両手に力を入れて、うんとこさと押しこまなきゃいけなかった。そんな時にもう一人の牧師さんにささやいたことばが、みんなに聞こえちまったんだって。

『この説教壇の戸は、生きた人間にでなくて、魂さん用に作ったんですな』って。で、また吹きだしかけた。つぎにフルーエンさんが来たろう。そしたらおれ、あの頬ひげの話を思い出した。あの人の初めの奥さんが肺病で死ぬと、シリア・ウォードに結婚を申し込みに行った。そしたらシリアは、あのひげをそり落とさなきゃ結婚してやらないって、言ったんだって。それでもあの人は、そらなかったんだ。ただの意地だけで。ところがある日、刷毛《はけ》を焼いている時に、片側のひげに火が移って燃えちまった。これならもう片っぽもそってしまうだろうと、みんな思ったんだって。ところがそうしなかったんだな。燃えたほうがもう一度生えそろうまで、片っぽのひげだけで歩きまわってたって。そのあとシリアが折れてあの人と結婚したんだって。向こうが折れる望みが全然ないってわかったからさ。おれ、その話をちょうど思い出して、あの人がひげを片っぽだけつけて、あのばか真面目な顔でお金を集めるとこが見えるような気がしたんだ。そしたら勝手に笑いがでて、どうしようもなかったんだよ」

ここまで聞くとぼくたちも全員どっと笑ってしまい、ちょうど馬車で通りすぎたエイブラハム・ウォード夫人をぞっとさせた。夫人は翌日家に来て、教会から家に帰る途中のぼくたちが「あきれかえった態度だった」と言いつけた。ぼくたちも恥ずかしくは思った。日曜日の散策は、立派で秩序正しく、しかるべき態度で行わなければならないとわかっていた。ところがピーターと同じで、勝手に笑えてしまったのだ。

フェリシティーさえ笑った。フェリシティーは、はたから思うほどピーターに腹を立てていなかった。彼女はピーターと並んで歩き、聖書を彼に持たせていた。二人は親しげに話してさえいた。多分、ピーターが自分の予言の正しさを証明してひと波乱起こし、ストーリー・ガールに対する明らかな勝利をもたらしてくれたので、ずっと簡単に彼を許せたのだろう。

「これからも教会に通うよ」ピーターは話していた。「説教は思ったより面白いし、歌が好きだな。長老派かメソジストか、どっちかにきめられたらいいんだけど、牧師さんに聞いてみたらどうかな」

「だめ、だめ、だめ。そんなことしちゃだめよ」フェリシティーはあきれた。「牧師さまはそんな質問にわずらわされたくないはずよ」

「どうしてさ。天国への行き方を教えないんなら、何のために牧師さんがいるんだよ」

「あの、ええと、大人がものを尋ねるのはいいのよ、もちろん。でも男の子が――特に雇い人の子が尋ねるのは、不作法だと思うわ」

「なんでかわかんないな。まあどうせ、大して役に立たないだろうけど。だって長老教会の牧師さんなら長老派に入れって言うだろうし、メソジストなら、そっちにしろって言うだろう。ねえ教えてよ、フェリシティー、この二つはどう違うんだい?」

「わ、わかんない」とフェリシティーは口ごもった。「子供にはそんなことわからないと思うわ。大きな違いはあるのよ、もちろん。それが何かさえわかればねえ。何にしてもあたしは長老派だし、それが嬉《うれ》しいのよ」

ぼくたちはしばらく幼い思いにふけりながら、黙って歩きつづけた。が間もなくそれを、ピーターの、不意のとんでもない質問で蹴《け》ちらされてしまった。

「神様ってどんな顔をしてるのかな」

ぼくたちのだれも知らなかった。

「ストーリー・ガールなら知っているかもしれないわ」セシリーが言った。

「知りたいなあ」ピーターは真面目に言った。「神様の絵でも見られたらいいんだけど。そしたら、もっと身近に考えられるだろ」

「どんな顔をしていらっしゃるのか、あたしもよく考えるの」フェリシティーが打ち明けた。フェリシティーにさえ、底知れぬ思いの深みがあるらしかった。

「イエスさまの絵なら、見たことがあるよ」フェリックスがうっとりと言った。「普通の男の人みたいだったよ。もちろん、もっと立派で優しそうだったけど。でもそう言われてみれば、神様の絵は見たことがないな」

「ふうん、トロントにもないんなら、ほかのところにはなさそうだなあ」ピーターはがっかりして言った。それから、「おれ、悪魔の絵なら見たことがある」と付け加えた。「ジェーンおばさんの本にあったんだ。学校でほうびにもらったやつだよ。ジェーンおばさんは頭が良かったから」

「そんな絵が入ってるなんて、きっとあまりいい本じゃないわね」フェリシティーが言った。

「とてもいい本にきまってるさ。ジェーンおばさんが悪い本なんか持ってるはずないよ」ピーターは不機嫌な声で返した。

ピーターがこの件をそれ以上むし返さなかったので、内心がっかりだった。彼の口にした人物の絵など今まで見たことがなかったので、好奇心をそそられてしまったのだ。

「いつかもっと機嫌のいい時に、ピーターにどんなか教えてもらおうよ」フェリックスがささやいた。

セーラ・レイが自宅の門に入るとすぐ、ぼくは真っ先にかけだして、ストーリー・ガールに追いついた。そして、ならんで丘を登って行った。彼女は心の平静を取り戻していたが、ピーターには一言もふれなかった。家に続く小径《こみち》に入り、キング祖父の大柳の下を通ると、果樹園の芳しい香りが、波のようにおそいかかった。ぼくたちは、木々の長い連なりと、月光に浮かぶ白い喜びを見た。この果樹園は、今まで見たどの果樹園ともどこか違ったところが、あるような気がした。このあいまいな印象を分析するには、ぼくたちはあまりにも幼かった。この果樹園にはりんごの花だけでなく、愛と真実《まこと》と歓《よろこ》び、そこを作りあげ、そぞろ歩いた者たちの、純な幸せと純な哀しみも花開いていたのがその理由だったと、後になってぼくたちは理解することになる。

「月の光をあびた果樹園はとてもいつもと同じ場所と思えないわ」ストーリー・ガールは、夢見勝ちに言った。「すてきなの。でもどこか違うの。もっと小さかったころは、月の光の明るい夜は妖精《ようせい》たちが踊るんだと、信じていたわ。今も信じたいけど、もうできない」

「どうして？」

「だって、本当ではないとわかってることを信じるのは難しいもの。妖精なんていないんだと教えてくれたのは、エドワードおじさんなの。私、七つだった。おじさんは牧師だから、本当のことを言っているとわかっていたわ。教えるのは、おじさんの義務ですもの。だから恨んではいないけど、それからはエドワードおじさんに、しっくりした気持ちを感じることがなくなってしまったのね」

たしかに。自分の空想をぶちこわしてしまった人に、「しっくりした気持ち」を感じられるものだろうか。サンタクロースなどいないと最初に教えてくれた残酷な人間を、ぼくは許すことができたろうか。それは、ぼくより三歳年上の少年だった。その少年は、多分今は、最も有能で尊敬に値する社会の一員となり、家族に愛されていることだろう。だがぼくにとっては……！

ぼくたち二人は、アレックおじの玄関で他の連中が追いつくのを待った。ピーターはこそこそきまり悪そうに、かげにかくれた。しかしストーリー・ガールの短く激しい怒りは、もう消えていた。

「ピーター、待ってよ」

彼女はピーターに歩み寄り、手をさしのべた。

「許してあげる」愛想よく言った。

こんなに愛らしい声で許してもらえるのなら、怒らせる値打ちは十分あるな、とフェリックスもぼくも感じた。ピーターは、熱っぽくその手をつかんだ。

「ストーリー・ガール、あのう、教会で笑って本当にごめんよ。でも、おれがまたやりゃしないかなんて心配は、いらないよ。ほんとだからね！　おれ、ずっと教会の日曜学校も行くし、毎晩お祈りもするんだ。ほかのみんなみたいになるぞ。それからさ！　おれ、ジェーンおばさんが猫に薬をやる時に、どうしてたか思い出したんだよ。粉薬をラードに混ぜて、前足と横っ腹に塗るんだ。そしたら猫は汚れるのが大嫌いだから、なめてしまうよ。パディーが明日になっても良くならないようなら、それを試してみようよ」

二人は手に手をとって、幼い叡智《えいち》に輝き、月影さすえぞ松の小径を歩み去った。さわやかで花あふれる土地も、ぼくたちの小さな心も、平和だった。

第6章　黄金の一里塚の謎

翌日パットは薬入りラードを塗りつけられた。ストーリー・ガールがこの儀式をとりしきる巫女《みこ》だったが、ぼくたちも全員立ち会った。そのあとパットは、マットとクッションから追い立てられ、体をきれいになめ終わるまで穀物倉に幽閉された。この治療を一週間毎日施すと、パットは元の健康と精神をとり戻した。そしてぼくたちの心にも、次なる大事業の、学校図書館建設資金集めを楽しめる余裕ができた。

ぼくたちの先生は、学校に付属した図書館があればすばらしいと考えた。そこで、生徒たち一人一人が六月中に、この計画に対してどれだけのお金を調達できるか試してみるように言いわたした。ぼくたちはそのお金を正当な労働で稼ぐか、知り合いの寄付を仰ぐかして集めなければならなかった。

その結果、どの生徒が最高額を集めるか、むきだしの競争になった。それもぼくたちの仲間内で特に熱をおびたものとなっていった。

大人たちは初めに、一人二十五セントずつくれた。残りは自分自身の努力にかかっているとわかっていた。だがピーターには最初から、財政援助をしてくれる親族がいないというハンディーがあった。

「ジェーンおばさんが生きてたら、少しはくれたのにな」ピーターは言った。「それに父さんも、家出なんかしなかったら、くれたかもしれない。けどとにかく、おれ、できるだけのことをやってみるよ。オリビアさんが卵集めの仕事をくれるって言ってくれた。一ダースに一つ、自分で勝手に売れる卵をもらえるんだ」

フェリシティーは母親との間に、同様の契約をとりつけた。ストーリー・ガールとセシリーは、めいめい自宅で皿洗いをして週に十セントもらうことになった。フェリックスとダンは、庭を雑草から守る約束をした。ぼくはえぞ松谷の西で川鱒《かわます》をとって、一尾一セントで売った。

セーラ・レイはただ一人不幸だった。彼女には何もできなかった。母親以外にカーライルに身寄りはおらず、その母親は学校図書館計画を好ましく思わなかったので、セーラに一セントも渡さぬばかりか、それを稼ぐ手だてもすべて封じた。セーラにとっては、とても言い表せないほどの屈辱だった。セーラは忙《せわ》しげなぼくたちの小さなグループの中で、仲間外れでよそものの気持ちを味わっていた。そこでは仲間がそれぞれ、毎日金勘定をし、小銭の額がゆっくりとふえていくことにささやかな喜びをみているのだった。

「神様にお金をくださいって、祈るしかないわ」とうとうセーラは、捨て鉢に言った。

「そんなことしても、どうかなるわけじゃないだろ」と、ダンが言った。「神様はたくさんのものをくださるけど、お金はくださらない。人間が自分で手に入れられるんだもの」

「入れられないのよ、私は！」セーラは、激しくかみついた。「あの方なら、そこまで考えてくださってもいいと思うわ」

「ねえ、心配しないで」常に慰めを惜しまぬセシリーが言った。「あんたが一セントも集められなくても、あんたのせいじゃないってこと、みんなわかってくれるわ」

「学校図書館のために何もできないのじゃあ、本一冊だって読めない気持ちになるわ」と、セーラは嘆いた。

ダンと女の子たちとぼくは、オリビアおばの庭のへいにずらりとならんで座り、フェリックスの草とりをながめていた。フェリックスは草とりが好きでなかったが、よく働いた。――「太った子にはできないわ」とフェリシティーに言われたからだ。フェリックスは聞こえなかったふりをしていたが、ぼくにはわかっていた。耳が真っ赤になったからだ。顔は赤くならないのに、フェリックスの耳はいつも正直だった。フェリシティーはそういう類《たぐ》いの言葉を決して悪意から言うのではなかった。フェリックスが「太った」と呼ばれるのを嫌っているなど、夢にも思わなかっただけだ。

「いつもかわいそうな雑草に心が痛むわ」夢見るようにストーリー・ガールが言った。

「抜かれるって、痛いでしょうね」

「場違いなところに生えなきゃいいのよ」無情にフェリシティーが言った。

「雑草は天国にのぼったら、花になるんでしょうね」と、ストーリー・ガールが続けた。

「あんたでなきゃそんな変なことは考えないわ」フェリシティーが言った。

「トロントのお金持ちで、庭に花時計を作ってる人がいたんだ」ぼくは言った。「本物の時計の文字盤みたいで、毎時間違う花が咲くから、いつでも時刻がわかるんだよ」

「まあ、ここにもそんなのがあればいいのに」と、セシリーが声をあげた。

「何の役に立つの？」と、ストーリー・ガールが聞いた。「庭にいて時間を知りたがる人なんか、いないのに」

この時突然、ぼくは、魔法の種をのむ時間なのを思い出し、その場を離れた。三日前学校で、ビリー・ロビンソンから買ったものだ。それをのむと背が早くのびる、とビリーは請け合ってくれた。

ぼくは背がのびないことを、秘《ひそ》かに思い悩み始めていた。ジャネットおばが、ぼくはアレックおじに似て、背がのびなさそうだと言ったのを、小耳にはさんでしまったのだ。アレックおじは好きだが、背はおじより高くなりたかった。だからビリーが厳かな秘密の誓いの下に、実は背を高くする「魔法の種」を持っていて、一箱十セントで売ってもよいと打ち明けた時、ぼくは一も二もなくとびついた。ビリーはカーライルの同年齢の少年では一番背が高く、それもみな魔法の種をのんだからさ、と教えてくれた。

「おれだって、のむ前は普通だったんだぜ。だのに、これ見なよ。こいつはペッグ・ボウエンから手に入れたんだ。なんたってあいつは魔女だ。魔法の種一ブッシェル（約三十六リットル）のためにだって、もう近づきたかないけどね。おっそろしい経験だったから。もうあんまり残ってないけど、おれはなりたいと思うだけ背をのばしたと思うんだ。三時間おきに、一つまみずつ、後ずさりしながらのむこと。のんでいることを誰にも言わないこと。でないと効かないぜ。おまえのためだけにとっといたんだから」

ぼくはビリーに深く感謝し、それでも彼を好きになれないことを申し訳なく思った。そもそもビリー・ロビンソンを好きな人間などいない。しかしぼくは、これから先、きっと好きになろうと心に誓った。ぼくは気前よく十セント支払い、処方通りに魔法の種をのんでは、毎日玄関の扉のしるしに合わせて、注意深く身長を測った。今のところ少しものびた形跡が見られなかったが、まだ三日しかのんでいないのだから仕方がない。

ある日、ストーリー・ガールにインスピレーションが訪れた。

「ぶきっちょさんとキャンベルさんのところに行って、図書館の寄付を頼んでみましょう。まだ誰も頼んでいないと思うわ。二人ともカーライルに親戚《しんせき》がいないのだもの。みんなで行きましょうよ。二人がいくらか寄付してくれたら、みんなで等分にするのよ」

それは大胆な案だった。キャンベル氏もぶきっちょさんも、奇人とみなされていたからだ。しかもキャンベル氏は子供というものを忌み嫌っていると思われていた。しかしストーリー・ガールが行くのなら、我等死地へも赴かん、である。次の日は土曜日だったので、午後になってから出かけた。

ぼくたちは、黄金の一里塚まで近道をとった。陽光がうたた寝するのどかな牧草地の続く、緑さわやかな土地を越えていったのだ。最初のうち一同の心は溶けあっていなかった。フェリシティーは機嫌が悪かった。二番目にいい服を着たかったのに、ジャネットおばが、

「ほこりの中をうろつく」なら学校行きの服で十分、と判断をくだしたのである。そこへストーリー・ガールが到着した。二番目にいい服どころか、パリから父親が送ってくれた最上のドレスと帽子を身につけていた。柔らかな真紅の絹ドレスと、火のように紅《あか》いけしの花を巻いた白の麦わら帽子。フェリシティーにもセシリーにもこの服は似合うまい。ところがストーリー・ガールだと完璧《かんぺき》だった。このドレスをまとうと、彼女は火と笑いと輝きでできた存在となった。まるで目のさめるような色とつややかな布地の中に、性質の魅力が一つ残らず、目に見え手に触れられる形で現れたようだった。

「図書館の寄付を頼みにいくのに、一番いい服なんか着てはいけないと思うわ」フェリシティーがいやみたらしく言った。

「男の人に重大なお話があるときは、一番よく見えるかっこうで行きなさいって、オリビアおばさんのいいつけよ」ストーリー・ガールは言ってくるりとまわり、スカートをきらめかせてその効果を楽しんだ。

「オリビアおばさんは甘やかしすぎよ」フェリシティーが言った。

「いいえ、おあいにくね、フェリシティー・キング。おばさんはやさしいだけよ。おばさんは、毎晩おやすみのキスをしてくれるわ。だけどあなたのお母さんは、ちっともキスしてくれないいじゃない」

「うちのお母さんは、キスをそんなに安売りしないの」と、フェリシティーは言い返した。

「だけど毎日晩ごはんに、パイをつけてくれますよ、だ」

「オリビアおばさんだってくれますよ、だ」

「そうねえ、でも大きさを比べてごらん。それにオリビアおばさんは、スキムミルクしかくれないじゃない。お母さんはクリームをくれるわ」

「オリビアおばさんのスキムミルクは、あなたのお母さんのクリームよりおいしいのよ」

ストーリー・ガールは腹を立ててどなった。

「お願いだからやめてよ」と、平和主義者のセシリーが言った。「こんなにいいお天気だし、けんかなんかで台無しにしなけりゃ、楽しい日になるのに」

「けんかなんかしてないわ」フェリシティーが言った。「それにあたしだって、オリビアおばさんが好きよ。でもうちのお母さんだってオリビアおばさんと同じぐらいすてきなんだから。それだけよ」

「あたり前でしょう。ジャネットおばさんは最高よ」と、ストーリー・ガールも認めた。

二人は仲良く微笑みかわした。普段のつきあいの中起こる不可解で表面的な不和も一皮めくれば、ストーリー・ガールとフェリシティーは、心から好きあっているのだった。

「いつかぶきっちょさんの話を一つ知ってるって言ってたでしょう。話してよ」と、フェリックスが言った。

「いいわ」と、ストーリー・ガールはうなずいた。「残念なことにその話、全部は知らないの。でもわかってるだけ話すわ。『黄金の一里塚の謎』って呼んでるのよ」

「なんだ。その話、本当だなんて信じないもん」フェリシティーが言った。「グリッグスのおばさんがほらを吹いてるだけよ。あの人はほら吹きだって、お母さんが言ってるわ」

「知ってる。でもあのおばさんが一人でこれだけのことを考えつけるとは、思えないの。だから本当にちがいないわ。何にしても、お話として聞いてね。ぶきっちょさんが十年前にお母さんと死に別れて以来、一人で暮らしていることは知ってるでしょう。エイブル・グリッグスはあの家の雇い人で、ぶきっちょさんの家の少し下手《しもて》の小さな家に、夫婦で住んでいるの。グリッグスのおばさんはパンを焼いてあげて、時々家の掃除をしにいくの。家はきちんとしているんですって。でも去年の秋まで、おばさんが一度も入ったことのない部屋が一つあったのよ。いつも鍵《かぎ》がかかってる——西側の、ほら、庭に面した部屋、ね。さて、去年の秋のある日、ぶきっちょさんはサマーサイドに行きました。グリッグスのおばさんは、台所をみがいていました。そのあと家中をまわって、西の部屋の戸を引いてみました。グリッグスのおばさんは、とても野次馬なのよ。ロジャーおじさんは、女の人ってみんな、野次馬精神がたっぷりだと言ってるけど、グリッグスのおばさんはそれに輪をかけてるの。おばさんはいつも通り、戸には鍵がかかっていると思っていました。ところがかかっていません！　戸をあけて、中に入ってみました。中に何があったと思う？」

「ま、まさか。青ひげの地下室みたいな……」と、フェリックスが震え声で応じた。

「まあ、まさか、まさかよ！　そんなこと、プリンス・エドワード島にあるわけがないでしょう。でももし、壁の四方に美しい女の人たちが髪の毛でぶら下げられていたとしても、グリッグスのおばさんは、あれ以上びっくりしなかったと思うわ。さて、その部屋は、お母さんが生きていたころは、家具が入っていませんでした。ところが今はエレガントな家具が備えつけられ、しかもグリッグスのおばさんに言わせれば、いつ、そしてどんな風にしてその家具が運びこまれたかわからないのですって。田舎の農家で、あんな部屋は見たことがないって。それは寝室と居間兼用の部屋のようでした。床には緑色の、ビロードみたいなじゅうたんが敷いてありました。窓には上等のレースのカーテンが、壁にはきれいな絵がかかっていました。部屋には、小さい白いベッド、鏡台、本のいっぱいつまった本棚、裁縫かごをのせたテーブル、ロッキングチェアがありました。本棚の上には女の人の肖像がかかっていました。色をつけた写真らしかったけど、おばさんにはだれかわかりませんでした。それはそうと、その人はきれいな娘さんでした。でも何よりもびっくりしたのは、テーブルわきの椅子に、おんなものの《ヽヽヽヽヽ》ドレスが、かかっていたことです。絶対にジャスパー・デイルのお母さんのものではない、とおばさんは言ってるの。だってお母さんは、木綿のプリント地と毛織物以外のものを着るのは罪だと思っている人だったのに、そのドレスは水色の絹だったんですって。ほかにもドレスのそばに、青いしゅすの室内ばき、それもハイヒールの室内ばきが置いてありました。本の見返しにはどれにも、アリスと書いてありました。さて、デイル家ゆかりの人で、アリスという名の女の人は、ひとりもおりません。それにぶきっちょさんに恋人がいるなんて、だれも聞いたことがありません。ね、とてもきれいな謎じゃないこと？」

「きれいで不思議なお話なんだね」と、フェリックスが言った。「本当かなあ——それにどういうわけかしら」

「私、さぐり出してみせるわ」と、ストーリー・ガールが言った。「いつかぶきっちょさんとお近づきになるつもりよ。そしたら、アリスの謎も解けるわ」

「どうやってお近づきになるつもり?」と、フェリシティーが言った。「あの人は教会以外の場所には、めったに行かないのに。仕事のない時には家に閉じこもって、本を読んでいるだけ。あの人は世捨て人だって、お母さんが言ってるわ」

「何とかするわ」ストーリー・ガールが言うとぼくたちはみな、彼女が何とかすることを疑わなくなった。「でももう少し大人になるまで待たなくちゃ。小さな女の子に西の部屋の秘密なんか話してくれないでしょう。だけどあんまり大人になりすぎるまで待つのもいけないの。だってぶきっちょさんを笑ってるみたいだからって、あの人は年頃の女の子を怖がっているのだもの。あの人を好きになれそう。ぶきっちょかも知れないけど、とてもすてきな顔をしているわ。打ち明け話ができそうな人よ」

「あたしは、自分の足につまずかないで歩ける人なら、好きにもなれるけどね」と、フェリシティーが言った。「それにあの人のかっこうったら! のっぽでひょろ長くてやせっぽちで貧弱のぎすぎす、ってロジャーおじさんが言ってる」

「ロジャーおじさんが言うと、なんでも実際より悪く聞こえるのよ」と、ストーリー・ガールが言った。「エドワードおじさんが言ってたけど、ジャスパー・デイルはとても頭のいい人で、大学を卒業できなかったのは本当に惜しいって。二年間大学に行ってたでしょう。なのにお父さんが亡くなったので、体の弱いお母さんについて、家にいなければならなかったの。そんなことができる人は英雄よね。詩を書くって本当かしら。グリッグスのおばさんは、本当だって言ってるけど。茶色のノートに書きつけているのを見たんですって。読みとれるほど近くには行けなかったんだけど、形から見て、詩だとわかったって言ってたわ」

「ありそうなことね。水色の絹ドレスの話が本当なら、あたし、何だって信じるけど」と、フェリシティーが言った。

もう黄金の一里塚の近くだった。家は大きな雨雲色の姿で、つたとつるバラがはびこっていた。二階の三つの窓が、つたの向こうから親しげに目くばせしているように見えた。――少なくともストーリー・ガールはそう言ったし、一旦《いったん》彼女がそう指摘してみせると、ぼくたちの目にも本当にそう見えたのだった。

ぼくたちは、しかし、家の中には入らなかった。ぶきっちょさんは庭にいて、図書館のために、一人二十五セントずつくれた。彼は、ぶきっちょにも内気にも見えなかった。なんといってもぼくたちはまだ子供だったから、相手が充分しっかり地に足をつけているように見えたのだ。

彼は背の高いすらりとした男で、とても四十歳に見えなかった。秀でた白い額にはしわ一本なく、ダークブルーの大きな目は、澄んで輝いていた。手足は大きく、猫背気味に歩いた。ストーリー・ガールが彼に話しかけている間、ぼくたちはどちらかといえば、無遠慮に見つめていたかもしれない。けれども、世捨て人で、鍵のかかった部屋に水色の絹ドレスをかくし、もしかしたら詩を書くというぶきっちょさんを、好奇心の対象にせずにいられようか？　判断はおまかせしよう。

外へ出たぼくたちは、印象をくらべあい、みんな彼を気に入ったことを知った。彼がほとんど口をきかず、ぼくたちを厄介払いできて嬉《うれ》しそうに見えたにもかかわらず、である。

「あの方、紳士みたいにお金を渡してくださったわ」ストーリー・ガールは言った。「もの惜しみをしない人ね。さて、次はキャンベルさんよ。私が赤の絹を着てきたのも、キャンベルさんのためなの。ぶきっちょさんは気がついてもいなかったでしょう。でもキャンベルさんは気がつくわよ。でなきゃ見こみ違いだわ」

第7章　ベティー・シャーマンはどうして夫をつかまえたか

残るぼくたちは、キャンベル家訪問へのストーリー・ガールの熱狂を分けあっていなかった。心ひそかにおののいていた。もし噂通り子供嫌いだとしたら、どんな応対をされるかわかったものではない。

キャンベル氏は裕福な農夫で気楽に暮らす隠居の身分だった。ニューヨーク、ボストン、トロント、モントリオールを訪れたことがあり、太平洋岸にさえ出かけたことがあった。だからカーライルでは、非常に旅慣れた人物とみなされていた。また彼は、「本をよく読む」教養人として知られていた。しかしキャンベル氏がいつも上機嫌とは限らないことも有名だった。もし気に入ってもらえれば彼のしてくれないことはない。もし嫌われたら――そう、お先真っ暗。要するにぼくたちは、キャンベル氏が、ロングフェローが詩に書いた、額のまん中に巻き毛をたらした有名な女の子に似ているという印象を持っていた。「いい時はそれはそれはいい人で、悪いとなると手がつけられませんでした」。今日が万一、その手のつけられない日だったら？

「私たちに何もするはずがないでしょう？」と、ストーリー・ガールは言った。「不作法な人かもしれないけど、それは自分自身を傷つけるだけよ」

「きつい言葉は、怪我のもとにはならぬ」フェリックスが哲学的に引用した。

「でも、気持ちを傷つけるわ。あたし、キャンベルさんが怖い」セシリーが正直に言った。

「あきらめて帰ったほうがいいんじゃないか」と、ダンがもちかけた。

「帰りたかったら帰りなさい。私はキャンベルさんに会いに行きますからね。大丈夫、扱えるわ。でも私が一人で行くことになって、いくらかもらえたら、みんな私のとり分にするからね。覚えといて」

それで決まった。集金競争でストーリー・ガールを先頭に立たせるつもりはない。キャンベル氏の家政婦は、居間にぼくたちを通すと、出て行った。すぐにキャンベル氏その人が戸口に現れ、ぼくたちをじろりと見まわした。ぼくたちは勇気を奮い起こした。今日はどうやら良い方の日らしい。その、きれいにひげをあたった、大きなきつい目鼻立ちの顔に、からかい気味の微笑が浮かんでいたからだ。キャンベル氏は、頭が大きく、灰色の条《すじ》が入った濃い黒髪をふささせた大男だった。目は大きく黒く、まわりにしわがいっぱい寄っていて、唇は薄くてきつかった。年寄りにしてはハンサムだ、とぼくたちは思った。

その視線は冷淡な無関心さでぼくたちを通り抜け、アームチェアに深く腰かけたストーリー・ガールにきてやっと止まった。自然に具《そな》わるしとやかな物腰のため、彼女はすらりとした赤い百合《ゆり》のようだった。キャンベル氏の黒い瞳《ひとみ》に、火花が散った。

「日曜学校の代表団かね？」皮肉っぽく、彼はたずねた。

「いいえ、お願いがあってまいりましたの」と、ストーリー・ガールが言った。

彼女の声の魔力は他の人々に対してと同じように、キャンベル氏にもその効果を及ぼした。彼は部屋に入り、腰をおろすと、親指をチョッキのポケットにひっかけた。そして、彼女に笑いかけた。

「どういう？」

「わたくしたち、学校図書館の資金集めをしているので、キャンベルさんにも寄付をお願いしたいと思いまして」

「どうしてわしまでが、学校図書館に寄付なぞしなけりゃあならんのですかな」と、キャンベル氏がつめ寄った。

これは難題だった。確かにどうして？　しかしストーリー・ガールは落ちつき払っていた。前に乗りだし、声と眼差《まなざ》しと微笑みに言い知れぬ魔力をこめると、言った。

「レディーがお願いしているからです」

キャンベル氏はくつくつ笑った。

「最高の理由だな。だがお聞きなさい。お若いレディー。お聞き及びかもしれんが、わしはけちんぼうの因業親爺《いんごうおやじ》でしてな。いいことにさえ金を出すのは大っ嫌いなんじゃ。だから出費分の見返りがないことには、どんなことにも金は出さん。さて、あんた方六人分の学校図書館代をはらって、わしにはどんな得がありますかな？　なんにもなしだ。だがわしは、公平な申し出をしよう。家政婦の息子の腕白坊主から、お嬢ちゃんは話をするにかけては玄人はだしだと聞いている。ここで今すぐ話を一つしてほしい。お嬢ちゃんがわしを楽しませてくれた分に見あったお支払いをしましょう。どうかな、それも一番面白いのを」

彼の声音には嘲《あざけ》りがこめられ、おかげでストーリー・ガールは直ちに奮いたった。さっと立ち上がると、目を見はるような変化が彼女に訪れた。目は火花を散らして燃えた。頰には赤い点がぽっと浮かんだ。

「シャーマン家の女の人のお話をさせて頂きます。ベティー・シャーマンは、どんなふうに夫をつかまえたか」

ぼくたちは息をのんだ。ストーリー・ガールは頭がおかしくなったのか。それともベティー・シャーマンが他ならぬキャンベル氏の曾祖母《そうそぼ》で、しかもその夫獲得法が必ずしも娘らしいやり口とはいえないものだったことを、忘れてしまったのか？

しかしキャンベル氏は、またくつくつ笑った。

「実にけっこうな力試しですな。お嬢ちゃんがその話でわしを楽しませられたら奇跡だ。わしはそいつなら、聞かされすぎて、もう、アルファベット表ほども面白くなくなっているんだから」

「八十年前の、ある寒い冬の日のこと」何の前おきもなく、ストーリー・ガールは始めた。「ドナルド・フレイザーは新築の家の窓辺に座り、フィドルを弾きながら、玄関とは目と鼻の、白く凍った湾をながめていた。痛いほど寒い日で、おまけに嵐が今にも来そうだった。しかし、嵐が来ようと来るまいと、今夜ドナルドは、ナンシー・シャーマンに会いに、湾の向こうに行く心づもりだった。ドナルドは、アニー・ローリーを弾きながら、ナンシーを想った。ナンシーはアニーより、もっとずっと美人だった。『そのかんばせは、天《あま》が下《した》くらぶものあらじ』ドナルドは小声で歌ってみた。——そう、彼も同じ思いだった。ナンシーが自分を好いてくれているのかどうか、わからない。恋敵もいっぱいいる。それでももし彼女にこの新居の女主人になってもらえないなら、他の女など問題外だと、ドナルドにはわかっていた。だからこそ、その夕方、彼は懐かしい甘いメロディーや陽気なジグ（アイルランドの民族舞曲）を弾きながら、ナンシーを夢見ていたのだった。

弾いていると戸口にそりが一台とまり、ニール・キャンベルが入って来た。ドナルドはその姿を見ても、大喜びできなかった。行く先について悪い予感がした。ニール・キャンベルは高地スコットランド人でバーウィックに住んでいるのだが、やはりナンシー・シャーマンに言い寄っていた。その上もっと悪いことに、ナンシーの父親に気に入られていた。何しろドナルド・フレイザーより金持ちだったから。といってドナルドは、自分の気持ちをそっくり見せるつもりはなかった。スコットランド人は、そんなことはしない——だからドナルドは、ニールに会うと嬉しそうな顔をして、あたたかく迎えてやった。

ニールはごうごう燃えさかる火のそばに座り、自分に満足しきっている様子だった。バーウィックから湾岸までは十マイルもある。道のりの半分で人をたずねるのも、当然のことだ。さてドナルドは、ウイスキーを持ちだして来た。八十年前は、あたり前の習わしだった。女の客にならお茶を勧めるのもいいだろう。だが一人前の男がウイスキーの〝ちょいと一杯〟も勧めないのは、けちで世間知らずとされていた。

『寒そうだな』ドナルドは、心のこもった声で言った。『もっと火のそばに寄れよ。なあ、ついでに血を、ちっとばかし暖めてやんな。なんてきつく冷えこむ日じゃないか。バーウィックのニュースを聞かせてくれよ。ジーン・マクリーンは、もう恋人とよりをもどしたかい？　それからサンディー・マッカリーがケート・ファーガスンと結婚するって、本当かい？　似合いの夫婦だぜ。実際あの子の赤っ毛じゃ、サンディーは目が覚めたあとでも、花嫁をなくしっこあるまいよ』

ニールには、話すことが山とあった。ウイスキーが進むにつれ、口数も多くなった。ドナルドがあまりのまないことに、ニールは気付かなかった。ニールはしゃべりにしゃべりまくり、そしてもちろん程なくして、しゃべらないほうがいいことまでしゃべり出した。ニールはドナルドに、今夜これからナンシー・シャーマンに結婚してくれと頼みに、湾を越えて行くところなのだととうとう言ってしまった。もしも彼女がイエスと言ってくれたら、ドナルドにも、知り合い連中にも、これこそ結婚式ってやつを見せてやるぜ、とニールは言った。

これにはドナルドは胆《きも》をつぶすほど驚いてしまった。思ったより悪い話だ。ニールは、ナンシーにそう長い間言い寄っていたわけではないから、まさかこんなに早くプロポーズに行くとは思ってもいなかった。

最初ドナルドは、どうしていいかわからなかった。心の奥底では、ナンシーが自分を好いていてくれるとの自信があった。とても内気で控えめでも、娘というものは、自分が相手を好きなことを、そうまわりくどくなく、わからせることができるのだ。けれども最初にプロポーズするなら、ニールには誰よりもチャンスがあることもわかっていた。ニールは金持ちで、シャーマン一族は貧乏だった。そして父親のイライアス・シャーマン老人は、そのことを何より重く見るにちがいない。もし彼がニール・キャンベルをとれと言えば、ナンシーはさからうなど夢にも思わないだろう。イライアス・シャーマン老人は、人を従わせたがる人間だ。……でも、もしナンシーが、最初に誰か別の男と約束をかわしていれば、父親もその約束を取り消させはしないだろう。

哀れなドナルドは、なんとも辛い立場だった。けれどもドナルドは、知っての通りスコットランド男児。スコットランド男は、めったなことではへこたれない。やがてその目にきらめきがのぼって来た。恋と戦争では、何をやっても許される、とドナルドは思い出した。そこでドナルドは、ニールにもちかけた。こう、言葉巧みに。

『もう少しのみなよ、相棒。なあ、もう少し。こんなに風が牙《きば》をむいてる時は、酒が暖めてくれるぜ。どんどんやってくれ。家にはまだ、たっぷりあるんだ』

ニールには、そうしつこく勧めることもなかった。ニールはまたのみ、小ずるそうに言った。

『おまえこそ今晩湾をこえようって考えてたんじゃないのかい？』

ドナルドは首を振った。

『それは考えたさ。けど、どうやら嵐になりそうだ。おれのそりは、輪金をはめるんで、かじ屋に持っていってある。行くとしたら、ブラック・ダンの背に乗って、ということになるだろうが、あいつもおれと同じで、吹雪をついて氷の上をかけていくってのはそう好みじゃないんさ。こんな夜は、火のそばが一番だよ、キャンベル。もう一杯やれよ、な、もう一杯』

ニールは〝一杯〟やり続け、こすからいドナルドは素面《しらふ》で目に笑いを浮かべ、いつわりの言葉をかけ続けた。とうとうニールの首が前にがくりと落ち、いい気持ちで眠ってしまった。ドナルドは立ちあがり、オーバーを着て帽子をかぶった。そして戸口で、忍び笑いをしながら言った。

『ぐっすり眠っていい夢を見なよ、相棒。起きる時間が運命の分かれ目だ』

そしてドナルドは、ニールの馬の綱をほどき、ニールのそりに乗り、ニールのバッファローの掛け物を巻きつけた。

『ほらよ、ベス、かわいい嬢さん、いい子にしとくれ。お前さんの考えてる以上に、ことはお前さんの足の速さにかかっているんだ。キャンベルのやつが目を覚ますのが早過ぎたら、いくらお前さんのスタートが良くたって、ブラック・ダンが、一目散に追いぬいていくからな。そら行け、嬢さん』

ブラウン・ベスは鹿のように氷の上を越えて行き、ドナルドは一体ナンシーに何と言おうか、いやそれより、ナンシーは一体何と言うだろうか、とずっと考え続けていた。万が一見込み違いだったら、万が一彼女が『ノー』と言ったら……。

『そんなことになりゃ、ニールのやつめ大笑いだろうな。でも、あいつはぐっすりおねねさ。それにすぐ、雪が降ってくる。間もなく湾は、けっこうな大吹雪。あのだんなが湾を越えようとして、危ないことにならなきゃいいが。目を覚ましたら、きっと根っからの高地人気分になっていようから、一休みして危険をはかりにかけるなんて気持ちにゃなるまいよ。ほらよ、ベス嬢さん、そらついた。おい、ドナルド・フレイザー、しっかりするんだ。男らしくやんな。あのスマートな娘っ子が、世界一かわいいブルーの瞳《ひとみ》でにらみつけたって、びくつくんじゃねえぞ』

けれどもその大胆な言葉とは裏腹に、シャーマンの家に乗り入れる間、ドナルドの心臓は早鐘のように打っていた。ナンシーは牛小屋の戸口で乳しぼりをしていたが、ドナルドの姿を見ると立ち上がった。ああ、ナンシーはそりゃあきれいだった。髪は金色の絹糸のかせ、目は嵐のあと太陽が顔を出した時の湾の水みたいに真っ青だった。ドナルドは、それまでよりさらにびくついた。だがこの機会はぜひとも利用しなくてはならない。ニールが来るまでにナンシーが一人でいるのは今しかない。ドナルドは相手の手をとって、つまりながらもこう言った。

『ナン、かわいいナン、大好きだよ。あんまり急な申し込みだと思うかも知れんが、わけは後でゆっくり話すよ。あんたがおれにはもったいなさすぎることはわかってる。けど、本気の恋で男が立派になるとしたら、その男こそこのおれさ。ナン、おれと一緒になってくれるかい？』

ナンシーは、なってくれると言葉に出しては言わなかった。ただ顔つきに出しただけだった。そこで、ドナルドは、雪の中でしっかりとキスをした。

次の朝、嵐はやんだ。ニールがすぐに後を追ってくることが、ドナルドにはわかっていた。シャーマンの家をいざこざの場にしたくなかったから、ドナルドはキャンベルが乗りつける前に消え失せることで、片をつけた。ドナルドは、よその開拓地にいる友達を一緒に訪ねていこうと、ナンシーを説きつけた。ニールのそりを戸口まで出して来た時、湾の彼方《かなた》にぽつんと黒い点が見えたので、ドナルドは笑った。

『ブラック・ダンも頑張ってるな。だけどまだまだ速さが足りない』

半時あとにニール・キャンベルが、シャーマンの台所にとびこんで来た。なんとニールの怒っていたこと。かんかんだ！　そこには、ベティー・シャーマンしかいなかった。そしてベティー・シャーマンは、ニールを恐れなかった。ベティーはこわいもの知らずだった。ベティーはとても器量が良かった。十月のくるみのような茶色の髪、黒い瞳に赤い頬。そしてベティーはずっと前から、ニール・キャンベルにお熱だった。

『おや、キャンベルさん、お早う』頭をふりあげ、ベティーは言った。『これはお早いお越しですこと。しかもブラック・ダンに乗って。間違ってたらごめんなさい。でもドナルド・フレイザーは、自分の愛馬は絶対に他の男には乗らせないって言ってなかったかしら？　といっても正当な交換は、盗みじゃありませんわね。ブラウン・ベスはそれなりにいい雌馬だもの』

『ドナルド・フレイザーはどこだ？』ニールはこぶしをふりあげた。『おれの捜してるのは、あいつだ。おれのつかまえたいのは、あいつだ。やつはどこだ、ベティー・シャーマン！』

『ドナルド・フレイザーなら、今ごろはもう手の届かないところよ』と、ベティーはからかった。『分別のある人ね。おまけに砂色の髪の下は、なかなか機転が利くみたい。昨日の日暮れごろ、ここに来たわ。つい近ごろ手に入れた、他人の馬ぞりに乗ってね。で、牛小屋の前にいたナンに、結婚してくれって頼んだの。牛の真横でミルクおけを手にしたこの私に、もしも結婚を申し込んだとしたら、苦労の果てに冷たい返事しかもらえなかったでしょうよ。でもナンは、違うふうに考えたのね。二人は昨夜《ゆうべ》遅くまで一緒にいたわ。ナンは寝室に帰って来て、とても面白い話で私の目を覚ましてくれたの。ウイスキーで頭が鈍った時にうっかり秘密をもらして、恋敵がその相手の娘さんを勝ちとってやるとばかりに急いでる間、ぐうすか眠っちゃってたという、素晴らしい恋人のお話よ。そんな話、聞いたことがおありになって、キャンベルさん？』

『ああ、あるともさ』と、ニールはたけだけしく言った。『その話をふれまわって、おれを界隈《かいわい》の笑いものにしようってのが、ドナルド・フレイザーの魂胆だろう、ええ？　だけどおれがあいつに会ったら、笑いごとじゃすまなくなるぜ。そうともさ、別の伝説ができるってわけだ』

『まあ、あの人に手を出しちゃだめ！』と、ベティーは叫んだ。『かわいい娘が高地の黒髪と青い目より砂色の髪と灰色の目のほうを気に入ったからって、その態度は何なの。あんたって度量がないのね、ニール・キャンベル。私があんたなら、どんな低地スコットランド人にも負けないくらいさっさと女の子をものにできるんだってことを、ドナルド・フレイザーに見せてやるわ。見せてやりますとも。あんたがひとこと言えば、喜んで〝イエス〟を言う娘がたくさんいるのよ。ほら、ここにも一人！　どうして私と結婚しないの、ニール・キャンベル？　私はナンと同じくらいきれいだって、みんなが言ってるわ。それにナンがドナルドを好きなぐらい、私はあんたを好きなのよ。いいえ、それどころか、十倍も！』

さて、そこでキャンベルはどうしたか？　もちろんとる道は一つだった。ニールはその場で、ベティーの言葉を受け入れた。そして間もなく、同時に二つの結婚式が行われた。ニールとベティーはこの世で一番幸せなカップル――ドナルドとナンシーよりも幸せなカップルだったと、今も噂にのぼるほどだ。終わり良ければすべて良し。めでたし、めでたし！」

ストーリー・ガールは、絹のスカートが床を掃くほど、深くおじぎをした。それから再び椅子にとびこんで、キャンベル氏を見た。大胆不敵に、意気揚々と勝ち誇っていた。

その物語は、ぼくたちにはおなじみだった。かつてシャーロットタウンの新聞に掲載されたもので、ぼくたちはオリビアおばのスクラップブックでそれを読み、ストーリー・ガールもそこから話を仕入れたのだ。にもかかわらず、ぼくたちはうっとりと聞き惚《ほ》れた。ぼくは言葉だけは、彼女の話したように書きとめた。だが、彼女がその中に吹きこんだ魅力や色彩やこころまで再現することはできない。それはぼくたちの目の前で、現実そのものとなった。ドナルドとニール、ナンシーとベティーは、その部屋にぼくたちと共にいた。ぼくたちは、彼等の顔にあらわれた表情のひらめきを見た。彼等の怒りにみちた、または優しい、またはからかうような、または陽気な声を、高地訛《なま》りと低地訛りで聞いた。ぼくたちは、ベティー・シャーマンの大胆な言葉にひそむ、媚《び》態《たい》、想い、挑戦、小《こ》賢《ざか》しさを感じとった。キャンベル氏の存在すら、すっかり忘れていた。

当の紳士は、黙ったまま、財布をとりだし、そこから札を一枚抜き出すと、真面目な顔でストーリー・ガールに手渡した。

「お嬢ちゃんに五ドル。話はそれだけの値打ちがありましたよ。お嬢ちゃんは奇跡だ。いつか世界にそれを知らせてやれるでしょう。わしは、少しはよそも見たし、面白いことも少しは耳にした。だがゆりかごの時から聞き飽きたこの古い話ほど、楽しませてもらったことはない。それからお嬢ちゃん、わしの頼みをきいてくれますかね？」

「もちろんです」顔を輝かせたストーリー・ガールが言った。

「かけ算表を読みあげてもらいたいんだが」と、キャンベル氏は言った。

ぼくたちは目を見はった。たしかにキャンベル氏は、変人と呼ばれるにふさわしい。一体ぜんたい何のために、かけ算表など読みあげてもらいたがるのか。ストーリー・ガールさえ驚いた。しかし彼女は、喜んで始めた。一×一から十二×十二まで、ずっと通して。ただ、それを唱えたにすぎなかったのに、その声は一節終わる度に、次から次へと調子が変わった。かけ算表にこれだけ多くのものが含まれていようとは、ぼくたちは夢にも思ったことがなかった。彼女が口に出して言うと、三×三《さざん》＝九《がく》の事実はきわめて馬鹿馬鹿しく、五×六は目に涙を誘い、七×八は今まで聞いたことのないほど悲劇的で恐ろしい代物であり、そして十二×十二は勝利を告げるトランペットのように響きわたった。

キャンベル氏は満足してうなずいた。

「お嬢ちゃんならできると思った。わしはこの間、本でこんな文章を読んだのだよ。『その人の声は、かけ算表をさえ魅力的にした』とね。お嬢ちゃんの声を聞いた時、それを思い出したんです。そんなことなど信じなかったが、今は信じますよ」

そして彼は、ぼくたちを解放した。

「ほらね」帰る途中、ストーリー・ガールは言った。「人を怖がるなんてむだなことよ」

「でも、あたしたちみんながストーリー・ガールというわけじゃないもの」と、セシリーが言った。

その夜ぼくたちは、女の子の部屋でフェリシティーがセシリーに話している声を耳にした。

「キャンベルさんは、ストーリー・ガールの他はあたしたち一人にだって目をくれなかったわ。でも、もしあたしがよ、あの人みたいに一番いい服を着ていったとしたら、ストーリー・ガールだって注意をひきっぱなしにはできなかったかも知れないじゃない」

「あんただったら、ベティー・シャーマンがしたみたいなことできると思って？」セシリーがうわの空でたずねた。

「いいえ。でも、ストーリー・ガールならできると思うわ」フェリシティーは、ぶっきらぼうに答えたのだった。

第8章　幼心の悲しみ

六月のある日、ストーリー・ガールはルイザおばをシャーロットタウンにたずねて一週間をすごした。彼女がいないと生活はいろどりをなくし、フェリシティーさえ、淋《さび》しさを認めた。しかし彼女が発《た》って三日後、フェリックスが学校の帰りに、人生に直ちにスパイスをきかせてくれそうな話を持ってきた。

「どう思う?」フェリックスは非常にもったいぶりながらも興奮をおさえきれないようだった。「ジェリー・カウアンが午後の休み時間に、神様の絵を見たことがあるって教えてくれたんだよ。家にある古い赤表紙の世界史の本に入ってて、何度も見たってさ」

またジェリー・カウアンごときがそんな絵を何度も見ていようとは！　ぼくたちは、フェリックスの期待通り、深く感銘した。

「どんなだか聞いたのか?」ピーターが言った。

「ううん。ただ、エデンの園を歩いていらっしゃる神様の絵だってことだけ」

「まあ」フェリシティーがささやいた。ぼくたちは、こういう話は小声でささやくことにしていた。むさぼるような好奇心にもかかわらず、本能と教育の力によって、偉大な御名は敬意をもって考え、語った。「わあ、ジェリー・カウアンは、それを学校へ持って来て見せてくれないかしら」

「話してくれた時、ぼくもすぐに頼んだよ。持ってくるかも知れないって。でも、約束できないって。だって学校に本を持って来ていいかどうか、お母さんに聞かないといけないから。いいなら明日持ってくるってさ」

「まあ、見るのが怖いみたい」セーラ・レイが震え声で言った。

ぼくたちは彼女の恐れをある程度わけ合っていたと思う。それにもかかわらず、翌朝好奇心で燃え上がらんばかりになって学校へ行った。そして、がっかりした。多分夜がジェリー・カウアンに気をかえさせたか、でなければ母親に言われたのだろう。とにかく彼は、赤表紙の歴史書は学校に持ってこられないこと、だが、もしぼくたちが絵だけを買いたいと言うのなら、それを本からちぎりとって五十セントで売ると宣言した。

ぼくたちはその夕方、果樹園で深刻な秘密会議を開き、その件を話しあった。学校図書館資金に今までためこんだ財産をほとんどつぎこんでしまった後なので、全員が小遣いに不自由していた。しかしどんな金銭上の犠牲を払ってもその絵を手に入れなければならないというのが、大方の一致した意見だった。七セントずつ出せばその額に達する。ピーターは四セントしか出せなかったが、ダンが十一セント出して、問題を解決した。

「五十セントというと他の絵にならら高すぎるけど、これは別だからね」と、ダンが言った。

「それに、エデンの絵も入っているんですもの」とフェリシティーがつけ加えた。

「神様の絵を売るだなんて！」セシリーが畏《おそ》れに打たれて言った。

「カウアンの者でなきゃ、やりそうもないさ。ほんとだぜ」とダン。

「手に入ったら、家族用聖書にはさんでおきましょう」フェリシティーは言った。「そこしかぴったりの場所がないから」

「ああ、どんな絵なのかしら」セシリーがため息をついた。

ぼくたちもみんな同じ気持ちだった。翌日学校でぼくたちは、ジェリー・カウアンの条件をのみ、ジェリーは次の午後、アレックおじの家まで絵を持ってくると約束した。

土曜日の朝、ぼくたちは全員ひどく興奮していた。水をさすように昼食の直前に雨が降り出した。

「雨のせいで今日ジェリーが絵を持って来なかったらどうしよう」ぼくは聞いてみた。

「心配することないわ」フェリシティーがきっぱりと言った。「カウアンの人間は、五十セントのためならば何が降ったってやってくるから」

昼食がすむと全員が、暗黙の取り決めのもとに顔を洗い、髪をとかした。女の子たちは二番目にいい服を身につけ、ぼくたちは白いカラーをつけた。全員が、他でもないその絵に、できる限りの敬意を表さなければならないとの思いを抱いていたのだ。フェリシティーとダンは、つまらないことで小ぜりあいを始めたが、セシリーが厳しい声でこうたしなめると、すぐにやめた。

「今日これから神様の絵を見るという時に、よくけんかなんかできるものね」

雨のため、ジェリーとの取り引きを行うつもりだった果樹園には集まれなかった。偉大な瞬間には、大人にそばにいてほしくなかったので、えぞ松林の中にある穀物倉の屋根裏に行くことにした。そこからだと街道が見渡せ、ジェリーに声をかけることができた。セーラ・レイもぼくたちに加わった。とても蒼《あお》ざめ、びくびくしていて、雨の中を丘まで登ってくる際に母親と意見の食い違いがあったことが、顔に表れていた。

「母さまの考えにさからって来るなんて、とても間違ったことをしたような気がする」と、セーラはつらそうに言った。「でも、とても待てなかったの。あなたたちと一緒にその絵を見たかったのよ」

ぼくたちは窓ぎわで見張りながら待った。谷はもやにかすみ、雨がえぞ松の梢《こずえ》に斜めに降り注いでいた。しかし待つ内に雲が切れ、太陽がきらきら輝いて現れた。えぞ松の大枝の雨粒が、ダイヤモンドのようにきらめいた。

「ジェリーが来るとは思えないわ」セシリーが絶望して言った。「きっとあそこのお母さんが、結局あの絵を売るのは恐ろしいことだって、思ったにちがいないもの」

「あっ、ほら来たぞ！」ダンが窓からめちゃくちゃに手を振りながら言った。

「びくを持ってる」フェリシティーが言った。「まさかあの絵を、びくに入れてくるなんて、考えられないわ！」

やがてジェリーが穀物倉の階段をあがって来た時に判明したのだが、その絵を彼は、まさにびくに入れて持ってきたのだった。それはびくいっぱいの干しニシンの上に、たたんで新聞紙に包み、のせてあった。ぼくたちは約束の金を払ったが、彼が行ってしまうまで、包みは開けなかった。

「セシリー」フェリシティーが声をおさえて言った。「あんたが一番いい子だわ。あんたが包みを開けるのよ」

「まあ、あたし、みんなとくらべてちっともいい子じゃないのに」セシリーは息をのみこんだ。「でもそうしてほしいのなら、あたし、開けるわ」

ふるえる指でセシリーは包みを開いた。ぼくたちは息をするのももどかしく、周りに集った。彼女は包みを開ききり、絵をとりだした。ぼくたちは見た。

突然、セーラが泣きだした。

「ああ、ああ、ああ、神様って、こんな顔をなさっているの？」

フェリックスもぼくも、声も出なかった。失望と、もっと悪い何物かのせいで、言葉が出ない。神はこのようなお姿なのか――セシリーがかかげている木版画に現れた、髪とひげをふり乱し、険しい、怒りに顔をしかめた老人なのか。

「これがあの方の絵なら、そうにちがいないんだろう」と、ダンがつらそうに言った。

「すごく機嫌が悪そうだ」ピーターが、率直に言った。

「ああ、こんなの、み、見なけりゃよかった」セシリーは泣きだした。

ぼくたちもみなそう思ったが――手遅れだった。好奇心によってぼくたちは、人の目に汚されてはならない聖なる内のさらに聖なる場所にふみこんでしまった。これはその罰なのだった。

「こんなことになるような気がしていたわ」セーラはすすり泣いた。「買ったり……いいえ、見るのもいいことじゃなかったのよ、神様の絵なんかを」

ぼくたちがうちひしがれて立っているところへ、下から軽やかな足音と、快活な呼び声が聞こえた。

「みんな、どこ？」

ストーリー・ガールが戻ってきたのだ！　他のときなら、ぼくたちは大喜びで、わっと彼女に会いに行ったろう。だが、今はあまりにうちのめされて不幸せで、動くこともできなかった。

「いったいぜんたい、みんなどうしたっていうの？」ストーリー・ガールは段の上に姿を現すと答えを求めた。「セーラは何を泣いているの？　そこにあるのは何？」

「神様の絵よ」セシリーは涙声で言った。「そ、それが、とても恐ろしくてみにくいの。見て！」

ストーリー・ガールは、見た。軽蔑《けいべつ》の表情が、その顔に表れた。

「まさかあなたたち、神様がこんなお姿だなんて信じないでしょうね」じれたような声。その目はきつく輝いていた。「そうじゃないわ――そんなわけがないわ。神様はすばらしくて美しいのよ。みんなにもあきれるわね。これは、しかめっ面のおじいさんの絵でしかないじゃないの」

完全に納得したわけではなかったものの、希望がぼくたちの心に生まれ出た。

「だってさ」と、ダンがあやふやに言った。「『エデンの園の神』って、絵の下にかいてある。印刷してあるんだよ」

「そうね。これは、この絵をかいた人が、神様はこうだと思っているだけだと思うわ」ストーリー・ガールは明快に言った。「でもその人だって、私たちよりよく知ってるはずがないでしょ。神様にお会いしたことがないのだもの」

「そんなふうに言ってくれるのは、とてもすてきよ」と、フェリシティーが言った。「でも知らないのは、あんただって同じじゃないの。これが神様らしくないって信じたいのは山々だけど――だからって、何を信じていいのかわからないわ」

「そうね、私を信じたくないのなら、牧師様を信じたらいいのよ。行って聞いてらっしゃい。ちょうど今、家にいらっしゃるわ。馬車でごいっしょしたの」

　他の時なら何であれ、牧師に質問することなど、とてもできなかったろう。しかし、溺《おぼ》れるものはワラをもつかむ。ぼくたちはだれが行くかで麦わらくじを引き、フェリックスがあたった。

「マーウッド先生が出ていらっしゃるまで待って、外でつかまえるのよ」と、ストーリー・ガールが助言した。「家の中だと、まわりは大人だらけだから」

　フェリックスは、彼女の助言をうけいれた。マーウッド師は小径《こみち》をおだやかな気分で歩いて来たところを、蒼ざめた顔に思いつめた目をした太った少年に、さえぎられた。

残りは後ろの、声の聞こえる距離で待機していた。

「おや、フェリックス、どうしたんだね？」マーウッド師は親切に言った。

「すみません、先生、神様は本当にこんな方なんですか？」フェリックスは絵を見せてたずねた。「そうではないといいんですが――でもぼくたち、ほんとのことが知りたいんです。こうしてお手間をかけるのも、そのためなんです。どうかお許しください。そして、教えてください」

牧師は絵を見た。彼のおだやかな青い瞳《ひとみ》に厳しさが浮かび、彼にしてはこれ以上ないほどの怒りに充《み》ちた顔つきになった。

「どこで、こんなものを手に入れたのだね？」

もの！　ぼくたちは、やっと息がつけるようになった。

「ジェリー・カウアンから買ったんです。ジェリーはこれを、赤表紙の世界史の本で見つけたんです。神様の絵だって、書いてあります」

「こんなもののわけがない」マーウッド師は憤然として言った。「神様の絵というものは、この世にないのだよ、フェリックス。神様がどんなお姿か、人間はだれも知らない――だれも知ることができない。主のお姿がどのようなものなのか、考えたりするべきでもない。だがね、フェリックス、神は私たちが思い描くどんなお姿より、はるかにお美しく、お情け深く、慈愛に充ちた、やさしい方なのだよ。その他のことを信じてはいけない。こういう……こういう不敬なものは、持っていって焼き捨てなさい」

ぼくたちには不敬の意味はわからなかったが、マーウッド師が、その絵が神に似ていないと断言したことは、わかった。ぼくたちにはそれで十分だった。胸から大きな重しをのけてもらったような気分だった。

「ストーリー・ガールが言っても信用できないけど、牧師様はわかっているものな」とダンが、嬉《うれ》しそうに言った。

「そのために、五十セントも損したわ」フェリシティーが恨めしそうに言った。

その時はそうと気付かなかったが、ぼくたちは五十セントよりはるかに価値ある物を失ったのだった。牧師様の言葉はぼくたちの心から、神がこの絵のような姿だという苦い信念はとり除いてくれた。しかし心よりもっと深い、もっと永続的な部分に、とり除くことのできないある印象が、形造られた。害毒はその目的を達した。あの日から今日《こんにち》に至るまで、神という観念や言葉に出あうと、思わず知らずあの険しい怒りっぽい顔をした老人の姿がうかぶのだ。これこそはぼくたちが、セーラ・レイのように心の底ではみたしてならぬと感じていた好奇心の、報いとして支払わなければならなかった代償だった。

「マーウッド先生は、燃やすようにとおっしゃったよ」と、フェリックスが言った。

「そんなことするのは、気の毒だわ」と、セシリーが言った。「たとえ神様の絵でなくても、お名前はかいてあるんですもの」

「埋めなさい」と、ストーリー・ガールが言った。

ぼくたちはお茶のあと、それをえぞ松の茂みの奥深く埋めた。それから果樹園に出た。

ストーリー・ガールが戻ってくれて、嬉しかった。彼女は髪に、つりがね草の一種、カンタベリー・ベルの花輪をかぶっていて、詩句と物語と夢の現身《うつせみ》のように見えた。

「カンタベリー・ベルって、花にむいた名前じゃない？　大聖堂や鐘の音《ね》を思わせるでしょう？　スティーブンおじさんの散歩道に行って、大きな木の枝に座りましょう。草の上は濡《ぬ》れているから。それにお話があるの。本当のお話。町のルイザおばさんの家で会った、年とった女の人のお話よ。きれいな銀色の巻き毛をしたすてきなおば様なの」

雨の後の空気は、暖かい西風の香気――バルサム樅《もみ》の樹脂、ミントの香り、羊歯《しだ》の野性的な森らしい匂い、陽光の中に伸びる草の芳香、それに加えて、遥《はる》かな丘の牧草地の、野性の甘美な息吹き――がしたたるようだった。〝スティーブンおじの散歩道〟の草地には、どうしても名前のわからない、青白いはかなげな花が、そこここに散らばって咲いていた。だれもその花について知らなかった。祖父のキングがこの土地を買った当時から、花はあった。ぼくは、他ではこの花を見たことがないし、どの花のカタログにも見かけたことがない。ぼくたちはそれを、〝白い貴婦人《ホワイト・レディー》〟と呼んでいた。ストーリー・ガールが名付けたのだった。彼女はその花が、この世では苦労が多く、とても我慢強かった善良な婦人の魂のようだと言っていた。とてもきゃしゃな花で、少し離れたところからだと感じとれ、花の上にかがみこむと消えてしまう、不思議な、あえかでかぐわしい香りを持っていた。摘みとられると、すぐにしおれた。また花に強くひかれた客人たちは、よくその株や種を持っていったが、他の場所では決して根づこうとしないのだった。

「ミセス・ダンバーと、ファニー号の船長さんのお話なの」節だらけの幹に茶色の頭をもたせかけ、大枝にゆったりと腰かけながら、ストーリー・ガールは言った。「悲しくて美しくてしかも本当のお話よ。本当にあったとわかっている話をするのって、大好きだわ。ミセス・ダンバーは、町ではルイザおばさんのお隣に住んでいらっしゃるの。それはいい人。見ただけじゃ、人生に悲しみがあったなんて思えない人。それがあるのよ。ルイザおばさんが話してくださったの。みんな、ずっとずっと昔にあったことよ。この話もそうだけれど、すてきなことって、みんな昔に起こったのね。私にはそう思えるわ。今の時代には何も起こらないみたい。これは一八四九年、だれもがカリフォルニアの平原に金をさがしに出かけたころの、お話よ。まるで熱病みたいだったって、ルイザおばさんはおっしゃってる。この島の人にも、その熱が移ったの。そしてたくさんの若者が、カリフォルニアに行こうって、心に決めたわ。

今じゃカリフォルニアに行くのは簡単だけれど、そのころは、今とはとっても違っていたの。今みたいに大陸を横断する鉄道なんかなかったから、カリフォルニアに行くためには、ホーン岬をまわる船に乗らなければなりませんでした。長くて危険の多い航海でした。しかも時には、六か月もかかることまでありました。目的地に着いても、同じ道筋を使わない限り、家に連絡する方法もありません。だから、家で待っている家族が知らせを聞くまでに、一年以上もかかることがありました。その人たちの気持ちは、一体どんなだったでしょうね。

でもこういった若者たちは、そんなことまで考えませんでした。黄金の夢にとりつかれていたからです。若者たちはすっかり計画をたて、カリフォルニアまで航海するため、ファニー号という二本マストの帆船を雇いました。

このファニー号の船長が、お話の主人公なの。その人の名は、アラン・ダンバーといいました。ハンサムな若者でした。主人公って、いつもそうでしょう。でもルイザおばさんは、その人は本当にハンサムだったって言ってらしたわ。さて、アランは恋をしていました。熱烈な恋を。お相手はマーガレット・グラント。マーガレットは夢のように美しく、おとなしやかな青い目と煙《けむ》る金髪をしていました。マーガレットはアランを、アランがマーガレットを愛しているのと同じぐらい、強く愛していました。けれどマーガレットの両親はひどく反対していて、マーガレットが彼と口をきくのも、会うことさえも禁じていました。一人の男としての彼には、なんの不満もありません。でも娘を、船乗りの腕にとびこませたくなかったのです。

さて、アラン・ダンバーは、ファニー号でカリフォルニアに行くことになるのが、辛《つら》くてたまりませんでした。そんなにも遠いところへ、そんなにも長く、マーガレットをおいて行ってしまうことなど、できそうにありません。私、マーガレットの気持ちがそっくりわかるわ」

「どうしてわかるのさ？」急にピーターが、口をはさんだ。「恋人を持つほど年がいってないくせに、どうしてわかるんだよ？」

ストーリー・ガールは、むっとしてピーターをにらんだ。お話をしている最中にさえぎられるのが、好きでなかったのだ。

「それは、わかるとかってことじゃないの。感じとることなのよ」彼女は威厳をもって言いわたした。ピーターは圧倒され、納得はしないままひきさがった。そこで、ストーリー・ガールは続けた。

「とうとうマーガレットは、アランとかけおちしました。そして二人は、シャーロットタウンで結婚しました。アランは妻をファニー号に乗せて、カリフォルニアに連れていくつもりでした。男にとって辛い旅なら、女にとってはもっと辛い旅でしょうが、マーガレットはアランのためならば、何でもするつもりでした。二人は幸せな三日間――たったの三日間を過ごしました。それだけの時が、花でした。ファニー号の乗組員と乗客たちは、ダンバー船長が妻を連れていくことに反対しました。奥さんを残していくように、みんなは船長に言いました。どんなにたのんでも無駄でした。ファニー号の甲板に立って男たちに訴えている間、涙が船長の頰を伝って流れていたそうです。けれども相手にはゆずる気はなく、船長は、マーガレットをおいていかなくてはなりませんでした。ああ、なんと悲しい別れだったことでしょう」

ストーリー・ガールの声には、はり裂ける心の響きがあり、ぼくたちの目に涙があふれた。〝スティーブンおじの散歩道〟の木かげで、ぼくたちは、何十年もの昔から伝わってくる、別離の苦しみの強さに涙した。

「すべてが終わると、マーガレットの両親は娘を許し、マーガレットは待つために——ただ待つために、家に帰りました。ただ待つだけで何もしないなんて、ああ、どんなに恐ろしいことでしょう。マーガレットは、一年近く待ちました。彼女にとって、どんなに長く思われたことでしょう。やがて、やっと手紙が来ました。けれども、アランからではありませんでした。アランは、亡くなっていました。カリフォルニアで亡くなり、その地で埋められたのです。マーガレットが彼を想い、彼にこがれ、彼のために祈っている間、彼は、遠い国の淋《さび》しい墓地で眠っていたのでした」

セシリーはとび起き、涙にうち震えた。

「やめて！　もうやめて！　これ以上聞いていられないわ」

「これだけよ」と、ストーリー・ガールは言った。「これがお話の終わり……マーガレットにはすべての終わり。マーガレットは、死にはしなかった。でも、その心は死んだわ」

「船長に奥さんを連れて行かせてやらなかった奴等を、しめあげてやれたらなあ」と、ピーターがくやしがった。

「ほんとに、とてもかわいそうだったわ」フェリシティーは、目をぬぐいながら言った。「でも、みんな昔のことで、今じゃ泣くことしかできやしないのね。さあ、何か食べに行きましょうよ。あたし、今朝はおいしいルバーブのタルトを焼いたの」

ぼくたちは、帰っていった。新しい失望と古い失意にもかかわらず、ぼくたちには食欲があった。しかもフェリシティーのつくるルバーブタルトときたら、最高なのだから！

第9章　魔法の種

図書館建設用寄付金を出す期日が来た時、ピーターが一番多く、三ドルもあった。フェリシティーは二ドル半で、堂々の二位だった。これはひとえに、にわとりがよく卵を産んでくれたおかげだった。

「ねえ、フェリシティーおじょうさん、君がめんどりにやった余分の小麦代を父さんに払わなくちゃならなかったら、そんなにたくさんはもうからなかったはずなんですよ」と、ダンは意地悪く言った。

「そんなこと、しやしなかったわ」フェリシティーは、怒って言い返した。「オリビアおばさんちのにわとりを見てごらんなさいよ。おばさんだって、いつも通りの餌しかやっていないじゃない」

「ほっときなさいよ」と、セシリーが言った。「あたしたちみんな、少しは寄付するものがあるんですもの。かわいそうなセーラ・レイみたいに、全然寄付金を集められなかったら、きっと辛いでしょうね」

ところがそのセーラ・レイが、寄付金を手に入れた。彼女はお茶のあと、輝くばかりの笑みをたたえ、丘をのぼってきた。セーラ・レイが微笑むと——彼女は微笑みを安売りしない人間だった——悲しげで、ごめんなさいとでも言いたそうな表情だったが、それがかえってかわいく見えた。えくぼが一つ二つ浮かび、歯がとてもきれいだった。小さくて真っ白で、それこそ真珠が並んだようだった。

「ねえ、見て」と、彼女は言った。「ほら、三ドルあるの。これ全部、図書館に寄付するわ。今日ウィニペグのアーサーおじさまから手紙が来て、一緒に三ドル送ってくれたの。何でも好きなことに使いなさいって。だから母さまも、私がこれを寄付するのに反対できないのよ。母さまは、そんなこと、とんでもない無駄だって思ってるけど、いつもアーサーおじさまのおっしゃる通りにするの。私、どこからかお金が舞い込んで来ますようにって、そりゃあ一所懸命お祈りしたのよ。そしたらほら、この通り。お祈りって、効くのねえ」

ぼくたちが、本来すべきだったように、セーラの幸運を心から我がことのように喜んでやれたかというと、今も自信がない。こちらは額に汗して、または心ならずも頭を下げて乞《こ》い願い、やっと自分の寄付金を稼ぎとったのだ。だというのにセーラのは、奇跡としか思えない方法で、それこそ天からお金が降ってきたではないか。

「でもまあ、セーラはお祈りしたんだからね」セーラが帰ってしまってから、フェリックスが言った。

「金を稼ぐにしちゃ、楽もいいところじゃないか」ピーターが、恨みがましく言った。

「おれたち他の連中がぽかんと座ったまま何もしないでさ、お祈りばっかりしてたら、いくら稼げるってんだい。こんなの公平じゃないよ」

「うん、まあね。でも、セーラは別だよ」ダンは言った。「ぼくらはお金を自分で稼げるけど、あの子にはできない、だろう？　いいじゃないか、果樹園に行こうよ。ストーリー・ガールが今日、お父さんから手紙をもらったんで、ぼくたちに読んでくれるってさ」

ぼくたちはすぐについて行った。ストーリー・ガールの父親からの手紙は、いつもちょっとした事件だった。それを彼女が読みあげるのは、彼女の物語を聞くのと同じぐらいすばらしかった。

カーライルに来る前、ブレア・スタンリーおじは、ぼくたちにとってただの名前でしかなかった。だが今は一個の人格だった。ストーリー・ガールへの手紙、送ってくる絵やスケッチ、ストーリー・ガールがしげく口にする父親への、愛情あふれる言及、それがみんな一緒に組みあわさって、彼を非常に身近な存在にしていた。

ただ、後年になるまで理由はわからなかったものの、親類の大人たちが必ずしもブレアおじを崇《あが》めたり、好んだりしていないことを、ぼくたちは感じていた。彼は別世界の住人だった。一族の大人たちは、彼を親しく知ることも、理解することもなかった。今にして思えば、ブレアおじは一種のボヘミアン――身なりのいい放浪者、といった人種だった。貧しければ、もっと成功した芸術家になったかもしれない。しかしなまじちょっとした財産があったものだから、生活にせき立てられることもなく、また野心に心乱されることもなかった。彼は、器用なアマチュアに毛の生えた程度にとどまった。時たま、自分の腕前を披露するために絵を一枚描く。だがそれ以外は、世界中を心軽く、楽しげに放浪するだけで、満足していた。ストーリー・ガールが顔も気性も、父親にとても似ていると思われていることは、ぼくたちも知っていたが、彼女のほうが、情熱も力も、意志の強さも、遥《はる》かに勝っていた。――キング家とウォード家からの遺伝だ。ストーリー・ガールは、道楽だけで満足する人間ではなかった。将来何になるにせよ、それに全身全霊をこめてぶつかるに違いなかった。

しかし少なくともブレアおじには、一つは並外れてすばらしいことができた。彼は手紙が書けた。手紙と言えるものを！　それにひきかえ、父の書いてくるものを、フェリックスもぼくも、心秘《ひそ》かに恥じていた。父は話すのはうまい。しかしフェリックスが言ったように、一文の値打ちのあるものも書けなかった。リオ・デ・ジャネイロに到着以来ぼくたちが受け取った手紙と来たら、どれもなぐり書き程度のもので、良い子でいるように、ジャネットおばさんに迷惑をかけないように、それにたまに、自分も元気だが淋しい、とつけ加えてあるのがせいぜいだった。フェリックスもぼくも、手紙をもらうのは嬉《うれ》しかったが、果樹園の愛すべき仲間の中で声に出して読むなど、とんでもなかった。

ブレアおじは、その夏をスイスで過ごしていた。そして西風が、初めは微《かす》かに、次にはどっと吹きつけて、ぼくたちの顔をあざみの羽毛のようにやさしくなぶっていく場所で、美しくもはかなげな〝白い貴婦人〟たちにかこまれて、ストーリー・ガールの読みあげてくれた手紙は、山あいの湖水の輝き、スイスの紫の山小屋、「物語でおなじみの雪の頂」にみちていた。ぼくたちはモンブランを登り、雪の国にそびえるユングフラウを眺め、ボニバール監獄の陰うつな柱の間を歩いた。しめくくりにストーリー・ガールがションの虜囚の物語を、バイロンの言葉で、しかし彼女自身の声で語ってくれた。

「ヨーロッパへ行くのって、すばらしいでしょうね」セシリーが憧《あこが》れのため息をついた。

「私行くわ、いつか」軽やかにストーリー・ガールは言った。

ぼくたちは彼女を、かすかな疑いのこもる畏怖《いふ》をたたえて見つめた。当時ぼくたちにとってヨーロッパは、月のように遥かな、手の届かないところだった。仲間の一人でさえそこに行けようとは、信じられなかった。だが、ジュリアおばは行った。しかも彼女は、まさにこの農場で育ったのだ。となれば、ストーリー・ガールが行くというのも、あながち夢語りではあるまい。

「そこで何をするんだい？」ピーターが実際的な質問をした。

「世界中にむかってお話をする方法を、教わるの」ストーリー・ガールは、うっとり言った。

心地よい金茶色の宵だった。果樹園と下手の農地は、ルビーの輝きとむつみ合う影にあふれていた。東の方、ぶきっちょさんの家の上には、空を横切って高慢ちき姫のウェディング・ベールが流れ、あたかも姫の心臓の血がにじみでもしたように、今しもバラ色に染まりかけていた。ぼくたちはそこに座ったままで、一番星が白樺《しらかば》の丘の上に白い灯《あか》りを点《とも》すまで、語りあった。

その時ぼくは、魔法の種をのむのを忘れていたことに気づき、急いで家にとって返した。もっとも効能への信頼は、うすれかけていた。ぼくがほんの僅《わず》かものびていないことは、玄関扉が無慈悲にも証明していた。

ぼくは薄暗い部屋でトランクから種の箱をとりだし、所定量の一つまみをのみこんだ。そうした途端、ダンの声が後方で響きわたった。

「ベバリー・キング、何をのんだ?」

ぼくはあわてて箱をトランクに押しこみ、ダンと向きあった。

「君に関係ないよ」けんか腰で、ぼくは言った。

「いや、ある」ダンは真剣なあまり、ぼくの無礼なことばに腹などたてている暇がなかった。「おい、ベブ、それ魔法の種だろう? ビリー・ロビンソンから買ったね?」

ダンとぼくは顔を見合わせた。疑惑のかげが目に浮かんだ。

「ビリー・ロビンソンと魔法の種のことで、何か知っているのか?」と、ぼくはつめ寄った。

「その通り。ぼくは一箱、その……ムニャムニャ……のために買ったんだ。ほかには誰にも売らないって言ってたけど……君にも売ったのかい?」

「売った」ぼくはうんざりした。ビリーのこの魔法の種が途方もないペテンらしいと、読めて来たからだ。

「何のために？　君の口はいい形じゃないか」

「口？　口なんか関係ないよ。背が高くなるって聞いたんだ。でも、ならなかった。一インチもだぜ！　君こそ何のために欲しかったのかわからないや。充分背があるくせに」

「これは、口のためにさ」ダンは照れ笑いをしながら言った。「学校の女の子たちが、すごくバカにして笑うだろう。ケイト・マーなんて、パイの割れ口みたい、なんて言うんだぜ。ビリーは、この種で口がちぢまるって言ったんだ」

なるほど、そういうことか！　ビリーはぼくたち二人ともだましたのだ。いや、犠牲者はぼくたちだけではなかった。ぼくたちはまだまだ読みが浅かった。実の所、恥知らずのビリー・ロビンソンの不正の全貌《ぜんぼう》がどうにかこうにか明らかになったのは、夏も終わろうとするころだった。だがこの章で、先まわりして続きを言ってしまおう。実際にわかったのは、カーライル校の生徒は、だれもが厳かな秘密の約束をかわして、魔法の種を買ったことだった。フェリックスはお目出度《めでた》くも、種でほっそりやせられると信じた。セシリーの髪は天然カールになるはずだったし、セーラ・レイはペッグ・ボウエンを怖がらなくなれるはずだった。それはフェリシティーをストーリー・ガールのように賢く、ストーリー・ガールをフェリシティーのように料理上手にするはずだった。ピーターが魔法の種を買った理由は、他のだれよりも長く秘密のままになっていた。とうとう最後に――それは、ぼくたちが最後の審判の日が来ると信じた前夜だったが――彼は、フェリシティーが好きになってくれるように種をもらったのだと、ぼくに打ち明けた。小賢《こざか》しいビリーは、実に巧妙に、ぼくたちの弱点を手玉にとったわけだ。

魔法の種が、マークデイルのビリーのおじの家でとれすぎたキャラウェイ・シードでしかないとわかったとき、ぼくたちの屈辱は決定的になった。ペッグ・ボウエンとはまったく関係がなかったのだ。

さて、ぼくたちは全員、手ひどくかつがれたのだが、このあやまちを外へ触れ回りはしなかった。ビリーに釈明も求めなかった。こういう傷は、言葉少ないほど治りも速いと考えたのだ。ぼくたちは大人たちが、特に恐ろしいロジャーおじがこのことを聞きつけないように、実に慎重にあたった。

「ビリー・ロビンソンなんか信用しないで、もっと賢く考えれば良かったわ」すべてが明らかになった夕方、この事件の総まとめとしてフェリシティーは次のようにしめくくった。「結局、ブタはブタの鳴き声しか出せないのだもの」

ビリー・ロビンソンの学校図書館への寄付金額が、学校のだれよりも多かったと知っても、ぼくたちは驚かなかった。セシリーは、彼の良心を考えると羨《うらや》ましく思わない、と言った。しかし彼女は、彼の良心を自分の尺度で測っていたのではないだろうか。ビリーの良心が彼を苦しめたかどうか、ぼくは多分に疑わしく思う。

第10章　イブの娘

「大人になるって、考えるだけでいやだわ」考えこみながら、ストーリー・ガールが言った。「だって、もうはだしで歩けなくなるでしょう。そしたら私がどんなにきれいな足をしているか、だれにも見えなくなるんだもの」

彼女は座っていた。七月の陽光の中、ロジャーおじの大納屋の、干し草置き場の開いた窓ぎわに。そして、プリント地のスカートから出た足は、実に美しかった。すらりと形が良く、しゅすのように滑らか、高い足の甲、上品な足指、桜貝のような爪。

ぼくたちはみな、干し草置き場にいた。ストーリー・ガールはそこで、

『なつかしくもかなしい　とつくにのことども
　はるかむかしの　たたかいの』（ウィリアム・ワーズワースの詩より）

話をしてくれたところだった。

フェリシティーとセシリーは片隅にかたまって座り、男の子組は、陽に暖められていい匂いのする山の上で、だらだらと手足をのばしていた。ぼくたちはその朝、ロジャーおじのために干し草を屋根裏に「しまいこんだ」ので、この甘い香りのするベッドでのらくら

する権利を、稼ぎとった気分になっていた。干し草置き場は、蔭《かげ》と秘《ひそ》やかで正体不明の物音がいいぐあいに謎めいた雰囲気をかもしだしている、うっとりするような場所だった。つばめは頭上を飛んで巣を行き来し、陽光がすき間から射しこんでくる所ではどこも、空気に黄金色の塵《ちり》があふれていた。干し草置き場の外は、陽光に満ちた青空と甘い空気の湾で、そこにはふわふわした雲の大商船隊、楓《かえで》やえぞ松のそびえる梢《こずえ》が、浮かんでいた。

パットはもちろん、ぼくたちと共にいた。こそこそうろつきまわり、つばめに向かって無鉄砲な、しかし無駄な跳躍を続けていた。干し草置き場の猫というのは、定番の組み合わせの典型的な例だ。といって、そんな組み合わせは聞いたことがなかったが、ぼくたち全員が、パットは干し草置き場ではぴったりきまっていると感じていた。

「自分のいい所について話すのは、すごい自惚《うぬぼ》れだと思うわ、あたし」フェリシティーが意見をのべた。

「私、ちっとも自惚れていないわ」ストーリー・ガールがごく率直に言った。「自分の美点を知ってるのって、自惚れじゃないもの。そうでないほうが、かえって馬鹿なのよ。美点を鼻にかけた時だけを自惚れというの。私はちっともきれいじゃない。私のいいところは髪の毛と目と足だけ。だから、そのどれかをしょっ中隠していなくちゃならないなんて、本当に残酷だと思うの。はだしで歩けるほど暖かくなるといつも嬉《うれ》しいわ。だのに大人になったら、ずうっと隠しておかなくちゃ。それが残酷なのよ」

「今夜の幻燈《げんとう》会に出かける時は、靴下も靴もはいていかなきゃだめよ」フェリシティーが満足を声ににじませて言った。

「そうかしら。はだしで行くつもりなんだけど」

「あら、だめよ、セーラ・スタンリー！　あんた本気なの？」青い瞳《ひとみ》に怖れをいっぱいにたたえて、フェリシティーは叫んだ。

ストーリー・ガールは、フェリックスやぼくのいる側の顔半分でウインクしてみせた。しかし、女の子たちに向けた側は筋一本動かさなかった。彼女は時々フェリシティーを「あおりたてる」ことを、心から楽しんでいた。

「本当よ。私そのつもりになれば、そうする。なぜいけないの？　はだしは――もしきれいだったら――なぜむき出しの手や顔と、同じにならないの？」

「まあ、だめだったら！　そんな恥さらしな！」あわれなフェリシティーは、本気で困っていた。

「私たち、六月中はだしで学校に行ったわ」意地悪なストーリー・ガールがいじめた。

「同じ学校の建物に、昼間はだしで行くのと、夜行くのと、どこが違うの？」

「あら、ちがうったらちがうわよ。あたし説明できないけど――でも違いがあるってことは、だれでもわかってるわ。あんただってわかってるくせに、ねえ、お願いだから、そんなことしないでよ、セーラ」

「じゃあしない。そんなに言うのなら」はだしで「公式の場」に臨むぐらいなら本当は死んでしまうだろうと考えているストーリー・ガールは言った。

ぼくたちは、その夜巡回講師が学校で開く幻燈会のことで、かなり興奮していた。そういった会を何度も見て来たフェリックスやぼくでさえ面白がっていたし、残りの連中はといえば、まるで夢中だった。カーライルではそんな催しは、いまだかつてなかった。ぼくたちはピーターも含めて、全員行くつもりでいた。今ではピーターは、どこにでも一緒に出かけた。教会と日曜学校の定期出席者で、そこでの彼の態度は、まるで貴族階級の家庭で育てられたように、非のうち所がなかった。それは、ストーリー・ガールの自慢の種だった。というのも彼女こそが、そもそもピーターに正しい道をとらせた栄誉のすべてをになっていたからである。フェリシティーはもう何も言わなかった。もっともピーターのよそ行きズボンの宿命のつぎ当ては、相変わらず目ざわりだった。歌うときは気が気じゃないの、だってピーターが立ち上がるから、みんなにつぎ当てが見えてしまうんだもの。キング家の真後ろに席があるジェームス・クラークの奥さんは、そこから決して目をはなさないのよ、と、とにかくフェリシティーは断言した。

ただし、ピーターの靴下はいつも繕ってあった。最初の日曜日の、ピーターの二つとない工夫を耳にしたオリビアおばが、それ以来目を離さなかったからである。おばはピーターに聖書も与えた。ピーターはそれが自慢で自慢で、汚してはいけないと、使いたがらなかった。

「きれいに包んで箱に入れとくんだ。家に帰ればジェーンおばさんの古い聖書があって、あれ使えるからな。古くっても同じだと思うんだけど、違うかい？」

「同じよ」と、セシリーはうけあった。「聖書はいつでも同じなの」

「もしかしたら、ジェーンおばさんの時代から進歩があったかも知れないと、思ってたんさ」ほっとして、ピーターが言った。

「セーラ・レイが道をやってくる。泣いてるよ」屋根裏の反対側で、節穴から外をのぞいていたダンが知らせた。

「セーラ・レイは、起きてるうちの半分は泣きっぱなしよ」セシリーがもどかしげに言った。「あの子ったら一月《ひとつき》に一クォートは涙をこぼすみたい。そりゃ、どうしても泣きたいときってあるものよ。でも、あたしならそれをかくすわ。セーラは、人前に泣きに来るんだもの」

涙あふれるセーラが間もなく仲間に加わり、母親が夜の幻燈会に行くのを禁じたのがそもそもこの涙の原因だという、悲しい事実がわかった。

「おばさんは昨日、行っていいとおっしゃったじゃないの」と、ストーリー・ガールが憤慨して言った。

「どうして気が変わったの？」

「マークデイルのはしかのせいよ」セーラはすすり泣いた。「母さまは、マークデイルははしかだらけだって言うの。そして、マークデイルの人も、きっと見に来るだろうって、だから私は行ってはいけないの。私、幻燈会なんて見たことないのに――なあんにも見たことないのにい」

「はしかがうつる危険があるなんて、思えないわ」と、フェリシティーが言った。「そうなら、あたしたちだって行かせてもらえないもの」

「かかれるものなら、はしかにかかりたいわ」セーラは反抗的に言った。「そしたら多分、私でも母さまの大切なものになれるのよ」

「セシリーについて行ってもらって、お母さんを説得したらどうかしら」ストーリー・ガールが助け舟を出した。「そしたら行かせてくださるかも知れないわ。おばさんはセシリーがお好きだもの。フェリシティーと私はお気に入りじゃないから、私たちが行ったら余計悪くしてしまうだけよ」

「母さまは町に行っちゃったの。父さまと夕方出かけて……明日まで帰ってこないわ。ジュディー・ピノーと私しか家にいないの」

「それじゃあ」ストーリー・ガールは言った。「どうして会に行かないのよ。ジュディーに黙っててもらうよう頼みこめば、お母さんに知れやしないでしょ」

「あら、でもそれは間違ってるわ」と、フェリシティーが言った。「セーラをお母さんに逆らわせるようそそのかすなんて、いけないことよ」

そう、この場合フェリシティーが、疑いもなく正しかった。ストーリー・ガールの助言は間違っていた。もし、いさめたのがセシリーだったなら、ストーリー・ガールは多分耳をかたむけ、事なきを得たことだろう。ところがフェリシティーは不幸せな人種の一人で、過ちをいさめたその言葉で、過ちを犯す者たちをかえって罪ある道深くふみこませてしまうのだった。

　ストーリー・ガールはフェリシティーの横柄な態度に腹をたて、今度は本気でセーラをそそのかし始めた。他の者は口をつぐんでいた。これはセーラの問題だから、とぼくたちは自分に言い聞かせた。

「私、そうする気はたっぷりあるの」セーラは言った。「でもいい服を着ていけないの、客間に入っているんだけど、母さまが、だれかがフルーツケーキをとるかも知れないって、鍵《かぎ》をかけちゃった。学校行きのギンガムっきり、着るものがないの」

「そう。でも、新しくてきれいじゃないの。いろいろ貸してあげるわ。私のレースえりをつければいい。ギンガムがとてもエレガントになるわよ。それにセシリーが、二番目にいい帽子を貸してくれるわ」ストーリー・ガールが言った。

「でも、靴も靴下もないの。それも鍵のかかった中よ」

「あたしのをはけばいいわ」セーラが誘惑に屈する以上は、違犯の場所にふさわしい装いをさせなければ、と思ったらしく、フェリシティーが言った。

　セーラは屈した。ストーリー・ガールの声が誘いかけると、たとえ逆らおうとしてもその誘惑に逆らい切るのは、楽でない。その夜学校に向けて出発したとき、セーラ・レイは借り着に身を包み、ぼくたちの中にいた。

「もしも本当にはしかにかかったら？」フェリシティーがわきでたずねた。

「マークデイルから人が来ているとは思わないわ。講師は来週マークデイルに行くんだし、みんなそれまで待つでしょう」ストーリー・ガールは浮き浮きと言った。

それは涼しく、露のおりた宵で、ぼくたちは極上の気分で長く赤い丘を下って行った。白樺《しらかば》とえぞ松の茂った谷間には、夕焼けの残光がたゆたっていた。クリームがかった黄色と、赤というほどは赤っぽくない色が混じり合い、その中に若い月が、低くかかっていた。クローバーの刈り残しが光の中に立ち並ぶ牧草地の息吹きで、空気は甘かった。野バラはへいに沿ってうす桃色に生い茂り、道ぞいにはキンポウゲが、星くずのように咲き乱れていた。

良心に何のやましさもないぼくたちは、谷間《たにあい》にある、白色の小さな建物への散歩を楽しんでいた。フェリシティーとセシリーは、全男性に向ける攻撃のほこを収めた。赤の絹を着て人の姿をとる炎のようなストーリー・ガールは、胸をはって歩いていた。カーライルの女生徒たちのひそかな羨《うらや》みの的である、きれいな足は、ボタンつきのパリ製茶革ブーツにかくされていた。

しかし、セーラ・レイは楽しんでいなかった。その顔があまり陰気なので、ストーリー・ガールはじりじりしていた。ストーリー・ガール自身も、まったく心軽やかというわけではなかった。恐らく彼女自身の良心に、苦しめられていたのだろう。しかしそれを認めようとは断じてしなかった。

「ねえ、セーラ」と彼女は言った。「私の言うことを聞いて、心から喜んで加わらなくちゃだめよ。行くからには、悪いことじゃないかなんて気にしちゃだめ。いつもいい子でいたくて楽しみをだめにするんなら、悪い子になってみる良さがないじゃないの。あとで後悔するにしても、二つのものをまぜこぜにしてしまっちゃ何にもならないのよ」

「後悔なんかしないわ」セーラは言い張った。「母さまに知れやしないかと怖いだけよ」

「ふうん！」ストーリー・ガールの声には軽蔑《けいべつ》が表れていた。良心についてなら、理解も同情も持ち合わせている。しかしこの友人の恐怖心は、彼女には未知のものだった。「ジュディー・ピノーは、絶対に言わないって約束したんじゃないの？」

「したわ。でも向こうで私を見た人が、母さまに言うかも知れない」

「あら、そんなに怖いんなら行かないほうがいいわ。まだ遅くないわよ。ほら、あんたのお家の門が見える」と、セシリーが言った。

しかしセーラは、会の楽しみを諦め切れなかった。そこで彼女は歩き続けた。わずか十一歳の少女とはいえ、罪びとの道は決して楽でないという、ささやかにも哀れな証明である。

幻燈会《げんとうかい》はすばらしい物だった。写真も良いし、講演者はうまかった。ぼくたちは帰る道じゅうずっと、彼の冗談をくり返しあった。会を少しも楽しんでいなかったセーラは、終わってからかえって元気になり、家にむかった。逆にストーリー・ガールは、ふさぎこんでいた。

「いたのよ、あそこに。マークディルの人が」彼女は打ち明けた。「ウィリアムソン一家は、はしかにかかったカウアン一家の隣に住んでいるの。セーラをそそのかして来させたりしなきゃ良かったと、思っているわ。でも、私がそう言ったなんて、フェリシティーに言わないでね。セーラ・レイが会を本当に楽しんだのならかまわないの。でも、そうじゃなかった。見てわかったもの。だから私はまちがったことをして、あの子にもまちがったことをさせたってわけ。――その上、何の成果もなし」

夜は香り高く、謎めいていた。小川の淀《よど》みの葦群《あしむら》で、風が無気味なあの世めいたメロディーを奏でていた。空は暗く星が輝き、それを横切って天の川の薄いおびが、ちらちらと光を放っていた。

「天の川には、四億個の恒星があるんだ」雇い人の少年にしてはまさかと思うほど物知りで、しょっ中ぼくたちをぎょっとさせるピーターが言った。彼は素晴らしい記憶力の持ち主で、聞いたり読んだりしたことは決して忘れなかった。常に話に出るジェーンおばが残したわずかな書物が、彼の心に雑多な知識をつめこみ、それを聞いたフェリックスやぼくは、一体自分たちはピーターほど物を知っているのだろうかと、時々疑ってしまうのだった。フェリシティーは彼の天文知識にすっかり感動してしまい、女の子たちから少しさがって、彼の横を歩いていた。それまでは彼がはだしだからと、そんなことはしなかったのに。雇い人の少年が公の集まりに――教会で行われるのでなければ――はだしで参加するのは許せるし、何の恥でもないことだ。しかしフェリシティーは、はだしの友人と歩きたくなかった。今はもう暗いから、だれも彼の足もとなんか気付かないはずだ。

「私、天の川の話を知ってる」ストーリー・ガールが顔を輝かせた。「町のルイザおばさんの家で、本で読んだの。空で言えるように覚えて来たわ。むかし空に、ジーラとズラミスという大天使がいま――」

「天使にも名前があるのか――人間みたいに？」と、ピーターが口をはさんだ。

「あるわよ。もちろん。あるにきまってるでしょう。ないと、だれがだれだかわからないわ」

「おれが天使になったら――なれたらだけど――やっぱり名前はピーターっていうの？」

「いいえ。天国では新しい名前をもらうのよ」セシリーがやさしく言った。「そう、聖書には書いてあるわ」

「ああ、それじゃ良かった。ピーターなんて、天使にしたらおかしな名前だもんね。それから、天使と大天使はどう違うんだい？」

「あのね、大天使というのは、長いこと天使だったので、なりたての天使より、ずっと偉くて賢くて美しくなれた天使のことよ」ピーターを黙らせるために、即席でこの説明をこしらえあげたストーリー・ガールが言った。

「天使が大天使になるには、どれぐらいかかるんだい？」ピーターは、さらに追いすがった。

「さあ、知らない。何百万年じゃない？　それに天使が全部そうなるとは、思えないわ。たいていの天使は、ずっとただの天使でいなくちゃならないのじゃないかしら」

「あたしなら、ただの天使でいるだけで満足だわ」と、控えめにフェリシティーが言った。

「ねえ、待ってよ。みんなで邪魔をして、口出しばかりしてたんじゃ、いつまでたっても話を聞かせてもらえないじゃないか」と、フェリックスが言った。「みんな黙れよ。ストーリー・ガールに続けてもらおう」

ぼくたちは黙り、ストーリー・ガールは続けた。

「ジーラとズラミスは愛しあっていました。まるでこの世の人間のように。でもそれは全智の神の掟《おきて》により、禁じられていたのです。ジーラとズラミスは、神の掟を破った罰として、神の御前から遠ざけられ、宇宙の遥《はる》かな果てに追われました。ただし二人が一緒に追われては、罰になりません。そこでジーラは宇宙の一方の果ての星に追放され、ズラミスは反対の果ての星に送られました。二つの星の間には、とても越えられそうにない、底知れぬ深い宇宙が口をあけておりました。ただ一つ乗りこえられるもの——それは愛でした。ズラミスはジーラへの真実《まこと》の想いと恋しさに心を焦がすあまりに、自分の星から、光の橋をかけ始めました。そしてジーラはこれを知らず、けれど彼への愛と想いに急《せ》かされて、自分の星からやはり光の橋をかけ始めたのです。何万年、何十万年、何百万年と、二人は光の橋をかけ続け、やがて二人は出会い、互いの腕にとびこみました。二人の悩み、苦しみ、淋《さび》しさはすべて忘れ去られ、二人の作った橋は、追放先の二つの星の深い淵《ふち》にかかりました。

さて、他の大天使たちはこの仕事を見ると、恐れと怒りに震え、神の白い玉座に向けてとび急ぎ、こう訴えました。

『ごらんください。あの謀反人共の仕業を！　宇宙を渡る光の橋をかけ、離れよとの神の御心にそむきました。どうぞ神よ、御腕をのばし、邪魔なあの橋を滅ぼしてください』

大天使たちは口を閉じ、天国中が黙りこみました。その沈黙を破って全智《ぜんち》の神の声がひびきました。

『ならぬ。我が宇宙に真実《まこと》の愛がつくりあげたものは、神であれ滅ぼすことはできぬ。橋は永遠に残さねばならぬ』

そういうわけで」とストーリー・ガールは空をあおぎ、大きな瞳《ひとみ》を星の輝きでいっぱいにして言った。「今もあそこにあるの。その橋が天の川なのよ」

「なんてすてきなお話」セーラ・レイはため息をついた。物語の魔力によって、自分の悩みを一時的にせよ、忘れられたのだった。

他の者たちは、天の主人たちの間をさ迷って来たような気持ちで、地上に戻って来た。ぼくたちは、伝説の持つすばらしい意味を完全に理解できるほど、大人ではなかった。しかし、その美しさと魅力とは感じた。ぼくたちにとって永遠に天の川は、ピーターの言うような恒星のつらなる途方もない花綱ではなく、追われた二人の天使が星から星へとかけた、愛でできている輝く橋となった。

ぼくたちは、セーラ・レイの家の小径《こみち》を入って、門口まで送っていってやらなければならなかった。一人で歩くとペッグ・ボウエンがつかまえに来そうだと、おびえていたからだ。それから、ストーリー・ガールとぼくは、並んで丘を登っていった。ピーターとフェリシティーは遅れてついて来た。セシリー、ダン、フェリックスは、讃美歌《さんびか》をうたいながら手に手をとりあって、ぼくたちの前を歩いていた。セシリーはとても美しい声をしていて、ぼくはうっとりと聞き入った。しかしストーリー・ガールは、ため息をついた。

「もしもセーラがはしかにかかったら、どうしよう」と、気づかわしげに彼女は打ち明けた。

「だれだって、いつかははしかにかかるものさ」と、ぼくは慰め顔に言った。「それも、年が小さいほどいいんだよ」

第11章　ストーリー・ガールの苦行

それから十日たった夜、オリビアおばとロジャーおじが町に出て一泊し、次の日も一日中出ているることになった。ピーターとストーリー・ガールは、二人の留守中、アレックおじの家に泊まる予定だった。

ぼくたちは日暮れ時果樹園にいて、コーフェトゥア王と物乞《ものご》い娘の物語を聞いていた。カブを掘り起こしているピーターと、丘のふもとのレイ夫人の家にお使いにやられたフェリシティー以外の全員が耳をすました。

ストーリー・ガールは物乞い娘を生き生きと、美の幻想を添えて演じたので、娘に対する王の愛情は、少しも疑われなかった。ぼくは以前この物語を読んだことがあり、「くだらない」と思った。相手になるお姫様がどっさりいるのに、物乞い娘と結婚するような王様なんかいるわけがない。だが今では、物語がよく理解できた。

フェリシティーが帰って来た時、その表情からニュースがあると察せられた。たしかにあった。

「セーラがひどい病気なの」その声には同情がまじっていないふうだったが、一応気の毒そうに、フェリシティーは言った。「寒気がして喉《のど》が痛むし、熱もあるんですって、レイのおばさんは、明日の朝になっても良くならないようだったら、お医者様を呼ぶって。はしかかも知れないんですってよ」

フェリシティーは、最後のことばをストーリー・ガールに投げつけ、ストーリー・ガールは真っ青になった。

「ねえ、幻燈《げんとう》会でうつったとでも言いたいの？」苦しそうに、彼女は言った。

「ほかに、どこでうつるっていうの？」フェリシティーはずけずけ言った。「もちろん、セーラには会わなかった。おばさんは戸口であたしに会って、中に入らないようにおっしゃったの。おばさんの話ではレイの家では、はしかはいつもひどく重いんですって、死ぬまでではなくても、耳が聞こえなくなったり、目がよく見えなくなったり、いろいろあるんですってよ」ストーリー・ガールの痛ましい瞳に苦悩を見て、心を柔らげたフェリシティーは、こうつけ加えた。「もちろん、レイのおばさんはいつも悪い方ばかり見る人だし、セーラのかかったのもはしかじゃないかも知れないわ」

しかし、フェリシティーの手ぎわは、あまりにも完璧《かんぺき》だった。ストーリー・ガールにはもう慰めがきかなかった。

「私、セーラをあの会にそそのかさなくてすんだのなら、何でもあげる。悪いのはみんな私。だのに、罰はセーラにくだってしまった。こんなの公平じゃないわ。私、今すぐにでもレイのおばさんのところに出かけて、全部告白してしまいたいけど、そんなことをしたら、セーラをますます困った立場に追いやってしまうから、とんでもないし、今夜は一睡だってできないわ」

たしかに眠れなかったようだ。朝食におりて来た時、ひどく顔色が悪く、悲しみに沈んでいた。しかしそれにもかかわらず、どことなく陽気な雰囲気があった。

「私、セーラがお母さんの言いつけに叛《そむ》くよう、そそのかした罪を償って、一日中苦行をするわ」得意の色を抑えながら、彼女は宣言した。

「苦行？」ぼくたちは当惑して、口の中でくり返した。

「そう。好きなものは全部断って、したくないことを全部するの。悪い子だった自分自身を罰するためだけにね。だから、私のしたくなさそうなことを思いついたら、すぐ言ってちょうだい。これは、ゆうべ考えついたの。神様にも、私が本当に悔やんでいるのがおわかりになったら、セーラの病気はそう重くならないと思うわ」

「あんたが別に何もしなくたって、どうせおわかりになるのよ」と、セシリーが言った。

「でも、良心は楽になるもの」

「長老派が苦行をするなんて思えないけど」あやふやにフェリシティーが言った。「そんなことをした人の話って、聞いたことがないわ」

けれども残りの面々は、ストーリー・ガールの思いつきを、むしろ好意をもってむかえた。彼女が他の何をする時とも同じように、苦行を独創的に徹底的にすることは、たしかだった。

「くつに豆を入れたらさ、いいんだよ」と、ピーターが提案した。

「それだわ、それ！　そんなこと気がつかなかった。朝食がすんだら豆を手に入れよう。それに一日中、パンと水以外は――それもちょっぴりとだけ――なんにも食べないつもり」

ぼくたちの感覚では、これはまさに英雄的だった。通常の健康と食欲があって、ジャネットおばの食卓につき、パンと水以外何も食べないとは、それはもう何といっても苦行だ。ぼくたちならば、絶対にできないことだ。しかし、ストーリー・ガールはやってのけた。ぼくたちは彼女を讃《たた》えながらも同情した。しかし今思うに、彼女はぼくたちの同情など必要としなかったし、賞讃《しょうさん》を受ける値打ちもなかったようだ。苦行というごちそうは、彼女にとってはヒュメットゥス（ギリシアのアテネ郊外にある山で、大理石と蜂蜜の産地として有名）の蜜《みつ》より甘かったのだ。彼女は、まったく無意識にではあるが、狂言を演じ、いかなる物質的な快楽よりもこたえられない芸術家の不可思議な喜びを、じっくりと味わっていたのだった。

ジャネットおばはもちろん、ストーリー・ガールの断食に気づき、具合が悪いのかとたずねた。

「いいえ、ジャネットおばさん。私、犯した罪を償うために苦行をしているの。どんな罪か告白はできないわ。ほかの人に迷惑がかかるから。だから、一日中苦行を続けるつもりです。お気になさらないでね」

ジャネットおばは、その朝非常に上機嫌だったので、笑っただけだった。

「その馬鹿騒ぎをやり過ぎなければね」と、おばは寛容に言った。

「ありがとう、それから朝食のあと、固い豆を一つかみくださる、ジャネットおばさん？　靴の中に入れたいんです」

「一つもありませんよ。昨日最後の分を、スープに使ってしまったから」

「あら！」ストーリー・ガールはがっかりした。「じゃあ、なしですまさなくっちゃ。新物の豆じゃ、大して痛くないでしょう。柔らかすぎて、ぺちゃんこにつぶれるだけだわ」

「それじゃさ」と、ピーターが言った。「キングさんの玄関先で、丸い小石をたくさん拾ってくるよ。豆と同じみたいなものさ」

「いけません、そんなこと」ジャネットおばが言った。「セーラに、そんな苦行はさせません。靴下に穴があくし、足をひどく傷つけてしまう」

「むちを持って来て、血が出るまでむき出しの肩を打つとしたら、おばさん、何ておっしゃる？」不満そうに、ストーリー・ガールはたずねた。

「何も言いませんよ。あんたを膝《ひざ》の上に俯《うつぶ》せにして、しっかりちゃんとたたいてあげましょう。セーラじょうさん。その苦行で十分だと思うだろうから」

ストーリー・ガールは憤慨して真っ赤になった。そのような意見を述べられるとは——十四歳と半の娘に対して、しかも男の子たちの前で！　実際ジャネットおばは、途方もなくひどくなれる人だ。

夏休みだったので、その日することは、あまりなかった。ぼくたちは間もなく暇になり、果樹園に向かった。だが、ストーリー・ガールは来ようとしない。手に古木綿の端切れをもち、台所の一番暗く暑い隅に座っていた。

「私、今日は遊びに出ないわ。お話もしない。ジャネットおばさんは靴に小石を入れさせてくれなかったけど、代わりに背中の素肌にふれる場所に、アザミを入れたの。少しでも後ろに寄りかかると、刺すのよ。これからこの木綿にたくさん、ボタン穴を作るの。私、ボタン穴かがりが何よりも嫌いだから、一日中しているつもり」

「古いぼろきれにボタン穴ばっかり作って、どんないいことがあるの?」と、フェリシティーがたずねた。

「いいことなんかないわ。苦行の美点は、自分を苦しめるところにあるのよ。役に立とうが立つまいが、いやな事でさえあれば、何だってかまわないの。ねえ、今朝、セーラはどんな具合なのかしら」

「お母さんがお昼からお見舞いに行くわ」フェリシティーが言った。「はしかかどうかわかるまでは、あたしたちの誰もがあの場所に近寄ってはいけませんって」

「すごい苦行を思いついたわ」セシリーが熱っぽく言った。「今夜の伝道集会に行かないの」

ストーリー・ガールは、痛ましい顔をした。

「それは私も考えたわ――でも家にいるなんて、とてもできない。そんなの、生身の人間が耐えられることじゃないわ。私、どうしても伝道師の話を聞きたいの。もう少しで食人種に食べられるところだったんですってよ。その人の話を聞いたあと、私が話してあげられる新しいお話がいくつできるか、考えてみてよ。断じて私、行かなくちゃ。でも、どうするか教えてあげる。私、学校行きの服を着て、学校行きの帽子をかぶるの。それなら、苦行になるでしょう。フェリシティー、お昼ごはんの用意をする時、柄のこわれたナイフを私の席に置いてね。私、あれが大嫌いなの。それから、二時間ごとにメキシコ茶を飲むつもり。そりゃあひどい味がするの。でも、血をとてもきれいにするんですって。だから、ジャネットおばさんも反対できないわ」

ストーリー・ガールは、自らに課した苦行を完全に実行した。一日中台所に座ってボタン穴かがりをし、パンと水とメキシコ茶だけで生きのびていた。

フェリシティーは意地悪だった。台所の、ストーリー・ガールのすぐ鼻先で、わざと小さなレーズンパイを作った。レーズンパイの香りは世捨て人をさえ誘惑するものである上、ストーリー・ガールはこのパイが、それはそれは大好きだった。フェリシティーは目の前で二つ食べ、残りは果樹園のぼくたちのところへ持って来た。ストーリー・ガールは窓越しに、レーズンパイとエドワードおじのサクランボを惜しげもなく食べ散らかしているぼくたちの姿を、見ることができた。それでも彼女は、ボタン穴をかがり続けた。彼女は、ダンが郵便局から持ちかえった雑誌の、わくわくする続き物を見ようとしなかったばかりか、父親からの手紙も開かなかった。パットがやって来たが、もっとも誘惑的なごろごろ声も、猫をなでてやる楽しみさえ拒絶した女主人の注目を、勝ち得ることができなかった。

ジャネットおばは、お客様——マークデイルのミルウォード夫妻——がお茶に訪れたので、午後丘を降りてセーラの具合を見に行くことができなかった。ミルウォード氏は博士であり、ミルウォード夫人は文学士だった。ジャネットおばは、すべてが可能な限りすばらしいものになるよう期待していたので、ぼくたちはみな、お茶の前に顔を洗っていい服に着がえるため、自宅に戻らされた。ストーリー・ガールも家に急いで帰ったが、戻った姿を見た一同は息をのんだ。彼女は髪を真っ直ぐに梳《くしけず》り、きつい、ねじれた太いおさげに編んでいた。そして、色のさめた古いプリントのワンピースを着ていたのだが、肘《ひじ》には穴があき、すそひだはぼろぼろで、しかも丈が短すぎた。

「セーラ・スタンリー、何を考えてるの？」とジャネットおばは責めた。「そんなぼろ服を着て、どういうつもり？　お茶にお客様をお呼びするのを知らないの？」

「知ってます。だからこそ、こんなかっこうをしたの、ジャネットおばさん。私、自分を苦しめようと……」

「もしもそんなかっこうで、ミルウォードさんたちの前に姿を現したりしたらね、お嬢さん、おばさんはあんたをほんとに苦しめて、痛い目にあわせてあげますよ。家に帰って、ちゃんと着がえていらっしゃい。でなきゃ台所で食べなさい」

ストーリー・ガールは、後者を選んだ。彼女はひどく憤慨していた。ぼろぼろの着古したワンピースを着て、一番みっともなく見える自分の姿を意識しながら、食堂のテーブルにつき、うるさ方のミルウォード夫妻の前で、パンと水だけの食事をする。これこそ彼女にとっては、この上ない至福だったにちがいないと、ぼくは確信している。

その夜、伝道集会に出かけた時、フェリシティーとセシリーがきれいなモスリンを着ているのに、ストーリー・ガールは学校行きの服と帽子を身につけていた。しかも全然似合わない茶色のリボンを、髪に結んでいた。

教会の玄関でぼくたちが最初に出会った人物は、レイ夫人だった。夫人は、セーラがただの熱風邪だったことを告げた。

その夜の伝道集会には、少なくとも七人の幸せな聴衆がいた。セーラがはしかでなかったので、ぼくたちは全員喜んでいたし、ストーリー・ガールは輝いていた。

「折角の苦行がみんな無駄になっちゃったわね」ペッグ・ボウエンがうろついているとのうわさが立っているため、身を寄せあって家に帰る途中、フェリシティーが言った。

「あら、そうかしら。自分を罰したのでいい気分だわ。でも明日になったら埋め合わせをするつもり……本当は、今夜から。家に帰ったらすぐ、食料部屋に行くわ。そしてベッドに入る前にお父さんの手紙を読むの。伝道会はとってもすばらしかったじゃない？　食人種の話は、ほんとにすごかったわ。私、一言一句逃さないように覚えておくの。そうしたらあの人が話したのと同じように、話してあげられるから。伝道者って、気高い人たちね」

「ぼくも伝道者になって、あんな冒険をしたいな」と、フェリックスが言った。

「あの人みたいに、都合よく食人をやめさせられるとわかってるんなら、なってみるのもいいだろうけど、いつもそううまくはいかないよなあ？」と、ダンが言った。

「フェリックスをつかまえたら、何があっても食人種は、食べようってきめるわ」フェリシティーはくすくす笑った。「だって、こんなに太っておいしそうなんだもん」

この瞬間フェリックスは、まったく伝道者らしくない感情を抱いたと、ぼくは思う。

「あたし、今までより週に二セント余分に、伝道箱に入れることにする」セシリーは、きっぱりと言った。

セシリーの卵銭から、週に二セントも余分に提供するのは犠牲とさえ言えた。それをきいてぼくたちも奮い立った。ぼくたちは全員、週に一セントかそこいらの寄付金増額を決意した。これまで伝道箱を持ったことのないピーターは、この機会に一つ持つことをきめた。

「おれは、あんたらみたいには伝道者を面白いと思わなかったけど、寄付でも始めりゃ、面白くなるだろうな。でもおれの金が、どう使われるのか知りたいよ。おれ、あんまり寄付できないな。父さんが家出して、母さんが洗濯の仕事に出て、自分はまだ子供で週に五十セントしか稼げないとしたら、異教徒にそうたくさんはやれないだろ。でもベストはつくすつもりさ。ジェーンおばさんは、伝道が好きだったんだ。メソジスト派の異教徒っているのかなあ。長老派の異教徒にやるより、そっちの方におれの箱をやりたいと思うんだけど」

「いないわ。まず改宗してからでなくちゃ、特に何かにはならないのよ」フェリシティーが言った。「その前は、だれでもただの異教徒よ。でも、お金をメソジストの伝道師に送りたいんなら、マークデイルのメソジスト派の牧師さんに渡せばいいわ。長老派はその分くらいなくても、やっていけると思うし。そして別の異教徒をさがすわよ」

「サンプソン夫人《さん》の花のにおいをかいでみて」道沿いの小ぎれいな白い柵《さく》を通りかかったとき、セシリーが言った。そこからは、アラビアの海辺にたゆたう香料より甘い香りがただよっていた。「バラは全部終わってしまったけど、スイート・ウィリアム（アメリカなでしこ）のあの花壇は、昼間はちょっとした見物《みもの》よ」

「スイート・ウィリアムって、花にはあわない名前ね」と、ストーリー・ガールが言った。「ウィリアムは男の人の名前だけど、男の人って全然かわいく《スイート》ないんですもの。男の人ってとてもすてきなものだけど、かわいくないし、かわいくちゃ困るわ。かわいいって言葉、女の人のものよ。ねえ、えぞ松のすき間から、道路に射す月光をごらんなさい。星をボタンにした月光のドレスが欲しいわ」

「だめよ」フェリシティーが断固として言った。「すけすけに見えてしまうわ」

これは月光ドレスの問題を、効果的にしめくくったようだった。

第12章　レイチェル・ウォードの青い長持ち

「そんなこと、絶対問題外です」ジャネットおばが深刻な顔で言った。ジャネットおばが深刻な顔で、何かについて絶対問題外と言った場合、おばはその可能性を考えに入れていて、結局はそうすることになるということだ。もし、あることが本当に問題外な場合、おばはただ笑って、とりあわなかった。

八月の初旬に問題外——言いかえれば問題になった特別な事柄とは、エドワードおじが最近持ちかけた計画だった。エドワードおじの末娘が結婚することになったので、おじは、アレックおじ、ジャネットおば、オリビアおばに、ハリファックスまで来て結婚式に列席し、一週間すごさないかと、招待状を書いてよこしたのだ。

アレックおじとオリビアおばは、夢中になって行きたがった。しかしジャネットおばは、初め、そんなことは不可能だと言いはった。

「こんな年のいかない子供たちに、この家をまかせて行けるものですか」と、おばはがんばった。「帰って来たら全員が病気で、しかも家は焼けおちているでしょうよ」

「何も心配することないさ」ロジャーおじが口をはさんだ。「フェリシティーはあんたと同じぐらい、いい主婦だ。それにおれがここに来て、みんなの面倒を見るよ。そして、家を焼かせないようにするから。もう何年も、エドワードの家を訪ねると約束しているんだし、こんな機会は二度とないぞ。干し草作りは終わった後で、とり入れはまだだ。それに、アレックには気晴らしが必要だよ。顔色がえらく勝《すぐ》れないじゃないか」

ロジャーおじの述べた最後の理由が、ジャネットおばを納得させたのだと思う。ようやく、行くことにきめた。ロジャーおじの家は閉め切り、おじとピーターとストーリー・ガールが、住まいをこちらに定めることになった。

ぼくたちは、みんな大喜びだった。特にフェリシティーは、無上の幸福を味わっているようだった。大きな家を一手に任せられること、一日三度の食事を考え、用意すること、鳥小屋、雌牛、搾乳場、庭の管理、これらの仕事こそがまさにフェリシティーの楽園観を形造っていた。もちろんぼくたち全員が手助けはするが、フェリシティーがすべてを「監督する」のであり、それが大得意だったのだ。

ストーリー・ガールも嬉《うれ》しそうだった。

「フェリシティーは、私にお料理の講習をしてくれるの」二人で果樹園を歩いている時、彼女はぼくに打ち明けた。「すてきじゃない？　一週間のうちには、何か覚えられそうと思わない？　まわりに私をびくつかせたり、間違いをするからと笑ったりする大人がいなけりゃ、いつもより楽でしょう」

アレックおじと二人のおばは、月曜の朝発《た》った。哀れなジャネットおばは、暗い予感でいっぱいで、あまりたくさん説教やら警告やらを聞かせるものだから、どれ一つとして覚える気にもならなかった。アレックおじはただ、いい子にしてロジャーおじの言う事を聞くようにと言っただけだった。オリビアおばはパンジーブルーの瞳《ひとみ》で笑いかけ、ぼくたちの今の気持ちはすっかりわかると告げ、楽しく過ごしなさいと言ってくれた。

「きまった時間に寝かせるように、気をつけてね」門から馬車に乗って出て行きながらも、ジャネットおばは、ロジャーおじに呼びかけた。「何か悪いことがあったら、電報をうってくださいよ」

やっと彼等は本当に出かけ、ぼくたちは全員「家を守るために」残された。ロジャーおじとピーターは、自分の仕事に出ていった。フェリシティーは早速昼食の用意にとりかかり、ぼくたち一人一人にそれぞれ手伝いの役割を振りあてた。ストーリー・ガールはジャガイモの下ごしらえ、フェリックスとダンは豆むき、セシリーはかまど番、ぼくはカブの皮むき。フェリシティーは昼食に、ジャム入りロールケーキを作ると宣言して、ぼくたちの口につばをわかせた。

ぼくは裏のポーチでカブの皮をむき、なべに入れ、ストーブにかけた。そこでもう、もっと手間のかかる仕事をしている他の連中を見るひまができた。台所では、楽しい労働とでも題すべき一場面がくり広げられていた。ストーリー・ガールはジャガイモの皮をむいている。ややゆっくりとぎごちなく――というのも、家事にかけては器用と言えないからだ。ダンとフェリックスは豆をむき、さやでパットの耳や尾をつついてはからかっていた。

フェリシティーは、顔を紅潮させ、真剣な顔つきで、慎重に計ったりかきまぜたりしていた。

「私、悲劇の上に座っているのよ」突然、ストーリー・ガールが言った。

フェリックスとぼくは、目を見はった。ぼくたちは「悲劇」の何たるかをよく知らなかったが、自分の視力を信用するとしても、まさかそれが、ストーリー・ガールが今まさに座っている、古い青い木の長持ちのことだとは思わなかった。

その古い長持ちは、テーブルと壁の間の一隅を占領していた。フェリックスもぼくも、殊更それに注目したことがなかった。それはとても大きくて重く、フェリシティーは、台所を掃く度にいつも文句を言っていた。

「この青い長持ちは悲劇を抱えているの」と、ストーリー・ガールは説明した。「私、このお話を知ってるわ」

「おばあさんのいとこのレイチェル・ウォードのお嫁入り仕度の品が、その古長持ちに入っているのよ」と、フェリシティーが言った。

レイチェル・ウォードとはだれだろう。そして、なぜ、彼女の嫁入り仕度が青い古長持ちに閉じこめられ、アレックおじの台所にあるのだろう。ぼくたちは、すぐにその物語をねだった。ストーリー・ガールはジャガイモの皮をむきながら、話してくれた。迷惑したのはジャガイモよ、芽が全然とれていなかったわ、とフェリシティーは言いはった。――しかし、物語はすばらしかった。

「悲しい物語なの」と、ストーリー・ガールは言った。「五十年前、おじいさんとおばあさんがとても若かったころ、起こったお話よ。おばあさんのいとこのレイチェル・ウォードが、ここに一冬を過ごしに来たの。レイチェルはモントリオールに住んでいて、ご先祖の幽霊のエミリーみたいに両親がいなかったの。レイチェルがどんな顔をしていたか聞いたことがないけど、とても美人だったにちがいないわ。もちろん」

「お母さんが、その人はおっそろしくおセンチでロマンチックだったって言ってるわ」とフェリシティーが口をはさんだ。

「まあとにかく、その冬レイチェルは、ウィル・モンタギューに会いました。彼はハンサムでした——と、みんな言っているわ」

「そして、おっそろしい女たらしだったの」と、フェリシティーが言った。

「フェリシティー、後生だから、邪魔をしないで。効果が台無しだわ。もし私がそのケーキに、入れちゃいけないものをほうりこんでかき混ぜたりしたら、どんな気分になって？私、丁度そんな気分なんだから。さて、ウィル・モンタギューは、レイチェル・ウォードと恋におち、レイチェルもウィルと恋におちました。そして春には二人がここで結婚するよう、お膳立て《ぜんだ》がすべて整いました。レイチェルは、その冬とても幸福でした。レイチェルはお嫁入り仕度を、全部手縫いで作りました。そのころの娘さんたちは、みなそうしたのよ。ミシンなんてものはなかったのですもの。さて、とうとう四月になり、結婚式の日が来ました。お客様は全員そろい、レイチェルはウェディングドレスに身を包み、花婿を待っていました。そして」ストーリー・ガールは包丁とジャガイモを置き、濡《ぬ》れた手を組み合わせた。「ウィル・モンタギューは、いくら、待っても、あらわれ、ません、でした！」

ぼくたちは、自分がそこで待っていたお客の一人だったように、ひどいショックを受けた。

「どうなったの？　その人も死んじゃったの？」と、フェリックスがたずねた。

ストーリー・ガールはため息をつき、再び仕事を続けた。

「いいえ、ぜんぜん。そうだったら良かったのにと思うわ。そのほうがぴったりだし、ロマンチックでしょうに。いいえ、実は恐ろしいことだったの。ウィルは借金のために、逃げなくてはならなかったのです！　考えてもみて。ウィルは徹底的に残酷な仕打ちをした、とジャネットおばさんは言ってるわ。彼はレイチェルに言伝《ことづて》の一つもよこさず、レイチェルは二度と彼から便りをもらうこともありませんでした」

「ブタよ！」フェリシティーが力をこめて言った。

「レイチェルはもちろん失意のどん底でした。事の次第がやっとわかると、嫁入り仕度、シーツなどのリンネル、それまでにもらったプレゼントなどをかき集め、この青い古長持ちに一切合財《がっさい》つめ込みました。それから鍵《かぎ》を持ってモントリオールに戻ってしまいました。島には二度と帰りませんでした。とても耐えられなかったのでしょうね。それ以来レイチェルは、ずっとモントリオールに住み、一度も結婚しませんでした。今ではもうおばあちことがないのです」

　セシリーが、次に口を開いた。

「お母さんは十年前、レイチェルさんに手紙を書いて、虫が入っていないか見たいから、長持ちを開けてもいいか聞いたの。裏側に指ぐらいの大きさの割れ目があるのよ。レイチェルさんは、ほかの長持ちに入ってる品物だったら、お母さんに開けてもらって、好きなように片付けてもらっていいけど、その品物だけは、自分以外のだれにも見たり触ったりしてもらいたくないって、だからそのままにしておいて欲しいって、書いてきたの。母さんは、虫が入っていようがいまいがもうこれとは手を切るって、言ってたわ。もしもレイチェルさんが、床をこすってふき掃除する度にこの長持ちを動かす羽目になったら、あのばからしいおセンチもなおるだろうって、母さん言ってる。だけどあたしも、あんな立場になったら、レイチェルさんと同じ気持ちになると思うわ」と、セシリーはしめくくった。

「だれにも見てもらいたくないその品物って、何だろう」と、ぼくがたずねた。

「母さんは、ウェディングドレスだと思っているの。でも父さんは、ウィル・モンタギューの写真だと思うって言ってるわ」と、フェリシティーが言った。「父さんは、レイチェルさんがそれを入れるのを見たの。だから長持ちの中の品をいくつか知っているのよ。レイチェルさんが荷造りした時、十歳だったから。中には白モスリンのウェディングドレスと、ベールと、それから、……あの……あの……」フェリシティーは目をおとし、言いにくそうに真っ赤になった。

「すそから腰まわりまで、手でしじゅうしたペチコート」ストーリー・ガールが、けろりと言ってのけた。

「それから持ち手にりんごがついた、瀬戸物の果物かご」心からほっとして、フェリシティーが続けた。「ティーセットと、青いろうそく立て」

「中に入っている物を、全部見てみたいなあ」ストーリー・ガールが言った。

「レイチェルさんの許しがなければ絶対開けられないって、父さんは言ってるわ」セシリーが言った。

フェリックスとぼくは、長持ちをうやうやしくながめた。それはぼくたちの目の中で新しく重要性を帯び、消え去った過去に死んだロマンスを秘めた墓石のように見えた。

「ウィル・モンタギューはどうなったの?」と、ぼくはたずねた。

「どうもならないわよ」邪険にストーリー・ガールは言った。「生きて栄え続けただけ。しばらくしてから貸し主たちとことを円満にまとめて、島に戻って来たの。そして最後には、お金持ちのとってもすてきな女の人と結婚して、とても幸せに暮らしました。こんな不公平な話、聞いたことがあって?」

「ベバリー・キング!」鍋《なべ》をのぞきこんでいたフェリシティーが、突然どなった。「あんたったら、カブを、ジャガイモみたいに、丸ごと、ゆでてしまった、じゃないの」

「いけなかった?」はずかしくて、ぼくもどなった。

「いいけど」とは言うものの、フェリシティーは既にカブをすくい出し、刻みだしたものだから、他の連中は全員ぼくをあざ笑った。ぼくは一族の歴史に、自分から逸話を一つ加えてしまったのだ。

ロジャーおじは、それを聞いて大笑いした。おじは夜になって、フェリックスの乳しぼり体験報告をピーターに聞いたときも、大笑いした。フェリックスは前もって、乳房から乳をしぼりだすこつを教わっていた。が、「丸々一頭の雌牛」から乳をしぼったことは、なかった。結果は悲惨だった。雌牛は足を踏み、バケツを完全にひっくり返してしまった。

「雌牛がまっすぐ立っててくれないのに、どうすりゃいいのさ?」フェリックスは、唾《つば》をとばして怒っていた。

「そこが問題だ」真面目な顔で頭を振って、ロジャーおじは言った。

ロジャーおじの笑い声はとても耐えられないものだが、真面目顔はさらにいけなかった。

さてその間ストーリー・ガールは、食料部屋でエプロンに身を包み、パン作りの秘伝を教わっていた。フェリシティーに見守られてパンの用意をし、翌朝それを焼く予定だった。

「朝一番にすること、よくよくこねること」とフェリシティーが言った。「早いほどうまくいくわ。こんなにあったかい夜ですもの」

これがすむとぼくたちはみんなベッドに入り、青い古長持ちや、カブや、へそまがり牛の悲劇などは、とるに足りないこと、とばかりに、ぐっすり眠ったのだった。

第13章　古い格言　新しい意味

ぼくたち男の子連が翌朝起きたのは、五時半だった。ぼくたちは、階段でほおをバラ色に染め、あくびをしているフェリシティーと顔を合わせた。

「ああ、大変、寝過ごしちゃった。ロジャーおじさんは、六時に朝食を食べたがってたのに。でも、とにかく火はついているようね。ストーリー・ガールが起きているもの。パンをこねるために、早起きしたと思うわ。心配で一晩中眠れなかったんでしょう」

火はついていた。そして、紅潮し、勝ち誇ったストーリー・ガールが、パンを一かたまり、かまどからとりだしていた。

「ねえ見て！　私がこのパンを初めから終わりまで焼いたのよ。三時に起きたの。気持ち良くって明るかったわ。それからじっくりこねあげて、かまどに押し込んだのよ。で、万事すばらしく完了。でも、かたまりの大きさが、思ったほどじゃないんだけど……」と、彼女は疑わしげに言い添えた。

「セーラ・スタンリー！」フェリシティーは、台所を突っ切った。「そのパンをこねあげてすぐに……二度目にふくれるまでおかずに、かまどに入れたとでも言うの？」

ストーリー・ガールは、真っ青になった。

「ええ、入れたわ」彼女は口ごもった。「ああ、いけなかったの、フェリシティー？」

「パンを台なしにしちゃったわ」フェリシティーは、にべもなく言った。「石みたいにこちこちよ。言わせてもらいますけどね、セーラ・スタンリー。あたしなら、すごいお話し上手になるより、少しは常識を持ちたいわ」

哀れなストーリー・ガールの屈辱は、あまりに苦いものだった。

「ロジャーおじさんに言わないでね」と、彼女は腰を低くしてたのんだ。

「あら、言うものですか」フェリシティーは優しく約束した。「今日足りるだけの古いパンがあって良かった。これは鳥小屋行き。でも、上等の粉のすごい無駄使いよ」

ダンとピーターが納屋仕事に出かける間に、ストーリー・ガールはフェリックスとぼくと一緒に、朝の果樹園に忍び出た。

「お料理を習おうと努力しても、丸っきり無駄なんだわ」

「気にするなよ」と、ぼくは慰めた。「すばらしいお話ができるんだもの」

「でもそんな事、おなかをすかせた男の子の足しになって？」ストーリー・ガールは、涙声だった。

「男の子だっていつも腹ペコとは限らないさ」と、フェリックスが真面目な顔で言った。

「そうでない時もあるんだよ」

「そうとは思えないけど」ストーリー・ガールは、わびしげに言った。

「それはともかく」生きている間は望みがある、とでも言いたげに、フェリックスがつけ加えた。「努力していけば、いつか料理を覚えるよ」

「でもオリビアおばさんは、材料を無駄にさせてくれないの。今週中に覚えるのが望みの綱だったのよ。でもフェリシティーは私に愛想をつかしたから、もう教えてくれないわ」

「いいじゃないか」フェリックスが言った。「料理なんかできなくたって、ぼく、フェリシティーより君が好きだよ。パンを作れる人は、たくさんいる。でも、君みたいにお話のうまい人は、そうないよ」

「でも、面白いだけより、役に立つほうがいいのよ」ストーリー・ガールは情けなさそうに、ため息をついた。

そして役に立つフェリシティーはというと、心秘《ひそ》かに、面白い人間になるためなら何でもしようと思っていた。それが人の習いというものだ。

その午後、客が押しかけて来た。まず、ジャネットおばの姉のパターソン夫人が、十六歳の娘と二歳の息子を連れて来た。そのあと、マークデイルの村人一馬車分も押しかけた。そして最後に、エルダー・フルーエン夫人が、小さい娘二人を連れたその妹と共に到着した。

「降ればどしゃ降り」ロジャーおじは彼等の馬を集めに出ながら言った。だがフェリシティーは、水を得た魚のようだった。そして午後中かまどと格闘し続けた。ビスケット、クッキー、ケーキにパイがぎっしり詰まった食料部屋もあったから、カーライル中の人間がお茶に来ても、フェリシティーはびくともしなかったろう。セシリーがテーブルをしつらえ、ストーリー・ガールが、待ちかまえては使った皿を洗った。しかし、輝く栄誉はすべてフェリシティーに降り注ぎ、お世辞に埋まった彼女の気取りぐあいときたら、その週中、我慢できかねるほどだった。十二歳の年齢の五倍もの余裕と威厳に包まれてテーブルの上座につき、だれが砂糖をとり、だれがとらなかったか、本能的に見分けがつく様子だった。彼女は興奮と喜びで顔を染め、あまりきれいなので、ぼくなどは食べるのも忘れて、見とれてしまった。――これは、男の子が提供できる最大のお世辞だ。

ストーリー・ガールは、まったく対照的に、光を失っていた。眠れぬ夜と早起きのせいで顔色が悪くて精彩を欠き、しかも心躍る物語を語る機会も与えられなかった。彼女には、だれも目をくれなかった。今日はフェリシティーの日だった。

お茶のあと、フルーエン夫人姉妹は、カーライル墓地の、父親の墓にまいることになった。だれもが一緒に行きたがった。しかし、だれかが家に残って、台所のソファーでぐっすり眠りこんでしまったジミー・パターソンに、ついていなければならなかった。結局ダンが、お守り役を引き受けた。読み終えたい新刊のヘンティー・ブックがあるので、そのほうが墓地への散歩よりずっと面白い、とダンは言った。

「この子が目を覚ますまでに、帰ってくるつもりよ」と、パターソン夫人は言った。「何にしても、この子はいい子で、手がかからないの。でも、外へだけは出さないでね。風邪を引いているから」

本を読むダンを入り口に残し、ぼくたちは出かけた。そしてジミーは、ソファーの上で幸せそうに寝息をたてていた。ぼくたちが戻って来た時――フェリックス、女の子たち、それにぼくは、一行の先頭にいた――ダンはまったく同じ場所に同じ姿勢で座っていた。だが、どこにもジミーは見あたらなかった。

「ダン、赤ちゃんはどうしたの？」フェリシティーが大声をあげた。

ダンはまわりを見まわした。あごがぽかんと落ちた。この時のダンほど、ばかな顔に見えたことはない。

「なんだって。ぼく、知らないよ」おろおろと、ダンは言った。

「そんなくだらない本に夢中になっているから、あの子は出てっちゃったじゃない。一体どこにいるっていうの!?」フェリシティーはとり乱して、わめき散らした。

「そんなことないよ！」と、ダンもどなり返した。「この家の中にいるにきまってる。みんなが出かけてから、ぼくはずっと戸口をふさいでたんだ。ぼくを這《は》いのぼって越えでもしなきゃ、出ていけないよ。この家の中にいるにきまってるって」

「台所にはいないわ」うろうろ走りまわりながら、フェリシティーが言った。「別の部屋に行けるはずがないのよ。廊下に出る戸はきっちりと閉めといたから、赤ん坊には開けられないし……今もきっちり閉まっているわ。窓もよ。あの子はこの戸から出たに決まっているのよ。ダン・キング、それも、あんたのせいよ」

「この戸口からは出なかったってば」ダンは頑固に食いさがった。「それはわかってる！」

「そう。じゃあ、どこにいるの？　ここにはいないわ。空気にとけちゃったの？」フェリシティーが詰め寄った。「お願い、みんなさがしてよ、馬鹿みたいにぽかんとつっ立ってないで。あの子のお母さんが帰って来る前に、見つけなくちゃだめなの。ダン・キング、あんたって大バカ者よ」

ダンは気が動転してしまって、このときは怒るどころでなかった。どのようにして、またどこへジミーが消えたかは別として、とにかく彼は消えたのであり、それだけは確実だった。ぼくたちは、家を庭をあたふたとかけまわった。しらみつぶしに、いそうな所、いそうもない所をのぞきこんだ。しかしジミーは見つからず、本当に空気にとけてしまったとしか思えなかった。パターソン夫人が戻った時も、ぼくたちはジミーを見つけ出していなかった。ことは深刻になりだした。ロジャーおじとピーターが、畑から呼び戻された。パターソン夫人はヒステリーを起こし、客間に連れていかれ、ありったけの治療を施された。だれもが哀れなダンを責めた。もしもジミーが二度と再び見つからなかったらどんな気持ちになるか、とセシリーは彼にたずねた。ストーリー・ガールは、マークデイルで同じようにしてさ迷い出てしまった赤ん坊の、身の毛もよだつ思い出話を持ち出した。

「そして、次の春までその子は見つからなかったの。見つかったのは、骸骨《がいこつ》だけ——骨の間から草がのびていたのよ」と、彼女はささやいた。

「こいつはまいったな」むなしい一時間が過ぎて、ロジャーおじは言った。「沼地へ降りて行ってなきゃいいんだが。そんな遠くまで歩けるとは思えんが、とにかく見に行ってみるか。フェリシティー、女の子が一人座ってるあそこのソファーの下から、ロングブーツを出しておくれ」

フェリシティーは、蒼《あお》ざめ、涙にあふれて跪《ひざまず》き、ソファーにかかっているクレトン更紗《さらさ》のフリルを持ちあげた。すると、ロジャーおじのブーツを枕にして、ジミー・パターソンがいたのだ。変わらずぐっすり眠ったままで！

「な、なんてこった！」と、ロジャーおじが言った。

「だから、外に出てないって言ったじゃないか！」ダンが勝ち誇って叫んだ。

最後の馬車が走り去ると、フェリシティーはパンをかまどに入れ、残りのぼくたちは薄暗がりで裏ポーチの階段を囲んで座り、サクランボを食べて、種をぶつけあった。セシリーがたずねた。

「降ればどしゃ降り、ってどういう意味？」

「ああ、それはね、何か起こると、必ずたてつづけに起こるって意味よ」と、ストーリー・ガールが言った。「わかり易くするわね、マーフィーのおばさんの話で。あのおばさんは、四十になるまで一度もプロポーズされたことがなかったの。ところが四十になるなり、一週間の内に三つも、プロポーズがあったの。あんまり面食らったので間違ったのをつかんじゃって、それ以来ずっと後悔してるんですって。これでわかる？」

「うん、わかったみたい」セシリーは、あやふやに言った。しばらくしてからぼくたちは、セシリーが、覚えたての知識を、食料部屋でフェリシティーに伝えているのを、耳にした。

「降ればどしゃ降り、っていうのはね。すごくすごく長い間、だあれも全然結婚しようと言ってくれなくって、それから急に、どっさりの人が言いにくることなのよ」

第14章　禁断の実

翌日のキング家では、ロジャーおじをのぞくぼくたち全員が、多少なりとも不機嫌だった。多分、ジミー・パターソンの失踪《しっそう》に伴う大騒ぎに、気持ちがくじけたこともあるだろう。しかしぼくたちの気鬱《きうつ》は、どちらかといえば昨夜とった食事のせいだと思われた。いくら子供でも、寝る前にミンス・パイと冷たい焼きハムとフルーツケーキをむさぼり食って、何ともない筈《はず》がない。ジャネットおばはロジャーおじに、夜食に目を光らせるよう頼むことを忘れたから、みんなそろってごちそうを、たらふく詰め込んだのだった。

何人かは悪い夢を見た。そして全員が、朝食どきにはけんか腰だった。フェリシティーとダンは、その日一日続くことになった口争いを始めた。フェリシティーは生まれつき、いわゆる「親分面《づら》」をする素質があったが、母親が留守をすることになって、いよいよ自分が家を治める権利があると、思いこんでしまった。彼女は、ストーリー・ガールに対して大きな顔をしない程度にはおのれをわきまえていたし、フェリックスとぼくも、少しは手綱をゆるめてもらえた。しかし、セシリーとダンとピーターは、忠実に彼女の命令に従うよう期待されていた。大体において、三人は従った。しかしこの朝に限ってダンは、はっきりと反抗の気運を示した。ジミー・パターソンが消え失せたと思われたときに、フェリシティーが自分に投げつけた言葉の数々をじっくり思い返して、恨みがこみあげていたダンは、この家をフェリシティーに牛耳らせないときっぱり言ってのけることから、この一日を始めたのだった。

もともと気分のいい日でなかった上、なお悪いことに、午後遅くまで雨が降っていた。ストーリー・ガールは、前日の屈辱から立ち直っていなかった。口をきかず、物語一つしてくれない。レイチェル・ウォードの長持ちに座り、殉教者の雰囲気で朝食をとっていた。朝食が済んでもがんとして沈黙を続け、皿を洗い、寝室を整えた。それから片手に本、もう一方にパットをかかえ、二階ホールの窓ぎわに席をしめた。ぼくたちの誘い方も大してうまくなかったのだろう、どうしてもそのかくれ場所から動こうとしなかった。ごろごろいうパットをなでながら、ぼくたちがどんなに甘い言葉で誘っても、不愉快なほどの無関心ぶりで、頑固に本を読み続けた。

やさしくおとなしいセシリーさえ、とげとげして頭痛を訴えた。ピーターは母親に会いに家に帰り、ロジャーおじは仕事で、マークデイルに行ってしまった。セーラ・レイが遊びに来たが、フェリシティーにひどくけんつくを食わされ、泣きながら帰っていった。フェリシティーは、手伝いを頼むのも命令するのもこけんに関わるとばかりに、一人きりで昼食の仕度をした。物を乱暴に扱っては騒音をたて、ストーブのふたをがたがた鳴らすので、セシリーさえもソファーから抗議の声をあげた。ダンは床に座りこんで、木を削っていた。彼のただ一つの狙いと目的は、散らかしてフェリシティーを嫌がらせることで、その高邁《こうまい》な望みは、完璧《かんぺき》な成功をおさめていた。

「ジャネットおばさんとアレックおじさんが家にいたらなあ」フェリックスが言った。

「大人がいないのって、思ってたのの半分も面白くないや」

「トロントに帰りたいよお」ぼくは、ぶつくさ言った。ミンス・パイが、これを言わせた犯人だった。

「帰ってほしいもんだわ、ほんとに」フェリシティーは、うるさく音を立てて火をかきながら言った。

「フェリシティー・キング、お前と暮らしたらだれだって、どっか別のところへ行きたくなるさ」と、ダンが言った。

「あんたに言ったんじゃありませんよ、だ。ダン・キング」フェリシティーは言い返した。

「話しかけられた時だけ、話しなさい。呼ばれた時だけ、来なさい」

「ああ、いや、いや、いや」セシリーがソファーの上で嘆いた。「雨が止んでもらいたいわ。頭痛が消えてもらいたいわ。母さんに帰って来てもらいたいわ。フェリシティーをかまわないでもらいたいわ、ダン」

「女の子たちにも、常識をもってもらいたいもんだ」とダンが言い、うんざりするほどの願いごとの洪水に、終止符を打った。この朝キング家の台所で、願いごとの妖精《ようせい》はまたとない楽しい時を過ごしたことだろう――皮肉屋の傾向を持った妖精であれば、殊にそうだったと思われる。

しかしとんでもない夜食の影響も、時間がたてば薄れる。お茶の時間には、すべてが好転した。雨が止み、古い、天井の低い部屋には、陽光があふれ、食器棚のぴかぴか光る皿の上で踊ったり、床にモザイク模様を作ったり、すばらしいごちそうのならぶテーブルの上で、ちらちらゆらいだりした。フェリシティーは青いモスリンを着てとても美しく見え、そのおかげで機嫌も元に戻った。セシリーの頭痛はましになり、昼寝をしてすっかり元気をとり戻したストーリー・ガールが、ほほえみを浮かべ、目を輝かせて降りてきた。ダン一人だけが不平不満を後生大事に抱えこみ、ストーリー・ガールがテーブルにならぶ〝スコット尊師のプラム〟にまつわる物語を話した時も、にこりともしなかった。

「スコット尊師というのは、説教壇の扉が〝魂さん〟のために作ってあると思ったあの人のことよ」と、ストーリー・ガールは言った。「エドワードおじさんは、その人の話をそれはたくさん聞かせてくれたの。スコットさんは、ここの教会に呼ばれ、長い間誠実に勤めてくださいました。そして、大層エキセントリックだったけれど、みんなに愛されていました」

「エキセントリックって何だ？」と、ピーターが尋ねた。

「しいっ、変人ってことよ」セシリーが肘《ひじ》で突っつきながら言った。「普通の人のときは変人って言うの。でも牧師さんだったら、エキセントリックって言うのよ」

「スコットさんがとてもお年を召されたので」と、ストーリー・ガールは続けた。「長老会は、もう引退の時期が来たと考えました。スコットさんのほうは、そうは思いませんでした。けれども長老会は意見を通しました。かたやスコットさん一人、かたやたくさんですものね。スコットさんは引退し、若い人がカーライルに呼ばれました。スコットさんは町に家をかまえましたが、ちょくちょくカーライルに出て来ては、在職中と変わらないくらい、しょっちゅう村人をたずねました。新しい牧師さんはとても人のいい若者で、職務を果たそうと努力していました。ただその人は、スコットさんに会うのをそれは恐れていました。何しろお年寄りの牧師さんが、ないがしろにされたとかんかんになっている、そして顔でも合わせたら棒でぶんなぐってやろうと手ぐすねひいている、などと吹きこまれていたからです。ある日、若い牧師さんがマークデイルのクロフォードさんの家にいると、突然スコットさんの声が、勝手口から聞こえて来ました。若い牧師さんは死人のように真っ青になり、クロフォードさんの奥さんに、かくまってくれと必死に頼みました。けれども台所にスコットさんがいるのでは、部屋から逃してあげるわけにもいきません。瀬戸物入れの戸棚にかくすほか、手がありませんでした。若い牧師さんが戸棚にすべりこむなり、スコットさんが入って来ました。スコットさんはすばらしいお話をして、聖書を読み、お祈りを捧《ささ》げました。ねえ、そのころはみんな、とても長いお祈りをしたものなのよ。そしてお祈りの終わりに、スコットさんはこう言ったのです。『主よ、戸棚の中の哀れな若者に恵みを垂れたまえ。人と顔をあわせることを恐れぬ勇気を与えたまえ。悲しくも中傷多き会衆を導くために燃え輝く光を、彼に与えたまえ』。戸棚にかくれていた哀れな若い牧師さんの気持ちはどんなだったでしょう！　けれどもスコットさんがお祈りを終えると、顔こそ赤らめていたものの、若い牧師さんは男らしく、さっさと現れました。スコットさんはとてもやさしい態度を見せ、握手をして、瀬戸物棚のことには一言もふれませんでした。そして二人はそのあと、いつまでも親友でいたそうです」

「どうしてスコットさんには、若い牧師さんが戸棚に入っているってわかったんだろう？」と、フェリックスが尋ねた。

「誰にもわからないの。多分家に入る前に窓から見かけて、戸棚の中だろうと見当をつけたのでしょう。どこからも部屋を出る方法がなかったのだもの」

「おじいさんの生きていたころ、スコットさんは黄色のプラムを植えつけたのよ」セシリーがそのプラムの皮をむきながら、言った。「そのとき、これは今まで行った中でも極めてキリスト教徒らしい行為だって、スコットさんはおっしゃったんですって。木を植えることのどこがキリスト教徒らしいのか、ちっともわからないけど」

「私にはわかるわ」と、ストーリー・ガールが賢《さか》しげに言った。

次にぼくたちが集まったのは、乳しぼりのあとだった。一日の仕事は終わっていた。ぼくたちは樹脂の香りただよう松の木立の下に集いあい、早生の八月りんごをかじっていたが、その姿を見たストーリー・ガールは、アイルランド人の豚の話を思い出すと言った。

「マークデイルに住んでいたアイルランド人が、子豚を一ぴき飼っていたの、そしてその豚に、バケツいっぱいのトウモロコシがゆをやりました。豚がバケツいっぱい分平らげてしまうと、アイルランド人は、豚をそのバケツに入れました。すると豚は、バケツ半分の大きさもなかったそうです。さてさて、バケツいっぱい分のおかゆは、どうなってしまったのでしょう」

　これは答えられそうもない謎々だった。ぼくたちは木立を歩きながらその問題を議論しあい、ダンとピーターはほとんどけんか腰になった。ダンは、そんなことは不可能だと主張し、ピーターの意見はというと、トウモロコシがゆは食べていく途中で「圧縮される」のでそう場所をとらないですむ、というものだった。議論のさなか、ぼくたちは〝悪い実〟の茂みがのびている、丘の放牧地の囲いまでやって来た。

〝悪い実〟が何なのか、実のところぼくにはわからない。本当の名前は知らずじまいだった。つやつやしてうまそうな、赤い房に生《な》る小粒の果実で、毒にちがいないという理由で、食べるのを禁じられていた。ダンは一房摘みとって、手でぶら下げた。

「ダン・キング、まさかと思うけど、その実を食べないでね」フェリシティーは、極めつきの親分風を吹かせて言った。「毒よ。すぐに捨てなさい」

　さて、ダンはこの実を食べるつもりなど、これっぽっちもなかった。しかしフェリシティーに禁止をくらって、一日中彼の心にくすぶっていた反抗心が、一どきに爆発した。やって見せようじゃないか！

「食べたい時は食べてやるさ、フェリシティー・キング」ダンはかんかんになって言った。

「毒だなんて信じないね。見ろ！」

ダンは巨大な口に房を丸ごと詰めこみ、味わった。

「うまい」と、彼は舌鼓をうち、ぼくたちの反対も、フェリシティーの願いも無視して、さらに二房ほおばった。

ぼくたちは、ダンがその場に倒れて死ぬかと思った。しかし、何ごとも起こらなかった。一時間たつとぼくたちは、〝悪い実〟は全然毒なんかではないという結論に達し、食べた勇気をたたえて、ダンを英雄のように崇《あが》めまつった。

「何ともないことぐらいわかってたさ」ダンはてんぐになって言った。「フェリシティーは、何にでも大騒ぎするのが好きだからな」

にもかかわらず、暗くなって家に戻ったころ、ぼくは、ダンの顔色が悪く、静かなのに気がついた。彼は台所のソファーに横になっていた。

「気分が悪いんじゃないのかい、ダン？」ぼくは心配して尋ねた。

「黙ってろ」と、彼は言った。

ぼくは黙った。

ぼくたちがソファーから聞こえる大きなうめき声にとびあがった時、フェリシティーとセシリーは食料部屋で、明日の弁当の献立を考えている最中だった。

「うーん、気分が悪い。すごく悪いよぉ」ダンはみじめにわめいていた。挑戦的な態度も強がりも消しとんでいる。

ぼくたちはうろたえてしまった。気が確かなのは、セシリー一人だった。

「胃が痛いの？」と彼女は尋ねた。

「ここがすごく痛いんだよ、ここが胃だとしたら」解剖学的に言うと胃の下あたりをおさえて、ダンはうめいた。「うーん、うーん、うーん！」

「ロジャーおじさんを呼んで来て！」蒼《あお》ざめてはいたがしっかりした声で、セシリーが命令した。「フェリシティー、やかんを火にかけて。ダン、からし湯で温めてあげるからね」

からし湯は早速固有の効果を発揮したが、ダンを少しも楽にはしてくれなかった。彼は身をよじってうめくばかりだった。仕事場から呼びだされたロジャーおじは、ピーターに丘のふもとのレイ夫人を呼ぶように言いおいて、医者を呼びにいった。ピーターは出かけたが、セーラひとりを伴って戻って来た。レイ夫人もジュディー・ピノーも留守だった。セーラだけなら、家にいてくれたほうがましだった。何の役にも立たない上、ただうろうろと歩きまわってはダンが死んだらどうしようと泣きわめくものだから、その場の混乱をさらに大きくするばかりだった。

セシリーが采配《さいはい》をふるった。フェリシティーは味覚を満足させてくれる。ストーリー・ガールは、魂をとりこにする。しかし苦痛と病に眉《まゆ》がゆがむ時、救いの天使となるのは、セシリーだった。彼女は身をよじるダンをベッドに寝かせた。『家庭医学』の本に出ている解毒剤で手に入る限りのものをダンに飲みこませ、小さなまめな手の皮がむけそうになるまで、熱い布を彼に当て続けた。

ダンが激しい痛みに襲われているのは、疑いのないところだった。彼はうめきたて、身をよじり、母親を呼んで泣いた。

「ああ、なんてひどいの」台所の床を歩きまわり、両手をもみしだきながらフェリシティーは言った。「ああ、どうして、お医者様は来てくれないの？　だからダンに、あの実は毒だって言ったのに。まさか、人一人死なすほどじゃないでしょうね、ないわよ」

「父さまのいとこは、四十年前何かにあたって死んだのよ」セーラ・レイがすすり泣いた。

「黙れよっ！」ピーターが怒りに震え、小声で制した。「うちの女の子たちにそんなことを言うなんて。もっと頭をつかいな。今でさえ大変なのに、これ以上おどかすんじゃない」

「だって父さまのいとこは、本当に死んだのですもの」セーラは頑《かたく》なにくり返した。

「ジェーンおばさんは、痛むとき、ウイスキーをすりこんだな」と、ピーターが意見を述べた。

「ウイスキーなんか、ありません」フェリシティーが、非難の色もあらわに言った。「この家は禁酒なのよ」

「だけどさ、ウイスキーを外っかわにすりこむんなら、いけないなんてことないよ」ピーターは言いはった。「中に入れるのが、悪いんじゃないか」

「そう、まあ何にしてもないわ。……ブルーベリーワインじゃ代用にならないかしら」ピーターは、ブルーベリーワインが効くとは思わなかった。

十時になって、やっとダンの容態が快方に向かい始めた。そしてそのあと、急速に快復していった。ロジャーおじがマークデイルに着いたとき家をあけていた医師は、十時半に到着し、患者はひどく弱っていて顔色も悪いが、苦痛からは逃れたのを見てとった。

グライア先生はセシリーの頭をなで、彼女がとてもいい子で、為《な》すべき事をきちんとしてのけたとほめ、元凶の実を調べて、それは多分毒だろうとの意見を述べ、ダンに粉薬を処方してから、これからは禁じられた果実にみだりに手を出すものではないと忠告して、帰っていった。

セーラをさがしに来て、やっとレイ夫人が現れた。そして、一晩中ついていてくれると言った。

「そうしてくださるなら、本当にありがたいですよ」と、ロジャーおじは言った。「私はなんだかがっくりです。ジャネットとアレックを説きつけてハリファックスに行かせ、二人が留守の間子供たちの世話を引き受けたわけですが、あの時は自分がどんな立場に置かれるものか、わかってなかったんですな。何か悪いことになっていたら、決して自分を許せなかったでしょうよ。子供の食べたがるものにまで目を光らせておくのはこの世の人間の力の及ばないものだとは思っていてもですがね。さあさあ、ちびども、さっさと寝た、寝た。ダンは危機を脱したんだから、もう何もすることはないよ。大体、だれも大して役に立たなかったんだからな、セシリーの他は。セシリーは、かしこい立派な頭を持っているよ」

「一日中恐ろしい日だったわ」階段をあがりながら、フェリシティーが物悲しげに言った。

「自分たちで、わざわざ恐ろしくしたみたい」ストーリー・ガールが率直に言い、「でもいつか、いい話の種になるわね」と、つけ加えた。

「あたしはおっそろしくくたびれて、ほっとしているわ」と、セシリーが言った。

ぼくたち全員、同じ気持ちだった。

第15章　ダンは反抗期

かなり青白く弱ってはいたが、朝になるとダンは元気をとり戻した。起きようとするのを、セシリーがベッドに入っているよう言いつけた。幸いフェリシティーが命令をくり返し忘れたおかげで、ダンはベッドに留まった。セシリーが食事を運んでやり、できる限り時間を割いては、ヘンティー・ブックを読み聞かせてやった。ストーリー・ガールも二階に出向き、不思議な話を語って聞かせた。セーラ・レイは、自分で作ったプディングを持って来た。その気持ちはありがたかったが、そのプディングときたら——そう、ダンは大部分をパットに与えた。パットは、ベッドの足もとに丸まって、甘いごろごろ声で、世の中に猫がいる安心感を広めていた。

「こいつ、すごくえらいやつだよね」とダンは言った。「ぼくが病気らしいってことが、人間みたいにわかるんだよ。ぼくが元気なときは見むきもしないのに」

フェリックスとピーターとぼくは、その日ロジャーおじに、大工仕事の手伝いを頼まれていた。フェリシティーは家の大掃除に、心ゆくまでふけっていた。だから夕方になってやっと、ぼくたち全員は解放され、果樹園に集まって、スティーブンおじの散歩道をぶらつく暇ができたのだった。八月になると、そこは日ざしのやわらかな心地よい場所になり、熟れたりんごの甘いまろやかな香りと、愛らしいほのかな蔭《かげ》でいっぱいだった。場所が開けるあたりからは、遥《はる》か彼方《かなた》夕焼けの中に横たわる丘の青い稜線《りょうせん》と、落ちついて静かな緑の野が望まれた。頭上には葉でできたすかし模様が、緑にざわめく屋根を形造っていた。ここをさ迷い歩き、「キャベツから王様まで」のよもやま話をしている限り、この世にせわしさなど存在しなかった。ストーリー・ガールの語ってくれた一つの物語――そこでは王子たちがブラックベリーよりもうじゃうじゃいて、女王はキンポウゲほどもあたり前の存在だったのだが――は、ぼくたちの間で、国王に関する議論にまで発展した。王様になるのはどんな気持ちだろうとぼくたちは思った。冠をかぶりっ放しでいるのは不自由だろうがすてきだ、とピーターは言った。

「あら、でも今はそうじゃないのよ」ストーリー・ガールが言った。「昔はそうだったかも知れないけど、今は帽子をかぶっているの。王冠は特別行事の時だけ。写真で見る限りじゃ普通の人とそっくりよ」

「決められきったものになるって、大して面白いものじゃないでしょうね」と、セシリーが言った。「それでもあたし、女王様って、見たいわ。島でつまらないのは、そこだけよ。その手のものって、ここでは絶対に見られないんですもの」

「皇太子様は、一度シャーロットタウンに来たんだよ」と、ピーターが言った。「ジェーンおばさんは、すっごく近くで見たんだってさ」

「それはあたしたちの生まれる前のことだし、そんなことはもう、あたしたちが死んでしまってからしか起こらないわ」セシリーが珍しくも悲観的に言った。

「女王様や王様って、昔はもっと多かったんだと思うの」と、ストーリー・ガールは言った。「今じゃめったにいないみたい。この国中さがしても一人もいないし。ヨーロッパに行ったら、ちらっとは見られるかも知れないわね」

たしかにストーリー・ガールその人は、王侯の前に立つことを運命づけられ、後に彼等が喜んで賞《ほ》めたたえる人物になるのだった。だが果樹園に座っていたころ、ぼくたちにそんなことはわからなかった。彼女が、ただ王族を見る機会に恵まれる可能性があるだけで、十分にすばらしいと考えていた。

「女王様って、思い通りにできるの？」と、セーラ・レイが知りたがった。

「今じゃ無理よ」とストーリー・ガールが教えてやった。

「じゃあ、そんなのになったってつまらない」

「王様だって、今じゃ好きにできないんだ」と、フェリックスが言った。「そうしようと思っても他の人の気に入らなかったら、議会やなんかがぐうの音もでないように、黙らせちまうんだよ」

「ぐうの音もでない、って面白い言葉ね」ストーリー・ガールが不意に言った。「よく感じが出てるわ。ぐうの、音も、でない、か」

たしかに、ストーリー・ガールの言うように面白い言葉だ。王といえども、まるで楽器のようにぐうの音もでなくされるとは。

「ロジャーおじさんが言ってたけど、マーチン・フォーブスの奥さんは、だんなさんをぐうの音もでなくしたんですって」フェリシティーが言った。「結婚してからマーチンは、自分の魂も自分のものと言えないって、おじさん言ってるわ」

「良かったじゃない」セシリーは敵意にみちて言った。

ぼくたちは全員目を丸くした。これは実にセシリーらしくない態度だった。

「マーチン・フォーブスは、あたしをジョニーなんて呼んだサマーサイドの嫌な男の人の、兄さんなの。だからよ」と、彼女は説明した。「その人、二年前に奥さんと一緒にここを訪ねて来たの。そして、あたしに話しかける度に、ジョニーって呼んだの。考えてもみてよ！　ぜえったい許してやらないから」

「それはキリスト教精神に反するわ」フェリシティーがたしなめた。

「いいのよ。もしジョニーなんて呼ばれても、フェリシティーは、ジェームズ・フォーブスを許してあげる？」とセシリーは、かみついた。

「私、マーチン・フォーブスのおじいさんの話を知ってるわ」と、ストーリー・ガールが言った。「むかしむかし、カーライル教会には聖歌隊がなかったの。先詠者がいるだけだったのよ。けれどもとうとう聖歌隊ができて、アンドリュー・マクファーソンがバスを歌うことになったの。フォーブスじいさんはリウマチがひどいので何年も教会に行ってなかったんだけど、聖歌隊が歌う初の日曜日に出かけたの。今までバスを歌う人なんて聞いたことがなかったので、どんなものか聞いてやろうと思ったから。キングのおじいさんが、聖歌隊はどうだったかときいてみたの。するとフォーブスじいさんが言うには、『ほんまに良かった』。けれどもアンドリューのバスについては、こう答えたって。『バスいうもんは、どういうこともないなあ。ずうっと、バ――というてただけじゃ』」

ストーリー・ガールの「バ――」は、是非聞いてもらいたかった。フォーブス老人でさえ、あれほどの、飾らぬ軽蔑《けいべつ》、とも言うべきものを備えていなかったに違いない。ぼくたちは、冷たい草の上を転げまわって、笑いにむせんだ。

「かわいそうなダン」同情をこめて、セシリーが言った。「楽しいことをみんなとりあげられて、一人淋《さび》しく部屋にいるのね。ダンが寝ているのにこんな所で笑っているなんて、いけないと思うわ」

「だめだと言われてる〝悪い実〟を食べるような間違いをしなかったら、病気にもならなかったのよ」と、フェリシティーが言った。「悪いことをすれば、必ず報いがあるわ。ダンが死ななかったのは、神様の御意志よ」

「そんな言い方を聞くと、スコット尊師の別の話を思い出すわ」と、ストーリー・ガールが言った。「前に話したでしょう。長老会に引退させられて、スコットさんがかんかんに怒ったって。このことを企《たくら》んだというので、スコットさんが特に恨みに思っていた牧師さんが二人いました。ある時、スコットさんの友達が、慰めるつもりで、こう言いました。『あなたは、神の御意志にまかせなければいけない』

『神の御意志は関係ない』と、スコットさんは言いました。『あれはマックロスキー一族と悪魔の仕業だ』」

「言わないほうがいいわ、あの……ほら……あ、あくま、なんて」フェリシティーは震えあがった。

「だって、スコットさんの言葉の通りよ」

「そりゃ、牧師さんなら、それのことを言ってもいいのよ。でも、女の子の口にすることじゃないわ。もし、どうしても、あ……それのことを言わなくちゃいけないんなら、かぎづめ男とでも言って。お母さんは、そう呼んでいるわ」

「あれは、マックロスキー一族と、『かぎづめ男』の仕業だ」ストーリー・ガールは、どちらの言い方がより効果的か、くらべるように言ってみた。「これじゃ、だめよ」と、彼女は結論をくだした。

「あ……あ……あの……ものの名を言うのは、お話をする時ならいけなくないと思うわ」と、セシリーが言った。「ふだんのおしゃべりの時は、だめなの。とても罰あたりに聞こえるんですもの」

「スコットさんの話なら、もう一つあるの。スコットさんが結婚してまだ日が浅いころのある朝、教会に行く時間だというのに、奥さんは全然用意ができていませんでした。そこで、身にしみて反省させるために、スコットさんは一人で馬車を駆って出かけ、勝手に歩いてこいと、奥さんをおいて行ってしまいました。——暑さとほこりの中を、二マイル近くも歩かせたのよ。奥さんは黙々と従いました。多分、スコットさんみたいな男の人と結婚したら、それが一番いい方法なのかもね。さて、何週間かたった日曜日のこと、今度はスコットさんの方が遅れてしまったのです！　奥さんはきっと、目には目を、だと思ったのでしょう。さっさと家を出て、前にスコットさんがしたように、馬車に一人で乗って教会へ行ってしまいました。スコットさんは汗だくでほこりにまみれ、やっとのことで教会にたどりつきましたが、機嫌がいいとはとても言えませんでした。スコットさんは説教壇に立ち、そこから身をのり出して、横のボックス席に涼しい顔で座っている奥さんをにらみつけました。そして大声で言いました。

『味なことをやりおるわい。だがな、二度とやったら、承知せんからなっ！』」

　大笑いのさなかに、パットが堂々とした尻尾《しっぽ》を草の上にゆらめかせ、散歩道をくだって来た。パットは、服を着替え正気に戻ったダンの、露払いをつとめていたのだ。

「もう起きてもいいの、ダン？」セシリーが気がかりそうに言った。

「どうしようもなかったんだ。窓はあいてるし、ここでみんなが笑ってる声を聞きながらぼくだけ仲間はずれなんて、とても我慢ができないよ。それにぼくは、もう良くなったんだ。気分は上々さ」

「これを、いい薬にしてもらいたいわ、ダン・キング」フェリシティーが、聞くからに不快な声で言った。「今度はちょっとやそっとでは忘れないでしょう。この次いけないって言われたときは、〝悪い実〟なんか食べないことね」

ダンは、自分のために草の柔らかそうな場所を探し、まさに座ろうとしていたのだが、フェリシティーの分別くさい言葉に、途中で凍りついた。

ダンは立ち上がり、憤然と生意気な妹をにらみつけた。それから屈辱に顔を赤く染め、しかし一言ももらさずに、大またに去って行った。

「ほら、怒らせちゃった」と、セシリーがとがめた。「ほんとにフェリシティーったら、どうして黙っていられないの？」

「なんなのよ。あたしが何を言ったっていうの？」フェリシティーは嘘いつわりないとまどい顔を見せて言った。

「きょうだいが、いつもいがみあうなんて、恐ろしいことだわ」セシリーは、ため息をついた。「カウアンの子たちは、いつもけんかしているけど、フェリシティーとダンも、今に同じぐらい悪くなるわよ」

「まあ、考えて物を言ってよ。ダンは今とてもピリピリしてるから、まともに話したって無駄なのよ。ゆうべみんなに迷惑をかけたことを、少しは反省しているかと思ったのにね。だのにセシリーったら、あんまりダンをかばいすぎるわ」

「かばってなんかいません！」

「います！　これはあんたには関係ないことよ。しかも、お母さんは留守なんですからね。お母さんは、あたしにまかせて行ったのよ」

「ゆうべダンが病気になった時は、ちっともまかせられなかったじゃないか」フェリックスが意地悪く言った。フェリシティーはゆうべお茶の時間に、フェリックスが前にもまして太ったと言ったのだ。これはフェリックスのしっぺ返しという訳だ。「セシリーに全部押しつけて喜んでたくせに」

「だれにむかって口をきいているの？」と、フェリシティーが言った。

「さあさあ、ちょっと待って」ストーリー・ガールが言った。「これじゃあ全員がいがみあうことになるわ。そしたら何人かは、明日も一日中不機嫌顔をひきずるわよ。一日を台無しにするなんて、悲しいじゃない。さあ、静かにして。次の言葉をしゃべるまで、百数えてみましょう」

　ぼくたちは静かにして、百まで数えた。すむとセシリーは立ちあがり、ダンの傷ついた心を柔らげようと決心して、彼をさがしに行った。フェリシティーはその後を追いかけ、食料部屋に特別にダンのためにとっておいたジャムの折りパイがあることを、知らせに行った。フェリックスは、自分で食べようと残しておいた極上のりんごを、フェリシティーにゆずることにした。そしてストーリー・ガールは、海辺の城に住む、魔法をかけられた乙女の話を始めたが、その話のおしまいはとうとう聞けずじまいだった。というのも、ちょうど宵の明星が西のバラ色の窓辺に白い輝きを落とす頃、セシリーが両手をよじりあわせながら、果樹園をぬけてとび込んで来たからだ。

「大変よ。来て、すぐ来て」セシリーはあえいだ。「ダンがまた、〝悪い実〟を食べているの。大きな房を丸ごと食べちゃった。フェリシティーに、目にものみせてやるなんて言ってるのよ。どうしても止められないの。お願い、みんな助けに来て！」

ぼくらは一斉に立ち上がり、家に突進した。庭でぼくたちは、えぞ松の林から姿を現したダンに――後悔のかけらもなく、まがまがしいあの果実に挑んでいるダンに出くわした。

「ダン・キング、自殺でもしたいの？」ストーリー・ガールが叱りつけた。

ぼくは説得しようとした。

「頼むよ、ダン。そんなことしちゃいけない。ゆうべどんなに具合が悪かったか、どんなにみんなに迷惑をかけたか、考えてもみろ。もう食べるのはよせよ。いい子だから」

「いいともさ」と、ダンは言った。「もう食べたいだけ食べちまったんだから。うまかった。こいつのせいで病気になったなんて、信じないぞ」

しかし怒りが去った今、彼は少しびくついているようだった。フェリシティーはいなくなっていた。さがすと、台所で火を起こしている最中だった。

「ベブ、やかんに水を入れて沸かしてちょうだい」あきらめ顔で、彼女は言った。「ダンがまた病気になるのなら、用意をしておかなくっちゃね。お母さんが家にいてくれればいいのにと思うわ。それだけよ、今の気持ち。もう留守になんか、してもらいたくないわ。ダン・キング、どんな態度だったかお母さんに言いつけるまで待ってなさい」

「ふん、ばか！　もう病気なんかなりゃしないよ。そっちがそんなことを言うんならな、フェリシティー・キング、ぼくにだって言い分はあるぞ。お母さんに、留守の間いくつ卵を使っていいと言われたか、知ってるんだからな。だのに本当はいくつ使ったか、それも知ってるぞ。数えてやったんだ。だから我が身を大事にしなよ、だ、おじょうさん」

「一時間もたてば死ぬって時に、妹に何ていう言い草なんでしょうね」怒りと、ダンに対する本心からの気づかいと、半々の涙にくれて、フェリシティーは言い返した。

しかし、一時間たっても、ダンは至極健康だった。そして、もう寝に行くから、と告げた。彼は行き、間もなく、良心にも胃にも何事もないように、健やかな眠りに落ちた。しかしフェリシティーは、すべての危険が去るまで湯をふっとうさせておく、と宣言した。そしてぼくたちも、彼女につきあった。十一時にロジャーおじが入って来た時、ぼくたちは、全員そこにいた。

「一体全体夜更けのこの時間に、ちびどもは何をしているんだ」と、彼は叱りつけた。「二時間も前に、ベッドに入ってなくちゃいけないんだぞ。しかも夜中に、しんちゅうのサルでも溶かせそうなほどごうごう火を燃やして、正気なのか？」

「ダンのせいよ」疲れきったフェリシティーが、説明した。「あれからまた、たくさん〝悪い実〟を食べちゃったの――それはすごくたくさんで、きっとまた病気になるにきまってるわ。でも今のところは全然そうじゃなくて、眠ってるけど」

「あのぼうずめ、正真正銘いかれちまったな！」

「フェリシティーが悪いのよ」良きにつけ悪しきにつけ、いつもダンの肩をもつセシリーが、非難した。「フェリシティーはダンに、いい薬になったでしょう、今度しちゃいけないと言った時はするんじゃないわよ、なんて言ったの。そんなことをして怒らせるから、ダンは実を食べちゃったんだわ」

「フェリシティー・キング、気をつけないと、お前は大人になったら、亭主をのんだくれにしたてる性悪女になるよ」ロジャーおじが真面目な顔で言った。

「ダンがラバみたいに強情だったってこと、どう言えばわかってくれるの⁉」フェリシティーは泣かんばかりだった。

「さあさ、みんなベッドに入った。お前たちの父さんと母さんが帰って来たら、おじさんはありがたくって、涙がこぼれるよ。お前たちみたいな子供を家一杯分世話すると約束した、不幸なやもめか。悲劇だよ。だれにたのまれたって、もう二度とやらんぞ。……フェリシティー、食料部屋に何かうまいものはあるかな?」

最後の質問は、思いやりの心から何よりも遠い代物だった。そんなことを言われて、フェリシティーは、どうあってもロジャーおじを許せなかった。いくら何でもひどすぎる。

階段を上りながらフェリシティーは、ロジャーおじさんなんか大嫌いだと打ち明けた。赤い唇は震え、プライドを傷つけられた涙が、美しい青い瞳《ひとみ》にあふれていた。薄暗いろうそくの光の中で、彼女は信じられないほど美しく、魅惑的だった。ぼくはフェリシティーに腕をまわし、いとこらしく慰めた。

「おじさんなんか気にするなよ、フェリシティー。たかが大人なんだからさ」

第16章　幽霊の鐘

金曜日は、キング家では楽しい一日だった。みんなが上機嫌だった。ストーリー・ガールは、アラビアの神話の悪魔《アフリート》や妖精《ジン》の話から、騎士道はなやかな角笛の時代、さらに下ってカーライルの平凡な人々の身近な逸話に至るまで、いくつもの話に才気をほとばしらせた。あるいは絹のベールに顔をかくした東洋の姫君になり、あるいは小姓に化けて、パレスチナの戦いに加わる花婿を追う花嫁と化し、あるいは月光あふれるヒースの原で追いはぎとクラントダンスを踊って、ダイヤのネックレスをとり戻した勇敢な貴婦人を演じ、あるいは「内情を見たいだけのために」禁酒団に入ったブシュキルクの少女にもなった。そしてどの役柄も、その場にいあわせたように見事にこなしたので、彼女が再びおなじみのストーリー・ガールに戻った時、ぼくたちはかえって驚いたぐらいだった。

セシリーとセーラ・レイは、古雑誌から、「かわいい新型」レース編みパターンを見つけだし、それを覚えこむことと、秘密の打ち明けっこをすることで、楽しい午後を過ごしていた。たまたま——故意ではなかったと誓ってもいい——この秘密なるものを小耳にはさんだぼくは、セーラ・レイがあるりんごをジョニー・プライスと名付けたことを知った。

――「そしてね、セシリー、うそじゃないのよ。種は八個あったの。八個の意味って知ってるでしょ。『相思相愛』よ」――そしてセシリーは、ウィリー・フレイザーが石板に詩を書いて見せてくれたと認めた。それは次のような詩だった。

わたしがあなたを想うように
あなたも想ってくれるなら
この世のどんなナイフでさえも
二人の愛を切り裂けぬ

「だけど、セーラ・レイ、絶対にだれにも言っちゃだめよ」

フェリックスの証言によると、セーラはセシリーに、ひどく真剣にこうたずねたそうだ。

「セシリー、本物の恋人を作れるのは、いくつになってからなの?」

しかしセーラは、何度聞かれても嘘だと言い張ったから、これは、フェリックスのでっちあげではないかとぼくは信じたい。

パットはねずみをつかまえたことで男をあげ、どうしようもないほど自惚《うぬぼ》れていた。ところがセーラ・レイが、「かわいい、いい子の猫ちゃん」と呼び、耳の間にキスして、彼の目を覚まさせてしまった。その後彼は尻尾《しっぽ》を垂らし、すごすごと退場した。パットはかわいい猫ちゃんと呼ばれるのを、ひどくいやがった。パットにユーモアのセンスがあったことは確かだ。猫にはめったにない資質だ。大抵の猫は、お追従に限りない貪欲《どんよく》さを見せ、いくらでものみこんで、それを生きがいにしている節がある。パットにはもっと見識があった。ストーリー・ガールとぼくだけが、彼の好みにあうお世辞をつかえる人間だった。ストーリー・ガールならば、こぶしで耳を小突いてやり、こう言う。「ねえ、パディーや、灰色のハートにお恵みを。お前は本当にいい悪党よ」するとパットは満足して、ごろごろのどを鳴らすのだった。ぼくはというと、背中の皮を一つかみ引っぱってやさしくゆすってやり、こう言うのだ。「パット。お前は昔、人間さまの頭につまってるより、ずっと沢山のことを知ってたんだよな」すると、誓ってパットは、嬉《うれ》しそうに舌なめずりした。だが、「かわいい猫ちゃん」とは、なんとまあ！　おお、セーラ！　セーラ！

フェリシティーは新しい、複雑なケーキ作りに挑戦し、最も満足すべき結果を得た。材料を惜しまず使った、豪華な、よだれの出そうな代物だ。使った卵の数は、ジャネットおばのつましい魂を震えあがらせたにちがいないが、「美」そのものと同じくそのケーキ自体が、言い訳になってくれた。ロジャーおじはお茶の時間に三切れも平らげ、フェリシティーに、お前は芸術家だよ、と言った。哀れなおじはお世辞のつもりで言ったのだが、芸術家といえばブレアおじであり、その手の小物については貧しい知識しかないフェリシティーは、侮辱された顔つきになり、そんなはずあるわけないでしょ！　とはねつけた。お茶のあと、「楓《かえで》の開墾地の裏手にラズベリーがいっぱいあるって、ピーターが言ってるよ。お茶のあと、みんなで摘みに行かないか？」と、ダンが言った。

「行きたいけど」と、フェリシティーはため息をついた。「帰って来たらくたびれているだろうし、乳しぼりの仕事もあるわ。男の子たちだけで、行ってらっしゃい」

「ピーターと私が、今夜の乳しぼりを引き受けるよ」と、ロジャーおじが言った。「みんなで行っておいで。おばさんたちが帰ってくる明日の夕飯にラズベリー・パイを、っていうのは、なかなかしゃれた思いつきだよ」

そういうわけでお茶の後、手に手にびんやらカップを持って、ぼくたちは出発した。思慮深い人物フェリシティーは、小さいバスケットにゼリー・クッキーをいっぱい入れ、携えた。ロジャーおじの農場の一番端には、楓の木立を通りぬけていかなくてはならない。ささやきあう小枝や、ぴりっとした香気のある羊歯《しだ》、そこここに踊る陽光の斑点《はんてん》、そんな緑の世界を通り抜けていく、美しい散歩道だ。ラズベリーはあふれるほどで、ぼくたちの入れ物は、すぐにいっぱいになった。そのあとぼくたちは、楓の若木の下で冷たく澄み切った、小さな森の泉のまわりに集まり、ゼリー・クッキーを食べた。ストーリー・ガールは、とある山間の峡谷に湧くお化けの泉の話をしてくれた。そこには白い貴婦人が住み、宝石をちりばめた黄金の杯で、訪れる人々に乾杯をすすめるのだった。

「その杯で貴婦人と乾杯すると」と、ストーリー・ガールは言った。彼女の瞳は、エメラルドの黄昏《たそがれ》を通して輝いた。「もう二度とこの世には戻れないの。そのまま妖精《ようせい》の国に連れて行かれて、妖精のお嫁さんをもらって暮らすことになるのよ。それに人間界に戻りたいなんて、夢にも思わないでしょう。なぜって一度魔法の杯を飲んでしまったら、昔のことは全部忘れてしまうのですもの。一年に一度思い出すのを許される日の他はね」

「妖精の国みたいな場所があればいいのにね。そして、そこに行く道も」と、セシリーが言った。

「あると思うわ。エドワードおじさんが何と言おうと、そこに行く道はあるわよ」ストーリー・ガールは夢見るように言った。「見つけられればの話だけど」

たしかに、ストーリー・ガールは正しかった。妖精の国というべき場所はあるはずだ。子供だけが、そこに通じる道を見つけられる。しかも当の子供たちは、大人になって行き方を忘れてしまうまで、それが妖精の国だとは気づかない。求めても見つからなくなったある苦い日、初めて彼等は、失ってしまったものを知る。それは人生の悲劇だ。その日エデンの門は背後で閉まり、黄金時代は終わりを告げる。それ以後は平凡な気持ちで、平凡な日々を送らなければならない。子供の心を残すわずかな者だけが、美しい失われた小径《こみち》を再び見つけることができ、彼等こそが人の上に立つものとして、祝福を受けるのだ。彼等は、いや、彼等だけが、かつてあらゆる人がさ迷い歩き、そして永遠に追放されてしまったなつかしの国の便りを運んでくることができる。世界はそういう人たちを、歌手、詩人、芸術家、ストーリー・テラーなどと呼ぶ。だが彼等は、妖精の国への道すじを忘れなかった人というだけなのだ。

ぼくたちがそうして座っていると、ぶきっちょさんが通りかかった。肩に銃をかつぎ、傍らに犬をつれていた。この楓林の中では彼は、少しもぶきっちょ男には見えなかった。

ゆうゆうと大またに歩いて行き、見渡す限り我が領土、といった雰囲気をただよわせていた。

ストーリー・ガールは、持ち前の陽気な豪胆さを発揮して、彼に投げキスを送った。するとぶきっちょさんは帽子をとり、威厳にみち、かつ優美な礼を返した。

「どうしてあの人をぶきっちょさんなんて呼ぶのかわからないわ」声の聞こえる圏外に彼が去ってしまうと、セシリーが言った。

「パーティーやピクニックであの人を見れば、どうしてだかわかるわ」と、フェリシティーが言った。「女の人に見られると、渡しかけてたお皿を落っことしてしまうのよ。見ているだけでも気の毒ですって」

「来年の夏には、あの方とお近づきにならなくっちゃ」と、ストーリー・ガールが言った。「もっと先にのばすと、手遅れになってしまう。私がずんずん大きくなるので、オリビアおばさんに、来年の夏は足首までの長いスカートをはかなくちゃいけないって言われてるの。大人っぽく見えだしたら、あの人は私をこわがってしまって、黄金の一里塚の秘密を聞き出せなくなるわ」

「アリスの正体を話してくれるとでも思っているのかい?」と、ぼくはたずねた。

「アリスの正体については、もう目星をつけているのよ」と、謎にみちた少女は言った。だがそれ以上は、何も打ち明けてくれなかった。

ゼリー・クッキーがおなかに収まってしまうと、そろそろ家に帰る時刻が近づいていた。

というのも宵闇が迫ると、ささやく楓の木立や魔性が漂う泉のまわりより楽しげな場所は、いくらでもあったからだ。果樹園の境にたどりつき、生け垣のすき間から入りこむと、そこは、逢魔《おうま》が時の不思議な謎めいた時間だった。西の方角には、谷間の上方に、夕焼けの名残の水仙色の輝きがたゆたっていた。そしてキングおじいさんの大柳が、丸みのある葉むらの大山、というかっこうで、その上にそびえていた。東の方、楓の林の上には、月の出をほのめかす銀色の光輝が目に入った。それにしても果樹園は、影と、不可思議な音に満ちた場所だった。道の半ば、中央の空き地で、ぼくたちはピーターに会った。恐怖の権化とも言うべき少年がいるとすれば、ピーターがまさにそれだった。彼の顔は、日に焼けた肌にしては可能な限り蒼白《そうはく》だったし、その目はおびえにおびえていた。

「ピーター、どうしたの？」と、セシリーが言った。

「家に……いるよ……なにか。……鐘を鳴らしてる」ピーターが震え声で言った。ストーリー・ガールその人でさえその「なにか」を、これほどぞっとするような調子で表せなかったろう。ぼくたちは、体を寄せあった。ぼくは背筋に、今まで知らなかったむずむず感を味わった。ピーターがこれほど度外れたおびえ方をしていなければ、ぼくたちも、彼が「かつごうと」していると思ったに違いない。しかしここまでのおびえようは、真似ようたって真似られるものではない。

「ばからしい！」とフェリシティーは言ったが、その声は震えていた。「家に、鳴るような鐘はないでしょう。空耳よ、ピーター。でなきゃ、ロジャーおじさんがあたしたちをからかってるんだわ」

「ロジャーさんなら、乳しぼりのあとすぐ、マークデイルに出かけたよ。ロジャーさんは家に鍵《かぎ》をかけて、おれに鍵をわたしたんだ。だからあの家にはだれもいない、受け合うよ。おれ、放牧地に牛を連れてって、十五分ほど前に戻って来たのさ。それで玄関の段々にちょっとだけ腰をかけたら、急に家ん中で鐘が八回鳴るのが聞こえた。白状するけど、おれ、たまげたよ。果樹園までずっとんで来たんだ。ロジャーさんが帰って来るまでは、だれが何てったって家に近づかないからな」

だれが何と言っても、ぼくたちを動かすこともできなかったろう。みんな、ピーターと同じぐらい震えあがってしまった。ぼくたちは体を寄せあい、意気そそうしたかたまりになってそこに立ちつくした。ああ、果樹園とは、何と無気味な場所だろう。何という影だ！　何という音だ！　コウモリ共は、何とぞっとする羽音をたてることか！　人は一度に八方全体を見わたせない。とすれば、背後に何がひそんでいるやら、わかったものではない。

「家にだれもいるわけがないわ」と、フェリシティーが言った。

「じゃあ、ほら、鍵をわたすから、一人で見てきて」ピーターが言った。

フェリシティーには、行く気も見る気もなかった。

「男の子たちの役目だと思うわ」女であることをたてにとって、フェリシティーは言った。

「あんたたちの方が、女より勇敢なはずよ」

「ぼくたちは違う」フェリックスが率直に言った。「この世のものだったら何だって大して怖くないけど、お化け屋敷とくれば話は別さ」

「化け物が住みつく前って何か事件があるものだと、ずっと思ってたのに」と、セシリーが言った。「だれかが殺されるとか、そういったことよ。うちの一族には、そんなこと一つもなかったわ。キング家って立派な人たちがそろってたのよ」

「もしかしたら、エミリー・キングの幽霊かも知れない」と、フェリックスがささやいた。

「エミリーは、果樹園の他には決して現れないわ」と、ストーリー・ガールが言った。

「ねえ、ねえ！　みんな、アレックおじさんの木の下に何かいない？」

ぼくたちは恐れにかられて、闇をすかし見た。確かに何かいた。何かが、ゆらゆらゆれる何かが。――進んだり――退いたり――。

「あれ、あたしのお古のエプロンじゃないの」と、フェリシティーが言った。「今日、白いめんどりの巣をさがしてる時、あそこにかけておいたの。でも、どうしたらいい？　ロジャーおじさんは、何時間もしなくちゃ帰って来ないわ。……家に何かいるなんて、あたしとても信じられない」

「ペッグ・ボウエンかも知れない」と、ダンが言ってみた。

こう聞いても大した慰めにならなかった。ぼくたちは冥界《めいかい》からの客と同じぐらいに、ペッグ・ボウエンもこわがっていた。

ピーターはその意見を一笑に付した。

「ペッグ・ボウエンは、ロジャーさんが鍵をかけるまで家に来てなかった。だのにそのあと、どうやって入れたんだい？　ちがう。ペッグ・ボウエンじゃない。別の何かで、歩くやつだ」

「私、幽霊の話を知ってる」窮地にあっても心のおもむくままにふるまうストーリー・ガールが言った。「それは目の穴だけある、目玉のない幽霊で……」

「やめて！」セシリーがヒステリックに叫んだ。「もう話さないで！　ひとっことも言わないで！　だめよ、やめて！」

ストーリー・ガールはやめた。だが、既に言いすぎていた。目の穴だけで目の玉のない幽霊――その話には、ぼくたちの幼い血を凍りつかせるものがあった。

この八月の夜、古いキング家の果樹園にかたまりあう六人の子供ほどおびえ切った人間は、この世には他に一人もいなかったろう。

その時、突然……何ものかが……木の枝からとび降りて、ぼくたちの前に立った。ぼくたちが一斉にあげた悲鳴は、空気を切り裂いた。ぼくたちは、一人残らず逃げ出したろう、もしも逃げこむ場所があるのだったら。ところがそんなものはなかった。ぼくたちのまわりは、果て知れず影深い木々のアーケードだった。そして……よく見ると、何ときまりの悪いことか、その〝もの〟は、他ならぬパットだった。

「パット……パット」ぼくは彼を抱きあげ、しなやかでたしかな体の感触に、慰めを見出《みいだ》した。「ここにいておくれよ、ねえ相棒」

しかしパットには、だれといる気もなかった。ぼくの腕からもがき出て、音もなく、丈高い草の中にとびこんで消えた。彼はもはや、馴《な》れて親しみ易い、ぼくたちの飼い猫パディーではなかった。見知らぬうさん臭い動物――「さ迷うけだもの」だった。

やがて月が昇った。しかしこれは、事態をさらにむつかしくしたばかりだった。それまで影はおとなしかった。ところが今は、夜風が枝を打つ度に、動いたり踊ったりするのだった。恐ろしい秘密を納めた家は、えぞ松を暗い背景にして、白々と、くっきりと浮きあがっていた。ぼくたちはくたびれきっていたが、草が露にぬれているため、座ることもできなかった。

「ご先祖の幽霊は、昼間にしか出ないの」と、ストーリー・ガールは言った。「昼間幽霊を見たって、気にならない。でも暗くなってからじゃ、話は別よ」

「幽霊なんてものはいないんだ」と、ぼくは馬鹿にした。そう言いながらその言葉を、どんなに信じたかったことか。

「じゃあ、何が鐘を鳴らしたんだ?」と、ピーターが言った。「鐘なんて、勝手に鳴りゃしないと思うな。まして、家に鳴らす人がいないってんなら」

「ああ、ロジャーおじさんは、いつ帰って来るの?」フェリシティーはすすり泣いた。「おじさんがあたしたちをばかにして、ひどく笑うのはわかってるけど、こんなに怖い目にあうより、笑われるほうがずっとましよ」

ロジャーおじは、十時近くまで帰らなかった。小径《こみち》から聞こえるわだちのきしみほど歓迎された音もあるまい。ぼくたちは果樹園の門に向かってかけ出し、丁度ロジャーおじが玄関におりたった時、前庭にむらがった。おじは月光の中で、ぼくたちをまじまじと見つめた。

「またぼくたちがあの〝悪い実〟をもっと食べて、困ったことになったのかい、フェリシティー？」とおじは尋ねた。

「ああ、ロジャーおじさん、入らないで」フェリシティーは真剣に頼みこんだ。「中に何か恐ろしいものがいるの。鐘を鳴らすものが。ピーターが聞いたのよ。入らないで」

「どういう意味なのか聞いたって、仕方がないんだろうな」ロジャーおじは絶望を通りこし、かえって落ち着いていた。「お前たち子供の気持ちをさぐるのは、もうあきらめたよ。ピーター、鍵はどこだ？　一体どんな作り話を聞かせたんだ？」

「おれ、ほんとに聞いたんですったら」ピーターは頑固に言い張った。

ロジャーおじは鍵をあけ、玄関の戸を開けた。その途端、甘い、澄んだ鐘の音に似たチャイムが十度、鳴りわたった。

「おれが聞いたの、あれだよ！　あの鐘だ！」ピーターが叫んだ。

ぼくたちは説明を聞く前に、ロジャーおじが笑いやめるのを待たなければならなかった。ところがおじは、笑いやめるつもりなどないみたいだった。

「ありゃ、おじいさんの古時計が打ってるんだ」やっと口がきけるようになると、おじは言った。「ピーター、お茶の後お前がかじ場に出かけている時に、サミー・プロットが来たんで、古時計を掃除してくれるよう言ったのさ。サミーは、あっという間に楽々となおしてしまったよ。そしてそいつが、ここにいる哀れな小ザルどもを、死ぬほど怖がらせたっていう訳か」

ぼくたちは、ロジャーおじが納屋に行く間中、けたけた笑う声を聞いた。

「ロジャーおじさんは笑えるでしょうよ」セシリーが声を震わせて言った。「だけど、あんなに怖がらせられた方は笑い事じゃないわ。気分が悪い。あんなにびくびくしたんだもの」

「おじさんが今だけ笑って後は忘れてくれるなら、気にしないのに」と、フェリシティーが苦々しく言った。「でも、一年中笑い物にするでしょうよ。そして、ここに遊びに来る人全員に言いふらす気だわ」

「だからって、おじさんを責めてはだめよ」ストーリー・ガールが言った。「私だってしゃべるわ。バカ話が自分のことでも、気にならないもの。だれのことでも、お話はお話。でもあざ笑われるのは、大っ嫌いよ。だのに大人は、いつもそうするのね。私、大人になっても、そんなこと絶対にしないわ。もっといいふうに覚えておくつもり」

「みんなピーターが悪いのよ」と、フェリシティーが言った。「時計の打つ音を鐘と間違えるなんて、もっと頭を使えばよかったんだわ」

「あんな時計の音なんか、聞いたことなかったもん」と、ピーターは言い返した。「ちっとも時計みたいに聞こえなかった。それに戸が閉まってて、音がこもって聞こえりゃあ。

……自分なら音の正体がわかったと言いたいんなら、それで結構だよ。けど、わかったわけないさ」

「私にはわからなかったわ」と、ストーリー・ガールが正直に言った。「この耳で聞いた時も、鐘だと思ったもの。戸が開いてたのにね。ピーターを責めないで、フェリシティー」

「あたし、くたくたよ」と、セシリーがため息をついた。

ぼくたちもみな「くたくた」だった。夜更かしと、神経を張りつめる経験が、これで三晩も続いたからである。ところで最後にクッキーを食べてから、もう二時間もたっていた。そこでフェリシティーはラズベリーにクリームをかけたのを一皿ずつ食べても、どうってことないんじゃない？　と持ちかけた。一口も食べられなかったセシリー以外は、確かに、どうってこと、はなかった。

「明日の晩、お父さんとお母さんが帰ってきてくれるので、嬉《うれ》しいわ」とセシリーは言った。「二人ともいないと、はらはらのしっぱなしだもの。これ、あたしの正直な気持ちよ」

第17章　プディングの味

　フェリシティーは、翌朝、数々の心配事に頭を悩ませていた。まず、家中をきちんと整頓《せいとん》された状態にしなければならない。そしてまた、手のこんだ夕食をその夜帰還予定の旅行者たちのために用意しなければならない。フェリシティーはこのことに全身全霊をかたむけ、二次的なふだんの食事の用意は、セシリーとストーリー・ガールにまかせた。ストーリー・ガールは昼食に、トウモロコシ粉のプディングを作ることにきまった。

　パンの大失敗にもめげず、ストーリー・ガールはフェリシティーから、一週間通しで料理の講習を受け、かなりの上達を見せていた。もっとも前の失策を忘れず、フェリシティーの許しを得ない限り、何もしないことにしていた。だが今朝フェリシティーには、ストーリー・ガールを監督しているひまがなかった。

「プディングは一人で頑張らなくちゃだめよ」フェリシティーは言った。「作り方はあんたでも間違いっこないぐらい、簡単で単純なんだから、何かわからないことがあったら、聞いて。でも一人でできる間は、邪魔しないでね」

　ストーリー・ガールは一度も邪魔しなかった。プディングは混ぜ合わされ、焼かれた。

何もかも一人で仕上げたの、とストーリー・ガールは、ぼくたちが昼食のテーブルについた時、誇らかに宣言した。彼女はそれを、とても自慢していたし、確かに外見に関する限り、彼女の勝利は正しかった。切り口も滑らかで金色。セシリーの混ぜ合わせた輝くメープルシュガー・ソースのかかった様子は、なんとも美しいでき栄えだった。それにもかかわらず、ぼくたちの誰も――ロジャーおじとフェリシティーさえ、ストーリー・ガールの気持ちを傷つけるのを恐れて何も言わなかったものの、そのプディングは、プディングの味がしなかった。それどころか、どうしようもなく固かった――ジャネットおばが作るトウモロコシプディングにはつきものの、豊かな味わいが欠けていた。ソースをつかるほどかけないと、まったくかすかすだった。それでも最後のかけらまで口に入れた。それはトウモロコシプディングらしくはなかったが、残りの材料はすばらしかったし、ぼくたちの食欲も大したものだったからだ。

「ふたごだったら、もっと食べられるのになあ」どうしてもそれ以上入らなくなったダンが言った。

「ふたごだからって、得なことがあるのかい？」と、ピーターがたずねた。「斜視の人って、斜視でない人より、たくさん食べられるのかい、ねえ？」

ぼくたちには、ピーターの二つの質問の関連性がふにおちなかった。

「斜視とふたごと、どういう関係があるんだい？」と、ダンがたずねた。

「だってさ、ふたごって、斜視の人のことだろ、じゃないの？」

ピーターが真剣なのだとわかるまで、誰もが、彼がわざとおどけていると思いこんでいた。それからぼくたちは笑いころげ、ピーターはすねてしまった。

「すきにしなよ。悪いか？　マークデイルのトミーとアダム・カウアンはふたごで、どっちも斜視なんだ。だから、おれ、ふたごって斜視のことだと、思っちまったんだよ。みんなして笑うといいや。おれは、あんたらの半分も学校に行ってないんだ。そりゃね、あんたらはトロント育ちかも知れないけどさ。七つの頃から外で働いて、学校にゃ冬しか行けない人間には、わかんねえことだって沢山あるもんなんだよ」

「ピーター、気にしないで」と、セシリーが言った。「あんたは、みんなの知らないことを、一杯知っているじゃない」

しかし、ピーターの機嫌はなおらず、ひどく腹を立てたまま出て行ってしまった。フェリシティーの目の前で笑われるのは、ましてやフェリシティー本人に笑われるのは、とても我慢のできないことだった。セシリーとストーリー・ガールには好きなだけ笑わせておけばいいし、生意気なトロントっ子たちも、チェシャー猫（『不思議の国のアリス』の中で、いつもにやりと笑っているネコで有名になった言葉）みたいににやにやさせておいてやる。しかしフェリシティーに笑い物にされると、ピーターの心に鉄が食いこむのだった。

ストーリー・ガールがピーターを笑い物にしたので、午後の半ばごろ、天の報いがピーターの恨みを晴らしてくれた。家中の料理材料を洗いざらい使ってしまったフェリシティーは、することがなくなった。仕方がないので今度は、自分用に作っておいたいくつもの針山の、中身を詰めることに決めた。えぞ松の木が影を落とす涼しい地下室の入り口に座って、ロジャーおじがニワトコ鉄砲の作り方を教えてくれるのを見物していたぼくたちの耳に、フェリシティーが食料部屋をがたごとかきまわしている音が、聞こえて来た。やがて彼女が、むっつりして現れた。

「セシリー、お母さんがおばあさんの古いビーズの針山からおがくずを抜いて、ふるいにかけて針をよけたでしょう。それからどこに入れたか知ってる？　ブリキの箱に入ってたと思うんだけど」

「そうよ」と、セシリーが言った。

「それがそうじゃないのよ。箱の中にはおがくずなんて、これっぽっちも入ってないの」

ストーリー・ガールの顔に、恐怖と恥ずかしさの入り混じった、何とも言えない表情が浮かんだ。口に出さないほうが良かったのだ。もし口をつぐんだままでいたら、おがくずの消えた謎は、永遠に謎のまま終わっただろう。後になって彼女がぼくに打ち明けたのだが、その時おがくずプディングが——それも万が一、おがくずに針がまざっていたりしたら特に——からだに良くないのではないか、というぞっとする恐怖が心に浮かばなかったら、そしてまたこの類《たぐ》いの失策をした場合、自分がどんなに笑いものにされようとも何としてでも告白するのが義務であると思わなかったら、彼女は口をつぐんだままだったろう。

「あのう、フェリシティー」その声は、屈辱の苦しみに満ちていた。「わ、私、あの、箱の中身はてっきりトウモロコシ粉だと……で、あれを使ってプディングを作っちゃったの」

フェリシティーとセシリーはぽかんとして、ストーリー・ガールを見つめた。男の子連中は笑いだしたが、その最中に、ロジャーおじに邪魔されてしまった。おじは前後に体をゆすり、手を腹にあてていた。

「おおう」と、おじはうめいた。「昼めしのあとずっと感じるこのさし込みが何のせいなのか、ずうっと考えてたんだ。やっとわかった。針を一本……か、二本か三本、のみこんだんだ。もうおしまいだ！」

哀れなストーリー・ガールは、蒼白《そうはく》になった。

「まあ、ロジャーおじさん、まさかそんな……？　知らずに針をのみこむなんて、そんなことある訳がないわ。歯か舌に刺さるはずなのに」

「おじさんは、プディングを嚙《か》まなかったんだ。う、ううーん！　固くて固くて……だからかたまりごと、のみこんじまったんだよ」

彼はうめき続け、体をよじったり、折り曲げたりして苦しんだ。だが、如何《いかん》せん、やり過ぎた。おじは、ストーリー・ガールほどの役者ではなかった。フェリシティーは、蔑《さげす》みにみちた顔つきで、にらみつけた。

「ロジャーおじさんたら、ちっとも具合なんか悪くないでしょう」フェリシティーは、わざとゆっくり言った。「ほらを吹いてるだけじゃないの」

「フェリシティー、もしおじさんが針風味のおがくずプディングを食べたおかげで死んだら、かわいそうな年寄りのおじさんにあんなこと言うんじゃなかったと、後悔するぞ」と、ロジャーおじは恨みがましく言った。「たとえ針がなくたって、六十年前のおがくずなんて、腹にいい訳がないだろう。とにかく清潔じゃないことは確かだ」

「ねえ、だれでも一生に、ほこりを九キロも食べるんですってよ」フェリシティーが、くすくす笑った。

「だって一度に食べるわけじゃないだろう」と、ロジャーおじは言い返し、もう一度うめいた。「ああ、セーラ・スタンリー、今夜オリビアおばさんが帰ってくれて、おじさんは本当にありがたいよ。次はおじさんに、スカートでもはかせるつもりだろうな。話の種を作るためにしたとしか、思えない」

ロジャーおじは、なおも腹を押さえながら、よたよたと納屋にむかった。

「本当に気持ちが悪いんだと思う？」ストーリー・ガールが気づかわしげにたずねた。

「いいえ、とんでもない」と、フェリシティーは言った。「あんな人、心配することないわ。全然なんともないのよ。おがくずの中に針がまじってたはずがないわ。お母さんが念を入れてふるいわけていたもの」

「息子がねずみをのみこんじゃった男の人の話を知ってるわ」話を思い出せば、火刑台にひかれる途中でさえ話すに違いないストーリー・ガールが言った。「その人はとんでいって、やっと寝ついたばかりのくたくたのお医者様をたたき起こしたんですって。

『先生、先生、うちの坊主がねずみをのんじまいました。一体どうしましょう？』

『猫をのみこませなさい』かわいそうなお医者様はそうどなって、戸をバタンとしめてしまいましたとさ。……ねえ、ロジャーおじさんが針をのみこんだのだったら、針山をのみこめば良くなるかもしれないわね」

ぼくたちはみな笑った。しかしフェリシティーは、すぐに真面目な顔つきになった。

「おがくずプディングを食べたなんて、思っただけでもぞっとするわ。どうすればそんな間違いができるの」

「だって、トウモロコシ粉そっくりだったのよ」ストーリー・ガールは、蒼白だった顔を今度は恥ずかしさに赤く染めて、言った。「もう私、お料理はあきらめて、自分にできることをするわ。これから先だれでも、私におがくずプディングの話をする人がいたら、生きてる限りお話なんか一つもしてあげませんからね」

この脅しはきいた。ぼくたちは二度と、あのものすごいプディングの話を口にのぼらせなかった。しかしストーリー・ガールにも、大人の、特にロジャーおじの口封じはできなかった。おじは夏中、彼女をいじめた。オートミールにおがくずが混じっていないだろうね、と朝食の席でまじめくさった顔をして尋ねるのは、毎朝のことだった。リウマチのけいれんが起こると、これは体の中を縫いまわっている針のせいだと言いはった。そしてオリビアおばは、家中の針山に次のような札をつけるよう、うるさく言われたのだった。

「内容物、おがくず。プディングには適さず」

第18章　キスはどのようにして発見されたか

八月の宵は、静かで、黄金色で、露もなく、非常に心地よいことがある。夕暮れ時、フェリシティー、セシリー、セーラ・レイ、それにダン、フェリックス、ぼくの六人は果樹園にいて、説教石の下の冷たい草地に座っていた。西にはクロッカス色の空が野原のように広がり、青白い雲の花を点々と散らしている。

ロジャーおじは、旅人たちを迎えに駅まで出かけ、食堂のテーブルにはこってりしたごちそうが広げられていた。

「全体としては、楽しい一週間だったけど、今夜は大人が帰って来てくれるのがうれしいや。特にアレックおじさんがね」と、フェリックスが言った。

「何かおみやげあるかなあ」ダンが言った。

「結婚式のこと、はじめっから終わりまで聞きたくって、うずうずしているの」牧草でパットの首輪を編みながら、フェリシティーが言った。

「女の子って、結婚式や、結婚することばっかり考えてるんだな」ダンが馬鹿にした。

「ちがいますよ、だ」フェリシティーは腹を立てた。「あたしは、ぜえったい結婚しないつもり。結婚なんて恐ろしくって」

「しないほうが、もっとずっと恐ろしいんじゃないかと思うけどね」と、ダンは続けた。

「それは、結婚する相手によりけりよ」フェリシティーが言い返すのさえ汚らわしがっているのを見たセシリーが、真顔で言った。「お父さんみたいな男の人が見つかればいいわよ。でも、アンドリュー・ウォードみたいなのだったらどうお？　あんまり奥さんにひどくて、がみがみ言うもんだから、奥さんは毎日、あんたみたいな人に目をつけるんじゃなかった、って言うんですって」

「きっと、そんなことを言うから、頭にきて、がみがみ言うんだ」と、フェリックスが言った。

「言っとくけど、いつでも男が悪いとは限らないんだぜ」ダンが陰気な声を出した。「ぼくが結婚するときは、奥さんによくしてやるんだ。だけど亭主関白になるつもりさ。ぼくが口をひらけば、その言葉が家の掟《おきて》になるんだ」

「その言葉があんたの口ぐらい大きいんだとしたら、きっとそうなるでしょうね」フェリシティーがあざけった。

「フェリシティー・キング、お前をもらう男はかわいそうだね、ほんとにさ」と、ダンが言い返した。

「お願い、けんかしないで」セシリーが頼んだ。

「けんかしてるって、誰が？　フェリシティーのやつ、ぼくに言いたい放題言えるつもりでいるから、そうじゃないってとこを見せてやるのさ」

セシリーの努力もむなしく、ダンとフェリシティーのいさかいは、あわや一触即発の状態になった。が、まさにその時、ストーリー・ガールがスティーブンおじの散歩道をゆっくり下ってきて、危機をそらしてくれた。

「まあまあ、ストーリー・ガールのあのめかしようったら！」フェリシティーが言った。

「なんてご立派なかっこうかしら」

ストーリー・ガールは、はだしで、おまけに、ピンクのギンガムのそでを肩までたくしあげて、腕をむきだしにしていた。腰には、オリビアおばの庭に咲く血のように紅《あか》いバラを帯にして巻き付け、なめらかな巻き毛に同じバラを冠にしてかぶり、両手にもあふれんばかりにかかえていた。

彼女は果樹園の一番端の木の下、黄金色をおびた緑の木蔭《こかげ》に足を止め、大枝ごしに笑いかけた。奔放で、不可思議で、いわくいいがたい魅力が衣服のように彼女にまといついていた。ぼくたちは、その時彼女の作りあげた一幅の絵をいつまでも忘れなかった。後になって大学の講義でテニスンの詩を読んだとき、泉豊かなイーダ山のお化け丘で、緑の木の葉ごしにのぞく山の精の様子が、目に見えるように理解できた。

「フェリシティーったら」ストーリー・ガールはとがめるように言った。「ピーターに何をしたの？　穀物小屋にあがってすねてるわ。おりて来たくないんですって。あなたのせいだって言ってるわ。彼の気持ちをひどく傷つけたんでしょう」

フェリシティーは、輝く髪を、怒りにまかせて一振りした。「気持ちはどうだか知らないけど、耳はたっぷりがんがんいわせてやったつもりよ。両方とも、しっかりぶんなぐってやったわ」

「まあ、フェリシティーったら、どうして？」

「だって、あたしにキスしようとしたの。だからよ」と言って、フェリシティーは真っ赤になった。「まるであたしが、雇い人の男の子にキスさせる娘みたいじゃないの。これでピーター先生もしばらくは、そんなことをしようとも思わないでしょうよ」

ストーリー・ガールは木蔭から現れ、草の上のぼくたちのそばに座った。

「なるほどね。そういうことなら、耳をなぐって良かったわ。ピーターが雇い人だからじゃないのよ。どんな男の子にしても、無礼な態度だもの。でもキスの話といえば、この間オリビアおばさんのスクラップブックで見つけたお話を思い出すわ。みんな聞きたくない？　題は、『キスはどのようにして発見されたか』っていうの」

「キスって、わからないほど前に発見されたんじゃないの？」と、ダンがたずねた。

「このお話ではそうじゃないの。ほんの偶然で発見されたの」

「まあ、聞いてみようよ。ぼくだって、キスなんてぜんぜんばからしいと思うよ。それに、そんなもの発見されなくたって、どうってことないと思うけどさ」と、フェリックスが言った。

ストーリー・ガールは、草の上にバラの花をまき散らし、ほっそりした手をひざの上で組んだ。あたかもこの世界の陽気な青春時代の、楽しい日々を振り返るように、りんごの木の間に見える遥《はる》かな夕焼け空をうっとり見つめながら、彼女は話し始めた。その声は言葉と古い物語のイメージに、白い霜の優美さと、朝露の水晶の輝きを添えた。

「それはむかしむかし、ギリシアで……ほかにも美しいことがいくつもあったあの国で、起こったお話よ。それより前は、だれもキスなんて知らなかったの。あとになってから、瞳《ひとみ》の輝きの奥で、それは見つかったの。ある人がそれを書きとめ、それ以来、ずっと大切に伝えられて来たわけ。

むかし、グラウコンという若い羊飼いがおりました。とてもハンサムな羊飼いで、テーベという小さな村に住んでいました。のちにテーベは、とても大きい、有名な町になったけれど、その頃はほんのちっぽけな村で、とても素朴で静かな場所だったのです。あまり静かすぎて、グラウコンの好みにあいませんでした。グラウコンはすっかり退屈してしまい、ふるさとを出て、広い世界を少し見たいと思いました。そこで雑嚢《ざつのう》と羊飼いの曲がり杖《つえ》を持ち、さ迷い歩くうちテッサリアに着きました。そう、神々の丘のある土地です。丘の名はオリンポスといいました。でもそれは、このお話と関係のないことです。このお話の舞台は、もう一つの山、ペリオン山だから。

グラウコンは、羊をたくさん飼っている金持ちの家に雇われました。毎日グラウコンはペリオン山の放牧地に羊を連れて行き、草を食べさせる間見張っていなければなりませんでした。ほかには何もすることがなかったので、万一笛も吹けなかったら、とてもとても時が長く感じられたでしょう。グラウコンは木々の下に座り、美しい青い海を遥か目の下に望みながら、くり返しくり返し、それは美しく笛をかなで、アグレイアを想うのでした。

アグレイアとは、雇い主の娘でした。とてもかわいくてきれいなので、グラウコンは一目会ったとたんに恋におちてしまったのです。ですから、山の上で笛を吹いていないときは、もっぱらアグレイアのことを想い、いつか自分の羊の群れと、アグレイアと一緒に暮らすはずの谷間のかわいい小さな家を持つ日を、夢見て過ごしました。

アグレイアもグラウコンと同じように一目惚《ひとめぼ》れでした。けれども自分の気持ちを知られるようには仕向けませんでした。娘が、幾度となくこっそり山を登り、羊が草を食《は》むそばの岩かげに身をかくしてグラウコンの美しい楽の音《ね》に聞き入っていることを、羊飼いは知りませんでした。それは愛に満ちあふれた楽の音でした。羊飼いは、笛をかなでながら、アグレイアを想っていましたから。しかも娘がほんのすぐそばにいることさえ露知らずに。

けれどもやがてグラウコンは、アグレイアが好いてくれていることに気付き、何もかもがうまくいきました。今の時代だと、アグレイアのお父さんのようにお金持ちの人は、娘を雇い人と結婚させたがりはしないでしょうね。でもこれは知ってのように、黄金時代の話だから、そういったことは一切問題にならなかったの。

それからというもの、アグレイアは、毎日のように山に登り、グラウコンが羊を見張ったり笛を吹いたりする間、寄り添って座っていました。ただグラウコンは、今では、それまでのように笛を吹いてばかりいたわけではありません。アグレイアとおしゃべりする方が、ずっと好きでしたから。夕方になると、二人はそろって、羊を家に連れて帰るのでした。

ある日アグレイアは、山に登るのに初めての道をとり、小さな流れに行き当たりました。何かが小石の間で、やたらにキラキラ光っています。アグレイアが拾いあげると、それは今まで見たこともない、くらべようもなく美しい、小さな宝石でした。えんどう豆ほどの大きさしかありませんが、お陽様の光が当たると虹《にじ》の七色にきらめき、輝きわたりました。アグレイアはもう夢中になってしまい、グラウコンへの贈り物にしようと決めました。

ところが、突然後ろから、ひづめの響きが聞こえました。ふり向いたアグレイアは、恐ろしさのあまり死ぬかと思いました。そこにいたのは牧神のパンで、人間と山羊《やぎ》が半々の、気味の悪い姿を見せていたのです。神話の神様だからといって、美しいとは限らないのよね。そして美しかろうとなかろうと、神様と面と向かい合いたいなんて思う人はないものです。

『わしにその石をよこせ』パンは言って、手を出しました。

アグレイアは、恐ろしくてたまりませんでしたが、宝石をわたそうとしませんでした。

『これは、グラウコンにあげるつもりです』

『わしも、かわいい木の精のだれかにやるつもりだ。どうしてもほしい』

パンは詰め寄りました。けれどアグレイアは、山の頂《いただき》に向かって、必死に逃げました。グラウコンのもとにさえたどりつけば、守ってもらえるでしょう。パンは追って来ました。

吠《ほ》えたけり、騒がしい音をたてながら。けれどもまもなくアグレイアは、グラウコンの腕にとびこみました。

パン神の恐ろしげな姿と、それよりもっと恐ろしげな音は、羊たちを脅《おびや》かし、羊はちりぢりに逃げ出しました。でも、グラウコンはびくともしませんでした。パンは羊飼いたちの神ですから、きちんと勤めを果たす羊飼いの願い事を、聞き届けなければならないのです。もしもグラウコンが良い羊飼いでなかったとしたら、グラウコンとアグレイアの身に何が起こるか、わかったものではなかったでしょう。けれどもグラウコンには、非の打ちどころがありません。ですから、グラウコンがパンに、ここから去って行ってもらいたい、そして、アグレイアをこれ以上脅えさせないでほしいと頼むと、パンは行かなければなりませんでした。もちろんぶつくさうなりながらでしたし、パンのうなり声ときたら、それは耳ざわりな音でしたけれど……それでも消えてはくれましたし、それが一番肝心なことでした。

『どうしたんだい。どういう訳で、こんなもめ事になったんだい？』グラウコンが尋ねたので、アグレイアは一部始終を話しました。

話が終わると、またグラウコンは尋ねました。

『そのきれいな宝石は、どこへいったの？　まさかびっくりした拍子に、のみ込んじまったんじゃないだろうね』

いいえ、まさか！　アグレイアは、そんなばかなことをする娘ではありません。逃げ出すとき、アグレイアは、石を口にふくんだのですが、それは今も同じところに、安全におさまっていました。赤い唇の間にはさんで突き出すと、石は太陽の光を照り返して、輝きました。

『とって』と、アグレイアはささやきました。

問題は、どうやってとるかです。グラウコンは両腕で、アグレイアの両手を、しっかりとわき腹に押さえつけています。少しでも力を緩めれば、すぐにもくずおれそうです。恐ろしい思いをした後なので、そんなにも震えて弱々しそうだったのです。その時グラウコンは、すばらしい考えを思いつきました。アグレイアの唇の宝石を、自分の唇でとってみよう！

グラウコンはかがみこんで、自分の唇で相手の唇に触れました。——が、そのとたん、美しい宝石のことなんか忘れてしまいました。アグレイアも同じでした。こうして、キスは発見されたのです」

「ばっからしい」ほうっと長い吐息《といき》をついて、ダンが言った。それをきっかけに、ぼくたちは我に返り、自分たちが黄金時代のテッサリアの山上で恋人同士をながめていたのではなく、本当は、プリンス・エドワード島のしっとり露のおりた果樹園に座っていたことに気づいた。「ぼくは、ひとっことも信じないぞ」

「もちろん、本当にあったことじゃないのはわかってるわ」と、フェリシティーが言った。

ストーリー・ガールは、思いに沈んだように、「そう？　そうかしら。私、本当のことって二通りあると思うわ。本当にあった本当のことと、本当にはなかったけれど、あっても不思議のないことと」

「本当のことが一つだけじゃないなんて、信じない」と、フェリシティーが言った。「何にしても、この話が本物のはずがないわ。だって、パンなんていないじゃないの」

「黄金時代にはいたかもしれないわ。どうしてあなたに、そんなことが言えて？」

ストーリー・ガールのこの質問は、とうていフェリシティーには答えられないものだった。

「美しい宝石は、どうなったのかしら」と、セシリーが言った。

「アグレイアが、のみ込んじまったんじゃないかな」フェリックスが、実際的な考え方をした。

「グラウコンとアグレイアは、結婚したのかしら？」と、セーラ・レイが尋ねた。

「お話には出ていないわ。そこで終わっているの。でも、もちろんしたのよ。私の考えを、話してあげましょうか。アグレイアが宝石をのみ込んだはずはないわ。地面にぽとりと落ちたんじゃないかしら。しばらくたってから気がついたのよ。しかもその宝石は、実は、グラウコンが谷中の羊と牛と、おまけにかわいい家まで買えるほどの値打ちがあることがわかったの。で、グラウコンとアグレイアは、すぐに結婚しました」

「だけど、それ、考えただけでしょう」と、セーラ・レイが言った。「本当はどうだったのか、はっきり知りたいのに」

「ちえっ、ばかだなあ。ほんとは何もなかったんだぞ」と、ダンが言った。「ストーリー・ガールが話してくれてた時は、ぼくも信じたさ。けど、今はわかんないや。……あれは、馬車の音かな？」

それは、馬車の音だった。荷馬車が二台、小径《こみち》を上ってくる。ぼくたちが家に向かってかけてゆくと——そこには、アレックおじ、ジャネットおば、オリビアおばがいた！　たちまち興奮のるつぼとなった。だれもがいちどきに、笑い、しゃべり、一同そろって夕食のテーブルを囲んでも、まだ会話はたけなわだった。それに続く笑いと、質問、物語の、なんと豊富であったことか。ほほえみ、輝く瞳《ひとみ》、喜ばしげな声に、なんとあふれていたことか。しかもその間じゅう、ストーリー・ガールの後ろの窓枠に座るパットの満足げなごろごろ声が、アンドリュー・マクファーソンの「ずうっと、バ——というてただけ」のバスのように、この大騒ぎのバックをつとめていたのだった。

「ああ、また家に帰れてうれしいわ」ジャネットおばが、ぼくたちににこにこほほえみかけながら言った。「本当に楽しかったし、エドワードの家の人も、文句なしに親切だった。だけど落ち着けるのは、我が家が一番。どんな具合だった？　子供たちの行儀はどうでしたか、ロジャー？」

「お手本そのものだったよ」と、ロジャーおじは言った。「大体のところ、金《きん》みたいに上等だったね」こういう時は、ロジャーおじを、好きとしか言えないのだった。

第19章　恐怖の予言

「おれ、今日の昼から放牧地のニワトコを根こぎにしなきゃなんないんだ」憂鬱《ゆううつ》そうにピーターが言った。「ほんとにきつい仕事なんだからね。ロジャーさんも、ニワトコを根こぎにさせるんなら、涼しい気候になるまで待てばいいのにさ、まったくのところ」

「どうしておじさんにそう言わないんだい？」と、ダンがたずねた。

「おれの立場じゃ、何も言えないよ」ピーターが言い返した。「おれは言いつけ通りするようにって雇われたんだから、その通りにやるんさ。それでもおれはおれで、自分の意見はあるってこと。今日は、焼けるみたいに暑い日になるぜ」

　ぼくたちは、全員果樹園にいた。フェリックスだけは、郵便局に出かけていた。それは、ある八月の土曜日の昼前だった。セシリーと、母親が町に出かけたのでその日をぼくたちのところで過ごすためにやって来たセーラ・レイとは、牧草のオオアワガエリの根っ子を食べていた。六月にキティー・マーを訪れ、キティーと一緒に一日だけ学校に来たシャーロットタウンの少女バーサ・ローレンスが、すばらしい味わいに感動してオオアワガエリの根っ子を食べたのだ。この気まぐれが、あっという間にカーライル校の少女たちにとりあげられた。オオアワガエリの根は歯ごたえばかりで味がないのに、実際においしいスカンポとラズベリーの若芽を、完全に追い払ってしまったのである。とにかくオオアワガエリの根は流行の先端であり、だからこそオオアワガエリを食べなければならないのだった。数十リットルものオオアワガエリが、その夏カーライルでむさぼり食われたに違いない。

パットもその場にいた。黒い前足をふりあげてだれかれなしに跳びかかり、親しげな仕草でけんかを売っていた。ぼくたちは全員パットをかまっていたが、フェリシティーだけは別で、ストーリー・ガールの猫だからとの理由で、目もくれなかった。

男の子組は草の上に、手足を伸ばして寝そべっていた。朝の雑用は終わり、一日が目の前にひらけていた。非常に満足でしあわせな気分であるはずだった。ところが実際は、およそそんな気分でなかったのである。

ストーリー・ガールは井戸わきのミントの上に座り、キンポウゲの花輪を編んでいた。フェリシティーはわざとらしすぎる無関心さを見せて、青いぼかし模様のカップから、水をすすっていた。どちらもが激しくしかもうっとうしく、相手の存在を意識していた。そのくせ、お互いに、相手は自分にとって空気以下の値打ちしかないと、残りの仲間に思わせたがっていた。しかし、フェリシティーには、やりおおせられなかった。ストーリー・ガールのほうが、まだうまくやってのけた。どんな集まりでも、彼女が念を入れて、できるだけフェリシティーから離れて座るという事実がなければ、ぼくたちは気がつかなかったかも知れない。

ぼくたちはその週を、さほど楽しく過ごしたわけではなかった。フェリシティーとストーリー・ガールは互いに一言も口をきかず、そのため暗たんたる空気がたちこめていた。どのようなゲームも、会話も、ふるわなかった。

その前の月曜日、フェリシティーとストーリー・ガールは、何かのことでいさかいをしたのだった。けんかの原因が何だったのか、知らない以上ぼくには話しようがない。それは双方にとって、永遠の特秘事項として残った。ただ今回は、いつものいさかいのなりゆきを上まわる深刻さで、その結果はだれの目にも明らかだった。二人はそれ以来、一言も言葉をかわしていないのだ。

互いに恨みを長く引きずっているわけではなかった。それどころか、沈みゆく太陽を待つ間もなく、恨み心は霧のように消えていたのだ。だが、誇りだけは尊重されなければならない。どちらも「最初に口をきく」方にはまわりたがらず、おまけに、たとえ百年たとうが初めに口をきいたりしないわ、と言い切ったものだ。説教しようが、くどこうが、忠告しようが、この二人のがんこ娘には何の効果もなかった。かわいいセシリーの涙さえ無力だった。セシリーは夜毎にこのことを思って泣き、フェリシティーとストーリー・ガールが仲直りしますようにとの熱心な願いを、清らかな祈りことばの中に、こめるのだった。

「フェリシティーったら、人を許せないのなら、死んでからどこに行くかわからないわよ」涙にむせび、セシリーは訴えた。

「とっくに許してるわ」というのが、フェリシティーの答えだった。「だけど何があったって、あたしから口をきいたりしませんからね」

「そんなの間違ってる。それだけじゃない、迷惑だわ。何もかもめちゃくちゃにしちゃうじゃないの」と、セシリーは不平を鳴らした。

「あの二人って、前からこんなだったの？」スティーブンおじの散歩道で、二人きりでこの問題を話しあったとき、ぼくはセシリーにたずねた。

「こんなに長く続いたことはないの。同じようなことが、去年の夏にあったわ。その前の夏にも一度。でも、二、三日続いただけ」

「どちらが初めに口をきいたの？」

「もちろんストーリー・ガールよ。何かに夢中になって、気がつくより先に、フェリシティーに話しかけちゃったの。それで元通り。でも今度だけは、そうはいかない気がする。ストーリー・ガールは夢中になりすぎないように、すごく気をつけているのよ。わからない？　これじゃあ、お先真っ暗よ」

「ストーリー・ガールに我を忘れさせられるようなことを、考えつけばいいんだ。そうだろう？」

「あたし──あたし、そうなるようお祈りしているの」小声でセシリーは言った。涙にぬれたまつ毛が、ふっくらした青白い頬の上でしばたたいた。「何とかなると思って、ベブ？」

「思うともさ」と、ぼくは受けあった。「セーラ・レイのお金のことを考えてごらんよ。

あれも、お祈りのおかげだったんだから」

「そう思ってくれて、嬉《うれ》しいわ」セシリーは震える声で言った。「あたしがわざわざお祈りしたって、何もならないって、ダンは言うの。二人の口がきけないんだったら、神様はなんとかしてくださるかもしれないけど、口をきかないつもりの相手にお節介なんかなさらないって言うのよ。ダンったら、そんな変なことばかり言っているの。大きくなったら、ロバート・ウォードおじさんみたいに教会に全然行かなくなって、聖書は半分しか本当のことが書いてないって言い出すんじゃないかしら」

「そのおじさんは、どっちの半分が本当だって信じてるの？」けしからぬ好奇心から、ぼくは尋ねた。

「あら、いいことだけをよ。おじさんはね、天国はあるって言うの。でも……あの……あの……地獄はないんですって。あたし、ダンにそんな大人になってもらいたくない。そんなの恥ずかしいわ。それにね、どんな人も天国に群がってもらいたいなんて、思わないでしょう？」

「うーん、まあ、思わないね」ビリー・ロビンソンを思い出し、ぼくは答えた。

「もちろん、もう一つの場所に行かなきゃならない人は、かわいそうとは思うけど」と、セシリーはあわれみ深く言った。「そんな人たちって、天国に行ってもしあわせと言えないんじゃないかしら。きっと落ち着けないわ。アンドリュー・マーったらね、去年の秋、フェリシティーとあたしがキティーの家に遊びに行った夜に、もう一つの場所のことで、そりゃあ恐ろしいことを言ったのよ。その日はジャガイモの茎を焼いてたの。アンドリューは、もう一つの場所は天国よりきっとずっと面白い、だって火はこんなにすてきだから、なんて言ったの。ね、こんなのって聞いたことがある？」

「火の外にいるか中にいるかで、すごく違ってくると思うよ」

「あら、アンドリューは、本気でそんなこと言ったんじゃないわ、もちろん。とってもみんなそう。でもとにかく、ストーリー・ガールが夢中になって我を忘れてくれるようなしこそうに聞こえるし、それにあたしたちをびっくりさせられるからよ。マーの連中ってことがありますようにって、これからもお祈りするわ。フェリシティーが先に口をききますように、なんて無駄だからお祈りしない。そんなことするわけがないもの」

「でも、神様ならできると思わないかい？」ストーリー・ガールだけが先に口をきく役まわりなのは公平でないと、ぼくは感じた。これまで彼女だけがそうだったのなら、今度はフェリシティーの番でなければ。

「でもそれじゃ、神様のほうが大変よ」フェリシティーについての深い経験から、セシリーはそう言った。

ピーターは、予想通りフェリシティーのがわについた。そして、ストーリー・ガールのほうが年上なのだから、先に口をきくべきだと言った。彼の意見はすべて、かつてジェーンおばのきまりだったものである。

セーラ・レイは、ストーリー・ガールは母親がいないのだから、フェリシティーが先に口をきくべきだと思っていた。

フェリックスは二人を仲直りさせようと努力し、仲裁人の出会うべき運命に出会った。ストーリー・ガールには、あなたは子供すぎてわからないのよ、と高飛車に言いわたされたし、フェリシティーには、でぶの子は自分のことだけ考えてればいいのよ、と言われたのだ。その結果フェリックスは、ストーリー・ガールが二度と口をきかないほうがフェリシティーにはいい気味だ、と言ってのけることになった。

ダンは、少女たち二人のいずれにも、特にフェリシティーには同情していなかった。

「二人とも、しっかりお尻《しり》をたたかれればいいのさ」と、彼は言った。

お尻たたきだけがこの問題の解決策だとするなら、どうも解決の可能性はなさそうだった。フェリシティーもストーリー・ガールも、お尻をたたかれるには年がいきすぎていた。たとえそうでなかったとしても、大人は、自分たちがとるに足らぬものとしか考えないけんかを、しゃかりきになってまで解決させる値打ちがあるとは、毛頭考えないだろう。大人たちはよくこういううかつな事を仕出かす。彼らは少女たちの冷戦を、ほんのお笑い草、冗談ごととして受けとめ、それがぼくたち幼い魂のぬくもりを冷えきらせ、子供時代の日々の本の美しかるべきページを曇らせることなど心にもかけていないのだ。

ストーリー・ガールは花輪を編みあげ、頭にかぶった。キンポウゲは高く白い額にかかり、輝く瞳《ひとみ》がその奥でかくれんぼをしていた。うっとりするようなほほえみが、ケシのように赤い唇のまわりに漂っていた。ぼくたちのなれた眼には、明らかな目印となるほほえ

「お話を一つ知ってるわ。ある男の人が、いつも人とはちがう持論をもっていて……」

ストーリー・ガールは、それ以上話さなかった。ぼくたちは、いつも人とはちがう持論をもっていた男の話をきかずに終わった。フェリックスが新聞を手に、小径《こみち》を必死に走って来たのだ。フェリックスのように太った少年が、焼けつくような八月の昼前、フルスピードで走ってくる時は、走るようなわけがあるのだ。これはフェリシティーの言ったことだが。

「郵便局で何か悪い報《しら》せを聞いて来たんだわ」セーラ・レイが言った。

「まさか、お父さんの身に何か起こったんじゃ――」ぼくは叫び、とび起きた。ぞっとする、気分の悪くなるような悪寒が、冷たいさざ波のように全身を流れおりた。

「悪い報せじゃなくて、走るほどのいい報せかも知れなくてよ」取り越し苦労の嫌いなストーリー・ガールが言った。

「いい報せに、あんな必死で走りゃしないよ」と、ダンが皮肉っぽく言った。

ぼくたちは、長い間迷わずにすんだ。果樹園の戸がさっと開き、フェリックスがとびこんで来た。その顔を一目見れば、彼が目出たい報せの使いではないことがわかった。あんなに走って来たのだから、顔は赤くなっているはずだ。ところが彼は、「死人のように青かった」。もしもことが、ぼくの人生に関わっているとしたら――？　ぼくはとても、何があったか尋ねることができなかった。震えて声も出ないぼくの弟にいらいらして声をかけたのは、フェリシティーだった。

「フェリックス・キング、何をそう脅えているの？」

フェリックスは、新聞を差し出した。それは、シャーロットタウン・デイリー・エンタープライズ紙だった。

「ほら、これ。み、見て……読んでよ……ね……ほんとに……ほんとと……思う？　世界の……終わりが……来るんだ……あした……午後……二時に！」

ガシャン！　フェリシティーが、青いぼかし模様のカップを落とした。いく年月を重ねても無傷でもちこたえて来たそのカップが、今は井筒《いづつ》の石の上に粉々に散っていた。他のときであればこの大変事に、ぼくたちは肝をつぶしたことだろう。しかし今は、見向きもされなかった。明日最後の審判がくだろうというときに、世界中のカップが割れたとしても、それが何であろう。

「ああ、セーラ・スタンリー、そんなの信じる？　信じる？」フェリシティーがストーリー・ガールの手をつかみ、あえいだ。セシリーの祈りは聞き届けられた。激しい興奮と緊張のあまり、フェリシティーが口をきいてしまったのだ。しかしこの事さえ、カップの割れたのと同じく、その瞬間にはぼくたちの注意をひかなかった。

ストーリー・ガールは新聞をひったくり、突然張りつめた沈黙に閉ざされた一団に、ニュースを読んで聞かせた。「最後のラッパ、明日二時鳴りわたる」――センセーショナルな見出しの下に、アメリカ合衆国のある著名な宗教家が、八月十二日が最後の審判の日になると予言したこと、そして多数の信徒が来るべき大変事に備えて、祈り、断食を行い、昇天用礼装にふさわしい白装束を縫っている、という意味の記事が続いていた。

今ではこれを想い出して笑ってしまうのだが、それでも遥《はる》かむかしの八月の朝、陽のあたる果樹園でぼくたちを包みこんだぞっとするような恐怖がよみがえると、また笑えなくなる。ぼくたちはほんの子供で、大人というものは自分たちよりずっと多くを知っているという、どうしようもなく単純な信念を抱き、新聞に出る記事は何であれ真実に違いないとの信頼心を、根強くもっていた。だから、デイリー・エンタープライズが八月十二日は最後の審判の日になると告げたなら、免れようがあるわけがないのだ。

「ねえ、信じる、セーラ・スタンリー？　信じる？」と、フェリシティーはすがった。

「いいえ、まさか。ひとっことだって信じるものですか」と、ストーリー・ガールは言った。

しかしこの時ばかりは、彼女の声も確信をもたらせなかった。――いや、というより、正反対の確信をもたらしたようだ。ストーリー・ガールはこれがもしかしたら本当かもしれないと思っているらしい、との思いが、ぼくたちのうちひしがれた心に生まれた。そして「もしかしたら」は、「絶対にたしか」と、恐ろしさの面で変わらなかった。

「本当のわけがないわよ」例の如く涙にくれながら、セーラ・レイが逃げ場を求めた。「だって、何もかもいつもと同じに見えるじゃない。最後の審判が明日だっていうときに、ものがいつもと同じに見えるわけがないわ」

「だけど、その日はそうしてやって来るんだよ。聖書に書いてあるじゃないか。その日は盗人が夜来るように来る、って」と、ぼくは言った。

「でも聖書には、別のことも書いてあるわ」と、セシリーが必死になって言った。「最後の審判がいつ来るか、だれにもわからない——天国の天使にだってわからない、って書いてあるじゃないの。ね、天国の天使にだってわからないのに、どうしてエンタープライズの新聞記者にわかるの？　大体、あの人ってグリット（カナダ自由党員）でしょう」

「それでも、トーリー（保守党員）と同じぐらいものがわかってるわ」と、ストーリー・ガールが言い返した。ロジャーおじは自由党で、アレックおじは保守党だった。そして少女たちは、めいめいの家族の政治的家風を、しっかりと守っていたのだ。「でも、本当にこう言っているのは、エンタープライズ紙の記者なんかじゃないわ。予言者だと言い張ってる、アメリカの男の人よ。その人が本当に予言者だったら、どういうふうにかしてわかったんだわ」

「それに新聞にのってる。聖書と同じで、活字になってるんだ」と、ダンが言った。

「それなら、あたしは聖書のほうを信じるわ。明日が最後の審判の日なんて、信じない……だけど、怖いことは怖いの」

それはぼくたち全員も同じだった。鐘を鳴らす幽霊の場合と同じで、信じてはいなくとも、恐怖におののいていた。

ダンが言った。

「聖書が書かれたときには、だれにもわからなかったかも知れないさ。だけど、今はわかる人がいるんだ。だって、聖書は何千年も前にできたんだぜ。この新聞は、今朝印刷されたばっかりだ。いろんなことがわかる時間が、たっぷりあったじゃないか」

「私、やりたいことがどっさりあるのに」ストーリー・ガールは、悲劇的な仕草で、キンポウゲの黄金の冠をはずした。「だけど明日が最後の審判の日なら、何をする暇もないわね」

「死ぬほど悪いなんてことに、ならないと思うけど」と、フェリックスが、わらをもつかむ心境で言った。

「おれ、この夏、教会と日曜学校に通う習慣をつけて、すっごく良かったと思う」ピーターが真面目くさって言った。「長老派かメソジスト派か、もっと前にきめときゃよかった。今からじゃ遅すぎるかな？」

「あら、そんなこと関係ないのよ」セシリーが真剣に言った。「もしもね、ピーター、あんたがキリスト教徒だったら、それで十分よ」

「それにしたって、もう遅すぎるよ」ピーターが悲しそうに言った。「おれ、今から明日の二時までの間、ただのキリスト教徒じゃいられない。長老派になるかメソジスト派になるか、決心して楽になりたいんだ。二つがどう違うんだかわかるだけ大人になるまで待ちたかったけど、今やらなくちゃ。おれ、長老派になると思うよ。あんたらみたいになりたいしな。うん、おれは長老派になるんだ」

「私、ジュディー・ピノーと長老派の話を知ってる。でも、今は話せない。明日が最後の審判の日でなかったら、月曜日に話すわ」

「明日が最後の審判の日になるってわかってたら、月曜日にけんかもしなかったし、一週間もつんけんふくれたりするんじゃなかったわ、セーラ・スタンリー。ほんとよ、しなかったから」珍しくもへりくだって、フェリシティーが言った。

ああ、フェリシティー！　ぼくたちは全員、哀れな幼い魂の奥底で、「もしわかっていたら」したであろう、またはしなかったであろう、数限りない事柄を思い起こしていたのだった。それらは何と黒く終わりのないリストになったことだろう。——ぼくたちの青い記憶をとがめ顔して切り裂く、怠慢の罪の数々！　ぼくたちには、裁きの書は、もう開かれてしまっていた。ぼくたちは自らの良心に裁かれていた。老若の別なく、これ以上恐ろしい判決はないだろう。ぼくは、短い生涯に犯したあらゆるあやまちを思い出した。家族の祈りの場で、フェリックスをつねって泣かせたこと、日曜学校を一日さぼって釣りに出かけたこと、ほんの些細《ささい》なごまかし——いや、いや、そうじゃない。この期《ご》に及んでさえ口当たりの良い逃げ口上を使うとは……これまで口にした本物の嘘、だ。それから、自分勝手で思いやりのない言葉、考え、行動の数々。なのに明日はその総決算をする、大きな恐怖の日なのだ。ああ、もっといい子でいさえしたら！

「けんかなら、私だってあなたと同じくらい悪かったのよ、フェリシティー」ストーリー・ガールは、フェリシティーに腕をまわして言った。「もうとり返しはつかないわ。でもし明日が最後の審判でなかったら、二度とけんかしないように気をつけましょうね。ああ、お父さんがいてくれれば嬉《うれ》しいのに」

「会えるわよ」と、セシリーが言った。「明日プリンス・エドワード島に最後の審判の日が来るんだったら、ヨーロッパにも来るはずだもの」

「新聞に出てることが本当かどうか、はっきりわかればなあ。わかればこらえられるような気がするんだけど」フェリックスが、元気なく言った。

といって、一体誰に尋ねたものだろう。アレックおじは外出していて、夜遅くなるまで帰って来ない。ジャネットおばもロジャーおじも、こういう緊急事態に頼りにしたくなる人々ではない。ぼくたちは、最後の審判を恐れていた。しかし、あざ笑われることも同じぐらい恐れていた。オリビアおばならどうだろう。

「だめ。オリビアおばさんは、ひどい頭痛で寝込んじゃって、面会謝絶なの」と、ストーリー・ガールが言った。「私がお昼の仕度をするようにって、おばさんに言われているの。コールドミートが沢山あるし、ジャガイモと豆をゆでて、テーブルをセットするだけ。明日最後の審判の日が来るというのに、どうすればそんなことに気持ちを集中できるのかわからないわ。それはそれとして、大人に聞いたって何になるの？　どうせ私たちと同じぐらいしか、わかってないのに」

「でも、そんなこと信じないって言ってもらえるだけでも、ちょっとは気持ちが楽になるわ」と、セシリーが言った。

「牧師様ならご存じかも知れないけど、お休みでお留守だし……とにかく、母さんがどう思うか聞いてみるわ」

フェリシティーはそう言って、エンタープライズ紙をとりあげ、家に向かった。ぼくたちは興奮に胸をつまらせて、彼女の帰りを待ち受けた。

「ね、どうだって？」セシリーが、震え声で尋ねた。

「母さんたら、『出てって。邪魔しないでちょうだい。あんたたちのばか騒ぎにつきあってる暇はないわ』って」フェリシティーは傷ついた口調で、母親の言葉をくり返した。

「だから、あたし言ったの。『でも母さん、明日が最後の審判の日だって、新聞にのってるのよ』そしたら母さんったら、『審判の大安売りね』ですって」

「ふうん、ちょっと安心だな。奥さんはあのことを全然信用してないんだ。でもなきゃ、もっとあわてるだろうからさ」と、ピーターが言った。

「活字になってさえなきゃあなあ」と、ダンが浮かない声を出した。

「じゃあ、みんなでロジャーおじさんに聞きに行こう」やけっぱちで、フェリックスが言った。

ロジャーおじを最後の頼みの綱にしなければならなかったぼくたちの心境は、お察しの通りである。それでも、ぼくたちは出かけた。ロジャーおじは納屋の前庭にいて、黒の雌馬を荷馬車につないでいた。エンタープライズ紙が、ポケットから突き出ている。沈んだ心のぼくたちの目には、おじは珍しいほど真面目で、何かに気をとられているようにうつった。顔には、ほほえみの影一つ見えなかった。

「聞いてみてよ」フェリシティーが、ストーリー・ガールを突《つっ》いた。

「ロジャーおじさん」ストーリー・ガールの声の金色の調べには、怖れと哀願の響きがこもっていた。「エンタープライズに、明日が最後の審判の日だと出ているの。そうなの？　おじさん、そう思う？」

「そのようだな」ロジャーおじは、大真面目に言った。「エンタープライズ紙は、いつも確かなニュースしか載せないから」

「でも、お母さんは信じてないわ」と、フェリシティーが叫んだ。

　ロジャーおじは、首を振った。

「それが問題なんだ。人ってものは手遅れになるまで、物事を信じようとしない。おじさんは、これからすぐにマークデイルに行って、借りてた金を人に返すつもりだよ。昼めしがすんだらサマーサイドに出かけ、新しい背広を買ってくる。古いのは、最後の審判の日用には、うらぶれすぎてるからな」

　彼は、荷馬車に乗って行ってしまった。後に気もそぞろな八人を残して。

「あーあ、これで決まったみたいだな」ピーターが、がっくりして言った。

「用意するようなことってあるかしら」セシリーが尋ねた。

「私にも、みんなみたいな白いドレスがあればいいのに」セーラ・レイがすすり泣いた。

「だのに私にはないし、買うにはもう遅すぎるわ。ああ、母さまの言いつけを、もっと良く守るんだったわ。最後の審判がこんなにすぐあるってわかってたら母さまにあんなに叛《そむ》いたりしなかったのに。今日帰ったら、幻燈会《げんとう》に行ったことを話すわ」

「ロジャーおじさんが、本気であんなことを言ったなんて思えない」と、ストーリー・ガールが言った。「おじさんの目をのぞきこめなかったのよ。おじさんが人をかつぐつもりの時は、目がキラッと光るの。どうしてもそれだけは、ごまかせないの。私たちをこうして脅かすのを、ほら、おじさんは大した冗談だと思うでしょう。たよりになる大人がいないのって、本当に怖いわ」

「父さんがいてくれれば、たよりになるよ」ダンがうけあった。「父さんなら、本当のことを話してくれるもの」

「本当だと思うことを話してくれるのよ、ダン。でも、おじさんにだってわかりっこないわ。おじさんは、エンタープライズの記者みたいにインテリじゃないもの。だめよ、待つよりほか、手はないわ」

「家に入って、聖書にどう出ているか読んでみましょう」と、セシリーが提案した。

ぼくたちは、オリビアおばを起こさないようにこっそり忍びこみ、セシリーが聖書の、求める重要な部分を読んだ。その生々しくも恐ろしい描写は、少しも慰めとなってくれなかった。

とうとう、ストーリー・ガールが言った。

「さてと、ジャガイモの用意をしなくっちゃ。明日が最後の審判の日でも、ゆでとかなくちゃいけないみたい。それに私は、そんなこと信じないし」

「おれもニワトコを根こぎにしなくちゃ」と、ピーターが言った。「できるかどうかわかんないや……こんな時に一人で、あそこに行くなんて。死にそうにびくつきっ放しになるぜ」

「ロジャーおじさんにそう言いなよ。明日がこの世の終わりなら、どこを根こぎにしたって仕方ないんだからって」と、ぼくは助け舟を出した。

「そうだわ。そしておじさんがやめさせてくれたら、おじさんは本気なんだってあたしたちにもわかるわ」と、セシリーも相槌《あいづち》をうった。「でももしやっぱり行けって言うんなら、それはおじさんが信じてない証拠よ」

ジャガイモをむくストーリー・ガールとピーターを残し、ぼくたちは家に帰った。家では、井戸に出て古い青いカップのかけらを見つけたジャネットおばが、あわれなフェリシティーをひどく叱りつけた。ところがフェリシティーは、おとなしく我慢した。いや、それどころか喜んでさえいるようだった。

「母さんは、明日がこの世の終わりだって信じられないのよ。でなきゃ、あんなに叱るはずがないもの」

彼女はそう告げ、これがぼくたちをずいぶん慰めてくれたのだが、昼食がすんだ頃ストーリー・ガールとピーターが訪れて、ロジャーおじが本当にサマーサイドに出かけたと語った。そこでぼくたちは、またもや恐怖と不幸のどん底に落ちこんでしまった。

「でもロジャーさんは、やっぱりニワトコを根こぎにしてこいって言ったよ。明日が最後の審判の日だって信じてはいるけど、もしかしたらそうでないかも知れないからって。だから、一難去ったって感じもするけどね。それでもあそこへ一人で行くのは、おっかないよ。あんたらの誰でも、ついて来ておくれよ。働かなくっていい。ただそばにいてくれりゃいいからさ」

結局、ダンとフェリックスが行くことに決まった。ぼくも行きたかったが、女の子たちが反対した。

「ベバリー、ここにいてあたしたちを元気づけてよ」フェリシティーが頼みこんだ。「お昼からどうすればいいかわからないの。キティー・マーの家に遊びに行くって約束していたのだけど、これじゃ無理だわ。レース編みもできやしない。『何の役に立つの。明日になったらみんな燃えてしまうのに』って考えるにきまってるんだもの」

そういうわけで、ぼくは女の子たちと一緒に残った。憂鬱《ゆううつ》な午後がずっと続いた。ストーリー・ガールは、何度も何度もくり返して自分は信じていないと言い張ったくせに、話をしてくれと頼むと、見えすいた言い訳をして逃げてしまうのだった。

セシリーは、ジャネットおばにしつこくつきまとった。「母さん、月曜日にお洗濯する？」「母さん、火曜の夜の礼拝集会には出るの？」「母さん、来週ラズベリー・ジャムを作る？」などと、他にも同じような質問をくり返しし続けた。ジャネットおばがそのようなことは問題外という調子で、「そうよ」「もちろん」と言い切る返事が、彼女にとってとても大きな慰めになるのだった。

セーラ・レイは、あの小さな頭に、流す涙がよくこれほど入っているものだとあきれるほど泣き続けた。けれどもぼくは、彼女が白のドレスがないためにがっかりした半分も、運命の日を怖れていたとは思わない。午後も半ばを過ぎたころ、セシリーは忘れな草模様の水差しを手に、階下におりて来た。濃い青の忘れな草が巻きついたかわいい瀬戸物で、セシリーはそれをとても大切にし、いつも歯ブラシを入れていた。

「この水差し、セーラにあげる」おごそかに彼女は言った。

さて、セーラはいつも、この特別な水差しが欲しくてたまらなかった。嬉《うれ》しそうにそれをひったくる間、彼女は泣きやんだ。

「まあ、セシリー、ありがとう。でも、明日が最後の審判の日でなくっても、返せなんて絶対言わない？」

「言わない。ずっとあんたのものよ」セシリーは、自分にとって、忘れな草の水差しやその他この世のあらゆる見栄や虚飾はまるで意味のないものだというふうに、高邁《こうまい》で浮き世離れした口調で述べた。

「だれかにサクランボの花びんをあげる気にはならない？」フェリシティーが、無関心をよそおって尋ねた。フェリシティーは忘れな草の水差しなど少しも羨《うらや》ましく思わなかったが、サクランボの花びんにはずっと目をつけて来た。赤ガラスのサクランボの房と金緑色のガラスの葉がわきについた白ガラスの製品で、いつかのクリスマスに、オリビアおばがセシリーにプレゼントしたものだった。

「いいえ、ならないわ」挑むように、セシリーは答えた。

「あらそう。どうでもいいのよ、あたしは」と、フェリシティーは急いで言った。「ただね、もしも明日がこの世の終わりなら、サクランボの花びんなんかもあんたには用がないかと思って」

「あたしにだってだれにだって、十分用があると思うわ」セシリーは、憤然とした。彼女は良心の呵責《かしやく》を鎮めるために、でなければ恐ろしい運命をなだめるために、いとしい忘れな草の水差しを犠牲にしたのだ。しかし宝物のサクランボの花びんを手放すなど、できもしないし、する気もなかった。フェリシティーに仄《ほの》めかされるなんて、真っ平だった。

　夜の群がる影の中で、追いつめられたぼくたちはさらにみじめさを増していった。昼の光の中、おなじみの家庭的な光景と音に囲まれていれば、これは本当のはずがないと気持ちをはげますのも、そうむつかしくない。しかし、今、この影深い時刻には、迫りくる確信がぼくたちをひっつかみ、恐怖でぼくたちを締めつける。もし、ここにずっと年上の賢い友が一人いて、真面目な顔で、怖れることなどないと、エンタープライズ紙の記事は人騒がせな狂信者の根も葉もない嘘に他ならないと断言してくれたら、とても気持ちが楽だったろう。だが、そんな人間はいなかった。それどころかまわりの大人たちは、ぼくたちの恐怖をこの上ない冗談ととった。今この時、頭痛から回復したオリビアおばと、ジャネットおばとは、台所で、この世の終わりが迫ったために子供たちがおちいった状態を笑いとばしていた。ジャネットおばの喉《のど》を鳴らすようなくつくつ笑いと、オリビアおばの鈴を転がすような笑い声が、開いた窓から流れ出した。

「明日になったら、笑ってもいられないからな」ダンは、陰気な満足感を漂わせて言った。ぼくたちは地下室の揚げ戸に座り、暗い丘の連なりに落ちる夕陽を見納めていた。ピーターも一緒だった。明日の日曜日は暇をとっていたのに、彼は留まることを選んだ。

「明日が最後の審判なら、あんたらと一緒にいたいんだ」と、彼は言った。

セーラ・レイも一緒にいたいと言い張ったが、だめだった。母親に、暗くなる前に帰って来なければならないと言われていたから。

「大丈夫よ、セーラ」と、セシリーが慰めた。「明日の二時までは何ともないから、怖いことが起こる前に、ゆっくりここまで上って来られるわ」

「だって、手違いがあるかもしれないじゃないの」と、セーラはすすり泣いた。「明日のお昼じゃなくて、今夜の二時かもしれないわ」

たしかにそうかもしれなかった。今まで気付かなかった新たな恐怖がおそいかかった。

「今夜は、いっときも眠れないや」と、フェリックスが言った。

「新聞には、明日の二時って出てるじゃないか。心配することないよ、セーラ」と、ダンが言った。

けれどもセーラは泣きながら帰って行った。それでも、忘れな草の水差しを持って帰るのだけは、忘れなかった。大きな目で見れば、彼女の帰宅は救いだった。あれほどとめどなく涙を流す少女など、楽しい仲間と言えたものではない。セシリーもフェリシティーもストーリー・ガールも泣かなかった。三人はもっと質の良い、しっかりした材料でできていた。目をうるませもせず、持つべき勇気を持って、身にふりかかるものには何であれ立ち向かおうとしていた。

「明日の今ごろ、ぼくたちみんなどこにいるのかなあ?」黒っぽい樅《もみ》の枝ごしに日没を見ていた時、フェリックスが陰気な声を出した。それは不吉な日没だった。太陽は、重い鉛色の雲の中に沈んでゆき、後に、紫と禍々《まがまが》しい赤の、陰鬱な影を残した。

「あたしたちみんな、どこでも一緒にいられたらいいわね。そしたら、そう悪いものでもないかもしれないわ」と、セシリーが優しく言った。

「明日は、昼までずっと聖書を読むんだ」と、ピーターが言った。

オリビアおばが帰宅するため出て来たところをつかまえ、ストーリー・ガールは、フェリシティーとセシリーのところで泊まる許しを乞《こ》うた。オリビアおばは帽子をゆすり、ぼくたち全員に親しげなほほえみを送りながら、軽々と同意した。大きな青い瞳《ひとみ》と暖かい色合いの金髪で、彼女はとてもきれいに見えた。ぼくたちは、いつもはオリビアおばを愛していた。けれども、先程ジャネットおばと一緒になってぼくたちをあざ笑ったのを、恨みに思っていたので、ほほえみ返さなかった。

「あらまあ、そろいもそろってすねっ子ちゃんにすねんぼちゃん」オリビアおばは言うと、きれいなドレスを露のおりた草に濡《ぬ》れないよう持ち上げ、庭を出ていった。

ピーターも、だれかに許しを得るような面倒をせず、ぼくたちのところに泊まることに決めた。ベッドに入った頃嵐の夜となり、雨が屋根を流れおちた。まるで世界が自分の最期が近いからと、セーラ・レイのように、泣き伏しているようだった。その夜は誰もお祈りを忘れたり、はしょったりしなかった。できればロウソクを燃やしたままにしておきたかったのだが、これに関するジャネットおばの命令は、メディア人とペルシア人のように不動だった。ロウソクは消さなければならなかった。ぼくたちは、震えながら横たわっていた。荒々しい雨が頭上の屋根を流れおち、嵐の声は、身悶《みもだ》えするえぞ松林を、吠《ほ》えたけりながら抜けていった。

第20章　審判の日曜日《ジャッジメント・サンデー》

日曜日の朝は、鬱々《うつうつ》と灰色に明けた。雨は止んでいたが、雲が黒々とたれこめて世界をおおい、激しい嵐が過ぎたあとの無風の静けさとあいまって、ぼくたちには、それこそ「最後の審判の宣告」を待ち受ける兆しだと思われた。ぼくたちは、全員早起きをした。だれもぐっすり眠れた顔をしておらず、一睡もしなかった者も一人ならずいた。ストーリー・ガールは後者のほうで、落ちくぼんだ目の下にくまをこしらえ、ひどく青ざめていた。ピーターだけは、しかし、十二時以降ぐっすり眠ったようだった。

「昼からずっとニワトコの根こぎをしてりゃ、最後の審判ぐらいじゃあ目を開けとけないもんさ。けど、今朝起きた時はつらかったよ。目を覚ました時は忘れてたんだけど、わっと思い出しちまってさ、前よりずっと怖くなった」

セシリーは、青ざめながらもけなげだった。ここ数年来で初めて、土曜の夜、髪にカーラーを巻きつけなかった。髪はくしけずられ、清教徒らしく簡素なおさげに編んであった。

「最後の審判の日だから、髪がカールしていようがいまいがかまわないの」と、彼女は言った。

ぼくたちがそろって台所におりていくと、ジャネットおばは言った。「おやまあ、ちびさんたち、初めて起こされずに起きてきたじゃないの。大したもんだ」

朝食のテーブルでは、一同食が進まなかった。よくも大人たちはあんなに食べられるものだ。食後の雑用が済むと、午前中生きのびられる暇ができた。ピーターは、言葉通り聖書を開き、創世記の第一章から読み始めた。

「全部読み通しちまう時間はないだろうな、多分。でも、できるだけやってみるんだ」

その日カーライルでは説教がなく、日曜学校は夕刻まで始まらなかった。セシリーは聖句勉強カードを出し、入念に勉強し始めた。他の者には、どうして彼女がそんなことができるのかわからなかった。ぼくたちにはできない。それは確かだった。

「今日が最後の審判の日でないのなら、日課を覚えてしまわないと。そしてやっぱり審判の日だったら、正しいことを行ったたって思いたいの。でもこの黄金聖句集を覚えるのがこんなに難しいなんて、今まで思わなかったわ」

だらだらと過ぎる長い時間は、耐えがたかった。ぼくたちはあてどなくうろつきまわった。ピーターだけは別で、たゆみなく聖書を読み進んでいた。十一時には創世記を読み終え、出エジプト記に移った。

「わかんないとこがいっぱいあるけど、一語一語読んでるんだ。それが肝心なのさ。ヨセフと兄弟の話ってすごく面白いんで、最後の審判のことを忘れそうになったよ」

しかし、長丁場にわたる恐怖が、とうとうダンの神経にさわり始めた。

昼食のため家に入る時、ダンはわめいた。

「最後の審判の日なんだったら、早くやってきておしまいになればいいんだ！」

「やめて、ダン！」フェリシティーとセシリーは、異口同音に叫んだ。しかしストーリー・ガールは、ダンに同意を示したそうだった。

朝食の席でもぽっちりとしか食べられなかったが、昼食はさらに輪をかけて食べられなかった。昼食の席でもぽっちりとしか食べられなかったが、太陽が喜々として晴れやかに現れた。これこそ吉兆だと思われた。最後の後雲は流れ去り、太陽が喜々として晴れやかに現れた。これこそ吉兆だと思われた。最後の審判の日なら晴れるわけがない、というのがフェリシティーの意見だった。それにもかかわらずぼくたちは念を入れて服を着替え、女の子たちは白いドレスを身につけた。

セーラ・レイが、もちろん泣き続けたままで現れた。彼女は、母親がエンタープライズ紙の記事を信じ、本当に世界の終わりが目の前に来たらしいと恐れている、と告げ、ぼくたちの不安をさらにあおった。

「だから母さまは、私をここに来させてくれたの」と、彼女はすすり泣いた。「心配してるんじゃなかったら、母さまがここへ来させてくれたとは思えないもの。でも来られなけりゃ、きっと死んじゃったわ。それに母さまは、私が幻燈会《げんとう》に行ったって話しても、ちっとも怒らなかったのよ。すごく縁起が悪いわ。私は白のドレスを持ってないけど、フリルつきの白モスリンのエプロンをかけて来たの」

「ちょっと変じゃないかしら」フェリシティーが疑わしげに言った。「教会に行くのにエプロンなんかかけないでしょう。審判の日にかけるのだって、合わないんじゃない?」

「だって、これくらいしかできないんですもの」セーラは、わびしげに言った。「何か白いものを着たかったのよ。これだってドレスと同じだわ。そでがないだけよ」

「果樹園へ行って待ちましょう」と、ストーリー・ガールが言った。「今一時だから、あと一時間で運命の時が来るわ。玄関の戸を開けておきましょう。大時計が二時を打ったら聞こえるから」

これ以上の計画は考えつけなかったので、そろって果樹園に出向き、草が濡れているため、アレックおじの木の大枝に腰かけた。世界は美しく、平和に満ち、緑色だった。頭上には、白い雲が点々と飛ぶ青空がまぶしく広がっていた。

「へん、だ。最後の日なんて、ちっとも怖くないじゃないか」ダンが虚勢をはって、口笛を吹き始めた。

「あらそう。でも、日曜日に口笛なんか吹かないで」フェリシティーが冷ややかに言った。

「今まで読んで来たとこには、メソジストも長老派も出てこないよ。もう出エジプト記もほとんど終わりなのに」突然ピーターが言った。「いつになったら出てくるんだろう」

「聖書にはメソジストも長老派も出てこないわ」フェリシティーがさげすんだ。

ピーターは当惑顔になった。

「へえ、じゃあ、どうしてそんなものができたの? いつ始まったんだい?」

「聖書にどちらも全然出てないなんて、いつもすごく変だと思ってたの」と、セシリーが言った。「そのくせ洗礼派《バプティスト》は……とにかく洗礼派の人は一人出てるんですものね」

「まあ何にしても、今日がもしも最後の日じゃなくたって、このままずっと進んで読み切ってやる。おれ、こんな面白い本だなんて思わなかったよ」

「聖書が面白い本だなんて聞かされると、ぞっとするわ」フェリシティーは神聖冒瀆《ぼうとく》の罪におののいて言った。「あのね、それは他の本にだけ言っていいことなのよ」

「別に悪い意味じゃないんだ」ピーターはしょげた。

「聖書って面白い本よ」ストーリー・ガールがピーターをかばった。「それに、立派な物語がいくつもあるわ。そうよ、フェリシティー、立派なのがね。この世が終わりにならなかったら、次の日曜日にルッの物語を聞かせてあげるわ——でなくても、そうだわ！　とにかく話してあげる。約束よ。次の日曜日に私たちがどこにいようと、ルッのお話をしてあげるわね」

「だって、天国じゃあお話なんかしないんでしょう」セシリーが、おずおずと言った。

「なぜいけないの？」ストーリー・ガールの瞳《ひとみ》に、火花が散った。「私、本気よ。話をするために舌があって、聞いてくれる人が一人でもいる限り、私はお話をするわ」

確かにそうだろう。この不屈の魂は、廃墟《はいきょ》と化した世界の上を高く誇らかに舞い、魂の奥に秘めた奔放な優しさと大胆不敵さとを運んでいくだろう。歌いながら水仙の野をゆく若々しい目の智天使《ケルビム》たちも、しばしハープを奏でる手を休め、この黄金の舌によって語られる消え去った地上の世界の物語を聞くに違いない。ストーリー・ガールを見ていると、そのような漠然とした思いが心に浮かび、ぼくたちはいくらか慰められた。もしすべてが終わった後もぼくたちは同じ存在であり、この小さくとも大切な本質が変わらないのなら、たとえ最後の審判でもそう大げさに恐れる必要がない。

「もう二時近くに違いないわ。一時間どころか、もっとずっと待ったみたいな気がするもの」と、セシリーが言った。

会話が途切れた。ぼくたちはいらいらして待ちかまえた。一瞬一瞬がそれぞれ一時間ずつでもあるように、のろのろ過ぎていった。二時は永遠に来ず、この緊張を終わりにしてくれないのだろうか。全員の神経がぴんと張りつめていた。ピーターでさえ、読み進めなくなった。見慣れない現象、聞き慣れない音、どれもが最後のラッパのように、今にも切れそうな神経に襲いかかった。雲が一ひら太陽の上をよぎり、突然果樹園に影がさすと、ぼくたちは蒼《あお》ざめ、震えあがった。くぼ地の木橋を馬車が一台やって来た時、セーラ・レイは悲鳴をあげてとび上がった。ロジャーおじの家のほうで納屋の戸が大きな音をたてて閉じると、ぼくたちの顔からどっと冷や汗が噴き出た。

「今日が最後の審判だなんて信じるもんか。ずうっと信じてないんだからね。だけど、だけど、あの時計が早く二時を打ってくれないかなあ」と、フェリックスが言った。

「時間つぶしにお話をしてくれない？」ぼくは、ストーリー・ガールを誘った。

彼女はかぶりを振った。

「だめ、そんなことしたって無駄よ。今日が最後の審判の日じゃなかったら、みんなをぞっとさせてあげられるすごいのを一つ、知ってるんだけど」

　パットが急に果樹園に駆け込んで来た。口に大きな野ネズミをくわえ、ぼくたちの前に座ってそのネズミを皮も骨もすっかりむさぼり食った。そして、心の底から満足した様子で、前足をなめまわした。

「今日は最後の審判の日なんかじゃないわ。そうだったら、パディーがネズミを食べるわけがないもの」セーラ・レイが顔を輝かせて言った。

「あの時計がまだ二時を打たないんなら、あたし、爆発してしまうわ」セシリーが、珍しくも激しい口調で言った。

「待つ身は長い、って言うじゃないの。それにしても、本当に一時間以上たったみたいよ」と、ストーリー・ガールも言った。

「もしかしたら、二時は鳴ったんだけど、聞こえなかったんじゃないかな。誰か見てこいよ」

　ダンが言うと、セシリーが立ちあがった。

「あたしが行くわ。たとえ何か起こっても、戻ってくるぐらいの時間はあると思うから」

　ぼくたちは、彼女の白いドレス姿が門をくぐり、玄関を入って行くのを見守った。数分が——または数年かもしれず、どちらとも言えないような時が——過ぎた。やがてセシリーが、全速力でこちらに向かって駆けて来た。しかし、たどり着いた時は震えが来てしまって、初めはしゃべることもできなかった。

「どうなの？　二時を過ぎてるの？」ストーリー・ガールが尋ねた。

「い、いま、四時、よ」セシリーは、息を切らせて言った。「古時計は動いていないの。お母さんがゆうべ巻くのを忘れたので、止まっちゃったのよ。でも、台所の時計では四時だから、もう最後の審判の日じゃないわ。それに、お茶の仕度ができてるって。お母さんがお入りなさいって」

ぼくたちは、恐怖の正体と、さらに、もうそれさえもなくなったことを知り、互いに顔を見合わせた。最後の審判の日などではなかったのだ。世界と人生は、未知の年月のもったっぷりした魅力と共に、今なおぼくたちの前にあった。

「もう二度と、新聞に出てることなんか信じないぞ」ダンが、すぐに極端に走って言った。

「だからあたしが、聖書のほうが新聞より信用できるって言ったでしょう」セシリーが勝ち誇って述べた。

セーラ・レイとピーターとストーリー・ガールは家に帰り、ぼくたちは特上の空腹感を抱えて、お茶の席についた。そのあと二階で日曜学校行きの服に着替えている時、ぼくたちはすっかり気が緩んでしまっていたので、ジャネットおばは二度も階段の下まで来て、こう、厳しく叱りつけなければならなかった。

「あんたたち、今日が何の日だか忘れてしまったの？」

「こんなすてきな世界にもうしばらく生きていられるなんて、すばらしいじゃないか」と、丘を降りながらフェリックスが言った。

「そうね。それに、フェリシティーとストーリー・ガールは、また口をきくようになったし」と、セシリーが幸せそうに言った。

「それも、フェリシティーが先に口をきいたんだよ」と、ぼくが言った。

「ええ。でもそうさせてくれたのは、最後の審判よ。でもあたし……あんなにあわてて、忘れな草の水差しをあげてしまわなきゃよかった」セシリーは、ため息まじりにつけ加えた。

「おれも、あんなにあわてて長老派にきめるんじゃなかった」と、ピーターも言った。

「今からでも遅くないぜ」と、ダン。「また気を変えりゃいい」

「とんでもない」断固として、ピーターは言い切った。「おれはね、怖くなったから何かに決めると言って、その怖さが過ぎたら、また元通りなんて、そんな人間じゃあないんさ。長老派になると一旦《いったん》言ったが最後、ずっとそうなるんだ」

「長老派といえば、おもしろい話を知ってるって言ったね」と、ぼくは、ストーリー・ガールに言った。「今、話してよ」

「だめ、だめ。日曜日に話すようなものじゃあないの」と、彼女は答えた。「でも、明日の朝、話してあげる」

その言葉通り、翌朝、ぼくたちはそれを、果樹園で聞いた。

「むかし、ジュディー・ピノーが若かったとき」と、ストーリー・ガールは言った。「ジュディーは、エルダー・フルーエンの奥さん――初めのほうの奥さんに雇われていました。

フルーエンの奥さんは、学校の先生だったことがあるので、話し方や文法にとてもやかましい人でした。そして、上品な言葉づかいしか好まない人でした。ある日、奥さんは、ジュディーがやって来て汗をふきながら、『今日はなんともきつい、クソ仕事をさせられちまった』と言うのを聞きつけて、たいへんショックを受けました。『ジュディー、いけませんよ、そんな品の悪い言葉をつかっては。そういう時は重労働とおっしゃい』『はい、わかりました、奥様。よく覚えておきます』ジュディーはフルーエンの奥さんがとても好きで、いつも気に入ってもらいたいと思っていたのね。そんなことがあって間もなく、二人で外出した時に、向こうから荷台いっぱい材木をつんだ馬車がやってきました。ジュディーは品の良い言葉がつかえるのを、みてもらえるのはこの時とばかり『奥様、かわいそうにあの馬は、ほんとに長老どうですね』

第21章　夢見る人々

八月が逝《ゆ》き、九月に入った。取り入れは終わった。夏は、まだ去ってしまったわけではないが、顔に衰えが見えていた。えぞ菊が、夏の女神の去りゆく足跡を紫色に記し、丘や谷には薄青いもやが漂った。まるで母なる自然が、森の祭壇で祈りを捧《ささ》げているようだった。しなる枝の上で、りんごが赤く燃え始めた。コオロギが、昼夜分かたず鳴いた。リスたちはえぞ松林の中で、公然の秘密をささやきあっていた。陽光は純金のように重く、山吹色だった。新学期が始まり、ぼくたち丘の牧場の住人たちは、罪のない仕業となくてはならぬ遊びにみたされた、幸せな日々を送り、秋空の星に見守られる屋根の下で、平和に安らかにまどろむ夜を迎えるのだった。

少なくとも夢騒ぎが始まるまで、ぼくたちのまどろみは、平和で安らかだったと言える。

「ちびすけたち、今度はどんなすごい悪魔の業《わざ》を企《たくら》んでいるのやら、知りたいもんだよ」

ある夕方、ロジャーおじは沼地に向かうために鉄砲をかたげ、果樹園を抜けていく道すがら、そう声をかけていった。

ぼくたちは、説教石の前に車座に座っていた。それぞれノートに熱心に書き込みをしながら、九月にはいつも水分の多い金緑色の果肉と赤みがかったブルーの皮が際だってくる〝スコット尊師のプラム〟を食べていた。スコット尊師が亡くなっても、このプラムは、その思い出をいつまでも瑞々《みずみず》しく保ってくれた。それは彼の、今は忘れ去られた説教さえ、成し得なかったものだった。

ロジャーおじが行ってしまうと、フェリシティーはあきれて言った。

「まあっ、ロジャーおじさんたら、罰あたりな言葉を口に出したわ」

「あら、あれは違うのよ」ストーリー・ガールが素早くとりなした。「悪魔の業、は罰あたりな言葉じゃないわ。すごく悪いいたずらって意味なだけよ」

「そう。何にしても、とてもいい言葉ってわけじゃないわ」

「ええ、その通り」ストーリー・ガールは、無念そうにため息をついた。「とても印象的だけど、品良くないのね。そんな言葉って、とても沢山あるわ。印象が強いのに、品が良くなくって、女の子は使っちゃいけないのが」

ストーリー・ガールは、再びため息をついた。彼女は印象的な言葉を愛《いと》おしみ、他の少女たちが宝石をしまっておくように、言葉を大切にしまっていた。彼女にとって言葉とは、色鮮やかな幻想の真紅の糸につながれた、輝く真珠にも等しかった。新しい言葉に出会う度、それを一人きりで何度も口に出して繰り返し、重みを量り、いつくしみ、自分の声の輝きをしみこませ、あらゆる意味で、永遠に我が物とするのであった。

「それに、とにかく、今してることに合った言葉じゃないわ」と、フェリシティーは言い張った。「あたしたち誰も、あく――すごく悪いいたずらなんかしてないもの。夢を記録するのは、いたずらなんかじゃないわ」

確かにその通りだった。特別厳格な宗派に属する大人でさえ、そうは呼ばなかっただろう。文章作法と綴《つづ》りに苦労しながら――未だ生まれ出ない世代の目にその記録が触れないと、誰にわかるだろう――自分の夢を記録することも無害な楽しみと言えないのなら、何をそう呼ぶことができるのか。ぼくにはわからない。

ぼくたちは、これを二週間続けて来た。その間、ひたすら夢を見て、それを書き記す為にだけ生きていた。ある夕方、雨降りの一日のあと、えぞ松林の木の葉がさやぐ、雨にぬかるむ道で、樹脂《やに》のガムをとっていた時のこと、ストーリー・ガールが思いついたのだ。ガムが十分に集まると、そろって、長いアーケードの端の苔《こけ》むす岩に座った。眼下には、取り入れどきの黄金の谷間が広がっていた。そしてぼくたちのあごは、木登りして集めた獲物をかむために、活発に上下した。学校や人前でガムをかむのは許されていなかった。しかし、林や、野や、果樹園や、干し草置き場では、そんな規則はおあずけになった。

「ジェーンおばさんは、どんなところでも、ガムをかむのは行儀の悪いことだって、よく言ったな」ピーターは、やましそうな口ぶりだった。

「あんたのジェーンおばさんが、エチケット全般を知っていたとは思えないわ」ファミリー・ガイド誌から借りた立派な言葉でピーターをやりこめようと、フェリシティーが言った。しかしピーターは、そう簡単にやりこめられる人間ではなかった。彼は、その人となりの中に、辞書丸ごと分に対抗する根拠にさえなりそうな精神的たくましさを持ち合わせていた。

ピーターは言い返した。「知っていたともさ。うちのジェーンおばさんは、クレイグ風情の一員かも知れないけど、本物のレディーだったんだ。おばさんは、きまりなら何でも知ってて、まわりに誰も見てる人がなくたって、人がいる時とそっくり同じに、それを守ったんだ。おまけに賢い人でさ。父さんに、おばさんの半分も根性がありゃ、おれだって、今頃雇われ仕事なんかしちゃいないんだから」

「今お父さんがどの辺にいるのか、見当でもついてる?」と、ダンが尋ねた。

「ううん」ピーターはそっけなく言った。「父さんの噂で最後に聞いたのは、メインの伐採林にいたってこと。だけどそれも、三年前のことさ。今はどこにいるか知らないし、それに」とピーターは、自分の言葉をより印象的にするため口からガムを出すと、わざとらしくつけ加えた。「おれは、どうだっていいんだ」

「まあ、ピーターったら、そんな恐ろしいこと。実のお父さんよ!」と、セシリーが言った。

「そうかな」ピーターは、挑戦的に受けた。「もしも実の父親が、あんたが赤ん坊のときに家出しちまって、母さんを、洗濯やら外の仕事やらで日々《にちにち》の分を稼げってばかりにほったらかしてったとしたら、あんただってその人のことを、あんましかまわなくなると、おれは思うよ」

「あなたのお父さんも、いつの日か大金持ちになって帰って来るかも知れないじゃない」と、ストーリー・ガールが口を添えた。

「豚にも口笛は吹けるかも知れんけど、口がそれには向いてないんさ」というのが、この心躍る口添えに対する、ピーター殿のお答のすべてだった。

「街道を、キャンベルさんが通っていくよ」と、ダンが言った。「あれは、新顔の雌馬だ。かっこいいだろう？　黒繻子《くろじゅす》みたいな皮だよ。あの人は、馬をベティー・シャーマンて呼んでるんだ」

「馬にひいおばあさんの名前をつけるなんて、品がいいと思えないわ」フェリシティーが言った。

「ベティー・シャーマンなら、お世辞にとるかも知れなくてよ」と、ストーリー・ガールが言った。

「かもね。大体本人からして、品がいいと言えなかったんですもの。さもなきゃ、男の人に、女から、結婚してくださいなんて言いやしないわ」

「あら、どうして？」

「何てこと言うの。恐ろしいじゃない！　あんただったら、そんなことをするとでも？」

「そうねえ、どうかしら」ストーリー・ガールは、いたずらっぽい笑いに目をきらめかせた。「もし、その人をおっそろしく好きなのに、その人のほうから言ってくれないようだったら、もし、私はするかもしれない」

「そんなことするぐらいなら、オールドミスのまま死んだほうがましよ」フェリシティーが叫んだ。

「フェリシティーみたいにきれいな子が、オールドミスなんかになるもんか」ピーターが堂々とお世辞を述べた。

フェリシティーはふさふさした金髪を振りたて、怒った顔を作ろうとしたが、わずかに失敗した。

「相手がだれだって、プロポーズするのはレディーらしくないでしょう」と、セシリーも言いたてた。

「ファミリー・ガイドなら、そうは言わないでしょうよ」と、ストーリー・ガールが声にやや皮肉を込め、ものうげに返した。ストーリー・ガールは、フェリシティーやセシリーほど、ファミリー・ガイド誌に尊敬の念を払っていなかった。二人は毎週、「エチケット欄」をむさぼり読んでいたので、尋ねられたら、結婚式にはどんな手袋をはめるべきか、紹介する時される時にはどう言えばいいか、一番好もしい若者が会いに来る時はどのようなようすをすればいいか、正しく教えてくれることもできた。

「リチャード・クックさんの奥さんは、だんなさんに結婚してくれって言ったんだってさ」と、ダンが言った。

「ロジャーおじさんが言ってるけど、奥さんが言ったというわけじゃなくて、でも、そりゃあ口が上手で親切に世話をしてくれたものだから、リチャードさんは、自分の身に何が起こったか気がつく前に、婚約してしまったんですってさ」と、ストーリー・ガールが言った。「私、クックさんの奥さんのおばあさんの話を知ってるわ。その人は、『だから言ったでしょう――』が口癖になってるタイプの女の人で――」

「よく聞くんだぞ、フェリシティー」とダンが口をはさんだ。

「――とても頑固だったの。そのおばあさんは結婚して間もなく、だんなさんと、果樹園に植え付けたりんごの木のことでけんかをしました。名札がなくなっていたのです。だんなさんはフェイムユース種だと言い、奥さんはイエロウ・トランスペアレント種だと言い張りました。二人があまり言い合うものだから、とうとうご近所の人が、野次馬に出て来ました。やがてだんなさんのほうが頭に来て、黙れ！　とどなりました。その頃は、ファミリー・ガイドみたいなものがなかったので、奥さんに向かって黙れと言うのが礼儀にかなっていないこととは、知らなかったの。奥さんのほうは、だんなさんに行儀というものを教えてやろうと思ったのでしょうね。だって、信じられる？　奥さんは、本当に黙ってしまったの。そして五年間というもの、だんなさんに向かってはひとっこともしゃべりませんでした。やがて五年たつと、その木にりんごの実がなりました。それは、イエロウ・トランスペアレント種だったではありませんか。そこでやっと奥さんは口をききました。口を開いて――『だから、言ったでしょう！』」

「そのあと、その人は普通にしゃべったの？」と、セーラ・レイが尋ねた。

「ええ、そう。むかしと同じになったわ」ストーリー・ガールはうんざり顔だった。「でも、そこはお話に入っていないの。やっと口をきいたところで、終わるのよ。あなたってばお話の終わりを、終わりにしたいところでやめさせてくれないのね」

「だって私、そのあと起こったことが、いつも気になるんですもの」と、セシリーが言った。

「ロジャーおじさんは、ずっと独身でいるつもりかしら」

「すごく幸せそうだけどな」と、ピーターが意見を述べた。

「母さんが言ってるけど、おじさんが相手が欲しくないから独身でいる間はいいんですって。でもある日目が覚めたら、だれもきてがないから独身のおじさんになっていた、なんて事になれば、随分感じが違ってしまうだろうって」と、フェリシティーが言った。

「オリビアさんが結婚するなんてことになったら、ロジャーさんは、家の切りもりをどうしてもらうつもりかな」

「あら、でもオリビアおばさんは、今となってはもう、結婚なんかしないわよ。だって一月が来れば二十九にもなるのに」

「うん、そりゃあたしかに、かなりおばさんだけどさ」とピーターは認めたが、「けど、そんなこと気にしない人を見つけるかもしれないぞ。あんなにきれいなんだから」

「家で結婚式があったら、すっごくすてきでわくわくするじゃない?」と、セシリーが言った。「あたし、結婚する人って一度も見たことないんですもの、見たくてたまらないわ。お葬式は四つも出たけど、結婚式なんて一つもなかったんだから」

「私んちなんか、お葬式一つ出たこともない」と、セーラ・レイが淋《さび》しそうに言った。

「あそこに高慢ちき姫のウェディング・ベールがあるわ」セシリーは、南西の空に長く尾をひく、薄いかすみを指さした。

「それから、その下の可愛いピンクの雲を見て」

フェリシティーが言うと、ストーリー・ガールがそれを受けた。

「もしかしたらあのちっちゃなピンクの雲は夢で、誰かの眠りの中に漂いおりる途中なのかもね」

「あたし、ゆうべ極めつきの恐ろしい夢を見たわ」セシリーは、思い出して身震いした。「トラと二つ頭の人間が住んでいる、砂漠の島にいた夢なの」

「あらまあ！」ストーリー・ガールはセシリーを、とがめ顔に見た。「どうしてもうちょっと上手に話せなかったの？　私がそんな夢を見たのなら、ほかのみんなも同じ夢を見た気持ちになるように話してあげられるのに」

「だって、あたしはあんたじゃないもの。それにあたしがなったみたいに、みんなを怖がらせたくないわ。恐ろしい夢だったし――でも、面白いとも言えるかなあ」

「おれも、すっごく面白い夢を見たことあるよ」と、ピーターも言った。「けど長いこと覚えてられないんだ。覚えてられたらいいんだけどさ」

「どうして書きとめておかないの？」ストーリー・ガールは言い、「そうだわ！」と、突然のインスピレーションに輝く顔をぼくたちに向けた。「思いついた。一冊ずつノートを持って、夢を見た通りに書きましょう。だれが一番面白いのを集めるか調べるの。そして、年をとって髪が白くなった時に、それを読んで笑い合うの」

そのとたん、ぼくたち全員の心の中に、ストーリー・ガールを除く自分自身とその他の仲間の、年老い、髪に霜をおいた姿が浮かんだ。ストーリー・ガールだけは老いた姿を思い描けなかった。いつまでも——とぼくたちには思われたのだが——生きている限り、彼女はつややかな茶色の巻き毛、風に奏でられるハープの音色にも似た声、永遠の青春の星のような瞳《ひとみ》を、しているに違いなかった。

第22章　夢の記録

その翌日、ストーリー・ガールはロジャーおじに頼みこんでマークデイルに連れていってもらい、夢の記録用ノートを買って来た。一冊十セントで、罫線《けいせん》入り、緑のまだら模様の表紙がついていた。ぼくの分は、今こうして書いているわきに、開いて置いてある。黄ばんだページには、遠いむかしの夜毎にぼくの幼い眠りを訪れた幻の数々が書きこまれている。

表紙には婦人用名刺（白紙の名刺で、その都度署名して渡す）が貼り付けられ、「ベバリー・キング夢ノート」と記してある。セシリーは、大人になってファミリー・ガイド誌の訪問エチケットを実践するときのために、名刺を一箱とっておいたのだが、それを夢ノートの表紙にするようにと、全員に気前よく分けてくれたのだった。

ページをくって、そのいずれもが「ゆうべ見た夢について」で始まる拙《つたな》い記録を目にする度、過去が驚くほど鮮明に、ぼくの前に立ちもどる。ぼくは思い出の中で、「陸《おか》のものでも海のものでもない光」である美しく柔らかなきらめきに照らされた、木の葉茂る果樹園を見る――そこでぼくたちは、遠い九月の宵、座りこんで夢を書きつけている。一日の仕事は終わり、創造の苦しみを妨げる何ものも見あたらない。ピーター、ダン、フェリックス、セシリー、フェリシティー、セーラ・レイ、ストーリー・ガール……彼等が再びぼくのまわりにいる。甘い香り漂う、枯れかけの草の中で、ページを開いた夢ノートと鉛筆を手にしている。熱心に書きつけたと思うと、表現できそうもない事柄を最もうまく表せそうな、幻の言葉や言いまわしを探し求めて、むずかしい顔で宙をにらむ。彼等の笑いあふれる声が聞こえる。輝く、澄んだ瞳が見える。読みにくい子供っぽい筆跡にあふれた、この小さい古いノートの中に、過ぎ去った年月をなかったものにする白魔術の呪文《じゅもん》が見つかる。ベバリー・キングは再び少年に戻り、ふるさとの丘にあるキング農場で、かぐわしい風に吹かれながら、自分の見た夢を書き綴《つづ》っているのだ。

向かいには、ストーリー・ガールが、緋色《ひいろ》のリボンを頭につけ、むきだしの美しい足を組んで投げだしている。豊かな巻き毛が両側におちかかる秀でた白い額を、すんなりした手で支えながら。

その右手には、優しい茶の瞳のセシリーがいる。そばにページのそった小さい字引を置いて——というのも、わずか十一歳では、綴れない、または綴れるわけもないようなむずかしい事柄を、たくさん夢でみるからだ。彼女のとなりには、フェリシティーが美しく、しかも「太陽の黄金の髪、海の青色の瞳、ほほには過ぎた夏の盛りのバラを残した」その美しさを意識して座っている。

ピーターはもちろん彼女の横にいて、草の中、べったりと腹這《はらば》いに寝そべっている。片手で黒い巻き毛をつかみ、夢ノートは、前の小さい丸石にたてかけてある。この姿勢をとらないとピーターは文をひねり出せず、こうしていてさえ、大仕事なのだ。彼が器用に扱えるのは鉛筆より鍬《くわ》であり、綴りはというとひっきりなしにセシリーに質問しているのになお、恐ろしくかつすばらしい代物だった。句読点は、行きあたりばったりのピリオド以外は全然使わず、場所が正しかろうがなかろうが、思いついた時につけるという有様だった。彼が書きおえると、ストーリー・ガールが彼の夢に目を通し、コンマやセミコロンを入れて文章を整えた。

フェリックスは、ストーリー・ガールの右横に座っている。ずんぐり太って、夢にかかりきっていてさえ、ばか真面目である。立てたひざを書きもの机代わりにノートを広げ、書いている間中、ひどいしかめ面をつくっている。

ダンは、ピーターと同じくべったり腹這いになっているが、背をぼくたちに向けているところが違う。しかも彼には、ぴったりの文章をひねり出せない時、大声でうなったり、体をよじったり、つま先で草をほじくり返すという、うっとうしい癖がある。

セーラ・レイが彼の左にいる。セーラについては、彼女の居場所についての説明以外、言うべきことがまったくない。少なくともある一点では、テニスンの詩の『モード』と同じで、セーラにはみごとに存在感がないのだ。

というわけで、ぼくたちは座りこんで夢ノートに書いている。そこへロジャーおじが通りかかり、ぼくたちがあく……いや、すごく悪いいたずらをしていると責めたてたというわけだ。

誰もが一番すばらしい記録を持ちたくてやっきになっていた。けれどもぼくたちは心根正しい一団であったから、実際に夢見られなかったことが夢ノートに書かれたことは、ないと思う。ぼくたちは、ストーリー・ガールが夢の内容でぼくたち全員をしのぐだろう、と思っていた。ところが、少なくとも初めのうち、彼女の夢は残りの者のと大差なかった。夢の国では、全員が平等だった。実のところドラマチックな夢には、セシリーが際立った才能を持っているようだった。少女たちの中で誰よりおとなしやかで優しい彼女が、まことに恐ろしげな夢を、しょっちゅう見た。毎晩のように戦争や殺人や突然死が、幻の中で何らかの役割を果たした。一方、どちらかといえば荒っぽいたちで、学校の少年たちから借りるあくどい通俗三文小説を読みふけっているダンは、あまりに平和で牧歌的な性格の夢ばかり見るものだから、自分の夢ノートの単調なページに愛想をつかしきっていた。

しかしストーリー・ガールは、他の者以上にすばらしい夢は見られなかったにせよ、語る段になると点をとり返した。彼女が語る夢を聞くのは、自分自身のを見るのと同じぐらい良い――または悪い、ものだった。

書き表すことにかけては、ぼく、即ちベバリー・キングが勝《まさ》っていたと信じている。ぼくにはなかなか文才があると、みなされていた。しかしストーリー・ガールは、そこでも一歩先んじた。というのも、父親の画才をいくらか受け継いでいたらしい彼女は、技術的な優劣についてはどうとでも言えるにせよ、とにかくその神髄は明らかにとらえたスケッチで、夢を彩ったからである。彼女には、怪物を描く特殊な才があった。彼女が夢の中で家の天井を這《は》っていくのを見たという、古生代の爬虫類《はちゅうるい》に似た巨大で忌まわしいトカゲの絵を、ぼくは今も鮮やかに思い出す。別の時には彼女は、恐怖に満ちた——少なくとも彼女がその夢を語り、そのとき感じた恐怖感を表現した時には恐怖に満ちていると思われた——夢を見た。しかめ面をしたソファーに、居間中追いかけまわされる夢だった。彼女は夢ノートの余白に、顔をくしゃくしゃにゆがめたソファーの絵を描いたのだが、それを見たセーラ・レイは脅え切って、家に帰る道をずっと泣き通し、その夜家でも家具が脅かしにこないようにジュディー・ピノーと一緒に寝るのだと言いはった。

セーラ・レイ自身の夢は、大したものにならなかった。彼女はいつでも何かのトラブル——髪をおさげに編めないとか、靴を正しい足にはけないとか——に巻き込まれるのだった。その結果彼女の夢ノートは、まことに退屈だった。セーラ・レイが見た夢の中で唯一しゃべるだけの価値があったのは、気球に乗っていて転げ落ちた夢だった。

「すごい勢いでたたきつけられるかと思った」と、彼女は震えながら言った。「そしたら私、羽根みたいに軽くなって、パッと目が覚めたの」

「覚めなかったら、死んでたぞ」ピーターは思わせぶりに言った。「おっこちる夢を見て目が覚めなかったら、ほんとにたたきつけられて死んじまうんさ。眠ってる間に死んだ人は、そうなったんだ」

「どうしてわかるんだよ。眠ってる間に死んだ人は、そんな話ができないんだぞ」ダンは疑わしげだった。

「ジェーンおばさんが、そう言ったんだ」

「それでこの話はきまりね」フェリシティーの口調は、そっけなかった。

「おれがジェーンおばさんのことを話すと、あんたはいつも何かしら意地悪を言うんだ」ピーターがとがめた。

「意地悪って、どんなことよ！　あたし、何も言いやしないわ」

「けど、意地悪に聞こえるんだから」

「ジェーンおばさんって、どんな顔をしてたの。きれいだった？」セシリーが、とりなし顔に尋ねた。

ピーターは不承不承に答えた。

「ううん、きれいじゃなかった……けど、先週ストーリー・ガールのお父さんが送ってきた絵の女の人に似てた。頭のまわりにキラキラ光る輪がくっついてて、赤ちゃんを抱いてる人のさ。おれ、あの女の人が赤ちゃんを見てるのと同じ目つきで、おばさんがおれを見てくれたの、見たことがある。母さんは、そんなふうだったことないんだ。かわいそうな母さん、洗濯でくたくたなんさ。ジェーンおばさんの夢が見られたらなあ。一度も見たことないよ」

「死者を夢見よ、さすれば生を聞かん」フェリックスが、もったいぶって引用した。

「おれ、ゆうべ、マークデイルのクックさんの店の火薬樽《だる》に、火のついたマッチをほうりこんだ夢を見たよ。ばあっと、なんもかんもが、ばあっと燃えあがってさ。みんながおれを、大騒動の中から引っぱり出してくれたんだ。……けど、死んだかどうかわかる暇もなしに目が覚めちまった」

「これから面白くなるって時に限って、目が覚めるのよね」ストーリー・ガールが不平をならした。

「あたし、ゆうべ本物の巻き毛になった夢を見たの」と、セシリーが悲しげに言った。「あたし、そりゃあ幸せだったのよ。目が覚めてやっぱり真っ直ぐだとわかった時の、がっかりしたことったら」

真面目で堅物のフェリックスは、ひっきりなしに、空を飛ぶ夢を見ていた。夢の国の梢《こずえ》を越えて行く、彼の空中旅行の語り口は、ぼくたちを羨望《せんぼう》でいっぱいにした。ほかのだれも、飛ぶ夢を見るとすれば真っ先に見るだろうと目されたストーリー・ガールさえ、そんな夢見を達成することができなかった。何にしてもフェリックスには夢を見る才があり、その夢ノートは文章法にやや難があるとはいえ、内容に関しては、全員の中でも最高と言えた。セシリーのがずっとドラマチックかもしれないが、フェリックスのほうが楽しそうだった。全員一致で傑作と判定した夢は、巡回動物園が果樹園で興行することになり、サイがジャネットおばを追いかけて、説教石を何周もしたあげく、あわやつかまるかという瞬間、突然どうもうな豚に変身する、というものだった。

フェリックスは、ぼくたちが夢ノートを始めて間もなく、病気の発作を起こした。それは彼の持病のような発作で、ジャネットおばは、エルダー・フルーエンが、体の万能薬だと保証した肝臓剤を与えて、治そうとした。しかしフェリックスは頑として、肝臓剤を飲むことを拒んだ。メキシコ茶なら飲みもしよう。だが肝臓剤は、病気の苦しみや、ジャネットおばの命令やなだめすかしがあったところで、服用したくなかった。飲み易いことこの上ない、取るに足りない白い小粒の錠剤に対する彼の反抗心が、ぼくには理解できなかった。しかし、心身ともに平常に復したとき、果樹園で彼は、事の次第を次のように説明してくれた。

「肝臓剤を飲んだら、夢を見るのまでだめになるかと心配だったんだ。ベブ、トロントのバクスターさんを覚えてない？　あのおばさん、マクラーレンさんに、怖い夢をよく見たって話してたろう。それで最後に肝臓剤を二錠飲んだら、そのあと全然夢を見なくなっちゃったって。そんな危ないことするくらいなら、死んじまったほうがましさ」フェリックスは、真面目な顔で締めくくった。

「ゆうべ、初めてすごい夢を見たよ」ダンは誇らしげだった。「ペッグ・ボウエンばあさんが追っかけて来た夢を見たんだ。ばあさんの家まで行ったんだと思うけど、そこから追っかけて来たんだよ。走った走った！　だのにつかまったんだ。ほんとだぜ。ぎすぎすの手が近づいて、肩をがっしりつかんだのさ。ぼくは悲鳴をあげて——そこで目が覚めた」

「たしかに悲鳴をあげたみたいね」フェリシティーが言った。「あたしたちの部屋にまで、声がとびこんできたわ」

「ぜったい走れっこないから、追いかけられる夢なんて見たくないわ」セーラ・レイは震えた。「地面に根が生えたみたいに突っ立って……近づいて来るのが見えるのに、動けないの。そう言ったって大したことみたいには聞こえないけど、その場にいると怖いんだから。ぜったいペッグ・ボウエンに追いかけられる夢なんて見たくない。そんなことになったら死んじまうわ」

「ペッグ・ボウエンは、本当につかまえた相手をどうするのかな」ダンが考えこんだ。

「どうかしようと思ったら、ペッグ・ボウエンは人をつかまえたりしなくていいんだ」ピーターが不吉な声を出した。「見るだけで、呪いをかけれるんだぜ——気を悪くさせたりしたら、ペッグは呪うんだ」

「私は、そんなこと信じない」軽やかにストーリー・ガールが応じた。

「信じないって？　なら、いいさ。去年の夏あのばあさんは、マークデイルのレン・ヒルの家を訪ねたんだけど、レンは出てけって言って、犬をけしかけたのさ。ペッグ・ボウエンは出ていって、ぶつぶつ言いながら腕をふりまわして、牧場を横切ってった。そしたら次の日、一番いい牝牛《めうし》が病気になって死んじまったんだよ。これを、どう説明してくれる？」

「どうせ、そうなる運命だったのよ」ストーリー・ガールは——前ほど自信たっぷりではなかったが——答えた。

「かもしれない。けどおれ、ペッグ・ボウエンには、おれの牛なんかにらまれたくないよ」

「あーら、牛でも持ってるみたいな言い方」と、フェリシティーがくすくす笑った。

「そのうち、牛ぐらい持ってみせるさ」ピーターは怒って言い返した。「一生雇われてるばっかりなんてつもりはないぞ。自分の農場も牛も、なんでも持つつもりだ。見てるがいいさ」

「私はゆうべ、青い長持ちを開けた夢を見たの」と、ストーリー・ガールが言った。「いろんなものが、みなあったわ……青い瀬戸物のロウソク立て――夢の中では真ちゅう製だったけど。それと、りんごの付いた果物かごも、ウェディングドレスも、ししゅうのペチコートも。私たちは笑いながら、それを着てみたりして楽しんでいたの。そしたらレイチェル・ウォードさん本人が来て、私たちを見たの。とても悲しそうに、とがめるように。みんなとても恥ずかしくなってしまって、私は泣きだしたの。そして、泣きながら目を覚ましたわ」

「ゆうべ、フェリックスがやせっぽちになった夢を見たよ」と、ピーターが笑いながら言った。「そりゃあ変てこだったぜ。服がぶかぶかでずり落ちてて、押さえながら歩きまわってるんさ」

フェリックス以外は、全員がこれを面白がった。このせいで彼は、ピーターに二日間口をきかなかった。フェリシティーも夢のおかげで、困ったことになった。ある夜、彼女はとてもはらはらする夢を見て、目を覚ました。ところがまた眠り込んでしまい、朝が来た時には、全然思いだすことができなかったのだ。今度夢を見た時は、こんなふうに失くしてしまってはいけない、とフェリシティーは決意した。そして次に夜中に目を覚ました時──死んで埋葬された夢を見たのだが──彼女はさっと起きあがり、ロウソクをつけ、すぐにその場で夢を書きつけにかかった。ところが熱中するあまり、うっかりロウソクをひっくり返して、ナイトガウン──手編みレースでぐるりを縁どられた、おろしたてのもの──を焼いてしまったのだ。大きな焼けこげ穴があき、それを見つけたジャネットおばは、容赦なく声を荒らげて叱りつけた。フェリシティーは、これほどきついお叱りを受けたことがなかった。それでも彼女は、非常に冷静にうけとめた。母親のうるさい舌には慣れていたし、はなはだしく感じ易いたちでもなかったからだ。

「とにかく、夢は助かったんですもの」と彼女は落ち着いて言った。

そしてそれこそが、もちろん肝心要《かんじんかなめ》のことだった。不思議なことに大人は、人生で本当に大切なことに気づかない。新しい服の材料なら、夜用であれ昼用であれ、どこの店でもわずかな金で買え、手を加えれば作ることができる。けれども夢が逃げていってしまったら、この広い世界のどの市場でまたとり戻すことができるというのか。この世のどの貨幣でも、失われたすばらしい幻想を買い戻せはしないのだった。

第23章　夢はそんなものでできている

ピーターはある夕方、夢ノートを携えて果樹園に向かう途中のダンとぼくをわきに呼び、意味ありげに、助言が欲しいと言った。そこでぼくたちは、女の子たちが好奇心にひかれてのぞきに来ないよう、まわり道をしてえぞ松林に入った。そこでピーターが自分の深刻な悩みを打ち明けた。

「ゆうべ、教会にいる夢を見たんだ。人がいっぱいだったみたいな気がする。通路を抜けてあんたらの席に歩いてってさ、ほんとにゆうゆうと座ったんだ。ところが気がついたら、服をぜんぜん着てないんさ。一糸まとわず、ってやつ。そいで」と、ピーターは声をおとし、「悩んでるのはつまり……こんな夢を女の子の前で話してもいいもんかなあ」

それはかなり問題ではないかというのが、ぼくの意見だった。ところがそれに対してダンは、何が問題かわからないと言い張った。「ぼくなら、ほかの夢と同じように、さっさとしゃべっちまうね。何も悪いことなんかありゃしない」

「だってあの子らは、あんたの親戚《しんせき》じゃないか。おれには親戚じゃない。そこがちがうんだよ。それに、ああいうお上品なレディーぞろいだろ。そんなやばいことしないほうが、いいと思うんだ。ジェーンおばさんなら、そんな夢を話すのって、いいと思わないんじゃないかな、きっと。それにおれ、フェ……女の子たちの誰も、気を悪くさせたくないんだ」

そういうわけでピーターは、その夢を語りもしなかったし、書きとめもしなかった。今でもぼくは、彼の夢ノートの九月十五日付の個所《かしょ》に、次のように記してあったことを思い出す。

「いうべゆめおみた。ぎよぎのいいゆめでなかったのでかくのおやめる」

少女たちはこの文章を見たが、彼女たちのために申し添えるなら、誰もその「ゆめ」なるものが何であったか、つきとめようとしなかった。ピーターの言ったように、彼女たちは、至極乱用されているその名称の真の意味にぴったりはまる「レディー」ぞろいだった。陽気でふざけ心といたずら心にあふれ、あらゆる性格上の欠陥を持ち、若気のいたりのわがままな過ちもいっぱいあった。しかし、下品な考えや柄の悪い言葉は、彼女たちの前に出現することも、話されることもなかった。男の子たちの誰かがこの類《たぐ》いの罪を犯せば、セシリーの蒼白《あおじろ》い顔は純な憤りで紅潮しただろう。フェリシティーの黄金色の頭は、娘心を傷つけられた傲慢《ごうまん》な怒りにふりたてられただろう。そしてストーリー・ガールの魅力的な瞳《ひとみ》は、恥知らずな魂をも震えあがらせるほどの怒りと軽蔑《けいべつ》に閃《ひらめ》いたにちがいない。

ダンは、一度、悪態をつく罪を犯した。アレックおじは、彼をむち打った。――我が子をそんなにもきつく罰したのは、これ一度きりである。しかしダンが良心の呵責《かしゃく》と後悔で一杯になったのは、セシリーが一晩中泣き明かしたせいであった。翌日彼はセシリーに、二度と悪態をつかないと誓い、その言葉を守った。

ストーリー・ガールとピーターが、夢の内容で俄然《がぜん》他を圧し始めた。二人の夢が突然不気味で恐怖に満ちあふれ、想像もつかないような代物になったので、二人が夢の内容に自由に手を加えていないとは、残りの者にはとても信じられなかった。しかし、ストーリー・ガールは廉潔の士であったし、ピーターは人生のごく初めからジェーンおばに真実一路を歩むよう教えられ、いまだ道をはずれたことがなかった。二人が真面目な顔で、夢が二人の話すそのままに起こったのだとうけあう以上、信じないわけにいかなかった。しかし、これには裏があると確信もした。ピーターとストーリー・ガールは、たしかに二人だけの秘密を持ち、それをまる二週間も守っていたのだ。ストーリー・ガールから探り出せるものは、何一つなかった。少なくとも彼女は、秘密を守るこつを心得ていた。しかもここ二週間、妙に気むずかしくて短気だったから、彼女をしつこくせめるのが賢いやり方でないことはわかった。ストーリー・ガールは具合が悪いようだ、とオリビアおばがジャネットおばに話していた。

「あの子のどこが悪いのか、見当もつかないの。この二週間というもの、全然いつもと違うわ。頭痛はするし、食欲はないし、ひどい顔色だし。もう少しみていてよくならないようなら、お医者さまに相談しなきゃ」

「メキシコ茶をたっぷり飲ませること。まずはそれね」と、ジャネットおばが言った。

「うちじゃメキシコ茶を使って、ずいぶんお医者さまの払いを節約したわ」

メキシコ茶はきちんと服用されたが、ストーリー・ガールの体調には、何の効果ももたらさなかった。彼女は夢ノートを、その内まぎれもない文学的珍品にしそうないきおいで、夢を見続けた。

「ピーターとストーリー・ガールがどうしてあんな夢を見るんだかすぐに探り出せないなら、ぼくたち、夢ノートを書くのなんかあきらめたほうがいいよ」とフェリックスが、不機嫌な声を出した。

しかしとうとうぼくたちも探りあてたのだ。フェリシティーが、デリラ（サムソンの愛人で魅惑的な裏切り女）の手管を用いて、ピーターから秘密を引き出したのである。サムソンの時代から連綿と、哀れな多くの男共を破滅におとしてきたあの手だ。彼女はまず、もし自分に打ち明けてくれなければ二度と口をきいてやらないと脅迫した。そのあとすぐ、もしも打ち明けてくれれば、この夏の残りはずっと日曜学校の行き帰りに並んで歩かせてあげると、その上、本も持たせてあげると約束した。ピーターは、この二重攻撃にひとたまりもなかった。彼は降参し、秘密を明かした。

ぼくは、ストーリー・ガールがピーターに憤慨し、軽蔑して責めたてるだろうと期待していた。しかし彼女は、非常に冷静に受けとめた。彼女は言った。

「私、フェリシティーがいつか聞きだすと思ってたわ。これだけ長く守ってられただけでも、立派なものよ」

ピーターとストーリー・ガールが明らかにしたところでは、寝る前に消化の悪いものをたっぷり食べるという単純な工夫で、枕辺に派手な夢を呼び寄せるのだそうだ。オリビアおばはもちろん何も知らなかった。寝る前には、あっさりして健康に良い軽食しか許可していなかったからだ。しかしストーリー・ガールは、昼間少しずつ、こっそりと、食料室の様々なごちそうを階上に運びあげ、半分をピーターの部屋に、半分を自室にかくした。その結果が、ぼくたちに絶望をもたらしたあの幻想なのだった。

「ゆうべは私、ミンス・パイを一片、ピクルスをどっさり、グレープゼリー・タルトを二つ食べたわ。でも、どうやらやりすぎたみたい。だって、気分がほんとに悪くなって全然眠れなかったものだから、もちろん夢なんてひとつも見なかったの。パイとピクルスだけでやめて、タルトは残しとけば良かったのね。ピーターはそうしたの。だから、ペッグ・ボウエンにつかまって、戸口にぶら下がってるあの黒い大なべで生きながらに煮られる、なんて立派な夢を見たの。ただし、お湯が熱くなる前に目が覚めたんだけど。そうね、フェリシティーおじょうさん、あなたはなかなかお賢いわ。でも、つぎあてズボンの男の子と、よくまあ日曜学校に行く気になれること」

「そんなことしなくていいの」フェリシティーが勝ち誇って言った。「ピーターは、新しいスーツをあつらえてるの。土曜日にできあがるわ。約束する前に、あたし知ってたんだもの」

どうすればスリルに満ちた夢を産み出せるか発見したぼくたちは、早速ピーターとストーリー・ガールの例にならった。

「私には、怖い夢を見るチャンスなんてないんだわ」セーラ・レイが嘆いた。「だって母さまったら、寝る前に何も食べさせてくれないんですもの。そんなの不公平だわ」

「あたしたちみたいに、昼の間に何かとってかくしとけないの？」フェリシティーが尋ねた。

「だめ」セーラは、淡い黄褐色の頭を恨めしげに振った。「母さまはいつも、食料室に鍵《かぎ》をかけておくの。ジュディー・ピノーが友達にふるまわないように」

一週間、ぼくたちは非合法な夜食をとり、思い通りの夢を見た。――そして、言うのも恥ずかしいが、昼間はつまらないけんかや口論が絶えなかった。ぼくたちのおなかはめちゃくちゃで、機嫌もそれに相応《ふさわ》しくなったからである。ストーリー・ガールとぼくまでもが、けんかをした。今だかつて起こったことのない事件だった。ピーターだけが、ただ一人平常の落ち着きを保っていた。何ものもこの少年の胃をてんぷくさせられなかった。

ある夜セシリーは、食料室に大きなキュウリを持ちこみ、半分以上をむさぼり食べた。その夜大人たちはマークデイルの礼拝に出かけ留守だったので、ぼくたちは後ろ暗い方法にたよらず、堂々と食事をとっていた。ぼくはその夜、脂っぽい豚肉をひとかたまり食べ、冷たいプラムプディングを一片つめこんだことを覚えている。

「セシリー、お前、キュウリは好きじゃなかったはずだけど」と、ダンが言った。

「好きじゃないわ」セシリーは顔をしかめた。「でもピーターが、夢にすごくきくって言ったの。一本食べた夜に、食人種につかまった夢を見たんだって。そんな夢が見られるなら、三本だって食べちゃう」

セシリーがキュウリを食べ終え、ミルクをコップ一杯飲んだところへ、丁度、アレックおじの馬車がくぼ地の橋を渡って来る音が聞こえた。フェリシティーは、素早く豚肉とプディングを元の場所に戻し、ジャネットおばが入って来た時には、ぼくたちは各々自分のベッドにもぐっていた。間もなく家中が、暗くしずまりかえった。やっとぼくがとろとろしかかった時、廊下をへだてた女の子たちの部屋から、騒ぎが聞こえてきた。戸が開き、こちらの部屋のあいた戸から、フェリシティーの白い寝間着姿がジャネットおばの部屋に向かって階段をかけおりていくのが見えた。彼女の去った部屋からは、うめき声と泣き声が聞こえてくる。

「セシリーが病気だ」ダンが言って、ベッドからとび起きた。「あのキュウリが、きっと合わなかったんだ」

二、三分のうちに家中が起きだした。セシリーは病気だった。かなりの重病であることは疑いの余地もなかった。〝悪い実〟を食べたときのダンよりひどいくらいだった。昼間の激しい労働と夜の外出とで疲れていたアレックおじが、医者に走った。ジャネットおばとフェリシティーは、考えられるかぎりの家庭療法を施してみたが、何の効果もなかった。フェリシティーはジャネットおばに、キュウリの一件を物語ったが、ジャネットおばは、キュウリだけではセシリーの急を要する容態の原因になるはずがないと思った。

「キュウリは消化が悪いけれど、こんなに体に毒だなんて聞いたことがないわ」と、彼女は心配そうだった。「なんでまたこの子は、寝る前にキュウリなんか食べたのかしら。好物とは思わなかったけど」

「あのピーターがいけないのよ」フェリシティーは怒りに声を震わせた。「そうすれば夢がすごいものになる、なんてこの子に言ったんですもの」

「一体全体、どんな夢を見たかったの？」当惑顔でジャネットおばは尋ねた。

「ああ、夢ノートよ。夢ノートに値打ちのあるのを集めるためによ、母さん。だってあたしたち、みんな夢ノートを持ってるでしょう。だから、みんな自分のを一番面白いのにしたいの……それで、夢を見るために、みんな、こってりしたものを食べたの……よくきいたけど……でも、もしもセシリーが……ああ、あたし、自分を許せないわ」

フェリシティーは支離滅裂になり、驚き、とり乱すあまり、秘密を洗いざらいしゃべってしまった。

「まったく、あんたたち子供は、次に何をやらかすことやら」ジャネットおばは、さじを投げたあきらめ声で言った。

医者が到着した時も、セシリーは少しもよくなっていなかった。ジャネットおばと同じく彼も、キュウリだけでは彼女をこんな重病にするはずがないと説明した。しかしミルクもコップ一杯飲んだと知れた時、謎は解けた。

「ああ、ミルクとキュウリを一緒に食べると、あたりやすいんですよ。お子さんが病気になったのも不思議はない。まあまあ」と、彼はまわりの不安顔をながめて言った。「心配しなさんな。フレイザーのおばあさんの言い草じゃないが、『そんなもんで、死にゃあせん』のですよ。生命には別状ありませんが、多分二、三日はかなりしおれたお嬢ちゃんでいるでしょう」

その通りだった。そしてぼくたち仲間も全員しおれていた。ジャネットおばは事件の全《ぜん》貌《ぼう》を調べあげ、夢ノートの一件が、家族会議の場で明るみに出された。ぼくには、何が一番ぼくたちの気持ちを傷つけたかわからない。ジャネットおばの叱責《しっせき》か、はたまた他の大人、特にロジャーおじがぼくたちにあびせかけたからかいか。ピーターには特に大きな雷が落ち、彼はそれをひどく不公平だと思った。

「おれはセシリーに、「ミルクを飲めなんて言わなかったよ。大体キュウリだけなら、何ともなかったはずだろうに」と彼は不平を鳴らした。その日セシリーが再びぼくたちと一緒に外へ出られるようになったので、ピーターは、ここぞとばかりに不平を述べたてたのだ。

「それにさ、夢に何が効くか教えろって言ったのは、セシリーなんだぞ。おれは親切で教えてやったのに。だのにジャネットさんときたら、ごたごたを全部おれにおっかぶせるんだ」

「それにジャネットおばさんたら、これから寝る前には何もつけてないパンとミルクしかいけないって言うんだ」フェリックスが悲しんだ。

「できることなら、寄ってたかって夢も見させないようにするつもりなのよ」ストーリー・ガールが憤慨した。

「けど、どっちにしたって、ぼくらが大きくなるのをやめさせるわけにゃいかないさ」と、ダンが慰めてくれた。

「パンとミルクの規則なら、心配しなくていいわ」フェリシティーも口を添えた。「母さんは前にも一度同じような規則をこさえて、一週間続けたの。そのあとはまた、元の木阿弥《もくあみ》よ。でももちろん、夕飯にこってりしたものは食べられなくなるわね。そのあと夢は全然つまんなくなるってわけ」

「さあ、説教石のところへ行きましょう。お話をしてあげる」と、ストーリー・ガールが言った。

ぼくたちは出かけ——そしてすぐに忘却の泉から水を飲んだ。ほんのわずかの後、ぼくたちは楽しげに笑っていた。もはやあの冷酷な大人共の手による虐待など、思い出しもしなかった。ぼくたちの笑い声は、納屋にえぞ松の茂みにこだました。まるで遥《はる》か空高く住む妖精《ようせい》界の住人たちが、ぼくたちの喜びをわけあっているように。

やがて大人たちの笑い声も、ぼくたちのと混ざりあった。オリビアおばとロジャーおじ、ジャネットおばとアレックおじが、果樹園を抜けて現れ、一日の労働が終わった後たまにするように、ぼくたちの仲間に加わったのである。光と影の交錯する魔《ま》が刻《とき》が、苦労と心配を中断させてくれた。そんな時ぼくたちは、大人がいつよりも好きになるのだった。彼らが半分子供に立ち返っていたからだ。ロジャーおじとアレックおじは、少年のように草の中でのんびりと休んでいた。うす紫のきわだって美しいプリントのドレスを着て、首には黄色のリボンを巻き付け、いつにもましてパンジーらしく見えるオリビアおばは、腕をセシリーにまわして、ぼくたち全員にほほえみかけた。そしてジャネットおばの母性的な顔からは、苦労が絶えなさそうないつもの表情が消えていた。

ストーリー・ガールは、その夜絶好調だった。彼女の物語がこれほどウィットと茶目っ気に富んでいたことは、かつてなかった。

「セーラ・スタンリー」おなかのよじれる笑い話のあと、オリビアおばは指をふりたてて言った。「気をつけないと、いつかあんたは有名になってしまうわよ」

「おかしな話も大変けっこう」と、ロジャーおじが言った。「だが話の醍醐味《だいごみ》を味わうために、ちょっとばかしぞっとするものを加えてくれないかい。セーラ、去年の夏のいつだったか、おじさんに聞かせてくれた蛇女《へびおんな》の話をしておくれ」

ストーリー・ガールは無雑作に始めた。ところが話がそれほど進まないうちに、彼女の横に座っていたぼくは、早くもいわく言いがたい嫌悪感が体をはいおりるのを覚えた。知りあって初めて、ストーリー・ガールから逃げだしたいと思った。まわりの顔を見て、全員が、ぼくと同じ気持ちを分けあっていることを知った。セシリーは両手で目をおおっている。ピーターはストーリー・ガールを、とりつかれ畏《おそ》れにうたれた目つきで凝視していた。オリビアおばは真っ青で気分が悪そうだった。全員が、できるものなら打ち破りたいものの打ち破れない恐ろしい呪いに縛り付けられたとらわれ人のような顔つきだった。

そこに座って、身震いするようなささやき声で怪談を語っているのは、おなじみのストーリー・ガールではなかった。彼女は新しい性格をまるで衣服のようにまとっていて、その性格とは、有毒で邪悪で忌まわしい代物なのだった。彼女の体を支えているほっそりした褐色の手首に触れるぐらいなら、むしろぼくは死を選んだろう。細めた目の光は、蛇の目の冷たく酷薄な輝きだった。大好きなストーリー・ガールに突然とってかわったこの邪《よこしま》な生き物に、ぼくは震え上がった。

物語が終わると、短い沈黙が続いた。やがてジャネットおばが、厳しい、しかし安堵《あんど》の吐息のまじる声で言った。

「小さい女の子はそんな怖い話をするものじゃありません」

この、実にジャネットおばらしい言葉が、呪《のろ》いを解いた。大人たちは、ややぎごちなく笑い、ストーリー・ガール――再びいつもの愛《いと》しいストーリー・ガールに戻り、もはや蛇女ではない少女――は、不本意そうに言った。

「だってロジャーおじさんが、話すように言ったんですもの。私だって、こんな話をするのは好きじゃないわ。とても、ぞっとするの。あのねえ、ほんのちょっとの間だけど、実際に蛇になったような気分だったわ」

すると、ロジャーおじが言った。「たしかにそう見えたよ。いったいどうしてできるのだい？」

「どうしてって、説明できないわ。ひとりでにそうなるのよ」ストーリー・ガールは、とまどって答えた。

天才は、どうすればそうなるのか、決して説明ができない。説明できる人間は天才ではない。そしてストーリー・ガールは、天才の持ち主なのだった。

果樹園を出てから、ぼくはロジャーおじとオリビアおばについて、歩いていった。

「十四の女の子にしては、気味が悪いほどの芸だったわね、ロジャー」オリビアおばが思いにふけりながら言った。「あの子の将来には何があるのかしら」

「名声だ。チャンスがあれば、それさ。あの子の父親がそう取り計らってやるだろう。少なくとも、してやってほしいものだ。オリビア、おれたちはとうとうチャンスに恵まれなかった。セーラは恵まれてほしいよ」

この時初めてうすうす気付いた事実を、後にぼくはもっとはっきり理解した。ロジャーおじとオリビアおばは、若い頃、ある夢と野心を胸に秘めていた。しかしチャンスをつかめる環境にめぐまれず、夢はついに実現されることがなかったのだ。

ロジャーおじは続けた。「いつのことになるか知れんが、オリビア、気がついたらおれたちは、後世最大の女優のおじ、おばになっているかも知れないぞ。十四の娘っ子が、実際的な農夫と現実的な主婦に、自分を十分間蛇だと信じかけさせたのなら、三十歳になった時、その女の子にはどんなことができるだろう。こら、坊主」ぼくに気付いたロジャーおじが、声をかけた。「さっさとベッドに入るんだ。寝る前にキュウリとミルクを食わんよう気をつけるんだぞ」

第24章　呪われたパット

ぼくたちは、そろってひどいふさぎの虫にとりつかれていた。――少なくとも、ぼくたち「ちび助共」は全員そうだった。大人たちすら、ぼくたちの不幸に気付くと、気の毒に思い、親切にしてくれた。パットが、ぼくたちのかわいい陽気なパディーが、再び病気に――重い重い病気にかかったのだ。

金曜日にパットは元気がなく、乳しぼりの時、しぼりたてミルクの皿にそっぽをむいた。翌朝パットは、ロジャーおじの家の勝手口の段にべったりのびていた。黒い前足に頭をのせ、人にも物にも何の関心も向けようとしなかった。ぼくたちはさすったり、機嫌をとったり、ごちそうを運んだりしてみたが無駄だった。ストーリー・ガールがなでてやる時だけ、どうしてなんとかしてくれないのかと哀れっぽく訴えるように、悲しげに、ニャアと一声ささやくのだった。これを見て、セシリーとフェリシティーとセーラ・レイは泣いた。ぼくたちも、息がつまるような感じだった。実のところ、その日遅くなってから、ぼくはオリビアおばの搾乳場でピーターをつかまえたのだが、もし男の子でも泣くものならば、この時のピーターこそそうだったと断言しよう。ぼくがそう言って責めたとき、彼は否定しなかったものの、パットのことで泣いていたとは何としても認めなかった。冗談じゃない！

「じゃあ、なんで泣いてたんだ」

「泣いていたのは……それは……ジェーンおばさんが死んじまったからじゃないか」と、ピーターはけんか腰で言った。

「だってジェーンおばさんは、二年前に死んでるんだろう」と、ぼくは疑《うたぐ》り深く言った。

「へえ、それだけじゃ泣く理由にになんないのかよ。おれには二年間もおばさんがいなかったんだぞ。二年間は、二、三日なんかより、ずっと悪いやい」

「パットが病気だから泣いてたのかと思ったのに」しつこくぼくは食いさがった。

「おれが猫のことぐらいで泣くってのかい！」と、ピーターはあざけった。そして口笛を吹きながら、ゆうゆうと歩み去った。

もちろんぼくたちは再び、ラードと粉薬のあの療法をためし、パットの前足と横腹にたっぷり塗りたくった。しかしパットはなめとる努力さえせず、ぼくたちはがっかりした。

「言っちゃなんだけど、ニャン公はおっそろしく具合が悪いみたいだ」ピーターは暗澹《あんたん》として言った。「猫が自分の様子もかまわない時は、そろそろ死にかけてるんだぞ」

「何が悪いのかさえわかったら、なんとかしてやれるのに」かわいそうなペットのぐったりした頭をなでてやりながら、ストーリー・ガールはすすり泣いた。

「何が悪いのか、おれなら教えてやれるんだけどな。でも、あんたら笑うにきまってるんだ」

ぼくたちは、そろってピーターを見た。

「ピーター・クレイグ、どういうこと？」とフェリシティーが尋ねた。

「今、言った通りのことさ」

「それじゃあ……パディーがどう悪いのか知ってるなら、教えて」ストーリー・ガールが立ちあがって言った。そう静かに言っただけなのに、ピーターは従った。彼女があの声とあの眼差《まなざ》しで、深い海底に身を投げるよう命令したとしても、ピーターは従ったろうと思う。ぼくならそうしただろうから。

「呪われたんだ。――そうなんだよ」ピーターは半ば挑むように、半ば恥ずかしさをこらえるようにして、言った。

「呪われた？　冗談でしょう！」

「ほらな。だから言ったろう」と、ピーターはふくれた。

ストーリー・ガールは、ピーターを見、ぼくたちを見、あわれなパットを見た。そしてあやふやに尋ねた。

「どんな呪いがかかっているの？　だれが呪いをかけたの？」

「どんな呪いか知らないよ。それがわかるには、おれが魔法使いにならなくっちゃ。けど、呪いをかけたのは、ペッグ・ボウエンだ」

「冗談でしょう！」と、ストーリー・ガールはまたも言った。

「ああ、いいよ。べつに、信じなくってもさ」

「もしペッグ・ボウエンが、呪うことができたとしても……できるとは思わないけど……なぜパットを呪わなくちゃならないの？　うちでも、アレックおじさんの家でも、みんなあの人に親切にしてるじゃない」

「教えてやろうか。木曜日の昼すぎ、あんたらみんなが学校にいってる間に、ペッグ・ボウエンがここへ来たんだ。オリビアさんが昼飯をやった——ごちそうをね。ペッグが魔女だと言うと笑うくせに、おれ、気がついてるんだぜ。ペッグが来ると、あんたらはみんなばあさんにすっごく親切で、気を悪くしないように、すっごく気をつかってるってこと」

「オリビアおばさんは、かわいそうな人にはだれにだって親切でしょ。うちのお母さんだって同じよ」と、フェリシティーが言った。「それにもちろん、だれもペッグの気を悪くしたくなんかないわ。性悪だもの。気を悪くさせたマークデイルの人の納屋に火をつけたことだってあるじゃない。でも、魔女じゃない。そんなの馬鹿げてる」

「いいよ。でもまずおれに話をさせてくれよ。ペッグが帰るとき、パットは玄関の階段に寝そべってたんだ。ペッグがその尻尾《しっぽ》を踏んづけちまった。パットが尻尾をさわられるのが嫌いなのは知ってるだろう。くるっと上を向いて、ペッグのむきだしの足をひっかいたんだ。ばあさんがパットを見たあの時の目つきを見たら、魔女かそうでないか、すぐにわかったと思うな。そのあと、ペッグは小径《こみち》を歩いて出てったんだけど、レン・ヒルの牝牛《めうし》牧場のときそっくりに、ぶつぶつ言いながら、手をふりまわしてたんだ。パットの具合が悪くなったのは、その次の朝だよ」

ぼくたちは苦しい戸惑いにみちた沈黙の中で、互いに顔を見合わせた。ぼくたちはほんの子供で、昔魔女と呼ばれるものがいたことを信じていた。そして、ペッグ・ボウエンが無気味な存在であることは、たしかだった。

「そうだとしたら……そうだとは信じられないけど……何もできないのね」ストーリー・ガールがわびしく言った。「パットは死ぬ運命なのよ」

セシリーがわっと泣き出した。

「パットの命を救うためなら、なんだってするわ。なんだって信じるわ」

「できることなんて、何もないのよ」フェリシティーはそっけなかった。

「どうかしら」セシリーは泣きながら「ペッグ・ボウエンのところへ行って、パットを許して呪いを解いてくれるように、お願いするの。本気で腰を低くしてあやまったら、聞いてくれるかもしれないわ」

初めぼくたちは、その思いつきにぞっとした。ペッグ・ボウエンが魔女だとは、信じていない。しかし、彼女の家に行くとは。あらゆる未知の恐怖をそなえ、謎にみちた森深くにある、彼女の隠遁所《いんとん》に訪ねていくとは……！　その上、この思いつきがよりによって、気の小さいセシリーから出されたとは！　だが、あわれなパットのためならば！

「そんなことして、役に立つというの？」ストーリー・ガールが捨て鉢に言った。「万が一ほんとにあの人がパットを病気にしたとして、パットに呪いをかけただろうって私たちが責めに行っても、あの人の機嫌を損ねるばかりだと思うわ。第一、そんなことももともとしなかったんだもの」

しかし、ストーリー・ガールの声にはどこかあやふやな響きがあった。

「やってみても悪くないと思うわ」と、セシリーは言った。「あの人がパットを病気にしなかったんだったら、機嫌をそこねても関係ないじゃない」

「パットには関係なくても、会いにいく人には関係あるでしょ」と、フェリシティーが言った。「あの人は魔女じゃあない。でも意地悪ばあさんよ。それにあたしたちをつかまえたら、あの人ったら何をするやら。あたし、ペッグ・ボウエンが怖い。誰に知られたって、かまやしないわ。『いい子にしてなきゃ、ペッグ・ボウエンがつかまえに来るよ』って母さんが言う言葉の訳がわかるようになってから、ずっとなんだから」

「もしもあの人が本当にパットを病気にしたんだと、そしてもう一度元気にもどしてくれるんだと信じるのなら、なんとかなだめに行かなくっちゃ」ストーリー・ガールが決然と言った。「私だってあの人が怖い。――でも、かわいそうな、大切なパディーを、ほら、見てよ」

ぼくたちは、まばたきもせずにじっと目の前を見つめ続けるパットを見た。ロジャーおじが現れ、ぼくたちに言わせれば血も涙もない無関心ぶりで、やはりパットに目をやった。そして言った。

「パットもとうとうおしまいらしいな」

「ロジャーおじさん」セシリーが、すがるように言った。「ペッグ・ボウエンが自分をひっかいたパットに呪いをかけたんだって、ピーターが言ってるの。おじさん、そんなことってあると思う？」

「パットがペッグをひっかいたんだって？」ロジャーおじは、恐れにうたれた。「大変だ！　大変だ！　謎がとけたぞ。かわいそうなパット！」

ロジャーおじはうなずき、自分自身もパットも、最悪の運命に甘んじようと決心したふうだった。

「ペッグ・ボウエンは本当に魔女だと思う、ロジャーおじさん？」ストーリー・ガールが怪しみながらも尋ねた。

「ペッグ・ボウエンが魔女と思うかって？　なあ、セーラちゃん、お前なら、好きなときに黒猫に姿を変えられる女を、何だと思うね？　魔女だろうか？　違うんだろうか？　考えてごらん」

「ペッグ・ボウエンは、黒猫に姿を変えられるの？」フェリックスが目を丸くして尋ねた。

「ペッグ・ボウエンの芸の内じゃ、ほんの手始めだと思うよ。魔女が思い通りのけだものに姿を変えるのは、何よりも簡単なことだ。そう。パットは呪いをかけられたのさ。疑いの余地もない。全然まったくない」

「子供たちになんてことを吹きこんでいるの？」井戸に向かう途中の、オリビアおばが声をかけた。

「あらがいがたい誘惑ってやつでね」ロジャーおじは答え、手桶《ておけ》を運んで行った。

「ほら、ロジャーさんだって、ペッグが魔女だと信じてるじゃないか」

「けど、オリビアおばさんは信じてないじゃないか」と、ぼくは言った。「ぼくだって信じないぞ」

「やめてよ」ストーリー・ガールが決然として言った。「私、信じてはいないけど、何か関係があるかもしれないものね。あるとしてみましょう。問題は、どうすればいいのか、よ」

「おれならどうするか、言ってやろうか。ペッグに贈り物を持って行って、パットを元気にしてくれって頼むんさ。あいつがパットを病気にしたと思ってるなんて、言わないんだ。そしたら、気を悪くするわけないしな――だから多分、呪いを解いてくれるだろう」

「全員何かあげたほうが、いいわよね」と、フェリシティーが言った。「その話ならのるわ。でも、だれがあの人のところへ贈り物を持って行くの？」

「みんなそろって行かなくちゃ」と、ストーリー・ガールが言った。

「いやよっ！」セーラ・レイが、脅えて悲鳴をあげた。「何があったって、誰がついて来てくれたって、ペッグ・ボウエンの家になんか近寄らないから」

「一つ考えがあるの」ストーリー・ガールが言った。「フェリシティーの言う通り、みんなであの人に贈り物を渡しましょう。それからあの人にあてた手紙を――本当にすてきで礼儀にかなった手紙を書きましょう。そして夕方になったら、みんなであの人の家まで出かけるの。外で見かけたら、静かに歩み寄って、あの人の前に品物を、手紙を添えて置いてくるの。その後は何も言わないで、ただうやうやしく立ち去るのよ」

「向こうがそうさせてくれるならな」ダンが、意味ありげに言った。

「ペッグは手紙が読めるの？」と、ぼくは尋ねた。

「ええ、あの人は教養のある人だって、オリビアおばさんが言ってるわ。上の学校に行ったし、あんなふうになるまでは、とても賢い人だったんですって。手紙はわかりやすく書きましょうね」

「もしも会えなかったら？」と、フェリシティーが尋ねた。

「その時は、入り口の階段に品物を置いとくのよ」

「今ごろじゃ、村をこえて何マイルも向こうにいるかもしれないわ」と、セシリーはため息をついた。「そして、パットが手遅れになるまで、贈り物を見つけないかもね。でも、これしかできることはないわ。何をあげようかしら」

「お金を渡してはだめよ」ストーリー・ガールが言った。「あの人は、だれがそうしてもかんかんになるの。物乞《ものご》いじゃないって、あの人は言ってる。でも他のものなら、何でも受け取るわ。私は、青いビーズの飾りひもをあげよう。あの人、きれいな飾りものが好きなの」

「あたしは、今朝作ったスポンジケーキをあげるわ」と、フェリシティーが言った。「スポンジケーキなんて、そうたびたび口に入らないと思うから」

「おれは、去年の冬に針を売ったほうびにもらった、リウマチよけの指輪っきり持ってないや」と、ピーターが言った。「あれをやろう。リウマチもちじゃないかもしれないけど、とってもきれいな指輪なんだぜ。本物の金みたいなんだ」

「ぼくは、ミントのキャンデーをあげよう」と、フェリックスが言った。

「あたしは、自分で作ったサクランボジャムを一びんあげる」と、セシリーが言った。

「私は、あの人に近寄らないわよ」セーラ・レイは声を震わせた。「でも、パットには何かしてあげたいわ。だから、先週編んだりんごの葉もようのレースを贈る」

ぼくはあなどりがたいペッグに、自分の誕生記念木からとれたりんごをいくつかあげることに決めた。そしてダンは、かみタバコをあげると宣言した。

「わっ、そんなことして怒らせないかな」フェリックスが、ぎょっとして叫んだ。

「いやいや」ダンはにんまり笑った。「ペッグは、男みたいにかみタバコをやるんだ。言っとくけど、きみの下らないペパーミントキャンデーなんかよりゃ、こっちのほうを喜ぶぜ。サンプソンおばあさんとこまで一っ走りして、一箱もらってこよう」

「じゃあ、暗くなる前に手紙を書いて、贈り物と一緒にあの人のところへ持って行かなくちゃ」と、ストーリー・ガールが言った。

ぼくたちは、重要書簡を書くため会場を穀物倉に移した。ストーリー・ガールが文章を作ることになった。

「どう始めればいいかしら。『いとしいペッグ』なんて絶対だめだし、『親愛なるミス・ボウエン』じゃ、あんまり馬鹿げてるわ」

「それに、あの人がミス・ボウエンかそうじゃないかは、誰も知らないのよ」と、フェリシティーが言った。「あの人は、大人になってボストンに行ったの。人の噂じゃ、そこで結婚して、夫があの人を捨てたんだって。そのせいであんなふうになったそうよ。結婚していたのなら、ミス、なんて呼ばれたがらないと思うわ」

「じゃあ、どう言えばいいのよ」ストーリー・ガールは絶望した。

するとまたピーターが、実際的な提案を出し、救いの手を差し伸べた。

「『敬《うやま》い奉《たてまつ》る御婦人へ』と、始めなよ。母さんは、学校の評議員さんがジェーンおばさんに出した手紙を持ってるんだけど、それはそう始まってたよ」

「敬い奉る御婦人へ」と、ストーリー・ガールは書き始めた。

「私共は大変重要なことをお願いしたいと存じます。また、おさしつかえなければ、その願いをお聞き入れくださることを祈っております。私共の愛猫パディーが重い病気であり、死ぬのではないかと案じております。あの子を治していただけるでしょうか。治していただけるようお願いできるでしょうか。私共は、みんなあの猫が好きです。良い猫ですし、悪いくせもありません。もちろん、尻尾《しっぽ》を踏んだりいたしますとひっかきますが、猫というものは、尻尾を踏まれるのががまんならないことは御存じでしょう。一番感じ易い部分ですし、ああすることでしか、そこを守れないのです。それに悪気でするわけではありません。パディーを治していただけるのでしたら、私共はいつまでもご恩を忘れません。別添の品はつまらぬ物ですが、私共の尊敬と感謝の証《あかし》であり、どうぞ私共のためにもお収めくださいますよう、心よりお願い致す次第でございます。

あらあらかしこ

セーラ・スタンリー」

「最後の文章なんて、いい響きじゃないかい」ピーターがうっとりとして言った。

「自分で作ったんじゃないの」ストーリー・ガールは正直に打ち明けた。「どこかで読んで覚えてたのよ」

「ちょっと立派すぎるんじゃない」と、フェリシティーが批判した。「ペッグ・ボウエンはそんな大げさな言葉なんてわからないわよ」

だが、それはそのままにしておくことにきまり、ぼくたち全員が手紙にサインした。

それからぼくたちは「証」を集め、魔女の住み家へ気の進まない旅に出かけた。セーラ・レイは、もちろん行く気がなかったが、ぼくたちが留守の間、パットの付き添いを志願した。ぼくたちのお使いとその性質について大人に知らせるのは、必要と思えなかった。大人たちはとんでもない見方をする。行くことをまったく禁止されるかもしれないし、きっと笑いものにするだろう。

ペッグ・ボウエンの家は、沼地を抜けて木々の茂る丘を登る近道をとっても、小一マイル先にあった。ぼくたちは、小川せせらぐ野を抜け、アキノキリンソウの花の海に半ば埋もれたくぼ地にかかる、小さな木橋を渡った。緑濃い森の木蔭《こかげ》にたどりついた時、早くもぼくたちは臆病風《おくびょうかぜ》に吹かれ出したが、だれもそのことを認めたがらなかった。ぼくたちはぴったり寄り添って歩いた。口もきかなかった。魔女やそれに類する人々の隠れ家近くにいるとき、言葉は少ないほどいい。彼等の感情は、周知の通りひどく傷つき易いからだ。もちろんペッグは魔女ではないが、用心にこしたことはない。

とうとう、真っ直ぐ彼女の住み家に通じている、小径《こみち》にたどりついた。ぼくたちは全員蒼白《そうはく》で、心臓は早鐘のように打っていた。紅《くれない》の九月の太陽が、西のかた、丈高いえぞ松の木の間がくれに、低くかかっていた。ぼくにはそれは、本物の太陽には見えなかった。実のところ、あらゆるものが薄気味悪く見えた。このお使いが無事に終わりますように、とぼくは祈った。

小径は急に曲がり、覚悟ができる前に、小さな空き地に出て、ペッグの家が見えた。恐怖におびえながらも、ぼくは好奇心をもってながめた。それは、屋根のかたむいたがたがたの小さな建物で、雑草のジャングルの、真っただ中にあった。ぼくたちの目に奇妙に映ったのは、体裁の整った家ならば一階にあるはずの入り口が、見あたらないことだった。たった一つの戸は二階にあり、踏み板がぐらぐらする階段で、地面とつながっていた。あたりには生き物の気配もなかった——階段のてっぺんに座っている不吉の前兆、大きい黒猫一ぴきをのぞいては。ぼくたちは、ロジャーおじの不気味な仄《ほの》めかしを思いだした。あの黒猫は、ペッグだろうか。冗談じゃない！　しかしなお、その猫は、当たり前の猫に見えなかった。やけに大きくて——やけに緑色の邪悪な目をしていた。そのけだものには、はっきりと常軌を逸した何かがあった。

張りつめた、息もとまる沈黙の中で、ストーリー・ガールは最下段に包みの数々を置き、その山の上に手紙をのせた。彼女の日に焼けた指は震え、顔はひどく青ざめていた。やにわに頭上の戸が開き、ペッグ・ボウエンその人が敷居に姿を現した。背の高い筋ばった老婆で、やっとひざまで届く短いぼろぼろのスカートをはき、緋色《ひいろ》のプリントブラウスを着て、男物の帽子をかぶっていた。脚も腕も首もむき出しで、口にはこわれた陶製パイプをくわえている。褐色の顔には百本もしわが刻まれ、もつれた白髪まじりの髪は肩まで乱れ落ちていた。顔をしかめている上、きつい黒い目には親しげな光など宿っていなかった。

それまではぼくたちも、心の奥にかくしたおののきにもめげず、なかなか勇敢に頑張って来た。しかしついに張りつめた神経がまいってしまい、完全な恐慌状態におちいった。ピーターがまじり気のない恐怖感から、小さな悲鳴をあげた。ぼくたちは身をひるがえして空き地をまろび出、森にとびこんだ。ペッグ・ボウエンが必ず追って来ているに違いないと信じ切って、狩り出されたおびえた動物のように長い丘をやみくもに突進した。その疾走ぶりは、夢ノートに記録された悪夢と同じぐらいめちゃくちゃだった。ストーリー・ガールはぼくの前にいた。ぼくは今でも、赤い髪ひもでくくった茶色の巻き毛をなびかせながら、倒れた丸太や小さなえぞ松の茂みを越える度におこなった、彼女の見事な跳躍を思い出せる。後ろのセシリーは正反対の言葉を、息を切らしながらも叫び続けた。

「きゃあ、ベブ、待ってえ！　はやく、はやくう！」

とにかく何よりもひたすら本能に従って、ぼくたちは一団になったまま、森の出口を見つけた。間もなく小川の手前の野に出た。頭上には桜貝色の美しい空があった。落ちついた牝牛《めうし》たちが、まわりで草を食《は》んでいた。アキノキリンソウは親しみあふれるそよ風に吹かれ、ぼくたちにうなずきかけた。なじみの場所に戻れたこと、ペッグ・ボウエンにとうとうつかまらなかったことを知った喜び。ぼくたちは足をとめた。

「ああ、怖い思いをしたわね」セシリーは息を切らし震えた。「もう二度とあんなところへ行かないわ。行けないわ。たとえパットのためだって」

「あいつったら、あんなに急に出て来るんだものなあ」ピーターが恥ずかしそうに言った。「出て来るってわかってりゃあ、びくともしなかったんだけど。あんな風にとび出して来たんで、おれ、もうだめだと思っちまった」

「走ったりしちゃいけなかったのよ」フェリシティーが不機嫌に言った。「あたしたちがあの人を怖がってるとわからせちゃったわ。もう、パットに何もしてくれないでしょう」

「どうせ何かしてくれるなんて、信じてないもの」ストーリー・ガールが言った。「私たちって、間抜け者ぞろいだったわね」

ピーターを除けば、全員が多かれ少なかれその意見にかたむきかけていた。穀物倉にたどりつき、忠実なセーラ・レイに見守られていたパットが少しも良くなっていないことを知って、自分たちの馬鹿さ加減をさらに思い知らされた。ストーリー・ガールはパットを台所に運びこみ、徹夜でついてやるつもりだと述べた。

「とにかく、一人ぼっちで死なせはしないわ」彼女は悲しみに沈む声で言い、猫のぐんなりした体を腕にかかえあげた。

徹夜の許可をもらえるとは思えなかった。しかし、オリビアおばは与えた。オリビアおばはほんとうにすてきな人だった。ぼくたちも一緒にいたかったのだが、ジャネットおばがそんなことに耳をかすはずがなかった。猫ごときにいれこむなんてまったく罪深いことだと彼女は言い、ぼくたちにベッドに入るよう命じた。物言わぬ生きものより性《たち》の悪い友がいくらでもいることを知っている、五人の心破れた子供たちが、その夜アレックおじの家の階段を上っていったのである。

「もう、できることは何もないわ。ただ、パットを良くしてやってくださいって、神様にお祈りするだけ」と、セシリーが言った。

素直にいってその声には、もうこれでおしまい、というやけっぱちの色があった。しかしこれもセシリーの信仰心欠如というよりは、先程の大疾走のせいだろう。彼女も、ぼくたちも、祈りが厳粛な儀式であること、軽々しく考えたり、通俗な使用におとしめたりしてはならないことを知っていた。フェリシティーがこの考えを代弁した。

「猫のためにお祈りするなんて、いいことじゃないと思うわ」

「どうしていけないのか、教えてよ。神様はあんたと同じようにパディーもお作りになったのよ、フェリシティー・キング。心をこめてなさったのじゃないかもしれないけど。だから、ペッグ・ボウエンよりはずっとうまくパットを助けてくだされると思うわ。とにかく、あたし、いっしょうけんめいパットのためにお祈りしますからね。とめるものならとめてごらん。もちろん、もっと大切なこととごったにしたりはしないわ。お祈りのあと、アーメンを言う前につけ加えるだけ」

その夜、セシリー以外のものからも、パットのための祈願が捧《ささ》げられた。ぼくはフェリックスが――彼は、神様に聞こえるように祈らないと聞き届けてもらえないという、幼時より続く信念から、いつも大きなひそひそ声で祈りを捧げていたのだが――祈りの「大切な」部分が終わったあと、次のようにすがる口調でささやくのをはっきり聞いた。

「ああ神様、どうかパットを朝までによくしてやってください。どうかお願いします」

そしてぼくはというと、若さゆえの夢をつい見下しがちな近年に至っても、ひざまずいて少年ぽい祈りを唱えた時に、死に瀕《ひん》したかわいいぼくたちの皮衣の仲間を想い、知る限りのうやうやしさでその全快を祈ったことを、白状するにやぶさかではない。そのあとぼくは、偉大な父が「大切な」部分に注意を向けた後かわいそうなパットを思い出してくださるだろうとの唯一の望みを綱に、眠りに落ちたのだった。

翌朝目覚めるとすぐ、ぼくたちは、ロジャーおじの家へ走っていった。ぼくたちは、小径でピーターとストーリー・ガールに出会った。彼らの顔つきは、山々の頂から喜びの報《しら》せをもたらす者たちのそれだった。

「パットがよくなったの」ストーリー・ガールは、楽しげに、誇らしげに叫んだ。「ゆうべ十二時ちょうどに、前足をなめ始めたの。それから体中をなめまわして、眠ってしまったのよ。私もソファーで寝たわ。目が覚めるとパットが顔を洗っていて、そのあとミルクを一皿飲んだの。ねえ、すごいでしょう！」

「ほらな、やっぱりペッグ・ボウエンが呪いをかけたんだ。だから今度は呪いを解いたんだよ」と、ピーターが言った。

「ペッグ・ボウエンよりセシリーのお祈りのほうが、パットがよくなるのにきいたんだと思うわ」と、フェリシティーが言った。「この子は、パットのために何度も何度もお祈りしたの。だからよくなったのよ」

「ふうん、まあいいさ。けど、おれはパットに、二度とペッグ・ボウエンをひっかくなって言っとくよ、それだけさ」

「パットを治したのは、お祈りなのかな。ペッグ・ボウエンなのかなあ」フェリックスは、当惑していた。

「どっちでもないにきまってる」とダンが言った。「パットはただ病気になって、ひとりでに良くなっただけさ」

「あたしはお祈りのおかげだって、信じるつもり」セシリーがきっぱり言い切った。「ペッグ・ボウエンじゃなくて神様が、パットを治してくださったって信じてるほうが、ずっとすてきだもの」

「そのほうが楽だろうさ。けどだからってそっちだけを信じるのは、いけないよ」ピーター は反論した。「いいかい。神様には治せなかった、なんておれは言わない。けど、どんなことがあったって、誰がなんと言ったって、ペッグ・ボウエンが裏で動いていなかったなんて、おれは、全然信じないからね」

こうして、信仰と迷信と疑念は、ぼくたちの間でせめぎあったのだった。ちょうど、おおかたの歴史のように。

第25章　苦い杯

ある暖かい日曜日の夕方、キリンソウ色の月光の中で、ぼくたちは、大人も子供もみな寄り集い、果樹園の中、説教石の横に座って、甘い音色の古い福音聖歌をうたっていた。ぼくたちは全員、多少なりともうたえた。ただ哀れなセーラ・レイだけは別で、彼女はいつだったか、音符一つうたえないのに天国へ行ったらどうしていいかさっぱりわからない、と絶望して打ち明けたことがあった。

思い出の中で、その情景はあますところなく、目の前に鮮やかによみがえる。古い家屋の後ろにひかえた木々の上には、プリムローズの花のようなうす黄色の空が弧を描き、果樹園の枝々は実もたわわだ。説教石の向こうには、陽光のさざ波のように咲き乱れるキリンソウの河原、赤みを帯びた夕焼け空に映える樅《もみ》林の名状しがたい色……。アレックおじのうれいをおびて、知的な青い瞳《ひとみ》が、ジャネットおばの健康的で落ちつき払った顔が、ロジャーおじのもじゃもじゃひげと赤いほほが、オリビアおばの女盛りの美しさが、目に浮かぶ。

思い出の道へと続く廊下にこだまする楽の音には、ひときわ響きわたる二つの声がある。

セシリーの甘やかな銀の鈴と、アレックおじの美しいテノールだ。「キング家の血は歌びとの証《あかし》」、当時のカーライルにはそんなことわざがあった。ジュリアおばはこの血筋にひらいた大輪の花であり、著名なコンサート歌手となっていた。世界が残りの者の声を聞くことはなかった。彼等の音楽は、人生の奥の細道でしか響かず、些細《ささい》な雑事や日々の労働の苦しみを軽くするためにだけ、使われるのだ。

その夕方、歌に飽きた大人たちは、若かった日々と当時の行いを語り始めた。

これはいつも、ぼくたちちび助連には、耳そばだつ楽しみだった。ぼくたちはむさぼるように、おじ・おばたちが――信じがたい事実であるとはいえ――やはり子供であった時代の物語に聞き入った。今でこそ心正しく世知にたけてはいるが、かつては彼らもいたずらしたことがあり、そればかりかけんかやいさかいをしたことまであるらしい。特別なこの宵、ロジャーおじがエドワードおじにまつわる数々の逸話を語ってくれた。エドワードおじが十歳のおり説教石で説教を行った一話は、後にわかるように、ストーリー・ガールの想像力を刺激したのだった。

「今もあの姿が見えるようだな」とロジャーおじが言った。「あの古石からのりだして、ほほを真っ赤にして、目は興奮できらきら光っていた。教会で牧師さんがするのを真似て、石をばんばんたたいていたっけ。でも石にはつめ物なんかしてないから、我を忘れて熱中するおかげで、いつも手にけがをしてたな。おれたちはみな、生きた奇跡だなんて思ってた。説教を聞くのは、とても好きだった。けど、お祈りを押しつけるから、すごく気分をこわされたもんさ。アレック、覚えてるかい？　いつだったかエドワードが、歌に対する自惚《うぬぼ》れと虚栄からジュリアを守りたまえ、と祈ったんで、まあジュリアの怒ったことか怒るまいことか」

「覚えてるとも。ジュリアはちょうど今セシリーがいるところに座ってたんだが、さっと立ちあがるなり、ずんずん果樹園から出てったのさ。だのに門のところでくるっとふり返り、かんかんになって言い返した。『ネッド・キング、あたしのことを言う前に考えなおして、自分の自惚れをなくしてもらうようにお祈りした方がいいんじゃないの？　あんなてんぐのお説教って、聞いたこともないわ！』ネッドはお祈りを続けて、今の言葉が聞こえたけぶりも見せなかったもんさ。けど、お祈りの最後をどうしめくくったと思うね。『おお神よ、私どもすべてをお見守りください。でも、ジュリアには特別注意してくださいますようお祈りします。ジュリアには、ほかのきょうだいよりもずっと注意が必要だと、ぼくは思いますから。終わりなき御世のため、アーメン』」

おじたちは思い出話に大笑いだった。ぼくたちも笑った。エドワードおじが、熱中のあまり「説教壇」からのりだしすぎて、完全にバランスを失い、下の草地までもんどりうってころがり落ちたという話では、特に。

「落っこちたのが、でっかいオオヒレアザミの上ときた」ロジャーおじはくすくす笑った。「おまけに石でおでこをすりむく始末だ。それでもお説教はしまいまで続けると、しっかり心に決めていたからな。しかも実際にやりとげたのさ。涙をポロポロこぼしながら説教壇によじのぼって、その後十分もしゃべったよ。しゃくりあげ、おでこに血のしずくを噴き出させながらね。まったく気が強いちび助だったよ。人生で成功したのも無理ないやね」

「それにあの説教やお祈りときたひにゃ、ジュリアが文句をつけた通りのずけずけ調子だったからな」とアレックおじが言った。「まあ、おれたちみんな人生を歩んできて、エドワードも年をとった。それでも思い出すのはいつも、あの小さい、赤いほっぺたの巻き毛ぼうずが、説教石からおれたちを叱りつけてる姿さ。今のこの子たちみたいにみんなしてここに寄りあっていたのは、ついこないだみたいな気がするよ。今じゃ、ちりぢりばらばらだ。ジュリアはカリフォルニア、エドワードはハリファックス、アランは南米、フェリックスとフェリシティーとスティーブンは、遠い遠い国へ行ってしまった」

しばし、沈黙のひと時があった。それからアレックおじが、低い、心にしみ入る声で、詩篇第九十篇の素晴らしい詩句を、その時以来ぼくたちにとっては、あのときの美しさ、一族の思い出と切っても切れないものとなった詩句を、暗唱し始めた。うやうやしい気分にひたりながら、ぼくたちはその荘厳なことばに耳を傾けた。

「主よなんじは往古《いにしえ》より、世々《よよ》われらの居所《すみか》にてましませり。山《やま》いまだ生《な》りいでず、汝《なんじ》いまだ地《ち》と世界《せかい》とをつくり給《たま》わざりしとき、永遠《とこしえ》よりとこしえまでなんじは神なり……なんじの目前《めのまえ》には千年《ちとせ》もすでにすぐる昨日《きのう》の如《ごと》く、また、夜間《よのま》のひとときにおなじ……我等《われら》のもろもろの日《ひ》はなんじの怒《いかり》によりて過《す》ぎ去《さ》り、われらが凡《すべ》ての年《とし》のつくるは一息《ひといき》のごとし。

われらが年《とし》をふる日《ひ》は七十歳《ななそじ》にすぎず、あるいは壮《すこや》かにして八十歳《やそじ》にいたらん。されどその誇《ほこ》るところはただ勤労《きんろう》とかなしみとのみ。その去《さ》りゆくこと速《すみや》かにして我等《われら》もまた飛《と》び去《さ》れり……願《ねがわ》くはわれらに己《おの》が日《ひ》をかぞうることを教《おし》えて智慧《ちえ》のこころを得《え》しめ給《たま》え……ねがわくは朝《あした》にわれらを汝《なんじ》のあわれみにてあきたらしめ、世おわるまで喜《よろこ》びたのしませたまえ……斯《か》くてわれらの神《かみ》エホバの佳美《うるわしき》をわれらの上《うえ》にのぞましめ、われらの手のわざをわれらのうえに確《かた》からしたまえ、願《ねが》わくはわれらの手のわざを確《かた》からしたまえ」

たそがれがおぼろな魔性のように果樹園に忍びこんで来た。たそがれの精を目で見、肌で感じ、耳で聞くことさえできるほどだった。精は木から木へと忍びやかにつま先だちながら、確実ににじり寄って来る。やがて、精の薄い翼がぼくたちの上を通っていくと、その翼を通して秋の夜の一番星二番星が輝きわたった。

大人たちは重い腰をあげ、去っていった。だが子供たちはまだぐずぐず足をとめ、ストーリー・ガールが持ちかけた思いつき――ぼくたちが夢中になって心を奪われた思いつきで、人生に少なからずスパイスをきかせてくれそうなもの――について話し合った。

ぼくたちは何か新しい娯楽を求めて、目を光らせていた。夢ノートには飽きが来始めた。前ほどきちんと書きこむこともなく、夢のほうももう、キュウリ事件以前のようではなくなった。だからストーリー・ガールの提案は、願ったりかなったりだったわけだ。

「素晴らしい計画を思いついたわ。おじさんたちがエドワードおじさんの話をしていたときに、ぱっと思いついたの。この話のいいところは、日曜日に遊べるってことよ。日曜日に遊んでいいなんてものは、ほとんどないでしょう。でもこれはキリスト教徒らしいゲームだから、だいじょうぶなの」

「こないだの宗教的フルーツバスケットゲームみたいなものじゃないでしょうね」セシリーが気づかわしげに尋ねた。

そうでないことを願うもっぱらの理由がぼくたちにはあった。読み物とてなく、時が終わりなく感じられるある退屈な日曜日の午後、フェリックスが、フルーツバスケットをしようと言い出したのである。ただし果物の名前を用いる代わりに聖書の登場人物の名前を使うのだ。彼の言い分によれば、だからこそ日曜日に遊んでも、きわめて妥当であり正しいということだった。心の内ではまるめこまれたがっていたぼくたちも、そう思った。そこで楽しい一時間、ラザルス、マルタ、モーゼ、アーロン、その他様々な聖なる書の登場人物たちが、キング果樹園で充実したひと時を過ごしたのだった。もともと聖書の名前の持ち主であるピーター（ペテロ）は、他の名前をつけたがらなかった。しかしぼくたちは、それを許すわけにいかなかった。そんなことをすれば彼に、ぼくたち残りの者とくらべて不当に大きい利点を与えることになってしまう。耳慣れない名前に舌を合わせるより、自分自身の名前を叫ぶほうが、ずっと楽にきまっている。そこでピーターは仕返しにネビュカドネザルという名前を選んだので、ピーターが一度叫ぶ前に三度その名前を発音することは、誰一人できなかった。ところが大はしゃぎのまっ最中に、アレックおじとジャネットおばがぼくたちに不意におそいかかった。その後のことは、言わぬが花というものだ。

この思い出がセシリーの質問の要《かなめ》となったとだけ言っておこう。

「ううん、全然そんなゲームじゃないの。つまり、こうよ。男の子たち一人一人がお説教をするわけ。エドワードおじさんが、むかししたみたいにね。来週の日曜日にだれか、次の週は別のだれか、って具合。一番いいお説教をした人が、賞をもらうの」

ダンは即座に、自分は説教などするつもりがないと言いきった。しかし、ピーター、フェリックス、ぼくは、その思いつきが大したものだと考えた。自分なら説教で頭角を現すことができるだろう、ぼくは心密《ひそ》かにそう思いこんでいた。

「だれが賞を出すの？」と、フェリックスがたずねた。

「私よ」と、ストーリー・ガールは言った。「先週お父さんが送ってくれた絵をあげるわ」

ストーリー・ガールの言った絵とは、ランドシーア（一八〇二―七三、英国の動物画家）が描いた牡鹿《おじか》の見事な模写だったので、フェリックスもぼくも、いたく満足だった。しかしピーターは、それよりジェーンおばさんに似た聖母像のほうがほしいと言いはったので、ストーリー・ガールも、もしも、彼の説教が一番だったらその絵を渡すことに、同意した。

「だけど、誰が審査員になるの？」とぼくは言った。「それに、どんな説教が一番いいって言うんだい？」

「何より心に訴えたものよ」即座にストーリー・ガールが返した。「私たち女の子が、審査員になるわ。だってほかに誰もいないんですもの。それで、と、来週の日曜日は、誰がしてくれるの？」

ぼくが先鞭《せんべん》をつけると決まり、その夜ぼくは、来る日曜日にどのテキストを使うべきかと考えこんだため、一時間余計に起きていた。翌日学校で先生から、原稿用紙を二枚買った。お茶のあとぼくは穀物倉に行き、戸にかんぬきをかけ、説教の草稿書きに没頭した。予想ほどたやすい仕事ではなかった。それでも、せっせと必死に書き続けた。二晩にわたる厳しい精進のあげく、引用可能な聖歌の詩を加えて少なからず内容の引き伸ばしを計りはしたものの、何と原稿用紙の裏表四ページ分にぎっしり書き込んだのである。難解な神学教義や福音主義講話などよりもっと自分の理解が及ぶ範囲でいきたいと考え、テーマを伝道にして説教することにきめた。また、心に訴える必要性をかんがみて、無知なため木や石にぬかずく異教徒の救いがたい有様について、いたましい情景を描いてもみた。そのあと、彼らへのわれわれの責任を主張し、非常に重々しく熱のこもる声で「光は誰の魂に」で始まる詩句を唱えて、盛り上がりをつくるつもりだった。説教がついに完成すると、もう一度念に念を入れて読み返し、説教壇を叩《たた》くのが妥当と考えた箇所に赤インク——セシリーがアニリン染料でぼくのために作ってくれたもの——で、「ドン」と書きこんだ。

ぼくはその説教原稿を赤字の「ドン」も色あせぬまま持ち続け、今も夢ノートのわきに置いてある。しかしそれで読者の目を汚すことはしないつもりだ。現在のぼくは、かつてのぼくほどそれを誇りにしていない。当時は俗っぽい虚栄心で、それこそふくれあがっていたものだが。フェリックスがこれをしのぐものを作るのは、まず無理だろう。ピーターはといえば、恐るるに足るライバルとみなしていなかった。ろくな教育も受けず、教会通いの経験もずっとわずかな雇い人の少年が、一族内に本物の牧師を持つぼくとはりあう説教ができる可能性なんて、考えるのも無駄だ。

説教の草稿は仕上がった。次の仕事は、それを暗記し、「ドン」もこみで、言葉、仕草とも完璧《かんぺき》になるまで練習することだ。ぼくは大だるにどっしりかまえているパット一ぴきを聴衆にみたて、穀物倉で何度か実演した。パットはこのリハーサルに、かなりよく耐えてくれた。少なくとも、目に見えないネズミ共が彼の注意をそらす場合を除けば、ほれぼれする聴衆となってくれた。

翌週日曜日の朝、マーウッド師には少なくとも三人の熱心な聴衆がいた。フェリックス、ピーター、ぼくは、三人とも、説教の実演技術に知的興味を傾けた。動き、視線、言葉の抑揚、どれ一つとしてぼくたちはのがさなかった。なるほど、家路につく時、ぼくたちの誰も、話の内容は覚えていなかった。しかし語りかけながらどのように頭を後ろに反らすか、どのように説教壇の縁を両手でつかむかにかけては、しっかり覚えていた。午後になるとぼくたちは、手に聖書と讃美歌《さんびか》集を持ち、再び果樹園におもむいた。これから何が起ころうとしているのか大人たちに打ち明けるのは、必要と思えなかった。大人は、どんなふうに曲げてとるかわかったものではない。彼らはたとえキリスト教徒らしいゲームであれ、どんなゲームも日曜日にするのを、好ましく思わないかもしれない。とにかく大人には、言わぬが勝ちだ。

ぼくはかなりあがり気味で、説教壇に立った。聴衆は目の前の芝草に、大真面目で腰をおろした。開会の儀式は、歌と朗読だけで成り立っていた。祈禱《きとう》は省こうと、話がきまった。フェリックスもピーターもぼくも、人前で祈るほどの器でなさそうだったから。しかし献金は集めることにした。収益は伝道会に送られることになっていた。ダンが献金皿――フェリシティーのバラのつぼみ模様の皿――を、エルダー・フルーエンその人のように、異常なほど真面目くさった顔つきで、まわした。全員が一セントずつおいた。

さて、ぼくは説教を行った。それは恐ろしく単調なものになった。半分もいかないうち、自分でそのことに気付いた。大変申し分なく説教をしたと思う。「ドン」も一つも忘れなかった。場所も間違えなかった。しかし我が聴衆は、どう見ても退屈していた。光は誰の魂に云々《うんぬん》を情熱的に述べたあと説教壇を降りながら、ぼくは、自分の説教が失敗だったと、密かにほぞをかんだ。わずかも心に訴えなかった。きっとフェリックスが賞をとるに違いない。

「初めてにしては、とてもいいお説教だったわ」と、ストーリー・ガールが愛想よく声をかけてくれた。「今まで聞いてきた本物のお説教みたいな感じだったもの」

その声の魔力が、結局ぼくもそう悪くなかったのだと、ほんの一瞬思わせてくれた。しかし、自分たちも何かしらお世辞の一言も言って、ねぎらってやるのが義務だろうと考えた他の少女たちが、たちまち心地よい幻想を追い払ってくれた。

「どの言葉も、残らず本当だったわ」セシリーの口調は、無意識に、長所はそれだけだと仄《ほの》めかしていた。

「よく感じるんだけど」と、しかつめらしくフェリシティーが言った。「あたしたちって異教徒のことを大して考えていないのよね。もっともっと考えてあげなくては」

セーラ・レイは、ぼくの屈辱感にとどめの一撃を加えた。

「とってもすてきで、短かったわ」

「ぼくの説教は、どこがいけなかったんだろう?」その夜、ぼくはダンに尋ねた。審査員でも競争相手でもないのだから、彼とはこの件を語り合えるわけだ。

「あんまりまともに説教らしいんで、面白くもなんともなかった」と、ダンは正直に言ってくれた。

「まともなお説教らしいほど、いいと思ったんだがな」

「心に訴えるつもりなら、違うね」ダンは真面目に言った。「それにゃ、なんかちょっと変わったものを入れなくちゃいけなかったんだ。つぎのピーターだけどな、あいつのは変わったものになるぜ」

「へーえ、ピーターが! あいつに説教ができるなんて思えないな」

「もしかしたらな。けど見てなよ。あいつは心に訴えるから」

ダンは、予言者でも予言者の息子でもなかった。しかしこの時に限って、彼には千里眼が働いたのである。ピーターは、本当に心に訴えたのだ。

第26章　ピーター心に訴える

次に、ピーターの番がやって来た。彼は草稿作りをしなかった。そんなのやってられない、と言うのだった。聖句を使うつもりもなかった。

「ええっ、聖句抜きの説教なんて聞いたことないけど」フェリックスはあっけにとられた。

「聖句でなしに、演題で勝負さ」ピーターは見くだしたふうに言った。「聖句にしばられたりしないんだ。それにおれ、題目を付けるつもりなんだ。題目三つ、な。あんたのにはひとつも題目なんかなかったじゃないか」

「エドワードおじさんが言ってたってアレックおじさんが言ってたけど、題目は流行遅れになりかかってるんだってさ」ぼくはけんか腰に――自分でも説教に題目を付けるべきだったと感じただけに、余計けんか腰になって言った。そうすればずっと深く心に訴えたことは、疑いなかったのだから。なのに実を言うと、そんなことはきれいさっぱり忘れていたのだ。

「ふん、おれはどうせ付けるつもりなんだい。流行遅れだってかまったことか。役に立つんだぞ。ジェーンおばさんがいつも言ってたけど、題目を付けてそこから離れないようにしないと、聖書一冊分ふらふら迷っちまって、どこにも行き着けなくなるんだからな」

「何について説教するつもりなの？」と、フェリックスが尋ねた。

「次の日曜日になったらわかるさ」ピーターは意味ありげに言った。

次の日曜日は十月に入っていた。その日は暖かくて穏やかで、まるで六月のようにいい気候だった。気持ちよく幻想的な空気中には、忘れ去られた美しい種々《くさぐさ》を心に呼び戻し、仄かな未来の希望を告げる何ものかが含まれていた。木々は優美な織りの薄物をまわりにかけめぐらし、日没の丘は赤と金色に彩られた。

ぼくたちは説教石のまわりに座り、ピーターとセーラ・レイを待ち受けた。今日はピーターの休日で、前夜里帰りする前に、説教を行う時間に間に合うように必ず戻るから、とうけあっていったのだ。やがて彼が到着し、領主の家に生まれたような態度で御影石にのぼった。彼が新しいスーツに身を包んでいるのをみたぼくは、一本とられたと感じた。ぼくの説教の場合、二番目にいいスーツを着なければならなかった。教会から帰宅してからはよそゆきを脱ぐ、というのが、ジャネットおばの鉄則の一つだったからだ。雇い人でいることの利点もあるものだと、ぼくは悟った。

ネイビーブルーの上衣、白いカラー、きちんと結んだタイ姿のピーターは、なかなかうるわしい牧師だった。黒い瞳《ひとみ》はきらきら輝き、黒の巻き毛はまことに牧師らしいオールバックになであげられていたが、てっぺんのたよりない巻き毛が、今にもくずれ落ちそうにあやうい状態だった。

母親の気分次第で来るものやら来ないものやらわからないセーラ・レイを、待っても無駄だと話が決まった。そこでピーターは礼拝を始めた。

彼は、まるで生まれてこのかたずっとし続けてきたような恐るべき沈着さで、聖書の章を読みあげ、聖歌を唱えた。マーウッド師その人でさえ、「みんなでこの聖歌を、四節目を除いて初めから終わりまで歌うことにいたしましょう」と述べた時のピーターほどうまくできたと思えない。

ぼくには思いもつかなかった手際だった。ぼくは結局、ピーターこそ本当の意味でのライバルではないかと思い始めていた。

いよいよ始める用意が整うと、ピーターはポケットに両手を突っこんだ。――異端としか言えない仕草だった。それからあとは、苦もなく、普段の会話調で――これまた異端だ――説教に移った。その場には、説教を書きとめる速記者などいなかった。しかし必要なら、ぼくは一語一句そのままに説教を再現できる。さらに、これを聞いたもの全員ができるだろうことも、疑わない。

「愛する皆さん、これから話す説教は、いやな場所――つまり地獄についてです」

電気ショックが聴衆を貫いたようだった。全員が俄然《がぜん》、かまえた顔つきになった。ピーターは、文章一つで、ぼくの説教全体さえできなかったことを、成しとげた。「心に訴えた」のである。

「説教は三つの題目に分けることにします」ピーターは続けた。「初めの題目は、いやな場所に行きたくないときは、何をしてはならないか。次にいやな場所とは、どんなところか」——聴衆ざわめく——「三つ目は、そこへ行かなくてすむ方法。

さて……人がしてはならないことは、とても沢山あります。それがどんなものか知っておくのは、とても大切なことです。いっときも無駄にせず、見きわめないといけません。まず初めに、大人に言われたことを——ただし、いい大人に言われたことを守るのを、絶対忘れてはいけません」

「でも、誰がいい大人か、どうしたら見分けられるの？」つい教会にいることを忘れたフェリックスが、突然口をはさんだ。

「ああ、それなら簡単さ。誰がいい人か、そうでないか、いつも勘だけでわかるはずだよ。それから、嘘をついたらいけないし、人を殺してもいけません。人を殺さないよう、特に気をつけなければなりません。心から悪いと思ったときには、嘘をついても許してもらえることがあるけど、人を殺しちまったら、許してもらうのはたいがい大変だろうから、危ない橋は渡らないように。それから、自殺しないように。そんなことしたら、やり直す機会も失くしてしまうのです。それからお祈りを忘れてはなりませんし、妹とけんかしてもなりません」

ここでフェリシティーがわざとらしくダンを肘《ひじ》で突っついたので、ダンは直ちに攻撃を開始した。彼は叫んだ。

「ぼくに向かって説教するのはやめろ、ピーター・クレイグ。我慢ならないぞ。妹がけんかを吹っかける回数とぼくがけんかする回数とは同じなんだ。ほっといてくれたらいいだろう」

「誰があんたの事を言ってるんだって？　名前なんて出さなかったよ。牧師さんは、説教壇では何でも好きなことが言えるんだ。名前さえ出さなきゃ、誰も言い返せないんだぞ」

「わかったよ。けど明日になったら見てな」少女たちのとがめ顔に、しぶしぶ沈黙へと退却しながら、ダンはうなった。

「日曜日には、どんな遊びもしてはなりません」ピーターは続けた。「つまり、普通の日にする遊びは全部だめ。教会で内緒話をしてはいけません。笑ってもいけません。――おれはいっぺんやっちまったけど、すごく後悔しました。――それからパディーに、つまり飼い猫にということだけど、家でのお祈りのとき気をとられてはなりません。たとえ背中によじ登って来たりしてもです。それから、悪口を言ったり、しかめ面をしてみせるのもいけません」

「アーメン！」フェリシティーがしょっちゅうしかめ面をして見せるものだから、思い悩むことの多いフェリックスが叫んだ。

ピーターは言葉を切り、説教石の縁ごしにフェリックスをにらみつけた。

「説教の真っ最中に、そんな大声出さなくたっていいだろう！」

「マークデイルのメソジスト教会じゃ、やってるよ」フェリックスは恥じ入りながらも口ごたえした。

「ぼく、聞いたんだもの」

「おれも知ってるよ。そいつはメソジスト流だし、あの人らだったらいいんだ。おれ、メソジストの人らにはなんにも言わないよ。ジェーンおばさんはメソジストだ。おれだって、あの審判の日にあんなに震えあがんなかったら、そうなったかも知れないんだ。けどあんたはメソジストじゃないよ。長老派だ。そうだろう？」

「うん、もちろん。生まれた時からそうだよ」

「けっこう。そんなら長老派流になんでもやらなくちゃな。これ以上アーメンなんて聞かせたりしたら、それこそアーメンって言うような目にあわしてやるぞ」

「ちょっと、もう、誰も口出ししちゃだめよ」ストーリー・ガールが叱りつけた。「不公平よ。口出しされっぱなしで、いいお説教ができる人がいると思う？　誰もベバリーには、口出ししなかったじゃないの」

「ベブは、あんなふうに高いところから、ぼくらをあてこすらなかったぞ」と、ダンがぶつくさつぶやいた。

「けんかをしてはなりません」ピーターは、びくともせずに再開した。「つまり、ふざけ半分や楽しみでけんかをしたり、かっとなってけんかをしてはならないのです。悪い言葉を使ったり、悪態をついてはなりません。酔っぱらってはなりません——もちろん大人になるまでは、そんなことにならんだろうし、女の子は全然ないと思うけどさ。ほかにももっと沢山してはいけないことがあると思いますけど、今まで並べていったのが一番肝心なことです。そりゃそういう事をしたから確実にいやな場所に行くとは、おれは言いません。まずいことになる恐れがあるというだけです。悪魔はいつでも、そういうことをする人間に目を光らせてるから、しない人に無駄な時間を使うよりは、する人をつかまえたがるんじゃないかと思います。これまでが説教の題目その一です」

この時セーラ・レイが、息を切らし気味に到着した。ピーターはとがめ顔に彼女を見た。

「セーラ、あんたはおれの説教の題目一をそっくり聞き逃しちまったよ。あんただって審査員の一人になるんだから、こんなの不公平だ。も一度初めっから説教し直すほうが、いいんじゃないかな」

「一度ほんとにそんなことがあったのよ。私、その話を知ってる」と、ストーリー・ガールが言った。

「おや、口を出してるのは、誰だろね」と、ダンがあてこすった。

「いいよ、話しなよ」説教者本人が、説教壇から熱心に身をのりだしてうながした。

「それをした人って、スコットさんなの。ノバ・スコシアのどこかでお説教をしたときのことだけど、お説教が半分以上済んだところで――そのころのお説教って、すっごく長かったのは知っているでしょう？――男の人が一人入って来たのよ。スコットさんは、その人が席に着くまで話を止めていたの。それから言うことには、『友よ、あなたはこの礼拝にひどく遅刻なさいました。あなたが天国でも遅刻されないことを願いましょう。会衆がたは、我らが友のために私が説教の要点を繰り返しても、お許しくださると思います』それからスコットさんは、お説教をもう一度初めから、きっちりと話し直したのでした。その人は、二度と教会に遅刻することがなかったんですって」

「そりゃ、その人にはよかったね」と、ダンが言った。「でも、ほかの会衆は、かなりえらい思いをしたろうな」

「ねえ、静かにしましょうよ。そしたらピーターも、お説教を続けられるわ」と、セシリーが言った。

ピーターは肩をいからせ、説教壇の端をつかんだ。一度も台をドンとたたくことがなかったが、その身ののりだし方、聴衆の誰かれに視線を当てるやり方のほうが、遙《はる》かに効果的であることに、ぼくは気付いた。

「では次に、説教の題目その二に移ります。――いやな場所はどんな有様なのか」

彼はいやな場所の姿を描き始めた。後になってぼくたちは、彼がその資料を、あのジェーンおばさんが学校の優等賞としてもらった絵入りの訳本、ダンテの『地獄篇』に求めたことを発見した。しかし当時のぼくたちは、聖書の中から引用したのだろうと考えた。ピーターは、ぼくたちがいつも「審判の日曜日《ジャッジメント・サンデー》」と呼んだあの日以来、たゆまず聖書を読み続け、その頃ほとんど読みあげていた。聖書を完全に読み通した者はほかにだれもいなかったので、ピーターが、滅びた者たちの世界像をどこかぼくたちのよく知らない章から見つけたにちがいないと、だれもが思いこんだ。それゆえ彼の弁舌には霊感の重みが加わり、ぼくたちはそのおどろおどろしい言葉の前に総毛立っていた。しかも考えを表すために使い慣れた言葉を用いたから、想像力をふっとばすほどの勢いと力をもたらす効果を生んだ。

突然、セーラ・レイが悲鳴をあげてとびあがった。悲鳴は異常な笑い声に変わった。ぼくたちはみな、説教者も含め、仰天して彼女を見つめた。セシリーとフェリシティーは、とび起きて彼女をつかまえた。セーラ・レイは本物のヒステリーの大発作を起こしたのだが、ぼくたちはその手のものをまるで経験していなかったので、気が変になったと思いこんだ。彼女は叫び、わめき、笑い、暴れまくった。

「ほんとにおかしくなっちまったよう！」ピーターは真っ青になって、説教壇からかけ降りた。

「あんたのものすごいお説教でおかしくさせちゃったのよ」フェリシティーがかんかんに怒った。

フェリシティーとセシリーは、両側からセーラの腕をつかみ、半ば支えるように、半ば引きずるようにしながら、果樹園を出て家に向かった。残された者たちは、脅え戸惑った視線を交わしあった。

「心に訴え過ぎたみたいよ、ピーター」ストーリー・ガールがみじめな声をあげた。

「あんなにたまげることなかったんだ。三番目の題目まで待ってくれさえしたら、いやな場所行きを逃れて天国へ行くのがどんなに簡単か教えてやれたのにさ。けど女の子って、いつでもせっかちすぎるんだから」ピーターは、苦々しげだった。

「あの子を施設に入れることになると思うかい？」ダンがささやいた。

「しっ、君のお父さんだ」と、フェリックスが言った。

アレックおじが、大またに果樹園に入って来た。それまでぼくたちは、アレックおじが怒る姿を見たことがなかった。しかし今は、疑いもなくかんかんに腹を立てていた。その青い目を怒りに燃え上がらせて、彼はぼくたちをにらみすえ、こう言った。

「お前たちは何をして、セーラ・レイをあれほど怖がらせたんだ！」

「わ、私たち、ただお説教コンテストをしていたの」ストーリー・ガールが震え声で説明した。「で、ピーターがいやな場所についてお説教をして、それがセーラを怖がらせちゃったんです。それだけです、アレックおじさん」

「それだけ！　あの神経質で感じ易い子は、どうかなってしまうかも知れんのだぞ。あそこでわめき散らして、どうしてもおさまらんようだ。日曜日にそんな遊びで神聖なものをおもちゃにするなんて、一体どういう魂胆だ。いや、何も言わんでよろしい」ストーリー・ガールが口を開こうとしたからだ。「お前とピーターは、さっさと家に帰りなさい。今後日曜日でも他の日でも、こんなことをしてるのを見つけたら、その時は後々まで忘れられない目にあわせてやるから」

ストーリー・ガールとピーターは、しおれかえって家路についた。ぼくたちも、あとに続いた。

「大人ってほんと、わかんないよ」フェリックスは絶望的に言った。「エドワードおじさんが説教した時はよかったくせに、ぼくたちが同じことをすると『神聖なものをおもちゃにする』と、こうだもんね。それにぼく、アレックおじさんが小さい頃、牧師さんがこの世の終わりの話をしたのを聞いて、死にそうなぐらいたまげたって言ってたのを聞いたよ。その時おじさんったら、『あれが説教ってもんだ、いまどきあんな説教は聞けやしない』なんて言ったんだ。だのにピーターがそんな説教をすると、全然ちがった風になっちゃうんだからな」

「私たちに大人がわからないのは、不思議じゃないわ」ストーリー・ガールは憤慨に耐えず言った。「だって私たち、大人になったことがないんですもの。でも大人のほうは、子供だったことがあるのよ。どうして私たちをわかってくれないのか、見当もつかないわ。そりゃもちろん、日曜日にあんなコンテストをしちゃいけなかったのかも知れないけど、それはそうとしたって、アレックおじさんたらあんなに叱ることないじゃない。ああ、どうかかわいそうなセーラが、施設なんかに送られませんように」

「かわいそうなセーラ」は、そうしなくてすんだ。ついには平静に戻り、翌日は普段通りになっていた。彼女はおずおずと、ピーターの説教を台無しにしてしまった許しを乞《こ》うた。ピーターは不機嫌そうに受け入れたが、彼女の大騒動を本心から許していなかったのではないかと思う。フェリックスも、彼女を恨んでいた。説教を行う機会を逃してしまったからである。

「そりゃ一等なんてとれっこないことぐらい、わかってるよ。ピーターほど心に訴えかけられないものね」と、彼は嘆いた。「でもぼくにだってできるところを見せるチャンスが、ほしかったな。ピイピイ泣き虫女が関わると、あんな始末になっちゃうのさ。セシリーだって、セーラ・レイとおんなじぐらい怖がってたけど、もっと物がわかっているから、あんなにわめいたりしなかったんだ」

「でもね、セーラ・レイには我慢できないのよ」と、ストーリー・ガールがかばった。「ただねえ、近頃やってみたことって、どれもついてないみたい。私、今朝新しい遊びを思いついたんだけど、口に出そうか迷ってるの。これも悪いことになりそうな気がするんですもの」

「ああ、教えて。それなあに？」全員が頼みこんだ。

「あのね、我慢競《くら》べみたいなもので、だれが合格できるか、競争するの。苦りんごを口いっぱいにほおばって、顔を全然しかめないで食べられるかどうかの競べっこよ」

ダンは早くも顔をしかめた。

「だれにもできるもんか」

「そりゃ、あんたにはできやしないわ。そのおっきな口いっぱいにするぐらいほおばるつもりならね」意地悪く、といって怒らせる気もなく言ったフェリシティーが、くすくす笑った。

「ふんだ。お前にはできるだろうさ」ダンが皮肉っぽく言い返した。「きれいなお顔が台無しになるのが、こわいんだもんな。何を食うにしたって、顔をしかめるくらいなら死んじまうんだろう」

っていた。

「フェリシティーなら、しかめ面しなくていい時だって、しょっちゅうしてるじゃないか」その朝、朝食のテーブルごしに顔をしかめられ、気を悪くしていたフェリックスが言った。

「フェリックスには、苦りんごがすごくいいと思うわ、あたし」と、フェリシティーが言った。「すっぱいものは、やせるっていうものねえ」

「じゃ、苦りんごをかじりに行きましょう」フェリックスとフェリシティーとダンが、りんごより苦い口争いに向かって一触即発なのを見てとったセシリーが、あわててさそった。

　ぼくたちは実生《みしょう》の木まで来て、実を一人一つずつとった。順番に、顔をしかめないようにして、一人が一口ずつかじり、かみ、飲み込む、というのがルールだった。ピーターがまたもや際だった才を示した。彼が、彼一人が、顔の表情を目立って変えもせず、恐ろしい一口を飲み下して、この試練に打ち勝った。それに比べて残りの者が見せた顔のひきつりようときたら言語に絶する。何度やっても結果は同じだった。ピーターはまるで顔をしかめず、他の者はみな、しかめずにいられなかった。これによって、フェリシティーの彼への評価は五割方増した。

「ピーターって、ほんとにすてきね。雇い人にしとくにはもったいないわ」と、彼女はぼくに言った。

　しかし、試練に打ち勝てなくても、少なくともそこから楽しみは得られた。毎夕毎夕果樹園には、ぼくたちの大笑いが響きわたった。

「まったく子供ってやつは」と、ミルク桶《おけ》を運んでいくアレックおじは、つぶやいた。

「何があっても、あの子たちの気持ちは、長い間しょげていられないんだ」

第27章　苦りんご我慢競べ

フェリックスが苦りんご我慢競《くら》べでのピーターの成功を、なぜああもくよくよ気にするのか、ぼくには全然理解できなかった。彼は例の説教事件に痛恨の想いを抱いていたわけでなかったから、ピーターがしかめ面もせずにすっぱいりんごを食べられようが、他の競争相手の名誉や能力には、多分、大したかげを落とさなかったはずだ。しかし、ピーターが苦りんごかじりのチャンピオンの座を保ち続けているため、フェリックスには、突然何もかもが、味気なく、陳腐で、無駄なものに見えてしまった。その思いは、彼が目覚めている時間を脅《おびや》かし、夜をも悩ました。寝言にまでそう言うのが聞こえた。やせ薬になるものがあるとしたら、この深い悩みこそそうだったろう。

ぼく自身は、なんとも思っていなかった。説教コンテストでは勝ちたいと願ったものだし、自分の失策を思う度、いつも胸が痛んだ。けれども、顔をゆがめずにすっぱいりんごを食べることなどに情熱を燃やしていなかったから、弟には同情も共感も覚えなかった。それでも彼がお祈りまではじめると、さすがに悩みの深さを感じて、勝ってくれるようにと願うのだった。

フェリックスは、しかめ面をせず苦りんごが食べられますようにと、それは熱心に祈った。同じ調子で三晩続けて祈ったお陰で、なんとかしかめ面ひとつせず苦りんごを食べた。最後の一口で我慢の限界を越えてしまったが、それでもフェリックスは大いに力づけられた。

「もう一回か二回お祈りしたら、丸々一個食べられるな」彼は歓喜に酔いしれた。

ところが、これほど熱烈に願をかけた成就がかなわないのだ。度重なる祈りも捨て身の挑戦も空しく、フェリックスは最後の一口を征服することができない。信仰と努力、この二つをもってしても、のり切れないのだった。しばらくは、わけがわからなかった。しかしある日セシリーから、ピーターが彼を祈り負かしていると聞いたとき、彼は謎が解けたと思った。

「あんたがしかめ面せずに苦りんごを食べられるなんてことできませんように、と祈ってるんですって。あの子がフェリシティーに打ち明けて、フェリシティーがあたしに打ち明けたの。フェリシティーったら、ピーターがすごく利口だと思ってるのよ。お祈りのことをそんなふうに言うなんて不謹慎だと思ったから、そう言ってやったわ。あんたには黙ってるように約束してもらいたがってたけど、あたしは約束しなかったの。だって裏に何があるかあんたが知ってるほうが、公平だと思うもの」

フェリックスはいたく憤慨し、また傷ついた。

「どうして神様は、ぼくのじゃなくてピーターのお祈りにだけ応《こた》えてくださるのかわかんないや」彼は苦々しげだった。「ぼくのほうはずっと教会も日曜学校も行ってて、ピーターはこの夏まで行ったことがなかったのに、そんなの不公平だ」

「まあ、フェリックス、そんなふうに言わないで」セシリーはぎょっとした。「神様は公平にきまってるじゃないの。わけはこうだと思うわ。ピーターは一日に、欠かさず三度お祈りをしているの。朝と、お昼ごはんの時と、夜とよ。その他にも思いついたら一日中いつでも、さっと立ち上がってお祈りするの。そんなのって、聞いたことある？」

「けど、なんにしたって、ぼくを祈り負かすのは止めさせなきゃ」フェリックスは決然と言った。「もう我慢できない。これからすぐに言いに行ってやる」

フェリックスはロジャーおじの家に押しかけて行き、みんなももめ事をかぎつけて、のこのこついていった。ピーターは、穀物倉で豆のさやをむきながら、すっかりくつろいで陽気に口笛を吹いていた。

「話があるんだ、ピーター」フェリックスは迫った。「噂じゃ君は、ぼくが苦りんごを食べられないようにと、ずっと祈ってるんだって？　それなら言っとくけどな……」

「うそだ！」ピーターは、かっとなってどなった。「おれ、あんたの名前なんか出さなかったぞ。あんたが苦りんご食べられないようになんて、祈ったこともないぞ。おれだけできますようにって、お祈りしただけだ」

「そうかい。同じことじゃないか」フェリックスもどなり返した。「意地悪でぼくをだめにしようと、お祈りしてたな。さあ、今すぐ止めるんだ、ピーター・クレイグ」

「ふうん、おれ、止めないかもしれないな」むかっ腹のピーターが言った。「おれにだって、あんたと同じだけ好きなことをお祈りする権利があるんだよ、フェリックス・キング。あんたがいくらトロント育ちでもさ。あんたきっと、雇い人は特別なことなんか祈るもんじゃないと思ってんだろう。なら、見てな。おれは祈りたいように祈るんだ。止めさせるってんなら、やってもらおうじゃないか」

「ずっとぼくを祈り負かすつもりなら、けんかをかってもらうぞ」

女の子たちは息をのんだ。しかしダンとぼくは、彼方《かなた》に戦いの気配をかぎつけ、躍りあがった。

「わかったよ、いつだって好きな時にかってやらあ」ピーターは応じた。「おれは、お祈りだって、けんかだって、うまいもんさ」

「だめ、けんかはだめよ」セシリーは哀願した。「そんな恐ろしいこと。もっと他のやり方だってできるでしょうに。もう我慢競《くら》べなんか止《よ》しましょうよ。大して面白くもないじゃない。大体そんなの、けんかするほどのことじゃないわ」

「我慢競べを止す気はないよ。止すもんか」とフェリックスが言った。

「あの、でも、けんかなんかしなくても、何かでなんとか収められるはずだわ」

「おれはけんかなんてしたくないよ。したがってんのは、フェリックスだ。おれのお祈りにごちゃごちゃ口出ししないなら、けんかすることもないんだ。けどどうしてもその気なら、ほかに片をつける方法はないよ」

「だって、そうしてどんなふうに片がつくっていうの？」

「ああ、とにかくやっつけられたほうが、お祈りの時ひきさがらなきゃならんのさ。文句なしだよ。おれがやっつけられたら、おれはもう二度と、あの特別なお祈りをしないから」

「お祈りみたいに宗教的なことでけんかするなんて、恐ろしいわ」哀れなセシリーは、ため息をついた。

「だってさ、昔はしょっちゅう宗教的なことで争ってたんだぞ」フェリックスが言った。

「物事が宗教的なほど、それにまつわる争いだって多かったんだから」

「人にはな、好きにお祈りする権利ってもんがあるんだ。止めさせたがるやつがいたら、戦うまでよ。それがおれの意見だね」

「あんたがけんかするなんて聞いたら、マーウッド先生はどうおっしゃるかしらね」と、フェリシティーが尋ねた。

ミス・マーウッドは日曜学校の先生で、フェリックスは先生をとても慕っていた。しかしこの時ばかりは、フェリックスもまったく動じなかった。

「どう言われたってかまわないよ」

フェリシティーが追撃を試みた。

「ピーターとけんかしたら、あんたなんかこてんぱんにのされるに決まってるわ。あんたはでぶすぎて、けんか向きじゃないのよ」

ここまで言われては、地上のいかなる道徳力をもってしても、フェリックスのけんかをやめさせられなくなってしまった。軍旗はためく一個連隊とさえ戦っただろう。

「くじ引きで片をつけることもできるでしょう」セシリーがすがりつくように言った。

「くじ引きなんて、けんかするよりたちが悪いや」と、ダンが言った。「言ってみりゃ、賭《か》け事じゃないか」

「あんたがけんかするなんて聞いたら、ジェーンおばさんは何て言うかしらね」セシリーは、ピーターに迫った。

「この話におれのジェーンおばさんを引っぱりこむな」ピーターは険悪に返した。

「あんたは長老派になるんだって言ったでしょう」セシリーは執拗《しつよう》だった。「立派な長老派は、けんかしないのよ」

「へーっ、そうかい。おれはロジャーさんが長老派の人間は世界一すごいけんか屋だって言ってるのを聞いたけどね。それとも一番ひどいって言ったんかな。どっちかおれ、忘れちまったけど、どっちにしたって同じ意味さ」

セシリーの弾薬庫には、あと一発分だけ残っていた。

「ピーター先生、あなたは確かお説教で、人はけんかをしてはなりません、と言われたと思いますけど」

「ふざけ半分や、かっとしたはずみにけんかをしてはいけませんって言ったんだ」ピーターは口答えをした。「こいつは違うんだよ。おれには自分が何のためにけんかするか、わかってんだ。いい言葉を思いつけないけどさ」

「正義のために、って言いたいんだろう」ぼくが口を添えた。

「うん、それ、それ。正義のために戦うのは正しいんだぞ。げんこつでお祈りするみたいなもんだ」

「ねえ、なんとかしてあの二人にけんかを止めさせられない、セーラ?」

セシリーは、ストーリー・ガールに向きなおり、頼みこんだ。ストーリー・ガールは大箱に座り、かっこうのいいはだしの足をぶらぶらさせていた。

「男の子同士のこの手の話には、お節介するものじゃないわ」ストーリー・ガールは、悟りすましたふうに言った。

ぼくは間違っているかもしれない。しかしぼくには、ストーリー・ガールがけんかを止めさせたがっていたとは思えない。フェリシティーがそう望んでいたとは、さらさら断言できない。

結局、決闘は、ロジャーおじの穀物倉裏のえぞ松林で行われることに決まった。そこはひと気がなく茂みの多い絶好の場所で、ふいに出て来た大人に邪魔されそうな気遣いもなかった。ぼくたちは、日暮れ時、そこに向かった。

「フェリックスがやっつけちゃえばいいのにね」と、ストーリー・ガールはぼくに言った。

「家の名誉のためだけじゃないの。ピーターのお祈りって、とても、とてもたちが悪いんですもの。勝てると思う?」

「さあね」ぼくはあいまいに答えた。「フェリックスは、太りすぎてるからな。あっという間に息切れしちゃうよ。ピーターは押しのきくやつだし、おまけにフェリックスより、一つ年上だろう。でもまあ、フェリックスには経験があるからな。トロントで、けんかをしたことがあるから。ピーターは、初めてのけんかだろう？」

「あなた、けんかをしたことあって？」

「一度ね」続く質問におののきながら、手短にぼくは答えた。その質問は即座に追いかけて来た。

「どっちが勝ったの？」

時に真実を語るのはつらいことである。まして自分が非常な感嘆の念を抱いている若い女性に対して語るのは、なおさらだ。正直に告白するなら、ぼくは誘惑と戦い、もう少しで負けるところだった。がその時、有り難くもタイミングよく、先日の「審判の日曜日《ジャッジメント・サンデー》」にした決心の思い出がよみがえった。

「相手のやつ」ぼくは、しぶしぶながら正直に打ち明けた。

「あらそう、でも公明正大に、立派に戦えば、のされようがのされまいが、どっちでもいいと思うわ」

効能あらたかな彼女の声のお陰で、ぼくはすっかり英雄気分にさせられ、過去の戦いの思い出から、きれいに痛みは消え去った。

ぼくたちが穀物倉の裏手に到着した時は、全員がそろっていた。セシリーはひどく蒼《あお》ざめ、フェリックスとピーターは上衣を脱ごうとしていた。その夕方は、まったく黄一色の日没で、えぞ松林の通路は、その輝きにあふれていた。ひんやりした秋らしい風が黒っぽい大枝の間を吹き抜け、穀物倉の端にある楓《かえで》の、血のように紅《あか》い葉を散らした。

「さて、行くぞ」と、ダンが言った。「ぼくが数えるからな。三《スリー》と言うのを合図にやり出す。それから、どっちかが降参するまでぶんなぐる。静かにしなよ、セシリー。行くぞ。一《ワン》、二《ツー》、三《スリー》！」

ピーターとフェリックスは「やり出し」た。双方ともに、慎重どころか熱っぽくつっかかった。その結果、ピーターは後に目のまわりの黒いくまになるはずの一撃を食らったし、フェリックスの鼻は血を流し始めた。セシリーは悲鳴をあげ、林を飛び出して行った。ぼくたちは、彼女が血まみれの光景に耐えきれず逃げ出したのだと思った。かわいそうとも思わなかった。彼女の、よそ目にも明らかな非難と不安の色が、折角の事件の興奮をそいでしまうからである。

フェリックスとピーターは、最初の攻撃がすむと、離れた。そして油断なく身がまえながら、互いにじりじりと円を描きあった。ところがふたりが再びとっ組みあったちょうどそのとき、アレックおじが穀物倉の角をまわって、現れたのである。セシリーを後ろに従えている。

おじは、腹を立ててはいなかった。その目には奇妙な表情が浮かんでいた。それでも彼は闘士たちのえりをつかみ、両側に引き離した。

「さあ、そこで終わりだ、坊主たち。おれがけんかを許してないのは、わかっとるだろう」

「だ、だけど、アレックおじさん、これはね」と、フェリックスが必死に言いだした。

「ピーターが……」

「知らん。聞く耳は持たん」アレックおじは、いかめしく言った。「どういうわけでけんかをしてたか、そんなことはどうでもいい。だがな、もめ事は他のやり方で処理しなきゃいかん。この言いつけを覚えておくんだぞ、フェリックス。ピーター、ロジャーがお前を探してた。荷車を洗ってもらいたいそうだ。行きなさい」

ピーターはふくれ気味に去り、フェリックスもふくれっ面で座りこんで鼻をなで始めた。セシリーには背を向けていた。

アレックおじが去ったあと、セシリーは責めたてられた。ダンは彼女を告げ口屋と呼び、赤ん坊とののしり、とうとうセシリーが泣きだすまであざ笑った。

「だってあたし、フェリックスとピーターがめちゃくちゃになるまでなぐり合うなんて、見ていられなかったのよ」と、彼女はすすり泣いた。「あんなに仲のいい友達なのに、とっ組み合っているのを見るって、つらくって」

「ロジャーおじさんなら、二人をとことんまでやり合わせたのに」ストーリー・ガールは不満げだった。「ロジャーおじさんは、男の子がとっ組み合いする値打ちを認めているのよ。原罪を晴らすのに、これほど害のないやり方はないって言ってるわ。ピーターとフェリックスなら、あんなことがあった後でも、仲が悪くなったりしないわよ。お祈りの問題が片付いたら、かえっていい友達になれたでしょうよ。でも、もうだめ。フェリシティーがピーターを説きつけて、フェリックスを祈り負かすのを止めさせない限りはね」

生涯でただ一度、ストーリー・ガールはいつもの機転を利かせなかった。それとも――彼女が相手を傷つけようと、故意にそんなことを言うものだろうか。いずれにしてもフェリシティーは、彼女が誰よりもピーターに対する影響力を持っているという中傷に腹を立てた。

「あたしは、雇い人のお祈りなんかにお節介しやしないわ」彼女は、傲然《ごうぜん》と言った。

「だいたいあれくらいのお祈りでけんかするなんて、全然馬鹿げてらあ」ダンが言った。けんかのチャンスが失われた今となっては、その愚かさについての自分の本音を明らかにしておくべきだと、考えたらしい。「そもそも苦りんごのことでお祈りするのからして、馬鹿げてるよ」

「まあ。ダンは、お祈りに御利益があるのを信じないの？」セシリーがとがめた。

「いいや、お祈りによっては御利益があることぐらい信じてるさ。けど、こんなのは別だ」とダンは頑固に言い切った。「しかめ面せずに苦りんごを食べられるかどうか、そんなこと神様が気にとめてくださるなんて信じられないよ」

「まるでよく知ってる人みたいに神様の話をしていいなんて、信じられないわ」ダンをへこます絶好の機会だと思ったフェリシティーが言った。

「どこかで何かが間違っているのよね」セシリーは当惑していた。「自分が確かに心から望んでいるものの為にお祈りしなくちゃいけない——だからピーターは、我慢競《くら》べで一人だけ勝てますようにって祈ったのよ。正しいように思えるし……でも、そうでないようにも思えるし、わけがわかればいいんだけど」

「ピーターのお祈りは間違ってるわ。だって利己的なお祈りだもの。でしょ」ストーリー・ガールが考え深げに言った。「フェリックスのお祈りは正しいの。だって、ほかの人を傷つけないでしょう。でも、自分一人勝ちたいと願うなんて、ピーターは利己的よ。私たち、利己的なお祈りをしてはいけないの」

「わあ、やっとわかって来たわ」セシリーは喜んだ。

「そうだな、だけど」と、ダンは勝ち誇って「神様が特別なお祈りに応《こた》えてくれるって君が信じてるなら聞くけど、応えてくれたのはピーターのお祈りだったんだぜ。これをどう説明するんだい？」

「あーら」ストーリー・ガールは、いらだたしげに頭を振った。「そんなこじつけを作ろうたって、無駄よ。かえってこんがらかるばかりじゃない。そんなのほっときましょうよ、お話をしてあげるから。オリビアおばさんが今日、シュベナカディーに住んでる、ノバ・スコシアのお友達から手紙をもらったの。変てこな名前ね、と言ったら、おばさんは、スクラップブックを見なさい、名前の由来を書いた物語が見つかるから、って言ったの。もちろん、私見たわ。そのお話を、聞きたくない？」

もちろん聞きたいにきまっていた。ぼくたちは、そろってえぞ松の根方に腰をおろした。やっとのことで鼻の具合を治したフェリックスもこちらを向き、聞き入った。彼はセシリーを見ようとしなかった。だがほかの者は全員彼女を許していた。

ストーリー・ガールは、その茶色の頭を後ろのえぞ松の幹にもたせかけ、頭上の黒々とした枝越しに青りんご色の空を見上げた。彼女は、今も思い出すが、暖かそうな赤いワンピースを着て、頭には糸でつないだスノーベリーの実を巻きつけていて、それが真珠の髪ひものように見えた。彼女のほほは夕方からの興奮の名残に燃えていた。おぼろな明かりの中で、彼女は美しかった。野性的で謎めいた愛らしさ、思わずひきこまれる魔力は、否定しようがあるまい。

「今より前、幾度も月が満ち欠けしたほどむかし、インディアンの一部族が、ノバ・スコシアのとある川堤に住んでいた。若い戦士の一人は、アカディーという名前だった。若者は部族一丈高く、勇敢で、きれいな若者で……」

「どうしてお話に出てくるやつって、いつもきれいなんだい？」とダンが尋ねた。「どうしてぶさいくな人の話って、全然ないんだろ」

「多分ぶさいくな人って、お話になりそうな目にあわないのよ」と、フェリシティーが口をはさんだ。

「そんな人だって、きれいな人と同じぐらい面白いと思うけどな」

「そうね、ほんとの世の中だったらそうなのかも」と、セシリーが言った。「でも、お話なら、そういう人もきれいにするのって簡単でしょう。あたし、そうしてくれたほうが嬉《うれ》しい。夢に見るように美しいヒロインが出て来るお話を読むのって、大好きよ」

「きれいな人間て、大体自惚《うぬぼ》れ屋だよ」ついにフェリックスも黙っていられなくなり、口をきいた。

「お話に出てくる男の人って、いつもすてきよね」フェリシティーが完全に脱線した意見を述べた。「その人たちは、いつもとても背が高くて、すらっとしてるの。すっごく変じゃない？　もしも誰かがふとっちょの主役とか――でなきゃ、口の大きすぎる主役が出るお話を書いたりしたら」

フェリックスとダンが今の言葉をいささか過剰に受けとりすぎたらしいのを感じて、ぼくは言った。「気性のいいやつで、いろんなことがどっさりできるならばいい。それが肝心だよ」

「私のお話の続きを聞きたい人って、だあれもいらっしゃらなくなったのかしら」ストーリー・ガールがいやみたらしいいんぎんさで尋ねたので、ぼくたちも自分の礼儀知らずにやっと気付かされた。ぼくたちは謝り、もっと行儀良くするからと約束した。そこで彼女も心を柔らげ、続けた。

「アカディーは、とにかく私がさっき言った通りの人だったの。おまけに部族一の狩人《かりゅうど》だった。その矢は、一本たりとも的からそれたことがなかった。雪白の大鹿を、何頭も何頭もしとめ、その美しい毛皮を恋人に贈った。恋人の名はシューベン、海から昇る月のように美しく、夏の黄昏《たそがれ》のように気持ちのよい娘だった。その瞳《ひとみ》は黒く優しげ、その足どりはそよ風のように軽やか、その声は森を流れる小川のように、はたまた、夜中に丘をわたる風のように響いた。娘とアカディーは互いにとても好きあっていて、狩りにもよく連れだって出かけた。シューベンも弓矢の技にかけては、アカディーにひけをとらぬほど巧みだった。二人とも赤ん坊だったころからずっと、愛しあっていた。そして二人で、川の流れる限り愛し合うことを誓ったのだった。

ある黄昏どき、アカディーは森へ狩りに出かけ、大鹿を一頭しとめた。その毛皮をはいで、身にまとった。それから、星明かりの下、森を抜けていった。とても幸せで軽やかな気分だったので、時々、本物の大鹿がするのとそっくりに、とびはねたりじゃれついたりした。そしてアカディーがそうしていた折も折、やはり狩りに出ていたシューベンが遠くからこれを見かけ、本物の大鹿だと思ってしまったのだ。娘はこっそりと足音を忍ばせて森を抜け、小さな谷間《たにあい》の崖《がけ》っぷちに出た。目の下に雪白の大鹿がいた。娘は弓を、目の高さにきりきりとひきしぼり――ああ、娘は技にたけすぎていた――しっかりとねらいを定めた。次の瞬間アカディーは心臓に娘の矢を受けて、どうと倒れ、死んでいた」

ストーリー・ガールは間をあけた――劇的な間。えぞ松林はとっぷりと昏《くら》かった。ぼくたちに彼女の目鼻立ちは見えたが、それも薄闇を通して、ぼんやりとだけだ。銀色の月が穀物倉ごしにぼくたちを見下ろしていた。星が柔らかに、波打つ枝々の間からきらめいた。森の向こうにぼくたちが垣間見《かいまみ》るのは、十月の宵の厳しい霜におおわれた月光世界だった。

その上空は冷えびえとし、霊妙で謎めいていた。

けれどぼくたちを取り囲むのは、影ばかりだった。そして、神秘と悲哀のこもる声によって語られた恐ろしい逸話は、ぼくたちに、皮帯と貝がらを身につけた忍び足の人々、黒髪ゆたかなインディアンの娘をほうふつとさせたのだった。

「自分がアカディーを殺してしまったと知って、シューベンはどうしたの？」と、フェリシティーが尋ねた。

「心がはり裂けて、春が来る前に死んだの。シューベンとアカディーは、川の堤に隣り合わせに埋葬され、それ以来その川は、二人の名前を継いで、シュベナカディー川と呼ばれているのですって」

刺すように冷たい風が穀物倉の周りを吹きすさび、セシリーは震えた。ぼくたちは、ジャネットおばの声が「子供たち、子供たちい」と呼ぶのを、耳にした。えぞ松と月光とロマンチックな物語にかけられた呪文《じゅもん》をふるい落とすと、我先に立ち上がり家に向かった。

「インディアンに生まれてりゃなあ、なんて思うことあるよ」と、ダンが言った。「楽しい暮らしだったろうな。狩りと戦争しかすることがないんだから」

「つかまって火あぶりの拷問を受けたら、楽しいなんて言ってられないわよ」と、フェリシティーが言った。

「そうか」と、ダンはしぶしぶ認めた。「なんにでも欠点って、あるもんなんだな。インディアンになったって、あるのか」

「寒くない？」さらに震えながら、セシリーが言った。「すぐに冬になるんだわ。夏が永遠に続いてくれりゃいいのに。フェリシティーは冬が好きなの。ストーリー・ガールもそう。あたしはいや。春が来るまでいつもすごく長く感じるわ」

「いいじゃないか。ぼくたち、すばらしい夏を過ごしたんだもの」

哀れっぽい声にひそむ子供じみた悲しみを慰めてやりたくて、ぼくはそっと彼女に腕を回した。

実際、ぼくたちは楽しい夏を過ごした。その夏を過ごした後、それは永遠にぼくたちのものとなった。「神々でさえ、自分たちの贈り物を取り消すことはできない」（テニスン）のだ。彼らはぼくたちから未来をうばい、今を辛いものにするかもしれない。けれどぼくたちの過去は、彼らにも触れられない。その笑い声が、喜びのきらめきが、魅力が、ぼくたちの永遠の財産となるのだ。

とは言っても、終わりゆく年の悲しみを、みな少しは味わっていた。ぼくたちの心には、はっきりとした重みがのしかかっていた。しかしフェリシティーが食料部屋に連れていってくれ、アップル・タルトで喜ばせ、クリームをかけてもてなしてくれたとたんに、元気をとり戻した。結局、この世はなかなか大したものなのだった。

第28章　虹のかけ橋

思い出せる限り、フェリックスは、苦りんご我慢競《くら》べで、ついに成功を勝ち得なかった。そして他人が悪意で自分を祈り負かしている時に祈ったって、何のかいもない、と苦々しげに訴え、祈ることもあきらめてしまった。その後しばらくしても、彼とピーターの仲はしっくりいかなかった。

だいたい夜になると、ぼくたちはそろいもそろってくたくたで、特別なお祈りをするどころではなかった。時には「毎日」のお祈りさえごまかし気味、またはうやうやしくはしょって口の中で片付けたように思う。丘の農場では十月はせわしい月だった。りんごの収穫期で、その仕事は主にぼくたち子供にかかって来た。楽しい仕事であり、面白みもたっぷりあった。同時につらくもあり、夜になると腕や背中がずきずき痛んだ。午前中はやる気まんまん、午後はなんとかやっていける程度、夕暮れともなれば動くのがやっとだった。笑いも、活発なひと時への興味も失われた。

りんごの中には、慎重の上にも慎重にしてもがなければならない実があった。だが、たいていはどうでもよかった。男の子たちは木に登り、女の子たちが、やめて、と悲鳴をあげるまで、りんごを揺さぶりおとした。暖かい日光と空気にみなぎる霜の気配、それに枯れ草の香気が混じりあって、毎日はぴりりとさわやかであり、穏やかであった。めんどりと七面鳥は、風に落ちたりんごを突《つつ》いてうろつき、パットはその鳥たちをねらっては、枯れ葉の中を、狂ったように飛び回った。果樹園から見晴らせる眼下の世界は、鮮やかに青い秋空の真下で、豪奢《ごうしゃ》な色彩の宴《うたげ》をくり広げていた。門前の大柳は目もあやな黄金のドームとなり、えぞ松の茂みに散在する楓《かえで》は、黒い針葉樹の上で血のように赤い旗を振っていた。ストーリー・ガールは、つねにその葉を輪に編んで頭に飾った。まさにぴったりだった。フェリシティーとセシリーには、似合わなかったろう。この二人の少女は、大自然の野性の火とは肌が合わない、家庭的なタイプだった。しかし、ストーリー・ガールがナット・ブラウンの巻き毛を緋色《ひいろ》の葉冠で飾ると、ピーターの言うように、まるで葉が彼女の髪からもえでたように――彼女の魂の黄金と炎が葉冠の形で表れたように思われた。そしてまた、聖母《マドンナ》の頭《こうべ》をかこむ後光にも似て見えた。

遥《はる》かな秋の日々、彼女の語ってくれた物語といったら……！　朽ち葉色の回廊を古代世界の人々で満たしてくれた。姫君たちが馬の背に乗って、ぼくたちの目の前を通り過ぎた。粋《いき》なしゃれ者たちがビロードと羽根飾りに身を包み、華やかにスティーブンおじの散歩道をそぞろ歩いた。絹服姿の臈長《ろうた》けた淑女がたが、目の前の豊かな果樹園を巡っていた。

かごが一杯になると、穀物倉の屋根裏へ運びこまねばならない。かごの中身は、ふた付きの大箱に蓄えられるか、さらに熟させるため、床に広げられた。もちろんぼくたちは、働き手は働き分の元をとるのだと考えて、どっさり腹におさめた。各人の誕生記念木のりんごは、名前を付けた樽《たる》の中に、分けて貯蔵された。それは好きなように処分していいことになっていた。フェリシティーは自分の分け前をアレックおじの雇い人に売り、そのあげく、こっぴどくだまされた。というのも、男はその後すぐに、りんごだけちゃっかり頂き、フェリシティーには正当な料金の半分しか支払わないで、逐電してしまったからである。フェリシティーは、これを書いている今もこの打撃から立ち直っていない。

心根優しいセシリーは、ほとんどを町の病院に寄付した。そしてこのことから、単なる売買取り引きでは決して得られない、魂からの感謝と満足という配当を受けたことは、間違いない。残りの者は自分のりんごを食べた。そうでなければ学校に持って行き、クラスメートの持ち物のうち、どうしても自分の物にしたい宝物との交換に使った。

スティーブンおじの木の一本からとれる、皮が黒ずみ、梨のようにひしゃげた、小型のりんごの実は、ぼくたちの大好物だった。その次に好きなのが、ルイザおばの木からとれる、味が良くて水気の多い黄色いりんごだった。大型の甘いりんごも好きだった。そいつは空に投げあげて地面に落とし、ぱっくり口をあける寸前まで、打ち傷やあざをつける。それから汁をすするのだ。テッサリアの丘(古代ギリシアの北東部に位置する)に住む幸福な神々の飲み物ネクタルより、それは甘かった。

時には寒々と黄色い日没の光が、暮れゆくかなたの上空で色あせてしまうまで、働くこともあった。すると狩猟月(中秋の満月の次の満月でこの頃狩猟期にはいる)が、肌を刺す空気を通して、ぼくたちを見おろした。秋の星座が頭上にきらめいた。ピーターとストーリー・ガールは星座をことごとく知り尽くしていて、その知識を気前よくぼくたちに分け与えてくれた。ある夜、月の昇る前、ピーターが説教石の上に立って、時には、特定の星の名前に関してストーリー・ガールと意見をたがえながらも、星座を指さしながら教えてくれたことは、今も覚えている。ヨブの棺《ひつぎ》（いるか座の中の四つの星からなる星座）と北十字星は、西の空にあった。南にはフォーマルハウトが燃えていた。ペガサスの大四辺形は、頭の真上だった。カシオペアは、北東にある美しい王座についていた。そして北方には、二つのひしゃく星、大ぐま座と小ぐま座が、飽きもせず、北極星の周りを巡っていた。セシリーとフェリックスだけが、大ぐま座のひしゃくの柄にあるふたご星を見分けられ、そのことで大いに面目をほどこした。ストーリー・ガールが太古の星々にまつわる神話や伝説を語って聞かせると、その声自体が澄み切った、この世のものならぬきららかな音色を帯びた。話が終わるとぼくたちは地上に戻り、何百マイルも彼方《かなた》の、青い天空を漂っていたような気分になった。そしておなじみの風景は、しばしの間忘れ去られ、遠いものになったような気がした。

説教石から星を指し示した夜が、ピーターがぼくたちと数週間の労働と楽しみを分けあった最後の夜となった。次の日彼は、頭痛とのどの痛みを訴え、仕事をするより、オリビアおばの台所ソファーで横になっていたがった。ピーターに限って仮病をつかうわけもなく、ぼくたちがりんご摘みをしている間、彼はそっとしておかれた。フェリックス一人が、心狭く意地悪く、ピーターはさぼっているだけだと言い張った。

「ぐうたらしているだけさ。ピーターの病気なんてそんなものだ」

「言いたいことがあるならどうしてもっとはっきり言わないの」と、フェリシティーが言った。「ピーターを怠け者呼ばわりするなんて、あきれちゃうわ。それぐらいなら、あたしの髪は黒いとでも言ってちょうだい。もちろんピーターは欠点はあるけど、とてもいい子よ。お父さんはぐうたらでも、お母さんの体には、ぐうたら骨なんて一本も入ってないわ。それにピーターは、お母さん似ですもの」

「ロジャーおじさんの話じゃ、ピーターのお父さんは、いわゆる怠け者じゃないんですってよ」と、ストーリー・ガールが言った。「問題はね、仕事より好きなことが、いっぱいあり過ぎるんですって」

「家に戻ってくるつもりは、あるのかしらね」と、セシリーが言った。「もしも、うちのお父さんがあんな風にあたしたちを捨ててったら、どんなかしら。考えてもみて！」

「うちのお父さんは、キング家の出なのよ」と、フェリシティーは鼻高々に言った。「うちの一族の人は、あんなことしようたって、できないの」

「どんな家にも、黒羊が一頭いるんですって」と、ストーリー・ガールが言った。

「あたしたちの中には、一人もいないわ」と、セシリーはとりまとめた。

「白羊が黒羊より沢山食べるのは、なーぜだ」と、フェリックスが尋ねた。

「それ、謎々なの？」セシリーが恐る恐る聞いた。「そうなら、あたしは、わけを考えるのはよすわ。謎って解けたことがないのよ」

「謎々じゃないよ。ほんとのことさ。ほんとにほんと。しかもそれには、立派なわけがあるんだ」

ぼくたちは、りんごをもぐ手を止め、草の上に座って、わけをひねり出そうとした。ダンだけは別で、これにはきっとどこかにわながあるのだから、ひっかからないぞと宣言した。残りの者たちは、フェリックスが生真面目な声で、白羊は黒羊より沢山食べるのだ、と心から誓った以上、よもやわななどあるとは考えられなかった。ぼくたちはかんかんがく意見を戦わせたが、結局降参した。

「ねえ、わけって何なの。教えて」と、フェリシティーが頼んだ。

「だって白羊のほうが、黒羊よりか数が多いんだもん」フェリックスは、ニタニタ笑った。

みんなでフェリックスをどんな目に合わせたか、ぼくは覚えていない。

夕方、にわか雨が襲ったので、りんご摘みは中止になった。にわか雨が止むと、壮麗な二重虹《にじ》が架かった。ぼくたちが穀物倉の窓から見つめていると、ストーリー・ガールが、オリビアおばの数多くのスクラップブックから選《よ》り抜いた古い伝説を語ってくれた。

「むかしむかし、神々が地上を訪れて、人が神と出会うのが珍しくなかった黄金時代のこと、オーディンが諸国行脚《あんぎゃ》に出たことがあります。オーディンって、北欧の偉い神様よ。オーディンは人と交わる機会があればどこでも、愛、人間づきあいの心、巧みな技術を教えました。オーディンの旅した土地には大きな町が生まれ、通りすぎた土地はどこも、偉大な神が人の前に降臨された場所として記念されました。それればかりかまた大勢の男女が、世俗の富も野心もなげうって、オーディンその人について行ったのです。大神はこの人たちに、永遠の命を授けると約束しました。いずれも善良で、気高く、無私無欲で、心優しい人々でした。けれどもその中で最も善良で気高いのは、ヴィンという名の若者でした。この若者は、その美しさ、強さ、善良さの故に、誰にもましてオーディンに愛されていました。いつもオーディンの右手を歩き、オーディンの微笑みの最初の光があたるのも、彼でした。松の若木のように背が高く、真っ直ぐで、その髪は、日なたの熟れた小麦の色でした。その青い瞳《ひとみ》は、星降る夜の、北国の空のようでした。

オーディンに従う人々の中に、アーリンという名の美しい乙女がおりました。松や樅《もみ》の黒い古木の間にただ一本のびる、春先の若い白樺《しらかば》のように、明るくたおやかで、ヴィンは心からこの乙女を愛しておりました。オーディンの約束してくれた不死の泉から、二人共に水を飲み、永遠の若さに生きると思うだけで、ヴィンの心は限りない喜びにうち震えるのでした。

やがて人々は、とうとう、虹が地面に接している土地へとやって来ました。虹は、生きした色で築かれた橋なのです。それはまぶしく目も覚めるようで、真下にいると、何も見ることができません。ただ遥か遠くに、大きく、目もくらむようにきらびやかな輝きが見えるばかり……そこには生命の泉が、あふれるばかりのダイヤモンドの炎に包まれて、こんこんと湧き出ています。けれども虹のかけ橋の下には、恐ろしい流れが——深く、広く、荒々しく、岩や早瀬や渦巻きだらけの流れが、逆巻いているのでした。

橋には番人がいました。黒髪の、いかめしくうれわしげな顔つきをした神でした。オーディンは番人に、門を開け、供の者たちが向こう岸にある生命の泉から飲めるよう、虹のかけ橋を渡らせてやれと命じました。門番は、門を開けて言いました。

『ここを渡って、泉の水を飲みなされ。味わうものには残らず、不死の力が授けられよう。また最初に飲むものひとりには、永遠にオーディン神の右手を歩くことが許されよう』

そこで、一団は、初めて泉の水を飲む人間となり、夢のような賜物《たまもの》を我が物にしたいとの望みに燃えて、大急ぎで通り抜けていきました。しんがりはヴィンでした。道端で出会った物乞《ものご》いの子の足から、とげを抜いてやっていたため、遅れをとってしまい、番人の言葉を聞いていなかったのです。熱をこめ、喜びに輝いて、ヴィンが虹の橋に足をかけたその時、いかめしくうれわしげな番人は、ヴィンの腕をつかみ、後ろにひき戻したではありませんか。

『ヴィンよ。力強く、気高く、雄々しい若者よ。虹のかけ橋は、そなたのものではない』

ヴィンの顔が、さっと暗くなりました。熱いつかえが心にこみ上げ、蒼《あお》ざめた唇にぽっと浮かび上がりました。

『なぜあなた様は、不死の一口を、私から取りあげようとなさるのです』

若者は、かっとして迫りました。

番人は、橋の下を逆巻く暗い流れを示しました。

『虹のかけ橋を通る道は、そなたのものではない。だが、あれなる道はひらけている。流れを越えなされ。向こう岸に生命の泉がある』

『あなた様は、私をなぶり者になさるのか』ヴィンは、むっつりつぶやきました。『どんな人間も、この河を渡れるものか。ああ、ご主人様』若者はオーディンに縋《すが》るように向きなおり、手を合わせました。『あなた様は、他の者たちと同じく、私にも永遠の生命をお約束になりました。そのお約束を守ってはくださらぬのか。番人に、私を通すよう御命令ください。あなた様のおっしゃることなら、きくでしょうから』

ところがオーディンは、愛する若者から顔をそむけ、黙って立ちつくすばかりです。若者の心臓は、言葉に表せぬほどの、苦しみと嘆きに満たされました。

『河を渡るのを恐れるなら、そなたは人の世に戻るがよい』と、番人は言いました。

『いやだ』と、ヴィンは狂おしく叫びました。『アーリンのいない人生など、あの暗い河で私を待ち受ける死より、さらに恐ろしい』

若者は、ざんぶとばかりに流れに身を投じました。泳ぎ、もがき、流れにひどくもまれました。波は次から次へと頭にかぶさり、渦が若者をとらえて、鋭い岩に投げあげます。冷たくきついしぶきが若者の目にあたり、何一つ見えません。河の流れはごうごうとすさまじく轟《とどろ》き、何も聞こえません。けれども鋭くとがる岩で受けた傷や、打ち身の痛さは、はっきりと感じるのです。何度か流れとの戦いを、投げそうになりました。けれども愛《いと》しいアーリンの優しい目を想うと、何としてでも戦えそうな、力と望みがわいてくるのでした。つらく危険なこの旅は、長い間——若者にとっては気の遠くなるほど長い間、に思えました。それでも、とうとう向こう岸に泳ぎつきました。息はたえだえ、足は立ちません。衣はずたずたに破れ、大きな傷口から血を流し、それでも気がつくと、不死の泉が湧き出る岸辺に着いていました。若者は、よろよろと水辺に歩み寄り、清らかな流れの水を飲みました。すると途端に、痛みも疲れも吹き飛んでしまい、若者は立ち上がりました。不死の力を持つ、美しい神の姿となって。ようやくそのとき、人々が、虹のかけ橋を渡り、どっと押し寄せて来ました。——仲間の旅人たちです。けれども、もう、二重の栄冠を勝ち得るには遅すぎました。暗い流れの危険や苦しみを通り抜け、ヴィンだけが、それを我が物にしたのでしたから」

　虹は消え、十月の宵闇が降りて来ていた。

「だけどさあ」芳香のみなぎるその場から立ち去ろうとした時、ダンがもの思いにふけりながら言った。「永遠にこの世に生き続けるなんて、どんな気持ちなんだろうな」

「しばらくしたら、飽き飽きするんじゃないかしら」ストーリー・ガールは、言ってからつけ加えた。「だけどそうなるまでは、いいものだと思うわ」

第29章　恐怖の影

翌朝、ぼくたちは早起きして、ロウソクの灯《あか》りで着替えをすませた。ところが階下におりていくと、そんな早朝にもかかわらず、台所にストーリー・ガールがいて、レイチェル・ウォードの青い長持ちに腰かけ、意味ありげな顔つきをしているのだった。

「ねえ、どう思う？　ピーターがはしかなの！　一晩中ひどく苦しがって、ロジャーおじさんが、お医者さんを呼びに行かなくちゃならなかったの。すごくうなされてて、誰の顔もわからないのよ。もちろん、実家に連れて帰るには、病気が重すぎるわ。だから、お母さんが来て、付き添っているの。ピーターが元気になるまで、私はここで暮らすことになったのよ」

悲喜こもごもの気分だった。ピーターがはしかにかかったのは、気の毒だ。しかし、ストーリー・ガールが四六時中生活を共にしてくれるのは、喜びだった。これから聞ける物語の数々を、考えただけでもわくわくする！

「それじゃあ、みんなそろってはしかにかかるのじゃないかしら」フェリシティーが不平を言った。「だいたい十月は、はしか向きの時節じゃないのよ。することがいっぱいあるっていうのに」

「はしかに時節の向き不向きがあるなんて思えないけど」と、セシリーが言った。

「あら、多分うつらないわ」ストーリー・ガールは浮き浮きと言った。「ピーターは、この間里帰りした時に、マークデイルではしかをひろって来たんだって、おばさんが言ってるもの」

「ピーターから、はしかをもらうなんて、まっぴらよ」フェリシティーが断固として言った。「雇い人からうつるなんて、冗談じゃないわ！」

「まあ、フェリシティー、ピーターは病気なんだから、雇い人なんて呼ばないで」セシリーが言い返した。

続く二日間というもの、ぼくたちは猛烈に忙しかった。忙しくて、話をする暇も、聞く暇もなかった。寒気が忍び寄る日暮れどきだけ、ストーリー・ガールと共に、黄金の王国をさ迷い歩く時間ができた。最近彼女は、オリビアおばの屋根裏部屋で見つけだした、古代神話と北欧民間伝説の古い二巻本にかじりついていた。そして、神、女神、笑いさざめくニンフ、あざけり屋のサテュロス、ノルン、ワルキューレ、エルフ、トロール、それにいわゆる妖精《ようせい》族が、ぼくたちの前で再び生きた姿をとり戻し、まわりの果樹園、森、牧草地に跳梁《ちょうりょう》したので、まるで黄金時代がこの世に戻って来たようにさえ、思えた。

ところが三日目になって、ストーリー・ガールが、ひどく血の気の失せた顔をして、ぼくたちのところへ戻って来た。ロジャーおじの家の中庭まで、病室からの最新情報を聞きに行った帰りだった。それまでニュースは、これといった特長のないものばかりだったが、今回に限り悪い報せ《しら》であることは、誰の目にも明らかだった。

「ピーターが、とても、とても悪いの」彼女は、やり切れなさそうだった。「風邪もついでにしょいこんでしまって……はしかが体の内にまで入って……そして……そして……」

ストーリー・ガールは、日に焼けた両手をもみ合わせた。「お医者さまのおっしゃるには……ピ……ピーター……は……よく……ならないかもしれないって」

ぼくたちは、ショックにうたれた。とても信じられなくて、彼女をとりまいて、立ちすくんだ。

フェリックスが、やっとのことで声をしぼり出した。

「それ、もしかしたら……ピーターが死んじゃうってこと？」

ストーリー・ガールは、打ちひしがれてうなずいた。

「そうなるかも、しれないって」

セシリーは、半分まで入ったかごのわきに座りこみ、泣きだした。フェリシティーは、そんなこと信じない、と怒ったように言い切った。

「今日は、これ以上一つだって、りんご摘みなんかできるもんか。する気にもならないよ」と、ダンが言った。

だれ一人できるわけがなかった。ぼくたちは大人のもとへ行き、そう訴えた。大人たちはいつにない理解と同情を示し、働かなくても良いと言ってくれた。そこでぼくたちは、沈み込んでうろつきまわり、互いに慰め合おうとした。果樹園は避けた。あまりにも幸せな思い出にみちみちて、今の辛い気持ちとつりあわなかったからだ。代わりにえぞ松林に向かった。静寂、黒い影、枝をわたる風の優しくもの悲しいため息は、ぼくたちの新しい嘆きを逆なですることもなかったから。

ピーターが死にかけているとは……死ぬとは……実感として迫って来なかった。老人は、死ぬ。大人も、死ぬ。子供たちすら死ぬことがあると、耳にしている。しかしぼくたちの——あの陽気な一団の——一人が死ぬとは、とても信じられなかった。信じようにも信じられない。そのくせ、もしかしたら、との思いが、否応《いやおう》なく横面を張りとばすのだ。ぼくたちは、黒っぽい常緑樹の下、苔《こけ》むした石に腰かけ、不幸に身を委《ゆだ》ねた。みんなが、ダンでさえもが、泣いた。ひとり、ストーリー・ガールを除いて。

「どうしたら、そう冷たい気持ちでいられるのよ、セーラ・スタンリー」フェリシティーがとがめた。「いつも、ピーターと、あんなに仲良しだったくせに……いつも、ピーターを気にかけてる振りをして……こんなときに涙ひとつぶこぼさないんだわ」

ぼくはストーリー・ガールの、乾いた痛々しい目を見つめた。そして、はっと気づいた。彼女が泣く姿を見たことがない。悲しい物語を語るとき、声は、かつてこの世で流された涙すべての重みがたたえられているのに、自分では一しずくも流さないのだった。

「泣けないの」彼女は、わびしく言った。「泣けたらと思うわ。ここが」と、ほっそりしたのど元に触れ、「ひどい感じ。泣けさえしたらましになると思うんだけど、できないの」

「ピーターだって、結局良くなるかもしれないしさ」ダンが、嗚咽《おえつ》をのみこんで言った。

「お医者さんがさじを投げた後で良くなった人の話も、沢山聞くじゃないか」

「生きてる間は望みもある、って言うよね」フェリックスも言った。「たもとに着かなきゃ、橋は渡れない、のさ」

「ただのことわざじゃないの」ストーリー・ガールは、苦しそうだった。「心配事がなければ、ことわざも楽しいものよ。でも、深刻な問題を抱えてる時には、ちっとも助けになってくれないわ」

「ああ、ピーターなんてつきあう値打ちがない、なんて言わなきゃよかった」フェリシティーがうめいた。「ピーターが良くなったら、二度とあんなこと言わない——思いもしない。あの子は、ほんとに、すてきな男の子だし、雇い人でないたいていの子の、倍も頭が切れるのに」

「いつも礼儀正しいし、気立てがいいし、親切だったわ」セシリーが、ため息をついた。

「根っからの紳士だったわね」と、ストーリー・ガールが言った。

「ピーターほど、気性が真っ直ぐで正直なやつって、そうはいないぜ」ダンも言った。

「立派な働き手だし」と、フェリックス。

「ピーターみたいに信用できる子は、今までなかったって、ロジャーおじさんが言ってる」と、ぼくも言った。

「今になってこんなほめ言葉ばっかり言ったって、もう手遅れよ」と、ストーリー・ガールが言った。「私たちがどんなに大切に思っていたか、知ることもないんだわ。もう手遅れよ」

「良くなったら、あたしがちゃんと話すわ」セシリーが、きっぱり言いきった。

「あたしにキスしかけた時、耳なんかぶつんじゃなかった」ピーターに対する過去の無礼に、見るからに良心をかき乱されているフェリシティーは、さらに続けた。「もちろん……男の子なんかに簡単にキスさせると思われちゃ、かなわないけど。でも、何もあんなにつんけんすること、なかったのよ。もっとぴしっとした態度でいるだけでよかった。それにあたし、あんたなんか嫌いよ、って言っちゃったんだわ。本当のことじゃないのに……でも、ピーターはそう思いこんで死ぬのね。ああ、いやいや、どうして人間って、後悔するようなことを言ってしまうの？」

「ピーターはし……死んでも、天国には行けると思うの」セシリーは、すすり泣いた。

「夏中ほんとにいい子だったもの。でも、教会員じゃないのね」

「だけど、長老派でしょっ！」何があってもそのことがピーターを助けてくれると言わんばかりの、フェリシティーの自信たっぷりの声だった。「あたしたちは、誰も教会員じゃないのよ。でももちろん、ピーターが、いやな場所に送られるわけがないわ。そんなのばかげてるわよ。あんなに気立ても行儀も良くて、正直で親切な人が、そんなところへ行って、どうされるっていうの？」

「あら、あたしも大丈夫とは思っているわ」セシリーはため息をつき、「でもね、この夏まで、教会にも、日曜学校にも行ったことがなかったじゃないの」

「だけど、お父さんが家出して、お母さんはあの子をちゃんと育てるお金を稼ぐので、精一杯だったのよ」フェリシティーは、必死だった。「だれだって、神様だって、そんな事情なら許してくださると思わない？」

「もちろんピーターは、天国に行くわ」と、ストーリー・ガールが言った。「ほかの所へ行くほど大人になっていないもの。子供は皆天国へ行くのよ。でも、そんな所も、どんな所も行ってほしくない。ここに、この場所にいてほしいの。天国は、すばらしい場所にちがいない。それでも、ピーターはここにいて、私たちと楽しく過ごすほうがいいと言うに、きまっているわ」

「セーラ・スタンリー」フェリシティーは非難の声をあびせた。「ずいぶんね。こんな深刻なときに、そんなことを言うもんじゃないわ。あんたって、ほんとに変人ね」

「あなただったら、天国より、ここにいたいと思わない？」ストーリー・ガールはむくれた。「ねえ、どうなの、フェリシティー・キング？　誓って本心を言いなさい！」

しかしフェリシティーは、わっと涙にくれることで、この不都合な質問から逃げをうった。

「なんでもいいから、ピーターの力になれたらな」ぼくは絶望しきっていた。「何一つできないなんて、たまんないよ」

「一つだけ、できることがあるわ」セシリーが、優しく言った。「お祈りを捧《ささ》げるの」

「そうだ。そうしよう」と、ぼくはうなずいた。

「ぼく、必死でお祈りするよ」フェリックスも、熱をこめた。

「それに、あたしたち、すごくいい子でいなくっちゃね」と、セシリーは注意した。「いい子でなければ、お祈りしたってなんにもならないのよ」

「それなら簡単よ」フェリシティーは、ほっと吐息をついた。「あたしは、ちっとも悪いところがないみたいだし。ピーターにもし何かあったら、もう絶対おてんばなんかしないつもり。とてもそんな気持ちになれないもの」

ぼくたちは実際、心から真剣に、ピーターの快復を祈った。パットの場合のように「もっと大切なものの後にはさみこむ」ことはせず、祈願の真っ先に持って来た。懐疑家のダンさえ祈った。この死の影さす谷間《たにあい》では、いつもの懐疑主義は衣服が捨てられるように彼から脱げ落ちていた。死の影は、ぼくたちの心をふるいにかけ、魂に試練を与える。ぼくたちが大人でも子供でも、自分の弱さに気付き、自分自身のとるに足りない強さなどは風になぶられる葦《あし》のようなものだと悟って、一度はなしですませられると傲慢《ごうまん》にも夢想した神のもとへ恐る恐るもどる時まで、その試練は続くのだ。

ピーターは、次の日も少しもよくならなかった。彼の母親が悲嘆にくれていると、オリビアおばが知らせて来た。ぼくたちはもう、仕事から逃れたいと頼みに行かなかった。代わりに、熱に浮かされたように、それに没頭した。必死に働けば、それだけ、嘆きや重苦しい思いにとらわれる時間が少なくてすむ。ぼくたちはりんごを摘み、意地になって穀物倉までひきずっていった。午後になると、ジャネットおばが、昼食にとりんごの折りパイを運んでくれた。しかし、ぼくたちは食べられなかった。ピーターが、りんごの折りパイをそれはそれは好きだったことを、フェリシティーがわっと涙にくれながら、ぼくたちに思い出させたからである。

そして、ああ、ぼくたちは何といい子ぞろいだったろう。まったく天使のように、不自然にいい子だった。これほどに親切で、心優しく、人の気持ちを思いやる子供たちは、どの果樹園にもいた例《ためし》がない。フェリシティーとダンさえも、生まれて初めて、丸一日ひねくれたお世辞の応酬をしないですませた。セシリーは、土曜の夜二度と髪をカーラーで巻かない、虚栄に過ぎないから、とぼくに打ち明けた。このかわいい少女は、何か後悔することはないかと考えあぐね、ついにこのことを考えついたのだった。

午後の内に、ジュディー・ピノーが、セーラ・レイの涙ににじむ手紙を、届けに来た。ピーターがはしかにかかってからというもの、セーラは丘の農場に来させてもらえなかった。彼女は不幸な小流刑者であり、セシリーあての日ぎめの手紙でだけ、魂の苦悩をいやすことができるのだった。手紙は、忠実で気のいいジュディー・ピノーが届けてくれた。これらの手紙には、無闇に傍線が引かれていて、セーラはまるでビクトリア朝初期の物書きのようだった。

セシリーは、返事を書かなかった。病気が運ばれてはいけないので、レイ夫人が、丘の農場から一切手紙を持ち帰らぬよう、命じたのだ。セシリーは、手紙はすべて出す前に、オーブンでじっくり焼くから、とたのんだのだが、レイ夫人は譲らなかった。だからセシリーは、ジュディー・ピノーに長い口伝えのメッセージを託すことで、満足しなければならなかった。

「わたしだけの大切なセシリー」と、セーラの手紙は始まっていた。

「わたしはたった今、かわいそうなお友達のピーターの悲しいしらせを聞いたところです。わたしの気持ちは、どう言っていいかわかりません。たまらないわ。わたしは、お昼からずっと泣き通しでした。ああ、あなたのところへ飛んでいきたいわ。でも、母さまがゆるしてくれません。母さまは、わたしにはしかがうつるからって言うの。でも、こんなふうにあなたたちみなから引き放されるぐらいなら、はしかにかかるほうが十倍もましだわ。でもあの「審判の日曜日」があってから、わたしは今までよりずっと母さまのいいつけを聞かなければいけないと感じました。もしもピーターがどうかなることがあって、どうかなる前に、あなたたちがあの人に一目でも会えたら、わたしの愛をあげてください。そしてわたしがとても悲しんでるって伝えてください。それからわたしたちみんな、いつかもっといい世界で会いたいと思ってることも、伝えてくださいね。学校でのことは、だいたい同じようです。先生は書き取りにすごくきびしいです。ジミー・フルーエンは、ゆうべ祈とう会のあと、ネリー・カウアンとつれだって帰りました。ネリーはたった十四歳なのに。そんな小さいときからつきあいはじめるなんて、ぞっとすると思わない？　あなたもわたしも、大人になるまでは、そんなことぜったいにしないでおきましょうね。ウィリー・フレイザーは、最近学校で、とても淋しそうです。もうやめます。母さまが、わたしが手紙書きなんかにあんまり時間をとりすぎると言っています。ジュディーにニュースをぜんぶ話してやってください。

あなたのまことの友
セーラ・レイ

PS・ねえ、ほんとにピーターがよくなってくれたらいいのにね。母さまは冬用に、新しい茶色のワンピースを作ってくれるんですって。

S・R」

宵闇が訪れると、ぼくたちは、ささやきため息をつく樅《もみ》林に、腰をおろしに出かけた。美しい夜で――空気は澄み、風がなく、凍えるようだった。誰かが街道を、馬に乗って駆け下り、戯《ざ》れ唄《うた》を歌って、声を張りあげていた。よくもあんなことができるものだ。あれはぼくたちの不幸に対する当てこすりだ、とぼくたちは思った。もしもピーターが……ピーターが……何ごとかがピーターの身に起こったりしたら、ぼくたちはきっと悲しみに沈みこみ、人生の楽の音はそこで永遠に止まるだろう。ぼくたちがこんな不幸せなのに、世界中の他人たちはなぜ、ああも幸せでいられるのか。

そのとき、黄昏《たそがれ》の長い回廊をぬけて、オリビアおばが歩いて来た。輝く髪にかぶりものもせず、明るい色の服を着た彼女は、すらりと女王めいた姿だった。こんな場合でさえ、オリビアおばは美しいと思った。今、大人の眼でとらえなおしてみても、彼女はめったにないほど美しい女性だったに相違ないと思える。秋の黄昏どきのかすかな残光の中、揺れる枝々の下に立ち、ぼくたちの愁いに沈んだ顔に向かってほほえみかけた時、彼女はいつにもましてきれいだった。

「かわいそうな小さな人たち、とても喜んでくれそうな、いい報《しら》せを持って来たのよ。さっきまでお医者さまが来てらして、ピーターがとても良くなったとおっしゃったの。なんとか持ちこたえられそうですって」

ぼくたちは黙ったまま、おばをまじまじと見つめた。パットがもち直したと聞いたとき、ぼくたちは大騒ぎをして狂喜乱舞したのに、今回はひどく静かだった。ぼくたちは、暗く、恐ろしく、禍々《まがまが》しいもののそばにあまりにも近くいすぎた。だから、こんなにも急にとり去られたというのに、その冷気と影は未だにぼくたちの上に漂っていた。突然、それまで背の高い樅の木に寄り掛かって立っていたストーリー・ガールが、縮こまるように地面にすべり落ち、大泣きに泣きだした。これほど切なく張り裂けるような声で人が泣くのを、ぼくは今まで聞いたことがなかった。少女たちが泣くのには慣れていた。セーラ・レイの場合は、それが当たり前の状態みたいなものだったし、フェリシティーとセシリーさえも、時に応じてこの女の特権を利用したからだ。しかし、女の子がこんな泣き方をするのは、聞いたことがなかった。いつか父が泣くのを見たときと同じ、居心地の悪い思いにとらわれた。

「お願いだ、やめて、セーラ、やめてよ」震える肩をなでてやりながら、ぼくはなだめた。

「あんたって、つくづく変人ねえ」と、フェリシティーが、それでもいつもよりはずっと柔らかな口調で言った。「ピーターが死ぬかもしれないと思った時は、全然泣きもしなかったくせに。良くなるとなったら、そんなに泣くなんて」

「セーラ、いい子ね、さ、おいで」オリビアおばが、彼女の上にかがみこんだ。ストーリー・ガールは起きあがり、オリビアおばの腕に支えられて去って行った。泣き声のこだまも、やがて樅の木立に消えてゆき、それと共に、ぼくたちの時間を占領していた恐れと嘆きも去っていくようだった。その反動で、ぼくたちの気持ちは一躍浮き立った。

「おい、ピーターが元気になるんだって、すごいなあ!」ダンがとびはねた。

「こんなに嬉《うれ》しかったことって、生まれて初めて」恥知らずなほど浮かれかえったフェリシティーも言った。

「今晩なんとかして、セーラ・レイに知らせてあげられないかしら」いつもよく気がつくセシリーが、意見を述べた。「あの子はしょんぼりしているし、あたしたちがそうしてあげられないと、明日までその気持ちをひきずると思うの」

「レイさんの門までおりてって、ジュディーが出てくるまでわめいてみたら、どうかな」と、フェリックスがもちかけた。

早速ぼくたちは出かけ、実に心をこめて〝わめい〟た。ところがジュディーではなく、レイ夫人が門に現れ、どちらかというと不機嫌な顔つきで、一体何をどなりまくっているのかと尋ねたものだから、どぎまぎしてしまった。とはいえ彼女は、ぼくたちのニュースを聞くと、礼儀正しく、それは良かったわねと言い、このいい報せをセーラに伝えると約束してくれた。「もうベッドに入ってるんですよ。あの子の年頃はそうでなくちゃいけません」と手厳しくつけ加えはしたが。

ぼくたちのほうは、まだたっぷり二時間は眠る気がしなかった。欠点はままあるにしても、うちの大人たちがレイ夫人タイプでないことに、熱っぽく感謝の祈りを捧《ささ》げたあと、穀物倉に場所を移して、ダンがカブで作った大ちょうちんに灯《とも》を点し、本来その日食べる予定だったのに食べなかったりんごを、たらふくつめ込んだ。お化けランタンの灯《あ》かりの下には、楽しげな一団が座っていた。ぼくたちは実際に、灰にかえって冠を与え、悲しみにかえて喜びの油を与えられた(旧約聖書イザヤ書六十一章、三節)のであった。人生は再び、赤いバラとなった。

「夜が明けたら真っ先に、パイ皿いっぱいの大型パイを作るわ」フェリシティーが浮き浮きと言った。「不思議ね。ゆうべはお祈り気分でしかなかったのに、今夜はお料理気分なのよ」

「ピーターを治してくださったのだから、忘れずに神様にお礼を言わなくちゃね」やっと家路についた時、セシリーが言った。

「ピーターが良くならないと、本気で思ってたのかい?」と、ダンが言った。

「まあ、ダン、どうしてそんなことが聞けるのよ」セシリーは、本気になって怒った。

「わかんない。今ふっと頭ん中に入ってきたって感じだな。だけどさ、もちろん今夜お祈りする時、神様にありがとうは言うつもりだよ。それが礼儀ってもんさ」

第30章　手紙の花束

ひとたび危機を脱すると、ピーターは急速に快復していった。しかし快復期を退屈気味に送っているので、ある日、オリビアおばがぼくたちにあることを勧めた。ピーターが窓辺に顔を見せ安全距離から会話を交わせるようになる日まで、彼の心を慰めるために「手紙の花束」を書くように言ったのだ。その思いつきは、心ひかれるものだった。勧められた日が土曜日でもあったし、りんごももぎ終えたので、ぼくたちは書状をしたために、果樹園へおもむいた。セシリーは先《ま》ず、都合よく通りかかった知り合いに頼み、セーラ・レイにも手紙を一通書いておいてもらうよう言付けておいた。そのあと、当時カーライル生活に関する全資料の、保存マニアだったこのぼくが、夢ノートの余った白いページに手紙の写しをとった。だからぼくは今、落ち葉と霜枯れの草と十月も末の昼間が抱く「柔らかで楽しげなメランコリー」におおわれた丘の、秋めく果樹園で書かれてからというもの、永い年月かわらず保ち続けた香りと共に、手紙集を一語一句そのままに再現することができるのだ。

セシリーの手紙

「ピーターさま、

あなたがよくなっているので、とてもうれしく、ありがたく思っています。火曜日までもたないんじゃないかと、あたしたちはとても心配しました。そして、こわい気持ちでした。フェリシティーさえ、そうでした。あたしたちはみんな、あなたのためにお祈りしました。ほかの子たちはもうやめてると思いますが、あたしは今も毎ばんしています。あなたが災発（この字は合ってないかもしれません。手もとに字引がないし、ほかの子に聞いたら、フェリシティーが笑いますから。自分にも書けない字がどっさりあるのにね）しないかと心配だからです。ウェイレンひょうぎ会ぎ員さんのナシを、とっておいてあります。だれにもわからないところへかくしておきました。ダンがほかのをぜんぶ食べちゃったので一ダースしかありませんが、気に入ってもらえると思います。あたしたちはりんごを残らずもいだので、もしそうなるんなら全員はしかにかかる用意ができてますが、かかりたくないと、あたしは思ってます。でももしそうなるとしたら、あたしは、だれからよりもあなたからうつるのが、ましだと思います。だってみんなあなたが好きですから。もしあたしがほんとにはしかにかかって、どうかなることになったら、フェリシティーがサクランボの花びんをもらうことになってます。本当はストーリー・ガールにあげたかったんだけど、ダンが、いくらフェリシティーが変人でも、あれは身内でおいとかなきゃいけないと、言ったのです。あたしには、ほかにぜんぜん大切なものがありません。セーラ・レイにわすれな草の水さしをあげてしまったから。でもあたしの持ち物でほしいものがあったら、なんでも言ってください。あげられるよう、ことづてを残しておきます。ストーリー・ガールは、最近、おもしろいお話をいくつもしてくれました。あの人みたいにかしこかったらいいのにね。いい子だったらかしこくなくてもかまわないと、母さんは言ってますが、あたしはいい子でもありません。

これでニュースはぜんぶです。ほかに言いたいのは、あたしたちみんな、それはそれはあなたを思ってるってことですよ、ピーター。あなたが病気になったとき、みんなあなたのことでとてもいいことばかり言ったのですが、手おくれだったんじゃないかと心配で、よくなったらあたしがそれを言うわと言いました。でも顔を見て言うより、書くほうがかんたんです。あたしたちは、あなたが、頭がよくて、れいぎ正しくて、親切で、すごい働き手で、紳士だと思っています。

まことの友
セシリー・キング

PS・返事をくれるときは、ナシのことは書かないでください。まだ残っているのを、ダンに知られたくないのです。
C・K」

フェリシティーの手紙

「ピーター様。

オリビアおばさんが、あたしたちみんな、あなたをはげますために手紙の花たばを書きなさいと言いました。あなたがよくなっているので、みんなすごく喜んでいます。あなたが死ぬと聞いたとき、すごく心配でした。でも、もうすぐなおって、また出てこられるのですね。かぜを引かないよう気をつけてください。何かおいしいものを焼いて、そちらへ届けてもらいます。もう食べられるとお医者様がおっしゃってますから。それから食事用に、あたしのバラのつぼみのお皿を届けます。あげるのじゃありません。貸すだけですよ。一番の宝物だから、めったに人に使わせないのです。割らないよう気をつけてください。いつもお母さんにでなく、オリビアおばさんに洗ってもらってください。

残りのあたしたちにはしかがうつらないよう、心から願っています。顔中に赤いポツポツができるなんて、ひどい姿じゃないかしら。でもあたしたちは、みなとても元気です。ストーリー・ガールは、あいかわらず変てこなことばかり言ってます。フェリックスはやせてきたと思ってますが、前よりふとってきてます。あんなにりんごを食べるんだもの、あたり前です。フェリックスは、とうとう苦りんごを食べるのをあきらめました。げんかんの戸のしるしで見ると、ベバリーは七月から半インチのびたので、すごくうれしがっています。やっと魔法の種がきいたんだと思うわと言ったら、はらを立てました。あの人はストーリー・ガールの言うことには、ぜんぜんはらを立てません。ストーリー・ガールだって、時にはとてもひ肉屋なのにね。ダンは不通どおりすごくかんにさわりますけど、あたしは心棒強くがまんしています。セシリーは元気です。もうかみの毛をカールさせないと言ってます。とても正実な子ですから。あたしは天然カールだったので、良かったと思います。でしょう？

あなたが病気になってから、セーラ・レイには会っていません。セーラはすごくさみしがってて、ジュディーは、セーラがほとんど泣きっぱなしだと言ってますが、別にめずらしいことでもありません。すごくかわいそうだとは思うけど、あたしは自分がセーラでなくてよかったと思います。あの人も手紙をよこすそうです。何を書いたかあたしに見せてね。見せてくれるでしょ？　これからはメキシコ茶を飲めばいいのです。血をきれいにするくすりなのよ。

冬にむかって、かわいいこん色のワンピースを作ってもらえるはずです。セーラ・レイの茶色のワンピースより、ずっとずっときれいです。セーラ・レイのお母さんには、センスがありません。ストーリー・ガールのお父さんは、新しい赤のワンピースと赤いベルベットの帽子を、パリから送って来ました。あの人は、とても赤が好きです。あたしは、赤なんてがまんできないわ。すごく安っぽく見えるんですもの。お母さんは、あたしもビロードのフードを作っていいと言ってます。あんなに高いビロードをかぶるなんて、異教徒が福音を求めて泣いているのによくないと、セシリーは言ってます。日曜学校新聞でそんな考えをひろって来たの。でも、どうしたって、フードは手に入れるつもりです。
　さてピーター、もう書くことがないので、今度はこれでやめることにします。
　あなたがまもなく良くなられることを祈りつつ。

敬具

フェリシティー・キング

二伸・ストーリー・ガールが肩ごしにのぞきこんで、『あなたの信愛なる××より』と書かなくちゃいけなかったと言いました。でも、あたしのほうがよく知っています。ファミリー・ガイドには、ただの友だちの若い男せいに、どんな風に書いたらいいか、何度も出ていたからです。

F・K」

フェリックスの手紙

「ピーターさま。
　君がよくなってきているので、とてもうれしいです。そうならないかもしれないと聞いたとき、みんな悲しい気分でした。でもぼくは、さい近君とあんまりうまくいってなかったし、君のわる口をたくさん言ったので、ほかの子より、ずっと悲しかったです。ごめんなさい。それからピーター、自分の好きなことを、なんでもお祈りしていいよ。

ぼくはもう反対しません。アレックおじさんが出て来てけんかをとめてくれたことを、よかったと思います。もしぼくが君をのしていて、君がはしかで死んじゃったら、とり返しがつかなかったでしょう。

りんごはみんなとり入れたので、今はあんまりすることがなく、とても楽しくすごしています。でも、君もいっしょならいいのに、とみんな思っています。ぼくは前よりずっとやせました。りんごつみで一所けんめいに働くのは、やせるのにきくと思います。女の子たちはみな元気です。フェリシティーは、いつも通りのいばりんぼですが、おいしいものを作ります。ぼくは、書きつけておくのをやめてから、おもしろい夢をいくつか見ました。世の中っていつでも、そんなものです。ぼくたちは、はしかにかからないことがはっきりするまで、学校には行きません。今思いつくのはこれだけなので、もうおしまいにするつもりです。君が何をお祈りしてもいいことを、おぼえておいてください。

フェリックス・キング」

セーラ・レイの手紙

「ピーターさま

わたしは、男の人に今までぜんぜん手紙を書いたことがありません。だから、まちがいがありましても、どうかゆるしてください。あなたがよくなってきてるので、とてもうれしいです。あなたが死にかけてたとき、わたしたちは、とても心配しました。わたしはそれを思って、一ばん中泣きました。けれども、もうききから脱したのだから、死にかけていると思ったとき、ほんとにどんな感じがしたか教えてくれるでしょう。変てこな感じですか？　とても、とてもこわくなりましたか？　母さまは、今、ぜんぜん丘の上まで行かせてくれません。もし、ジュディー・ピノーがいなかったら、死んじまいます。ジュディーはとても心切で、わたしに同情してくれているみたいです。ひとりぼっちの時間、わたしは自分の夢ノートと、セシリーの古い手紙を読んでます。それはなぐさめになってくれます。わたしは、学校図書館の本も読んでいます。とてもいい本だけど、もっとれんあい小説をたくさんおいてくれたらいいのにね。そりゃあわくわくするんですもの。でも、校長先生は、おいてくれません。

もしもピーター、あなたが死んじまって、あなたのお父さんがそれをきいたら、お父さんはめいってしまったのではないでしょうか。すばらしい気候です。木の葉が色づいたので、風形がきれいです。大自然ほど美しいものは、ないと思います。

はしかのあらゆる危険がまもなく消えて、みんな、なつかしい丘の上で再会するのを、楽しみにしています。そのときまで、ごきげんよう。

まことの友

セーラ・レイ

PS・フェリシティーに、この手紙を見せないでください。」

ダンの手紙

「こんちは、ピート君。

君が医者をだしぬいたんで、すごくうれしいよ。そうやすやすくたばるようなやつじゃないと思ってた。女の子たちの泣いたとこ、聞かしてやりたかったよ。女の子たちは、みんな冬のよそ行き服を作ってもらっていて、その話ばっかりで頭が痛くなります。ストーリー・ガールはパリから服をもらったんでフェリシティーはもーれつにやいてます。やいてないふりはしてるけどさ、ぼくにはお見通しなんだ。木曜日キティー・マーが女の子たちに会いにうちまで来ました。もうはしかはすんだから気にしなくていいんだって。笑い方を知ってるすごい女の子です。ぼくは笑う女の子が好きなんだ、君もだろ?

きのうペッグ・ボウエンが立ち寄りました。ストーリー・ガールがあせってパットを追いたてるところ、見してやりたかったよ、呪われたなんて信じてないなんて言いはってたくせにさ。ペッグはリウマチの指わをはめてストーリー・ガールのビーズをかけてセーラ・レイのレースを服の前にべったりぬいつけてました。ペッグはタバコとピクルスが少しほしいと言いました。母さんはピクルスをやったけどうちにはタバコなんかないと言ったのでペッグは頭に来て出てったけどピクルスがあるから何も呪わなかったと思います。

ぼくは手紙を書くのがにが手なんでもうやめようと思います。はやく出ておいでよ。

ダン」

ストーリー・ガールの手紙

「ピーター様。

ああ、あなたがよくなって来ているので、ほんとに嬉《うれ》しいわ！　よくならないんじゃないかと思わされたあの日々は、私の人生で一番つらいものでした。もしかしたらあなたが死ぬなんて、恐ろしすぎて本当とは思えませんでした。それからあなたがよくなっていると聞いたときは、嬉しすぎてまた本当とは思えませんでした。ねえ、ピーター、早く、早くよくなってちょうだい。私たち、それは楽しく過ごしていて、あなたが恋しくてたまりません。私はアレックおじさんを説きつけて、あなたがよくなるまでジャガイモの茎を焼くのを待ってもらいました。だってあなたがジャガイモの茎焼きを見るのがそれは大好きなことを、覚えていますもの。ジャネットおばさんは、今が燃やすのに一番の潮時だと言いましたけれど、アレックおじさんはいいと言ってくれました。ロジャーおじさんのほうは、ゆうべ燃やしました。とても面白かったわ。

パットは絶好調です。あの恐ろしい日以来、病気にはとりつかれたことがありません。あなたの遊び相手になってもらおうと思ったのですが、ジャネットおばさんはパットがはしかを持ち帰るかもしれないから、いけないと言いました。どうしたらそんなことができるのかわからないけど、おばさんの言うことはきかなくちゃね。ジャネットおばさんは私たちみんなにとてもよくしてくれます。でもおばさんが私を気に入ってないことが、私にはわかっています。私はまさにお父さんの子供だっておばさんは言います。それがいい意味で言ってないのは、わかります。だって私が聞いてしまったとわかった時、おばさんはそれは妙な顔つきをしましたもの。でもかまわないわ。私、お父さん似なのが嬉しいもの。今週お父さんから、すばらしい手紙をもらいました。好きにならずにいられない絵が、何枚も入っていました。お父さんは今、有名になる予定の新しい絵にかかっています。そうなったら、ジャネットおばさんは何て言うのかしら。

あのね、ピーター、昨日私はとうとう先祖の幽霊のエミリーを見たと思ったのです。生け垣の穴をくぐっていたら、アレックおじさんの木の下に青い服を着た人が立っているのが見えたの。心臓がとびあがったわ！　私の髪の毛は恐ろしさにさか立つはずだったのだけど、なりませんでした。さわってみたら、ぜんぜんべったりたれさがっているんだもの。でも結局、それはただのお客さまでした。私、喜んだのかがっかりしたのかわからないわ。幽霊に会うのって、気持ちのいい経験とは思えません。でも見てしまったら、私は一躍うわさの主人公になれるのに！

ねえピーター、どう思って？　私はついにぶきっちょさんと仲良しになりました。あんなに簡単だなんて考えもしなかったわ。きのう、オリビアおばさんがシダを欲しがったので、カエデ林までつみに戻ったの。泉のそばですてきなのを何本か見つけました。そのまま座って泉に見入っていると、そこへ通りかかったのがほかならぬぶきっちょさんだったというわけ。ぶきっちょさんは私の真横に腰をおろして、おしゃべりをはじめました。生まれてこのかたあんなにびっくりしたことはありません。私たちはとても楽しくおしゃべりをしました。それからとっておきのお話を二つしてあげて、私の秘密をたくさん打ち明けたの。人は好きなことを言うがいいわ。でもあの人は、ちっとも恥ずかしがりでもぶきっちょでもありませんし、美しい瞳《ひとみ》の持ち主です。あの人は自分の秘密は一つも話してくれなかったけど、いつか話してくれると信じています。もちろんアリスの部屋については、ひとっこともたずねてみませんでした。でもあの人の茶色のノートについては、ほのめかしておきました。私は詩が好きでよく書きとめておきたい気分になるって話しておいてから、『そんな気持ちになられたことはありませんか、デイルさん？』って、こう言ったの。あの人は、ええ、時々そんな気持ちになりますよ、って言ったけど、茶色のノートのことはふれなかったわ。ふれてくれたら良かったのに。だけどまあ、セーラ・レイみたいに初対面の相手に何でもべらべらしゃべってしまうような人って、私は好きじゃありませんから。お別れする時、あの人は『もう一度お会いするのを楽しみにしていますよ』って、言ってくださったの。まるで私が一人前の若いレディーみたいに、真面目で礼儀正しい口のきき方で。私は、きっとお会いできるでしょうって、それから、次にお会いするときに私が今より長いスカートをはいていたとしても、中身は同じ人間だから気になさらないでくださいね、って言っておいたのよ。

今日みんなに、初めての、美しい妖精《ようせい》物語を聞かせました。エゾマツ林を歩きながら、話を聞いてもらいました。エゾマツ林は、妖精物語にうってつけの場所です。どこでお話をしたって違いがあるように思えないとフェリシティーは言いますけれど、でもほんとにあるのよ、ね。あなたも一緒にいて、聞いてくれればよかったのに。でも良くなったら、あなただけにもう一度お話ししてあげましょう。

よもぎをこれからアプルリンギーと呼ぶことにします。スコットランド語ではそう呼ぶのだと、ベバリーが教えてくれました。よもぎ《サザンウッド》なんかよりずうっと詩的に聞こえるでしょう。フェリシティーは、本当の名前は「少年の恋《ボーイズ・ラブ》」だって言うんだけど、そんなのばかげてるわ。

ああ、ピーター、影ってほんとにうっとりするものね。果樹園はこの瞬間影でいっぱいです。時々静まりかえると、まるで眠っているみたい。かと思えば笑ったりとびはねたりしはじめます。カラス麦畑に出ていくと、いつも影が鬼ごっこをしています。畑にいるのは野生の影、果樹園にいるのは飼い慣らされた影です。

エゾマツとオリビアおばさんの庭の菊をのけると、何ものびるのにくたびれたみたいです。お日様の光は重くて、黄色で、どんよりしているし、コオロギは一日中歌っています。小鳥たちはたいがい旅だってしまい、カエデの葉もほとんど散ってしまいました。

あなたを笑わせたいので、ゆうベアレックおじさんが話してくれた短いお話を書いておこうと思います。エルダー・フルーエンのおじいさんが、手綱一組でピアノを家まで引っぱってこようとした話です。ジャネットおばさん以外は全員が笑いました。フルーエンおじいさんは、おばさんのおじいさんでもあったので、おばさんは笑いたくなかったのです。ある日、フルーエンおじいさんがまだ十八歳の若者のころ、おじいさんのお父さんが帰って来て言いました。

『おい、サンディー、今日、サイモン・ウォードの競売があったから、ピアノを買ったぞ。明日行って、家まで運んでこいや』

そこで次の日サンディーは手綱を一組持ち、馬の背に乗って出かけました。ピアノを家まで引いてくるつもりでした。サンディーはピアノが生き物か何かだと思っていたのです。

次にロジャーおじさんが、マーク・ウォードおじいさんが伝道懇親会のさなかに酔っぱらって（もちろんその会で酔っぱらったのではありません。酔っぱらって会まで出かけたのです）立ち上がり、演説をした話をしました。これがその演説です。

『紳士淑女のみなさん、議長殿、わしはこの偉大な伝道問題について、自分の考えを述べることあできません。そいつあこのあわれなる人間野郎の中に住んどるのでありますが』――と自分の胸をたたき――『出るに出られんとこういうわけで』良くなったら、このお話もみな、してあげます。字で書くより口で話すほうが、ずっと上手にできますから。

どうしてまたこんな長い手紙を書いてるんだろうとフェリシティーが不審がっているのが、わかっています。だからもう、やめたほうが良さそうね。もしあなたのお母さんがこれを代わりに読んでくださるのだったら、お母さんにはわからないところがどっさりあるかも知れません。でも、ジェーンおばさんならわかってくれると思うわ。

いつまでも、あなたのとても親しい友、

セーラ・スタンリー」

ぼく自身の手紙の写しは作らなかった。だから、ピーターが良くなって来ていてとても嬉しい、と書いた第一節以外の文章をきれいさっぱり忘れてしまっている。

ぼくたちの手紙を受け取ったピーターの喜びは、とどまるところを知らなかった。彼は返事を書くと言い張り、念入りに消毒されたその手紙が、正式にぼくたちのもとに配達された。オリビアおばが口述筆記を行ったので、綴《つづ》りと句読点に関する限りは、得をしていた。但しピーターの個性は、オリビアおばののびのびと威勢のいい筆跡の影に溶けこみ失われた体《てい》だった。ストーリー・ガールがピーター本人の声色を真似、カブちょうちんのあかりの下、穀物倉でその手紙を読みきかせてくれて初めて、ぼくたちは元の香りを感じることができたのだった。

ピーターの手紙

「みなさんへ、特にフェリシティーへ、
　手紙をもらってすごく嬉《うれ》しく思ってます。病気になると本当に大切にされるものですが、よくなっていくあいだの時間は、すごく長く思えます。みんなの手紙はどれもよかったけど、一番好きなのはフェリシティーので、その次がストーリー・ガールのでした。フェリシティー、食べ物とバラのつぼみの皿を届けてくれるなんて、すごくご親切さまです。すごく大切にするつもりです。はしかにかからないよう祈ってます。いいものじゃないし、病気が内に広がると特にそうです。でもフェリシティーなら、顔に赤いポツポツができるようなことがあっても、やっぱりかわいいです。あんたがそうしろと言うんなら、メキシコ茶をためしてみたいですが、母さんがだめだと言います。母さんはその効き目を信用してなくて、バートン・ビターズのほうがずっと体にいいと言ってます。おれがあんたなら、やっぱりビロードのフードをかぶります。異教徒はあったかい国に住んでいるのだから、フードなんかいらないでしょう。
　セシリー、はしかが信用ならないからおれのためにお祈りしてくれてると聞いて、嬉しいです。それから例のなにをとっといてくれるので、嬉しいです。もしあんたがはしかにかかるようなことがあっても、もしものことは起こらないと思います。でももしかして起こるんだったら、あの小さな赤い本の『安全な羅針盤』を欲しいので、念のために覚えといてください。日曜日に読むには、なかなかいい本です。面白いしおまけに宗教的です。聖書もそうです。はしかにかかるまでに聖書を全部読み通せませんでしたが、今母さんが最後の章を読んでくれています。あの本にはすごくいろんなものがつまっています。おれは雇い人だから全部が全部わかるわけでもないけど、中には実にやさしい所もあります。

おれのことをそんなにいいように思ってくれてるので、すごく嬉しいです。それほど値打ちのある人間ではありませんが、これからはがんばります。みんなの親切へのおれの気持ちは、とても口では言えません。おれは、ストーリー・ガールが書いてた、それを出すに出せない男とおんなじです。今、ストーリー・ガールが説教のほうびにくれた絵を、ベッドの足もとの壁にかけてあります。それを見ているのが好きです。ほんとにジェーンおばさんそっくりです。

フェリックス、おれはたった一人苦りんごを食べられる人間になれるようにと祈るのはもうやめたし、そんなお祈りは二度としないつもりです。あれは恐ろしく性の悪いお祈りでした。あの時はわからなかったけど、はしかが内に広がってから、そうだったことがわかりました。ジェーンおばさんならあんなことは好かないでしょう。これからは、恥ずかしく思わなくてもいいお祈りだけするつもりです。

セーラ・レイ、おれは、良くなるまでは自分が死にかけていたことは知らなかったので、死にかけるのがどんな気分かはわかりません。はしかが内に入ってからあとは、たいていまともじゃなかったと、母さんは言ってます。入ったからおかしくなっただけです。元々はぜんぜんおかしくなんかありません。フェリシティー、セーラ、あんたが追伸で頼んでいたことは守ります。すごくむずかしいけど。

ペッグ・ボウエンにダンがとっつかまらなくて嬉しいです。多分ペッグは、みんなであの家に行った夜、おれに呪いをかけたのです。だからはしかが、体の内まで広がったのでしょう。キングさんが、おれが良くなるまでジャガイモの茎を残しといてくれるそうで、とても喜んでます。それからストーリー・ガールがそう頼んでくれて、ありがたく思っています。きっといつかアリスのこともわかるでしょう。ストーリー・ガールの手紙には、はっきりわからないところがいくつかあったけど、はしかが内に入ると、しばらく馬鹿になるんです。何にしてもいい手紙だったし、どれもいい手紙ぞろいでした。雇い人の身分でこんないい友だちがたくさんいるなんて、すごくありがたいです。もしかしてはしかが内に入らなかったら、それにも気がつかなかったと思います。だからそうなって喜んでますが、もう二度となってくれないようにとも願ってます。

忠実なるしもべ

ピーター・クレイグ」

第31章　光と闇のはざまで

ピーターが仲間に戻るのを許されたとき、ぼくたちは果樹園でピクニックをして、十一月のその日をことほいだ。セーラ・レイも、しぶしぶながらだが来ることを許された。そしてぼくたちのもとに戻れた彼女の喜びは、実に感傷的なものだった。セーラ・レイとセシリーは、何年も引き離されていたもののように、互いを腕に抱きあって涙にくれたのだ。

ピクニックの日は上天気だった。十一月は自分が五月になった夢を見ていた。空気は柔らかく、まろやか。白々と軽やかな薄もやが、谷間に、西の丘に立つ葉のない白樺《しらかば》の上に漂っていた。冬枯れた刈り跡の畑は、魔力をたたえてうずくまり、空はパールブルーだった。りんごの木は、あずき色に紅葉こそしているが、まだ葉がびっしりついていたし、刈り跡から伸びた牧草の芽は鮮やかな緑色で、先夜来の身を切るような霜にも損なわれていなかった。風は枝の間で、りんごの花の中を飛び回る蜜蜂《みつばち》の羽音にも似た、甘い眠気を誘うようなつぶやき声をたてていた。

「まるで春みたいじゃない？」フェリシティーが言った。

ストーリー・ガールは首を振った。

「まるきりそうとは言えないわ。一見春みたい。でも春じゃない。何もかもがくつろいでいる感じで——眠る用意をしているの。春にはみな立ちあがる用意をするのよ。違いが感じられない？」

「あたしは、春みたいだと思ったの！」フェリシティーは、譲らなかった。

説教石手前の日当たりの良い場所に、ぼくたち男の子が板テーブルを広げた。ジャネットおばは、古テーブル掛けをかけることを許してくれた。すり切れた所は、白く霜枯れた羊歯《しだ》で、たくみに隠した。皿は台所用のを持って来た。そしてテーブルは、サクランボの花びんに活《い》けたセシリーの赤ゼラニウム三本と楓《かえで》の葉で、華やかに飾りつけられた。ごちそうは、オリンポス山の神々にさえ相応《ふさわ》しいものだった。それを作り上げるため、フェリシティーは前日まる一日とピクニック当日の午前中を費やした。彼女の最高傑作はぜいたくな小型プラムケーキで、白い砂糖衣の上にピンクのキャンデーで「オカエリナサイ」と書いてあった。このケーキはピーターの前にすえられ、彼はすっかりまいあがってしまった。

「おれなんかのために、こんな大変な苦労をしてくれたんだねえ」

ピーターはそう言って、愛にみちた感謝の眼差《まなざ》しを、フェリシティーに送った。フェリシティーは、この感謝をそっくり我が物にした。実はストーリー・ガールがこのアイディアを出し、レーズンの種をとり、卵を泡立てたのであったし、セシリーが、教会下手《しもて》のジェイムスン夫人の店までてくてく歩き続けて、ピンクのキャンデーを買って来てくれたのだが。しかし世の中とは、そうしたものだ。

お祝いのテーブルに着くと、フェリシティーが言った。

「じゃあ、食前のお祈りをとなえなくちゃ。誰かしてくれない？」

彼女はぼくを見たが、ぼくは髪のつけ根まで真っ赤にして、おどおどと首を振るばかりだった。気まずい沈黙が流れた。あわや食前の祈り抜きで始めようとした時、突然フェリックスが目を閉じ、頭《こうべ》を垂れ、素晴らしい食前の祈りを、淀《よど》みなく唱えたのだった。終わるとぼくたちは、いやます尊敬の念をもって彼を見つめた。

「いったいどこで覚えたんだい、フェリックス？」と、ぼくは尋ねた。

「ごはんの度にアレックおじさんが唱えてるお祈りだよ」と、フェリックスは答えた。

ぼくたちは、穴があったら入りたかった。他人の唇から出るのを聞いてもわからない程度にしか、アレックおじのお祈りに注意を向けていなかったなんて、何てことだ。

「さ、残さず食べちゃいましょう」

フェリシティーが浮き浮きと言った。

それは実際、楽しい小パーティーだった。「食欲をとっておく」ため、昼食を抜いて来ていたので、ぼくたちは、フェリシティーのごちそうをぺろりと平らげてしまった。パットは説教石の上に座り、ごちそうのお余りはやがては自分のところへ来ると承知した顔で、大きな黄色い目でぼくたちをながめていた。非常に機知に富んだ――少なくともぼくたちは富んでいると思った――会話が交わされ、騒がしいほど笑い声が響いた。キング家の果樹園での、これほど屈託のない、これほど陽気な浮かれ騒ぎは、前代未聞のことだろう。ピクニックが終わると、早い夕闇が降りるまで遊んだ。それから、アレックおじと連れ立って、裏の畑にジャガイモの茎を焼きに行った。本日呼び物の娯楽行事だ。

茎は畑中点々と山に積まれていて、ぼくたちはそれに火を点《つ》ける特権をもらった。それはもう見事なものだった。あっという間に畑一面が、あかあかと燃える大たき火に照らされ、目を刺す煙の大きな雲が、上空に渦を巻いた。ぼくたちは喜びの雄叫《おたけ》びをあげて火の山から山へと駆け回り、長い棒で山を一つ一つ突《つつ》いては、バラ色の火花が夜の闇にほとばしり出るのをながめるのだった。何という煙の渦、何という炎、何という荒々しく奇怪で乱暴な影の群れにぼくたちは包まれていたことか！

さんざ暴れて疲れたあとは、畑の風上にまわり、背の高い柵によじのぼった。柵は、耳なれない密《ひそ》やかな音にみちる、黒っぽいえぞ松林を囲っていた。頭上には銀色の星をちりばめた暗い空が広がり、まわりは見渡す限りぼんやり謎めいた牧草地と森で、それがひっそりと、紫色の夜に横たわっているのだった。遥《はる》か東の方では、淡い雲の宮殿の下に銀白色の光がちらちらきらめいていたが、それはやがて昇る月の兆しだった。しかし、さしあたりぼくたちの目の前には、ジャガイモ畑があった。渦巻く煙、陰うつな炎、その中を行きつ戻りつするアレックおじの巨大な影、それらはピーターの、あの心に残るいやな場所の描写をほうふつとさせ、多分、ストーリー・ガールにもヒントを与えたのかもしれなかった。

「お話を知ってるわ」ずばり怪しげな影をその声にまぎれ込ませて、ストーリー・ガールは言った。「悪魔を見た人の話。あら、どうしたの、フェリシティー？」

「あたし、いつまでたっても平気になれないのよ。そんなにぺろっと、その、あの、あの名前を言うんですもの」と、フェリシティーはこぼした。「あんたがかぎづめ男のことを口に出すと、そこいらへんの人みたいに聞こえてしまうわ」

「いいじゃないか。続けなよ」ぼくは、好奇心をかくすことなく言った。

「マークデイルにいたジョン・マーチンの奥さんのおじさんの話よ。いつだったかロジャーおじさんが話してるのを聞いたの。窓の外で私が地下室の揚げ蓋《ぶた》に座っているのを知らなかったんだわ。でなきゃおじさんは、そんなことをしゃべらなかったでしょう。マーチンの奥さんのおじさんは、ウィリアム・カウアンといって、二十年前に亡くなったの。でも六十年前にはまだ若者で、それもとても乱暴な不良青年だったんですって。考えつける限り悪いことをしまくるわ、教会には全然行かないわで、宗教的なものは悪魔さえ笑いとばしたの。悪魔も信じていなかったのね。さてある夏の夕暮れのこと、いいお天気で日曜日だったので、お母さんが一緒に教会に行こうと誘いました。でもウィリアムは行く気なんかありません。それぐらいなら釣りに行くさ、とお母さんに言いました。教会に行く時間になったので、ウィリアムは釣り竿《ざお》を肩に、罰当たりな歌を歌いながら、ふんぞり返って教会を通り過ぎました。教会から港への道のりを半分来たところに、暗いえぞ松林があるの。道はその中を通っていました。ウィリアム・カウアンが林の半ばまで来たとき、森の中からなにかが出て来て、ならんで歩き出したのです」

ぼくはこの時ストーリー・ガールが口にのぼせた何気ない言葉「なにか」ほど、身の毛のよだつ思わせぶりなものを聞いたことがない。ぼくは、セシリーの氷のように冷たい手が、ぼくの手をつかむのを感じた。

「その……それ……そいつはどんなやつだった？」好奇心が怖さに打ち勝ち、フェリックスがささやきかけた。

「そいつはね、背が高くて、黒くて、毛だらけだったのよ」ストーリー・ガールの目は薄気味悪い激しさをたたえ、赤くぎらぎらする炎と燃えた。「そしてそいつは、大きくて、毛むくじゃらで、かぎづめの生えた手をこうあげて、ウィリアム・カウアンの肩を、まず、ぽんと一つ、それから、反対側をも一つたたいて、こう言ったんですって。『兄弟、たくさん釣んなよ』ウィリアム・カウアンは、ギャーッと悲鳴をあげて、頭から森の中にころがったの。教会の入り口近くにいた男の人たちが悲鳴を聞きつけて、森に駆けつけました。その人たちが見たのは、死んだみたいに道に倒れてるウィリアム・カウアンだけでした。男の人たちはウィリアムをかついで、家に連れて帰りました。ベッドに寝かせて服を脱がせてみると、なんと両肩に大きな手形のあとが、くっきりと、肉まで、焼けただれて、ついてたんですって。火傷《やけど》が治るまでには何週間もかかり、そのあとは永遠に消えませんでした。ウィリアム・カウアンは、生きている間中いつも、肩に悪魔の手形をつけて、歩きまわっていたのです」

あの時ぼくたちだけでほうっておかれたら、果たして家に帰ることができただろうか。ぼくたちは恐怖に凍りついていた。いつなにかがひょっこりとび出してくるかわからない無気味なえぞ松林に、どうして背なぞ向けられよう。我が家との間に立ちはだかる、この長い影だらけの畑を、どうやって越えていこう。ワラビの茂る暗くおどろおどろしいくぼ地は、どうすれば抜けられる？

幸いにも危機一髪のところでアレックおじが現れ、もう火もほとんど消えたから帰ったほうがいい、と言ってくれた。ぼくたちは柵からすべりおり、なるべくかたまりあうように、アレックおじの前を歩くように気を遣いながら家に向かった。

「あんな嘘っぱち、ひとっことも信じないぞ」いつもの疑い深さをひけらかそうと努めながら、ダンが言った。

「どうしたら信じないでいられるって言うの」セシリーが言った。「本で読んだ話でもないし、知らないところであったできごとでもないのよ。あのマークデイルで起こったんだわ。あたしもそのえぞ松林を見たことがあるもの」

「ううん、ウィリアム・カウアンは、何かに胆《きも》をつぶしたとは思うさ。けど、悪魔を見たなんて信じられないよ」

「下《しも》マークデイルのモリスンおじいさんはウィリアムの服を脱がせた人の中にいたの。その手形を見たのを今も覚えてるのよ」ストーリー・ガールは、どんなものだという顔をした。

「そのあと、ウィリアム・カウアンはどんな人間になったの？」と、ぼくはたずねた。「変わりすぎたの。まるで人が変わってしまったの」ストーリー・ガールはしかつめらしく言った。「まるで人が変わってしまったの。二度と笑うことも、にこりとすることもなくなったんですって。とても信心深い人間になって、それはいいことだったんだけど、すごく陰気な人になって、楽しいことはみな罪深いと考えたの。食べるものも、生きていくのに本当に必要なだけしかとろうとしなかったわ。ロジャーおじさんの話だと、ウィリアムがローマン・カソリックだったら修道士にでもなれたろうって。でも、長老派だったものだから、変人にしかなれなかったのよ」

「そうだな。けどロジャーさんは、一度も悪魔に肩をたたかれたり、兄弟なんて言われたことないんだろうな。そんなことがあった後はいくらあの人だって、あんなに素《す》っ頓狂《とんきょう》じゃいられないよな」と、ピーターが言った。

フェリシティーはかんかんになった。

「ねえお願いよ、後生だからその――ほら、そういうことを暗いところでしゃべるのはやめて。あたし怖くて怖くて、後ろに聞こえるお父さんの足音が、『なにか』の足音に聞こえてしょうがないの。わかる？　自分のお父さんなのによ！」

ストーリー・ガールはフェリシティーの腕に、自分の腕をすべりこませた。そして慰めた。

「大丈夫よ。ほかのお話をしてあげるから。悪魔なんかけろっと忘れてしまうような、美しいお話をね」

彼女はアンデルセンの、この上もなく美しい物語をしてくれた。その声の魔力がぼくたちの恐怖をぬぐい去ってくれたので、月光をあびる畑地が作りだした、銀の岸辺の中にたゆとう影の湖とも言うべき、ワラビのくぼ地に入りこんだ時も、悪魔大王にまったく考えを向けずに通り抜けることができた。そして丘の上、ぼくたちの目の前には、母家の窓から我が家の灯《あか》りが、なつかしい恋の輝きのようにきらめき出しているのだった。

第32章　青い長持ちが開く日

十一月は、寝起きの悪い顔で、五月の夢から覚めた。ピクニックの翌日冷たい秋雨が降り出し、目覚めると世界は、水びたしの畑とうっとうしい空、ずぶ濡《ぬ》れで風の騒ぐ場所に変わり果てていた。雨は、昔の悲しみを思って流す涙のように、屋根をしとどに濡らした。門口の大柳はひょろ長い枝々を荒々しく揺さぶり、まるで、筋だらけの手を苦悩にのたうち握りしめる、癇《かん》のきつい化け物のようだった。果樹園はやつれ果て、無様だった。丈夫でたよれるえぞ松の古木の他は、どれ一つ同じ姿に見えなかった。

その日は金曜日だったが、ぼくたちは月曜日まで学校に行かない予定だったので、穀物倉に出かけ、りんごのより分けとお話し会で一日を過ごした。夕方になると雨は止んだ。風は北西にまわり、突然、凍りつくように冷たくなった。そして黒い丘の彼方《かなた》に沈む寒々とした黄色い日没は、今日よりましな明日を予言してくれているようだった。

フェリシティー、ストーリー・ガール、それにぼくは、歩いて郵便局まで手紙をとりに行った。道をたどっていくと、目の前を枯れ葉が気まぐれにくるくる舞い上がったり舞い降りたりし、独特の無気味で恐ろしげなダンスを踊っていた。昨夜はぞっとするような音にみちていた。縦《もみ》の枝のきしみ、梢《こずえ》を渡る風の口笛、垣根にとりつけた白樺《しらかば》材の震え……。しかしぼくたちは、心に夏と日光を抱えていた。だから戸外の荒れ果てた醜さも、内に秘めた輝きをいやまさせるばかりだった。

フェリシティーは、くび元に白い毛皮のおしゃまなカラーがついた、新しいビロードのフードをかぶっていた。黄金の髪は愛らしい顔を縁どり、風がピンク色の頰をたたいて真っ赤に染めた。左手には、上品な茶色の髪に赤い帽子をかぶったストーリー・ガールが歩いていた。そして言葉を、古いお伽噺《とぎばなし》の真珠やダイヤモンドのように、道にまき散らしていた。ぼくは、自分が鼻持ちならないほどそっくり返って歩いていたことを思い出す。途中カーライル校の少年達数人と出会ったからで、一方にこれほどの美人を、もう一方にこれほどの魅力の主を置けるなんて、めったにない果報者だと感じていたのだった。

フェリックス宛《あて》に来たいつもながらに薄い父からの手紙が一通、父親の細かい文字で宛《あ》て名が記された部厚いストーリー・ガール宛の海外便、セシリー宛に学校友達から来た受付局区内配達郵便物で、すみに「至急」と斜め書きしてある手紙、モントリオールの消印があるジャネットおば宛の手紙が一通、それだけだった。

「これは誰から来たのかしら。見当もつかないわ」と、フェリシティーが言った。「モントリオールから母さんに手紙をよこす人なんていないのに。セシリーへの手紙は、エム・フルーエンからよ。何を書いたか関係なしにいつでも『至急』って上に書くんだから」

家に帰ると、ジャネットおばはモントリオールの手紙をあけ、読み終えると、驚き顔であたりを見まわした。

「そうね、人間はみな、いつかはね」

「いったいどうしたんだね」と、アレックおじが言った。

「この手紙は、モントリオールのジェームズ・ウォードの奥さんから来たのよ」ジャネットおばは、しんみり言った。「レイチェル・ウォードが亡くなりました。あの人はジェームズの奥さんに、あの青い長持ちを開けるよう私に伝えてくれと、言い残したんだそうですよ」

「ばんざぁい！」ダンが叫んだ。

「ドナルド・キング！」母親が叱りつけた。「レイチェル・ウォードはあんたの身内で、その人が死んだんだよ。何という態度ですか」

「だって、その人と会ったこともないんだもんな」ダンはふくれた。「その人が死んだからバンザイしたんじゃないよ。やっと長持ちが開けられるからバンザイしたんだ」

「とうとう気の毒なレイチェル・ウォードも逝《い》ったか」と、アレックおじが言った。「たいへんなおばあさんだったろうな。――七十五、だったはずだ。覚えてる姿は、品のいい、娘盛りの女の人だがね。そうかい、そうかい、それじゃ、やっとあの古長持ちも開けられるってわけか。中身はどうしろと言ってる？」

「レイチェルは遺言を残してるんですよ」とジャネットおばは答え、手紙を読みあげた。

「ウェディングドレスとベールと手紙は焼き捨てること。水差し二個は、ジェームズの奥さんに送ること。残りのものは親類縁者に分け与えること。『故人の思い出のよすが』に一人一品ずつとること」

「すごい。今夜すぐに開けちゃいけない？」フェリシティーが、夢中になって言った。

「いいえ、だめです！」ジャネットおばはきっぱり言い切り、手紙をたたみこんだ。「あの長持ちはもう五十年も鍵《かぎ》がかかったままになってたんだから、あと一晩余計にかかったままでも同じことよ。今開けたら、あんたたち子供は一睡もできないにきまってます。珍しいものを見て、気がたかぶってしまうからね」

「どうせ眠れっこないわ。そうだ。とにかく明日の朝いの一番に開けるんでしょう。そうよね、母さん？」

「いいえ、そんなことはしません」というのが、ジャネットおばの薄情な裁定だった。「初めにあの代物を、邪魔にならない場所にどかしたいの。それに、ロジャーとオリビアもここに来たがるでしょうからね。明日の午前十時ということにきめましょう」

「まだ十六時間もあるんだわ」と、フェリシティーがため息をついた。

「あたし、これからすぐストーリー・ガールに知らせてくるわ」と、セシリーが言った。

「きっと興奮しちゃうわね」

ぼくたちは、そろって興奮した。その夕方は、長持ちに入っていそうな品をあれこれ推測して過ごした。夜になってセシリーは、長持ちに入っていたものがみんな虫に食われてしまっていたという悲惨な夢を見た。

つぎの朝は、美しい世界の上に明けた。夜のうちにわずかだが雪が降った――黒々とした常緑樹と硬く凍りついた地面に、透けるほど薄いレースのベールを広げたように見える、そんな程度の雪だった。時ならぬ新たな花どきが、果樹園に訪れたようだった。家の裏手のえぞ松林は、魔法の織物をかぶせられたような姿だった。そして、初雪を軽くまぶされた樅の密集林ほど美しいものは、またとなかった。太陽が灰色の雲にかくれたままなので、この世のものでない美しさは、一日中残った。

ストーリー・ガールは朝早くやって来た。友情厚いセシリーがことづけを送ったセーラ・レイも、顔を見せた。フェリシティーは、これが気にくわなかった。

「セーラ・レイは、身内でもなんでもないのよ」フェリシティーは、セシリーに小言を言った。「だから、ここに顔を出す資格はないんだわ」

「あたしの特別な親友なんだもの」セシリーはとりあわなかった。「あの子は、なんにでもあたしたちと一緒よ。だからこれもいれてあげなかったら、すごく傷つくと思うの。ピーターも、身内でもなんでもないけど、開けるときにはここに来るんですもの。どうしてセーラだったら、いけないのよ」

「ピーターは、今んとこは家族の一員じゃないさ。けど、その内そうなるかもしれないんだものな。だろ、フェリシティー？」と、ダンが言った。

「あんたって、おっそろしく利口ねえ、ダン・キング」フェリシティーは真っ赤になって言った。「キティー・マーにも知らせてあげたほうがいいんじゃないの？　あの人ったら、あんたの大口を笑うにきまってるけどさ」

「全然十時にならないみたい」ストーリー・ガールはため息をついた。「用意万端整って、オリビアおばさんもロジャーおじさんも来てるんだから、もう開けたって良さそうなものなのに」

「母さんが十時だと言ったら、きっかり十時よ」フェリシティーはふくれっ面だった。

「まだたったの九時か」

「時計を三十分進めちゃいましょう」と、ストーリー・ガールが言った。「玄関の時計は止まってるから、誰も気がつきっこないわ」

ぼくたちは顔を見合わせた。

「あたし、できない」フェリシティーが煮え切らない態度で言った。

「あら、言いたいのはそれだけ？　じゃ、私がやったげる」と、ストーリー・ガールが言った。

十時を打つと、九時から大してたたないのも全然気づかない様子で、ジャネットおばが台所に入って来た。ぼくたちはひどくやましそうな顔をしていたにちがいないのに、大人たちはてんから疑わなかった。アレックおじがおのを携えて現れ、一同が息をのんで見守る中、青い古長持ちの蓋《ふた》をこじ開けた。

そして荷ほどきが始まった。実に興味深い見ものだった。ジャネットおばとオリビアおばが何もかも取り出し、台所のテーブルに並べた。ぼくたち子供は品物に触れることは禁じられたが、幸いにも目と口を使うことは禁じられなかった。

「おばあさんがあげたピンクと金の花びんだわ」オリビアおばが薄紙の包みを開いて、上に金色の小葉を散らした、ねじれ形のスマートで古めかしい桃色ガラスの花びんを一対とりだした時、フェリシティーが言った。「きれいじゃない？」

「わっ、すごい」セシリーが喜びの叫びをあげた。「あれが、取っ手にりんごがついた瀬戸物の果物かごだわ。本物みたいねえ。あたしいつも夢に見ていたの。ねえ母さん、一分間でいいから持たせてちょうだい。ほんとにほんとに大切にするから」

「おじいさんがあげた瀬戸物セットだわ」ストーリー・ガールが、思いに沈むふうで言った。「ああ、胸がつまりそう。レイチェル・ウォードがきれいな持ち物と一緒に、わくわくする気持ちをそっくり長持ちに閉じ込めてしまったなんて」

これらの品に続いて、青い瀬戸物製の、風変わりな小さい燭台《しょくだい》が出て来た。それから、ジェームズの奥さんに送られるはずの水差しが二個。

「これはほんとにきれいだ」ジャネットおばは、羨《うらや》ましそうに言った。「百年はたってるわね。セーラ・ウォードおばさんがレイチェルにあげたのだから、それまでに少なくとも五十年はもってたわけだ。ジェームズの奥さんには一つで十分だと思いたくもなるわ。でももちろん、レイチェルの望み通りにしなけりゃあ。おや、ここにすずのパイ皿が一ダースあった」

「すずのパイ皿なんて、あんまりロマンチックじゃないわ」ストーリー・ガールは不服そうだった。

「その中に入れて焼くものなら、何でも好きでしょうに」と、ジャネットおばは言った。

「このパイ皿の噂は聞いていたわ。うちのおばあさんの昔の召し使いが持っていたのを、レイチェルにあげたのよ。さてさて、次はリンネル製品ですよ。これは、エドワード・ウォードおじさんのプレゼントだったの。まあ、なんて黄ばんでしまったこと」

ぼくたち子供は、青い古長持ちの深い奥底から現れる、シーツやテーブルかけや枕カバーには、大して興味を感じなかった。しかしオリビアおばは、心底狂喜した。

「まあ、このぬい目！　見てよ、ジャネット。針目をさがすのに虫めがねがいりそう。まあ、この昔風の、ボタン留め枕カバーのすてきなこと」

「ここにはハンカチが一ダース」と、ジャネットおばが言った。「一枚一枚隅に刺繍《ししゅう》してある頭文字を見て。レイチェルは、このステッチをモントリオールの尼さんにならったのよ。まるで生地に織り込まれたみたいじゃないの」

「キルトがたくさん出て来たわ」オリビアおばが言った。「そうよ、これはウォードのおばあさんがあげた、青白二色の掛け布団――それから、日の出模様のキルトは、レイチェルのおばさんのナンシーが作ってあげたものよ――組み紐《ひも》のひざ掛けもある。色はちっともあせていないのね。ジャネット、私は、このひざ掛けがほしいわ」

リンネル製品の下には、レイチェル・ウォードの結婚式用衣裳《いしょう》が入っていた。これを見た少女たちの興奮は過熱気味だった。包装紙に包まれていたので店売りとわかる、ペイズリー・ショール、それにやや黄ばんだ、レース製大型スカーフがあった。フェリシティーを赤面させた、例の刺繍入りペチコート、レイチェル・ウォードの娘時代には流行していた、美しい仕上げの上質モスリンの装飾用内そでが一ダース。

「これはお色直し用のドレスにする予定だったのね」オリビアおばが、玉虫織りの緑色の絹をささげ持った。「もうボロボロになってしまっているけど、なんて柔らかい、きれいな色合いかしら。このスカートを見てよ、ジャネット。すそまわりに何ヤード使ってあるのかしら」

「あの頃は、フープスカートを下にはいたのよ。ウェディングハットが見当たらないわ。あれもしまいこんだと聞かされていたのだけど」

「私もよ。でもそうしなかったのかもしれないわ。ここにはないみたい。白い羽根飾りはちょっとした財産なみだったって聞いたのに。これは黒絹のマントね。こういう服をかきまわすのって、神聖冒瀆《ぼうとく》の罪を犯しているみたい」

「オリビア、馬鹿なことを言わないで。なんにしても、荷ほどきだけはすませとかなきゃならないんだから。こんなにひどいいたみようじゃ、全部燃やしてしまわなくちゃ。でも、この紫色のドレスは、とても良くもってる。すてきに仕立て直せるわ。それに、オリビア、あんたにすごく似合いそうよ」

「とんでもない、けっこうよ」オリビアおばは、声を震わせた。「幽霊みたいな気持ちになるでしょうよ。あなたのにしてよ、ジャネット」

「じゃ、そうしましょう、いらないんなら。私はそんな気まぐれに惑わされないたちですからね。さて、この箱でおしまいみたいだ。この中は、きっとウェディングドレスよ」

「わあ」女の子たちは息をのみ、オリビアおばが箱をとり出し、紐を切るまわりにわっと押し寄せた。中にはかつては白だったものの、年を経た結果すっかり黄ばんだソフトシルクのドレスと、霧のようにたたみこまれ、永い年月を通じて芳香を保ち続けた昔の香水の、一種風変わりなにおいが漂う、白い長いベールが入っていた。

「かわいそうなレイチェル・ウォード」オリビアおばはささやき声で言った。「ここに手編みレースのハンカチがあるわ。あの人が自分で作ったのよ。まるでクモの巣みたい。これは、ウィル・モンタギューがあの人にあてて書いた手紙。そしてこれは」と言って、彼女は、さびた金メッキの留め金がついた赤ビロードのケースをとり出した。「二人の写真ね、レイチェルとウィルの」

ぼくたちは、古いケースに入った銀板写真を食いいるように見つめた。

「あら、レイチェル・ウォードって、ちっとも美人じゃないわ」ストーリー・ガールが、失望しきった声をあげた。

たしかに、レイチェル・ウォードは少しも美しくなかった。それは否めなかった。写真に写っているのは、くせが強く、整っているとは言い難い目鼻立ちの、大きな黒い瞳《ひとみ》をした若々しい顔で、黒い巻き毛が昔風のスタイルで肩にかかっていた。

「レイチェルは、きれいじゃなかった」と、アレックおじは言った。「でも、顔色が素晴らしくて、微笑みがなんとも言えなかったよ。この写真は、むつかしい顔に撮れ過ぎているな」

「首と胸はきれいね」オリビアおばが、批判的に言った。

「でもまあ、ウィル・モンタギューは本当にハンサムだったのね」と、ストーリー・ガールが言った。

「ハンサムなろくでなしさ」アレックおじがうなった。「あいつは好かなかったね。おれはほんの十の小僧っ子だったが、やつの正体はわかってた。レイチェル・ウォードはお人《ひと》好《よ》し過ぎたんだよ」

ぼくたちは、手紙の中身も一目見たいと切に望んだ。しかし、オリビアおばは許してくれなかった。読まないまま焼き捨てるべきだ、と言い張った。オリビアおばはウェディングドレス、ベール、写真立て、手紙を持ち去った。残りの分配先未定の品々は、長持ちに戻された。ジャネットおばが、ぼくたち少年にハンカチを一枚ずつくれた。ストーリー・ガールは青い燭台を、フェリシティーとセシリーはピンクと金色の花びんを一個ずつもらった。セーラ・レイまでもが瀬戸物の小皿をもらえて嬉《うれ》しがっていた。その皿の真ん中には、ファラオを前にしたモーゼとアロンのけばけばしい彩色画がついていた。モーゼは真っ赤なマントを羽織り、アロンは目も覚めるような青に身を包んでいる。ファラオは真っ黄色に着飾っている。そして皿自体は、緑色の葉綱で縁どられてあった。

「これでものを食べたりなんかしないわ」セーラは有頂天になって言った。「居間のマントルピースに飾って置くの」

「お皿を飾りものにしたって、なんにもならないと思うわ」と、フェリシティーが言った。

「見る値打ちがあるものを持ってるって、胸がときめくじゃないの」魂にも体と同じく糧が必要だと考えるセーラは、そう言い返した。

「私は燭台にロウソクをつけて、毎晩寝る時に使うつもりよ」と、ストーリー・ガールは言った。「欠かさずかわいそうなレイチェル・ウォードのことを思って、火を点《とも》すことにするの。でも、ほんと、レイチェルが美人だったらよかったのにな」

フェリシティーは、ちらと時計に目をやった。

「さあてと、これで全部おしまい。面白かったわね。でもあの時計は、今日のうちになんとかして正しい時刻に戻しとかなくちゃ。あたし、寝る時間がいつもより三十分も早くなるのなんて、いやよ」

午後になって、ジャネットおばがロジャーおじとオリビアおばを町まで送っていくため隣へ出かけたすきに、時計は元通りにされた。ストーリー・ガールとピーターは、ぼくたちの家に泊まりに来た。そしてぼくたちは台所で、親切にも大人たちがもてなしのためにわざわざ任せてくれた、タフィー作りをした。

「たしかに古長持ちの荷ほどきを見るのって、とても面白かったけどねえ」ストーリー・ガールは、深鍋《ふかなべ》の中身を勢いよくかきまぜながら言った。「でも、こうしていざすんでしまうと、開けちゃったのが悔やまれるみたいよ。もう、謎も何もなくなってしまったわ。

みんなわかってしまった今となっては、もう、中に何が入ってるのか想像することもできやしない」

「想像するより、知ってしまうほうがいいわ」と、フェリシティーが言った。

「あら、ちがうわ、ちがうのよ」ストーリー・ガールがさっと言い返した。「物事を知ると、知ってることに影響されてしまうの。でも夢見ている間は抑えつけるものは、何一つないのよ」

「あんたタフィーを焦がしてるわ。そういうことには、影響されてほしいものだけどね」

フェリシティーは、鼻をスンスン鳴らした。「あんたってば、鼻がないの？」

ベッドに入る頃には、心とろかす白い魅惑の女神である月が、戸外の雪煙《けむ》る世界を妖精《ようせい》国に作りかえていた。ぼくの寝ている所からは、銀白色の空に向けて屹立《きつりつ》する、えぞ松のとがった梢《こずえ》が見えた。霜がおり、風はなぎ、地上は魅惑に包まれて横たわっていた。

廊下のむかい側では、ストーリー・ガールが、フェリシティーとセシリーに、古代ギリシアのアルゴスのヘレン（トロイ戦争の立て役者、トロイのヘレンとして有名――ギリシア神話）と〝心の曲がったパリス〟の古い古い物語を語って聞かせていた。

「でもそれ、悪いお話だわ」物語が終わるとフェリシティーは言った。「ヘレンは夫を捨てて、別の男の人と逃げたのよ」

「四千年前には悪いものだったんでしょうね」と、ストーリー・ガールは言った。「でも今じゃ、悪いところは全部抜けて、消えてしまったの。いいところだけが、長く生き続けられるのよ」

ぼくたちの夏が終わった。美しい夏だった。ぼくたちは、平凡な喜びの甘美さを、暁の歓喜、真昼の夢と魔力、くつろいだ夜のゆったりと華やかな平安を知った。小鳥のさえずり、緑あふれる野に降り注ぐ銀色の雨、木々を吹きすぎる大風、花咲く牧場、ささやく葉の語らい、そのようなものを楽しんだ。風や星と、本や物語と、秋、煖炉《だんろ》に燃える火と、仲間になれた。日々の愛《いと》しいわずかな仕事が、楽しい交際が、分けあう思いが、冒険が、我が物となった。今は過ぎ去ってしまった実り多いそれら数か月の思い出に包まれたぼくたちは、豊かだった——当時気付き、感じていたより、ずっと豊かだった。そしてぼくたちの前には、春の夢が広がっていた。春の夢はいつも間違いがない。必ず来てくれるから。万一想像通りのものでなかったにしても、想像より遥《はる》かに美しいものなのだから。

訳者あとがき

ストーリーガールことセーラ・スタンリーは、いつも何かしら赤いものを身につけています。優雅な放浪者の父親がパリから送ってきたドレスだったり、ショールだったり、髪に巻き付けた深紅のバラであったり。十四歳という年齢に似つかわしくない、生きた炎のような激しいその性格を表すように。小村カーライルでは多分浮いた存在にちがいない彼女だけれど、独りではないのは、心を分かち合える仲間がいるから。絵に描いたような美少女なのに現実の塊のフェリシティー。いじらしいほどに純な心の持ち主セシリー。感情過剰でちょっとはた迷惑なセーラ・レイ。毒舌だけど気のいいダン。物語の語り手でナルシストっぽいベバリー。真面目なメタボ少年フェリックス。そして雇い人で学は無いけれど、頭が良くてハンサムなピーター。性格はばらばらなこの八人の、彼らにとってはドラマチックな日々がつづられていきます。そして八人が紡ぐエピソードをつなぎ、アクセントを添えてくれるのが、ストーリー・ガールの語るお話の数々です。

ご近所のうわさ話から北欧神話にいたるまで多岐にわたるお話は、もともとは作者モンゴメリの大おばメアリ・ローソンが実際に語ってくれた、モンゴメリ家の逸話がもとになっています。たとえばベティー・シャーマン物語は、曾祖父《そうそふ》ドナルド・モンゴメリにまつわる実話だそうです。おそらくオリビアおばさんのスクラップブックのようなものも、実際にあったのでしょう。これを語るストーリー・ガールは、当然お話し上手だった作者モードに他なりません。「審判の日曜日《ジャッジメント・サンデー》」の子供たちの恐怖は、幼いモードが味わった気持ちそのものなのです。

モンゴメリ本人の子供時代と重なる『ストーリー・ガール』は、赤毛のアン・シリーズと同じぐらい、プリンス・エドワード島との結びつきが強いように思われます。出版された一九一一年といえば、『アンの青春』が出版された二年後です。しかもこの年には愛する祖母の死、八年越しの婚約者ユーアン・マクドナルドとの結婚という大きな出来事を経験しました。『ストーリー・ガール』は娘時代の最後の作品となったのです。

だからでしょうか。この作品は、人物描写やエピソードの描き方が、アン・シリーズの初期作品ととても似ている気がします。特に少女たちのモンゴメリらしさがきわめて高いと思われるのです。モンゴメリは少女たちの愛らしさを巧みに書きます。でもそれだけではなく、彼女らの愚かしさ——虚栄心、意地の悪さ、妬《ねた》み、羨《うらや》み——なども容赦なく暴いていきます。たとえばフェリシティーは自惚《うぬぼ》れやで（でも鏡を見たらあの顔が映るのだから無理はないとベバリーは思っていますが）負けず嫌いです。時々親分面が過ぎて、辟易《へきえき》します。セシリーは生真面目すぎてじれったいし、セーラ・レイは涙腺《るいせん》が弱すぎていらいらします。ストーリー・ガールさえ欠点が……、というよりよく読むと彼女はけっこう意地悪な策士だと思えるのですが、どうでしょう。だけど欠点があるからこそ、彼女たちは現実味をまし、いとしさが増してくるのです。

　そしてその欠点も、考えればかわいいものです。彼女たちはきわめつけの「いい子ちゃん」ではないけれど、決して読者の気分を悪くさせません。だって彼女たちは真の意味での「レディー」で、下品な考えや柄の悪い言葉と縁がない子たちですから。悪いことといっても、読者の許容範囲ですから。主人公だけは多少ぶっとんでいますが、世間を震撼《しんかん》させるわけでなく、でも普通のひとには「ちょっとそこまでできないな」と思わせる程度のことをやらかして、気持ちよくどきどきさせてくれます。このモンゴメリ・テクニックが、年齢は別にして「乙女」たちが夢中になる要因ではないでしょうか。少女たちばかりが目立ってしまい、男の子たちは、個性の強いピーターさえかすみ気味なのが残念ですが……。

「乙女」たちが愛するものが、物語にはまだたくさん登場します。まずは食べ物。料理の天才フェリシティーの作る、すてきなお菓子の数々。レーズンパイ、ゼリー・クッキー、ジャムのロールケーキ。ギンガムチェックにあふれたカントリースタイルのキッチンを夢見てしまいそう。しかもラズベリーやリンゴやプラムや梨が家の果樹園にあったりします。食だけではなく衣と住も、おしゃれなインテリア雑誌のよう。ラベンダーが香るシーツ、日の出模様のキルト、リンゴの葉模様のレース編み、水色の絹のドレス、白い毛皮のカラーがついたビロードのフード……。もちろんこの後ろには農家の現実がどんとかまえているのですが、それを忘れさせてくれるのがモンゴメリです。ひととき夢に包まれて、誰に迷惑がかかるでしょう。モンゴメリ家の逸話をちりばめた『ストーリー・ガール』は作者の最愛の作品でありつづけました。モンゴメリ一族への、またプリンス・エドワード島への作者の愛が、今も読者に夢を紡がせる力を与えてくれるのだと思います。

『赤毛のアン』との共通性のためでしょうか。『ストーリー・ガール』をベースに、アン・シリーズのエピソードをまじえたテレビドラマ「アボンリーへの道」がカナダで制作され、一九九〇年から全九十一話放映されました。残念ながら訳者は見たことがないのですが、日本でもかつてNHKで放映されています。主人公は本編と同じくセーラ・スタンリー。ノベライゼーションを読んだ限りでは、キング農場の子供たちの他、なんとマリラにレイチェル・リンド夫人も登場します。訳者の大好きな「ロイド老淑女」が出てくる回もあるようです。機会があればぜひDVDを見てみたいものです。

キング農場の少年少女たちの物語には続編があります。一九二〇年に出版された『黄金の道』です。あいかわらずにぎやかな子供たちの日常生活に加え、ぶきっちょさんについにロマンスが訪れます。またペッグ・ボウエンはすばらしい魔女ぶりを発揮します。ああ、これも読んでいただける好運に恵まれれば嬉《うれ》しいのですが。

作者モンゴメリについては、『青い城』のあとがきで、訳者の谷口由美子さんが詳しく、すばらしく紹介してくださっているので、そちらをお読みいただければ幸いです。

この物語を初めて訳してから、なんと三十年もの月日がたちました。文庫化がきまって何年かぶりに本棚から取り出した『ストーリー・ガール』を読んだ訳者の感想は、「うわっ、下手!」。手を入れた後、少しはましになって、モンゴメリ世界の雰囲気が伝わっていますように。

最後に、文庫化に力を注いでくださった角川書店の編集者津々見潤子さん、ほんとうにありがとうございました。キング農場に新たに日が射した幸せをかみしめております。

二〇〇九年晩秋

木村由利子

本書は、一九八〇年三月に篠崎書林より刊行された
単行本に修正を加え文庫化したものです。

ストーリー・ガール

モンゴメリ　木村由利子《きむらゆりこ》＝訳

平成22年 1月25日　初版発行
令和7年 6月20日　20版発行

発行者●山下直久

発行●株式会社KADOKAWA
〒102-8177　東京都千代田区富士見2-13-3
電話　0570-002-301（ナビダイヤル）

角川文庫 16106

印刷所●株式会社KADOKAWA
製本所●株式会社KADOKAWA

表紙画●和田三造

Printed in Japan
ISBN978-4-04-217911-5　C0197

角川文庫発刊に際して

角川源義

第二次世界大戦の敗北は、軍事力の敗北であった以上に、私たちの若い文化力の敗退であった。私たちの文化が戦争に対して如何に無力であり、単なるあだ花に過ぎなかったかを、私たちは身を以て体験し痛感した。西洋近代文化の摂取にとって、明治以後八十年の歳月は決して短かすぎたとは言えない。にもかかわらず、近代文化の伝統を確立し、自由な批判と柔軟な良識に富む文化層として自らを形成することに私たちは失敗して来た。そしてこれは、各層への文化の普及滲透を任務とする出版人の責任でもあった。

一九四五年以来、私たちは再び振出しに戻り、第一歩から踏み出すことを余儀なくされた。これは大きな不幸ではあるが、反面、これまでの混沌・未熟・歪曲の中にあった我が国の文化に秩序と確たる基礎を齎らすためには絶好の機会でもある。角川書店は、このような祖国の文化的危機にあたり、微力をも顧みず再建の礎石たるべき抱負と決意とをもって出発したが、ここに創立以来の念願を果すべく角川文庫を発刊する。これまで刊行されたあらゆる全集叢書文庫類の長所と短所とを検討し、古今東西の不朽の典籍を、良心的編集のもとに、廉価に、そして書架にふさわしい美本として、多くのひとびとに提供しようとする。しかし私たちは徒らに百科全書的な知識のジレッタントを作ることを目的とせず、あくまで祖国の文化に秩序と再建への道を示し、この文庫を角川書店の栄ある事業として、今後永久に継続発展せしめ、学芸と教養との殿堂として大成せんことを期したい。多くの読書子の愛情ある忠言と支持とによって、この希望と抱負とを完遂せしめられんことを願う。

一九四九年五月三日